천성래 창작소설집

붉은 노을

천성래 창작 소설집

붉은 노을

지우출판

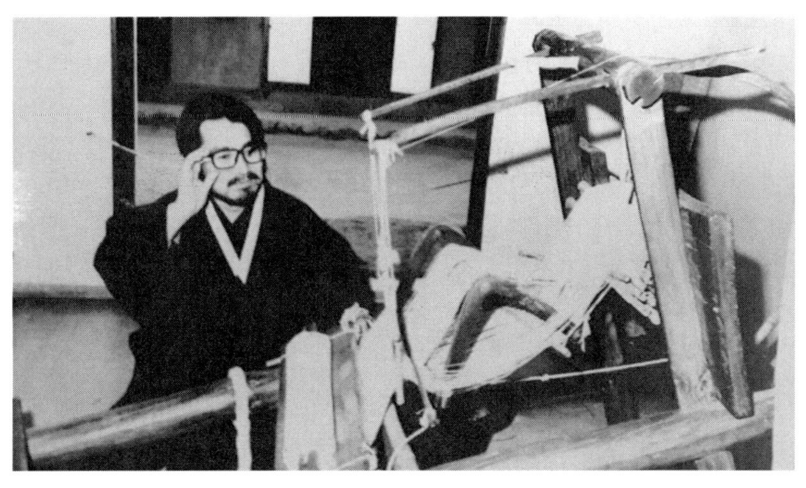

1993 용인민속촌

1995 양수리 작업실에서

1996 사색

1998 소래포구에서

1999 월간 헤드라인뉴스 인터뷰

2001 홍천 수타사 옥수암

2015 영화 광화문 인터뷰

작가의 말

　소설을 쓰는 일에만 익숙해지니 이제 지겨운 일의 하나는 이런 발문(跋文)을 쓰는 것입니다. 원고지 속에 갇혀 지난 몇 년 동안 목숨을 걸어놓고 라운드를 치렀습니다. 승자도 패자도 없이 다운되어 쓰러진 선수에게 변명이라는 것은 무슨 의미가 있을까요? 이미 전 후반 라운드를 통해 최선을 다해 모든 것을 보여주었는데 말입니다. 그러니 작품에 대한 것은 변명에 지나지 않을 것이기에 더는 요설을 늘어놓지 않겠습니다. 책을 상재(上梓)하기 전에 다만 인생의 감회를 간략히 술회하고자 합니다. 참으로 세상을 열심히 살았습니다. 뻘밭에서 태어나 낙타처럼 차곡차곡 사막의 길을 걸어온 세월이었습니다. 철이 없어서는 본능적으로 목숨을 움켜쥐었고 철이 들자 정작 그저 삶을 일찍 끝내고 싶어 발버둥 치던 세월이었습니다. 되돌아보면 걸어온 세월 어느 하루 녹녹한 날이란 없었지요. 그런데 그 세월의 켜를 지킨 것이 바로 소설이었습니다. 작은 훈장 하나 민낯 같은 자랑거리 하나 내세울 수 없던 처지를 견디게 해준 것도 아마 소설이란 괴물이었습니다. 그렇습니다. 그것은 분명 나로서는 괴물일수 밖에요. 나를 잘 안다는 지인들도 나를 잘 모르는 부분이 있습니다. 가만히 돌이켜보면 나는 항상 가슴속에 소설이란 무시무시한 괴물을 숨기고 살아왔던 것이지요.

인간은 누구나 살다보면 훈장 하나쯤 만들어놓을 것입니다. 내게 훈장은 이제 짓무른 엉덩이 살의 상처뿐입니다. 알아주지 않으며 드러내놓을 수도 없는 상처는 영원히 작가 자신이 간직해야 하는 몫일 것이며, 자랑스럽지도 않지만 부끄럽지도 않습니다. 아아, 지천명을 넘어 꺾이는 굽이 길에서 인생이란 왜 이다지도 아련한 것인지요? 솔개가 날아서 하늘을 찌르고 물고기가 연못에서 뛰어 오른다는 글귀가 문득 생각납니다. 어약우연(魚躍于淵)이라고 했던가요? 이 시대를 살아온 우리들은 모두가 미친 듯이 날고 또 뛰었겠지요. 누구는 영광을 얻었고 누구는 기쁨을 얻었으며 누구는 상처를 받았을지도 모르겠습니다. 나 역시 지금 그런 혼돈의 길목에서 서성이는 중년입니다. 이제 저의 마지막 고백을 이 깊은 새벽에 깨어 하고자 합니다.

참으로 보고 싶습니다. 그립습니다. 실컷 울어도 보고 싶습니다. 자식자랑은 팔불출이라 하는데 아비와 인연도 제대로 맺지 못하고 나를 떠나간 자식 놈이 참 똑똑한 아이였든가 봅니다. 요사이 부쩍 꿈속에 나타나 동자승의 모습으로 하소연을 하네요. 아빠, 어째서 저를 지켜주지 못했냐구요. 인간의 목숨도 업이라는 것이 있을까요? 아마 그렇겠지요. 그래서 내 살과 뼈를 태워서라도 자식을 지켜주지 못하는 부모들이 생겨나겠지요? 청춘에 춥고 배가 고파도 살을 부비며 함께 하던 작은형이 떠났을 때도 많이 울었습니다. 인간이란 울지 않고서는 존재할 수가 없는 존재임을 그때 깨닫게 되었답니다. 울어야 하는 일이 누구에게나 오리란 것은 명백한 사실이니까요. 자식을 앞세우고 밤마다 가슴을 쥐어뜯으시더니 그예 작은형을 따르시던 어머님을 보내며 그나마 위로가 되었습니다. 지금 작은형과 어머니는 의왕시 오봉정

사란 절에 나란히 있기 때문입니다. 아마 나와 인연을 맺지 못한 자식의 영혼이 있다면 서로 만나서 품어 안고 있겠지요. 이렇게 꼭두새벽에 공연히 햇빛이 산란하던 계절도 아닌데 마음만 흩어 놓고 말았습니다. 용서하십시오. 부모의 마음 자식의 마음 형제 자매의 마음을 모두 겪은 소생의 하소연이라 들어주시면 고맙겠 습니다.

이제 저는 가만히 음악을 켭니다. 저는 세상을 살다가 공연히 센티멘탈해질 때면 사람들 몰래 이 음악을 들어요. 울고 싶을 때 도 위로 받고 싶을 때도 슬플 때도 외로울 때도 이 음악을 듣습니 다. 제가 진정 좋아한 소울의 가수는 빌리 할러데이와 루이 암스 트롱입니다. 빌리 할러데이의 〈글루미 선데이〉는 말 할 필요도 없고, 루이 암스트롱의 〈홧 어 원더풀 월드〉 역시 죽도록 좋아하 지요. 〈글루미 선데이〉의 음악은 치명적인 노래이니 혹시 이 글 을 보고 듣게 되시는 분들이 없었으면 좋겠습니다. 김수희의 〈못 잊겠어요〉는 어머니 애창곡이며, 사랑의 하모니에 〈야화〉는 작은형의 애창곡입니다. 그리고 제가 즐겨 부르는 곡은 프랭크 시나트라의 〈마이 웨이〉입니다. 20세기 브로드 웨이의 에비뉴를 누비던 전설의 곡이 반세기를 넘어 저만의 18번지라는 골목에서 되살아나는 것이지요. 저는 여전히 걸어가야 하는 저만의 길이 남아 있기 때문입니다.

공연히 감상적인 글이 되고 말았습니다. 수천 매의 원고를 쓰면서 자로 잰 듯 체계적인 글이 되지 않으면 안 되는 상황이 간혹 발생하지요. 우리 인생사처럼 말입니다. 그 간극을 메우는 일이 저로서는 커다란 부담이 되었든가 봅니다. 이런 기회가 아니면 가슴을 짓누르던 덩어리를 내려놓을 수가 없는 숙명적 업보를 타고난 작가의 길임을 이해해 주시기를 바랍니다. 감사합니다.

2015년 4월 한식(寒食)과 청명(淸明) 사이
천 성 래 삼가 씀

떠도는 사람들

느릿하게 풀었다가 서서히 몰아들이는가 하면, 소리를 밀어 냈다가 팽팽히 당기고, 어느 순간에는 빙빙 돌리다가 느닷없이 잘라 떼는 목이 마치 소리의 곡예를 보듯 하였던 것이다. _ 본문중에서

남보 신현호, 어머니의 방 (10호, 53×45)

1

역사(驛숨) 맞은편, 장터로 가는 길목이었다. 십 리 길 먼 길을 쉬지 않고 걸어온 장꾼들이나 막 열차에서 내려 시장기를 달래 보려는 사람들이 그 길목 한 가녘의 식당으로 몰려들고 있었다. 그래, 식당은 금세 손님들로 가득 차버렸다.

"아 씨발, 날씨 한번 되게 춥네. 아줌니 여그 언능 뜨신 국밥 하나 말아주쇼."

"이놈은 멀국에 쇠주(소주)나 한잔 걸치려오."

손님들은 갑자기 추워진 날씨에 몰리듯 호들갑들을 떨면서 급히 서두르고 있었다. 주인사내는 이제 술손들도 그리 반갑지를 않던 듯 여유를 부리면서 미지근한 엽차를 물 잔에 그득그득 채워 넣고 있었다. 술손들은 그러는 주인사내가 역겨운 모양으로 곁눈질을 하며 째려보고들 있었다.

"흐…… 여편네 잔심부름이나 허는 주제에 되게 뻐기네 그려."

저쪽 구석에서 한 중늙은이가 주인사내가 듣도록 부러 소리를 높여 비아냥을 던지고 있었다. 손님들이 그러거나 말거나 주인사내는 여전히 늑장을 부리면서 술이며 밥이며 잔심부름을 하고 있었다. 그날은 마침 이양장이 열리는 날이었다. 이양장은 닷새를 간격으로 열리는 오일장으로, 끝이 4일과 9일 일 때 장이 서는 것이었다. 장이 서는 날은 이양 소재 사람들은 물론, 청풍, 춘양, 능주를 비롯해 보성, 장흥 쪽에서도 여럿 장꾼들이 몰려들고는 하였다. 그런 날은 으레 장터 식당들은 붐비기 마련이었고, 그쯤 되고 보면 손님을 맞는 쪽에서도 소홀히 대하기가 십상이었다. 그러나 그것도 장꾼들한테는 이미 이골이 나 있어서 장꾼들로서도 그다지 객기를 부리지는 않고 있었다. 자기네들끼리 주인사내나 한번 비꼬아 버리는 그뿐이었다. 그러나 그런 사소한 내막을 모르는 축들은 대개 손님들이나 주인사내 모두가 마뜩찮다는 듯이 야슬거리기 마련이었다.

"가봐야 해종일 장타령이나 늘어 놀(놓을) 사람덜이 졸라대기는……."

"저 사람두 그렇지, 손님 치르넌 사람이 저리 태평이까."

그날도 낯선 사람들이 듬성듬성 눈에 띄었고, 아나나 다를까, 그들은 늑장을 부리는 주인사내와 다그치듯 서둘러대는 손님들을 향해 곱지 않은 말들을 늘어놓고 있었다. 그러나 그 낯선 사람들 중에서도 유독 한 사내는 예외였다. 그는 서두르지도 않고 오래 눌러 앉지도 않을 그런 태도로 다리를 꼬고 앉아서 창밖만 물끄러미 바라다보고 있었다. 손님들은 알아듣지도 못할 소리들로 쏼라거리면서도 그 사내를 힐끗힐끗 살펴보고는 하였다. 그럴

것이 사내의 차림새가 남달랐기 때문이었다. 남루한 옷에 턱수염이 제법 자라 있고, 어깨 너머로 때 묻은 바랑 하나를 걸쳐 메고 있었다.

"아 씨발, 해 넘어 가긋네."

"거 잠(좀) 기달리시우."

성질 급한 손님들을 저쪽 구석에 앉은 손님 하나가 나무라듯 하고 있었다. 그때, 주인사내가 바랑을 멘 사내의 식탁에 술과 안주를 내어왔다. 사내는 탁주를 시켜놓고 있었던 모양이었다.

"옛수, 이 놈 맘에 들어서 먼참 술상 봐준 거요. 차림새보단 점잖은 양반이시구만."

"흐……."

사내는 히죽이 웃음을 흘리면서 술잔을 잡아들고 있었다.

"이놈이 한 잔 치리다. 내 집 여편네가 술얼 쳐줘야 제맛이겠지만 손님덜이 이리 성화를 대니……."

주인사내가 부러 능장을 부리듯 하면서 사내의 술잔까지를 채우고 있었다. 그러자 여기저기서 군말들이 들썩거리고 일어났다.

"씨발, 우린 찬밥이다."

"국으루 주둥일 꽉 다물고 있을 걸 그랬나!"

주인사내는 그들의 그런 비절거림에도 괘념하지 않고 무슨 콧노래까지를 흥얼흥얼 대가면서 느릿하게 손님들을 거들고 있었다. 주인사내는 술손들의 그러한 태도에 애써 참으려는 기색이 역력했다. 그는 울대까지 화가 치밀어오를 때마다 어금니를 깨어 물거나 긴 숨을 들이키면서 손바닥으로 가슴을 지그시 누르고는 하였다. 술집 사내의 내력을 조금 알고 있는 사람들은 그가 그렇게 늑장을 부려도 군말을 꺼내놓지 않고 있었다. 사실 사내의 태도가 언제 어떻게 횡포하게 돌변할지가 정말 의심스럽기 때문이었다. 그래 어지간한 손님들은 사내가 술이며 밥 따위를 식탁 위에 내어올 때까지 잠자코 기다리고 있는 것이었다.

술집 사내는 실상 떠돌이였다. 난리가 끝난 그 뒤로 쭉 지금껏 고향을 등지고 살아갈 수밖에 없었는데, 그것은 그가 난리통에 빨갱이 짓을 했다는 때문이었다. 그는 국군 8사단에 의해 빨치산 토벌령이 내려졌을 때, 운 좋게 변장을 하고 지리산을 빠져나갈 수가 있었다. 그 뒤로 이 마을 저 마을을 거렁뱅이 처럼 떠돌았다. 동냥질도 하고 머슴 노릇도 마다하지 않았다. 그러다가 세월이 흐르고 시국이 바뀌어 설령 그가 빨갱이 노릇을 한 놈인 줄을 안다손쳐도 모두가 어째보지 못하고 마는 상황이 되고 말았던 것이다.

"옛수, 성질 급헌 양반아."

"이보쇼, 반 시간얼 넘게 기달렸소. 아, 근디, 어째 이눔언 콩자반얼 이리 쪼금 담아 내왔소?"

중늙은 사내 하나가 드문드문한 이(爾) 사이로 푸념을 뱉어내고 있었다.

"이, 이게 어디 염소 똥 무르듯 헌 줄 아쇼?"

"어허, 까짓 거 그냥 넘겨뿔면 되는 긋이제."

식당의 여기저기서 마른 웃음들이 흘러 나왔다. 주인사내는 여전히 굼뜨게 늑장을 부리고 있었다. 손님들이 불만 투로 무어라고 지껄여대면 요령 있게 말발을 세워 되받아치면서 식당의 이쪽저쪽으로 느릿하게 움직거리고 있는 것이었다.

　해가 역사(驛舍)의 지붕머리 위로 성큼 솟아올랐다. 그때쯤 하여, 장꾼들은 줄을 이어 장터거리로 오르고 있었다. 식당 안은 이제 느지막이 들어선 장꾼들만 몇 남아 있었다. 바랑을 등에 멘 사내도 아직 자리를 뜨지 않고 거기 앉아 있었다. 그는 술이 오르자, 손으로 무릎장단을 짚어 나가며 흥얼거리고 있었다. 주인 사내는 그러는 낯선 사내가 흥미로운 모양으로, 식탁을 거듬거듬 훔쳐 내놓고 사내 곁에 바싹 다가앉았다. 사내는 주인사내가 그러거나 말거나 개의치 아니하고 연하여 무릎장단을 곁들여 가면서 콧노래를 뽑아 내놓고 있었다.

　"허…… 취흥이 오르시는 모냥이오."

　주인사내가 사내의 여흥을 눅이지 않을 정도로 조심성 있게 말을 붙이고 있었다. 사내는 입가로 엷은 주름을 만들어 가볍게 웃으며 콧노래를 이어나가고 있었다. 주인사내는 그러는 사내의 기분을 더 이상 누르지 않으려는 듯 슬쩍 물러앉아 그의 얼굴만 빤히 들여다보고 있었다. 이제 손님들은 거지반 빠져 나갔으며, 주인사내의 아낙이 마지막 거스름돈을 챙겨 주고 있었다. 그러나 바랑을 엇멘 사내는 보기와는 달리 결코 떠날 것 같지를 않았다. 오히려 이제 흥얼거림 대신 소리 하나를 창연히 뽑아내고 있었다.

　여봐라, 군사들아

　이 내 설움을 들어라

　너, 내 설움을 들어봐라

　나는 우리집 오대 독신으로

열일곱에 장가들어

근 오십이 장근토록

슬하에 일 점 혈육이 없어

매일 부부 한탄할 제

웠다, 우리 집 마누라가

온갖 공을 다 드릴 제

명산대찰 영신당……

사내는 판소리 마당 중의 한 대목을 추근추근 새겨 뚫어 나가
듯이 눈을 지그시 감고 아주 느리지는 않은 중몰이로 몰아나가고
있었다. 주인사내는 그 사내의 소리에 흠칫 놀랐다. 그것은 사내
의 소리가 빼어났던 때문만이 아니라, 그가 반란군 시절에 은거
지에서 자주 듣고는 하였던 바로 그 소리였기 때문이다. 더욱이
놀란 것은 그 반란군 시절에 한 소리꾼한테 들었던 그 소리와 지
금 사내의 소리가 어딘지 모르게 빼어 박은 데가 있다는 것이었
다. 느릿하게 풀었다가 서서히 몰아들이는가 하면, 소리를 밀어
냈다가 팽팽히 당기고, 어느 순간에는 빙빙 돌리다가 느닷없이
잘라 떼는 목이 마치 소리의 곡예를 보듯 하였던 것이다. 사내는
어지간히 취흥을 돋우고 나서 탁주 반 되를 더 청했다. 사내의
얼굴이 차츰 붉게 달아오르고 있었다.

"허 참, 소리꾼 양반이시구먼. 그 소릴 들으니 옛날 생각이 절
로 나오."

주인사내가 술을 내와 소리꾼 사내의 잔에 가득 술을 치면서

만족하듯 한 소리를 흘렸다.

"흐……그리 생각 허시니 이눔도 듣기 싫진 않소이다."

소리꾼 사내는 벌겋게 달아오른 얼굴을 한쪽 손으로 쓸어내리면서 술잔을 들이키고 있었다. 식당 안은 그 소리꾼 사내를 제외하면 손님이 하나도 없었다. 주인사내의 아낙도 이제 허리를 힘껏 뒤로 젖히면서 새벽부터 쌓인 피로를 털어 내고 있었다.

"한잔 드실려오?"

하며 소리꾼 사내가 주인사내에게 술잔을 들이 밀었다. 주인사내는 기다렸던 듯 재빨리 술잔을 받아 들었다. 소리꾼 사내가 술잔 가득 술을 치면서 "소릴 헐 줄 아시오?" 하자, 주인사내는 왼쪽 턱의 근육을 끌어내리며 가벼운 웃음을 섞어 좌우로 고개를 저었다. 그리고는 아낙 쪽을 힐끗 한 번 살피고 나서 단숨에 술잔을 비워 내고 있었다. 주인사내가 사내한테 술잔을 들이밀며 "보통 소리꾼이 아닌 듯 하오만……." 하자, "허……." 하고 소리꾼 사내가 자조하듯 잇소리를 흘렸다.

"하여간 댁에 소리 하난 마음에 드오."

"고맙소, 주인 양반."

사내가 술잔을 턱으로 바짝 끌어당기면서 예의를 갖춰 말하고 있었다. 그때, 식당의 출입문이 열렸고, 나이 한 열여덟 살 쯤 들어 보이는 키 큰 소년 하나가 식당으로 들어서고 있었다.

"낮밥 묵으러 왔어라."

"오냐, 좀 이르구나, 너."

"오늘언 지(제)가 널(관)얼 하나 짰거등이요."

"허……, 천하에 목수가 될 녀석."

주인사내는 저쪽 방문을 열치고 들어가는 키 큰 소년한테 시
선을 던지며 대견스럽다는 투로 말하고 있었다. 사내가 술잔을
입으로 가져가다 말고 물었다.

"아들이오?"

"허…….."

주인사내가 실없이 한 번 웃었다.

"사내눔이니 아들이잖고."

소리꾼 사내의 물음에 주인사내는 엉뚱한 쪽으로 얼버무려 버
렸다. 그의 말하는 폼새로 보아 어딘지 모르게 무얼 숨기듯 한
구석이 있는 것 같았다. 소리꾼 사내는 더 이상 캐묻지 않고 마
시던 술을 입으로 가져가고 있었다. 그리고 연하여 무릎장단을
짚어 나가고 있었다. 주인사내도 이제 술이 오르는 듯 사내를 따
라 무릎장단을 짚고 있었다. 허나 그것은 어설픈 장단이었다. 얼
마간 그들은 아무 소리도 꺼내지 않고 서로 취흥이 올라 그러고
만 있었다. 주인사내가 무료했던 듯 마침내 입을 열며 소리 하나
를 청해오고 있었다.

"거 소리 하나 더 들어 봅시다."

"흐…… 그래 무슨 소리에 대한 내력이라두 있소?"

소리꾼 사내가 지나가듯한 말투로 물으며 무릎장단의 속도를
조금 늦추고 있었다.

"내력이믄 내력이오만, 이놈두 소리럴 들으면 가심에 한(恨)이
맺히는 눔이오."

"허어, 그럼 이놈이 한 대목 들려 드리리다."

소리꾼 사내는 눈을 지그시 감고 다시 소리 하나를 뽑고 있었

다. 그의 얼굴에는 이제 군데군데 버짐이 피듯 반점이 꽃무늬처럼 돋아 올랐고, 흥에 겨워 사내를 쳐다보고 있는 주인사내의 얼굴에도 붉은 반점이 솟고 있었다.

　　떴다 보아라 저 까마귀
　　월명심야 고요헌듸
　　남천을 무릅쓰고
　　반공에 둥둥 높이 떠서
　　까옥까옥 까르르르 울고 가니
　　조조 듣고 묻는 말이
　　저 까마귀 어찌 우는고
　　…… …… …… ……

　　주인사내는 퍼뜩 놀랐다. 문득 머리를 스치고 가는 그 무엇이 있었다. 소리꾼 사내의 소리가 심상치 않았던 것이다. 지금 이 소리도 아까 번처럼 그 옛날 반란군들의 은거지에서 들은 그 사내의 소리와 너무 흡사했던 것이다. 주인사내는 그때 일을 역력히 기억하고 있었다.
　　소리꾼 사내 하나가 그 여편네 하고 반란군들 손에 이끌려 왔었다. 사내는 소리를 팔고 여편네는 베틀로써 생계를 꾸려 왔노라 하였다. 거기서도 그 사내는 소리를 팔아 목숨을 지켰고, 그 소리로써 아낙을 곁에 둘 수 있었다. 소리는 모름지기 남녀의 오가는 화답이 있어야 한다고 엉너리를 쳤다. 그때 아낙은 평생을 자신의 남정네한테 어줍지 않게 주워들은 소리로써 자신 남정네의 소리를 받아 이어나갔다. 하여, 부부는 그럭저럭 목숨을 보존하고 있었던 것이다.

그런데 어느 날, 여편네가 대창에 거기를 찔려 죽어 버린 것이었다. 반란군 대장의 요구에 완강히 거절한 때문이었다. 그길로 남정네는 울음 눈물을 섞어 건성으로 소리를 뽑아내고 있었다. 그런 어느 날, 그 사내가 반란군들의 소홀함을 틈타 진지에서 도망을 치다가 그 마저 반란군의 총에 맞아 죽어버린 것이었다. 한데, 당시 그 소리꾼 사내한테 총을 겨눈 반란군이 바로 주인사내였던 것이다.

주인사내는 그때 그들 부부가 뽑고는 하였던 소리를 역력히 기억하고 있었다. 바로 지금 이 소리꾼 사내가 뽑고 있는 그 소리들이었다. 소리꾼 사내는 소리를 멎고 술잔을 비워 내면서 "무얼 그리 골몰히 생각하고 계시오?" 하고 주인사내에게 물었다. 주인사내는 그때 막 옛날 그 소리꾼의 푸념 하나를 떠올리고 있었다. 소리를 닦기 위해 세상으로 방랑을 떠난 소리꾼 아들을 만나보지도 못하고 죽지나 않을까, 하는 애비 소리꾼의 말을 떠올렸던 것이었다.

"아, 아니요. 그냥 소리가 좋아 너, 넋을 놓았던 것......"

주인사내는 표정을 바로 고치면서 어눌한 소리로 얼버무리고 있었다.

"이 소리를 어디서 들었던가 보오?"

"허……."

소리꾼의 물음에 주인사내는 자신을 비웃는 듯한 소리를 흘리면서 가벼이 고개를 저었다.

그때, 저쪽 방문이 열렸고, 아까 참에 들어갔던 키 큰 소년이 표정 없는 얼굴을 하고 나왔다.

"벌써 낮밥 다 묵었냐?"

주인사내가 소리꾼 사내와의 난처한 순간을 얼넘기려는 듯이 소년에게도 관심을 보내오고 있었다.

"야……. 다녀올께요. 아줌니, 나 일터 가요."

소년은 식당부엌 쪽을 향해 꾸벅 허리를 굽혔는데 이미 몸에 익숙하여진 버릇 같았다. 그러나 부엌 쪽에서는 한 마디의 대꾸도 보내오지 않고 있었다. 소리꾼 사내는 저 아낙이 소년의 어미가 아니라는 사실을 순간 알아차렸다. 소년의 입에서 흘러나온 말을 결코 놓치지 않은 것이었다. 소리꾼 사내는 이 들 세 사람 사이에 어떤 피치 못할 내력이 있음에 분명하다고 생각하는 중이었다. 그러나 소리꾼 사내는 주인사내에게 어떤 내력을 캐물으려고 애쓰지는 않았다.

주인사내는 낯이 붉어진 모양으로 자신의 까칠한 얼굴을 쥐어짜듯이 훑어 내리고 있었다. 그들은 그렇게 서로 서먹한 느낌으로 한참을 앉아 있었다. 이윽고 얼마쯤 지나 주인사내가 먼저 말을 걸어 왔다.

"혹시 소리꾼 아비럴 두었드랬소?"

"허, 아, 아니오이다. 이놈도 어설픈 소리꾼일 뿐이오."

소리꾼 사내는 문득 마음에도 없는 거짓말을 해버렸다. 그가 소리꾼 아비를 두었고, 베틀로써 살이를 엮어간 어미까지를 두었다는 사실을 마음속에서 부정해 버리고 있었다. 그건 자신도 모르는 순간적인 일이었다. 그리고 그는 그가 소리꾼인 것까지를 이미 부정해버린 것이었다.

"허믄, 그 소리는 누구헌테 물려받은 것이오?"

주인사내는 아까 번과는 유다른 태도로 소리에 대한 내력을 물어오고 있었다.

"허…… 이렇게 오다가다 한 대목 새긴 그 뿐 이오다."

사내는 지그시 눈을 감고 또다시 무릎장단을 짚어나갔다. 그러면서 이 주인사내가 혹여 어디에서 아비의 소리를 들었는지도 모르는 일이라고 생각하고 있었다.

그때, 꾀죄한 차림의 키 작은 사내 하나가 아이 하나를 손에 걸리고 식당 문을 열치고 들어왔다. 그러자 주인사내가 벌겋게 된 얼굴로 키 작은 사내를 맞았다.

"게 앉으쇼. 멀(뭘) 드시겠수?"

"소주나 한 잔 주오."

키 작은 사내는 짓궂게 돋아 오른 턱수염을 손바닥으로 어루만지며 앉은뱅이 의자에 엉덩이를 부리고 있었다.

"째만(조금) 기달리시오."

"그러지요."

키 작은 사내는 그가 걸리고 들어온 아이를 무릎에 올려 앉히면서 느긋한 태도로 말하고 있었다. 소리꾼 사내는 무릎장단을 짚어 나가면서 그 옛날 그 어미한테 주워들은 베틀 가락 하나를 창연히 뽑아내고 있었다.

낭군님 낭군님 내 낭군님
이 내 사설을 들어 보오

열일곱에 시집을 와서
나이 쉰이 다 넘도록
얼그덩 덜그덩 얼그덩 덜그덩
베틀 가락에 가슴얼 묻고
…… …… …… ……

소리꾼 사내는 슬픈듯한 표정으로 눈을 지그시 감고 있었다. 그의 소리가 흘러나오자, 주인사내나 키 작은 사내나 음식을 만드는 부엌 아낙이나 할 것 없이 모두가 그 소리에 휘말려 든 것 같이 소리꾼 사내 쪽으로 시선을 박아 버리고 말았다.

이윽고 소리꾼 사내의 소리가 멎자, 키 작은 사내가 감탄을 하며 입을 열었다.

"허…… 그 소리 한 번 좋소."

"이리 소리 잘 허는 양반은 처음이오."

주인사내가 술을 내오면서 키 작은 사내의 말끝에 말시답을 보내오고 있었다.

"이놈이 저 베틀 가락을 못 잊어 이리 고향을 찾아 왔소."

키 작은 사내가 아이를 무릎에서 옆의 앉은뱅이 의자에 올려 앉히면서 말했다.

"타관에서 오시는 길이우?"

주인사내가 소주잔에 술을 한 잔 치면서 별 뜻 없이 묻고 있었다.

"흐……."

키 작은 사내가 비소를 흘렸다.

"근 십 년 만이오."

"허어, 고향을 아주 등졌든 모양이우."

"흐읍……."

키 작은 사내는 가느다란 웃음을 입가로 흘리면서 저쪽 소리꾼 사내를 바라다보며 자릴 함께 할 것을 청하고 있었다.

"한잔 같이 하시겠소?"

그러자 소리꾼 사내가 가벼이 고개를 저었다. 소리꾼 사내는 이제 무릎장단도 멎고 바랑을 추슬러 올리고 있었다. 주인사내가 키 작은 사내한테 물었다.

"그래, 형씬 어디 마을 가는 길이우?"

"시당리요."

"시당리? 허 참, 그래 토옹 소식을 못들었던게오?"

키 작은 사내가 훌쩍 술잔을 털어 부으면서 주인사내를 빤히 한 번 올려다보고 있었다.

"폐촌이 된 지 오래요, 거기."

"예에?"

키 작은 사내는 안주를 집어넣을 생각도 접어두고 너무 뜻밖의 소식을 들은 모양으로 입을 다물지 못하고 있었다.

"마을에 동티가 난 것인지 이래저래 사람들이 죽어 나가드니, 이제 그만 말(마을) 사람들두 죄에 거길 떴다지 아마……."

주인사내는 키 작은 사내의 얼굴을 동정 어린 눈빛으로 바라다보면서 주워들은 소문을 더듬어 나가고 있었다. 키 작은 사내는 회한이 담긴듯한 표정으로 빈 술잔만 물끄러미 내려다보고 있었다. 그 때, 소리꾼 사내가 떠날 차비를 하고 자리에서 일어서

며 불쑥 끼어들었다.

"시당리가 그리 되었소? 이놈이 한 때 그 말(마을)에 묵었습
죠."

소리꾼 사내가 입가에 쓸쓸히 웃음을 머금으면서 주인사내 쪽
으로 걸어 나왔다.

"왜, 가시려오?"

"이놈은 본래 이리 세상을 떠도는 몸이라오. 이 길로 곧장 장
터나 한 번 휘둘러 볼 참이오."

"그래, 오늘밤 여기서 항꾼에 묵질 않겠소? 옛 얘기도 좋고 소
리도 좋을 듯 헌데……."

주인사내가 소리꾼 사내와 함께 묵기를 청하자, 소리꾼 사내
가 피식 한 번 웃었다.

"옛수다."

그러면서 돈 푼 냥을 꺼내고 있었다.

"예끼 양반아, 이놈 그리 매정한 놈 아니오. 보아하니 소릴 팔
아 살아가는 몸 같은데 술값이 다 무어요."

"허어, 이러지 마쇼. 이놈 이제 소리 같은 건 팔지 않을 작정이
오. 그저 내가 좋아 부르는 그뿐이라오."

"허믄, 이리 떠도는데 드는 비발(비용)은 어찌 마련헌단 말이
우?"

"오다가다, 신역 쏠 일얼 만나면 되는 것이오."

소리꾼 사내는 돈 푼 냥을 떠맡기듯 하면서 식당을 빠져나오
고 있었다. 그때, 한 패거리의 장사치들이 식당으로 들어서고 있
었다.

"언제라도 좋으니 또 들르시오, 소리꾼 양반!"

주인사내가 섭섭하게 손님을 맞으면서 멀어져 가는 소리꾼 사내의 등 뒤에다 소리를 지르듯 하고 있었다.

ㄹ

소리꾼 사내는 닳아 헤진 옷깃을 세워 목을 덮고, 바랑에서 벙치를 꺼내 눈썹이 가리도록 푸욱 눌러쓰고 장터거리를 거슬러 올라갔다. 바람이 매섭게 들판을 가로질러 왔다. 해는 벌써 중천에 올라 있었고, 장을 다 본 장꾼들이 드문드문 길을 따라 내려오는 게 보였다. 그들은 대개 초라한 차림으로 보퉁이 하나씩을 손에 들거나 머리에 임을 이고서 살갗을 핥고 가는 찬바람을 피하려고 몸들을 잔뜩 움츠리고 걸었다.

소리꾼 사내는 장거리를 거슬러 오르면서 되도록 눈에 들어오는 장꾼들과 마주치지 않으려고 무진 애를 썼다. 이따금씩 그와 마주치는 장꾼들이 그의 차림새를 보고 인상을 찌푸리거나 이상한 듯이 오래도록 곱지 않은 시선들을 보내오고 있었기 때문이

다. 소리꾼 자신의 생각에도 자기의 차림이 말씀이 아니도록 추
레한 것이었다.

　소리꾼 사내는 장터 쇠전의 한 가녁에서 아랫도리를 까발리
고 볼일을 마친 다음, 장꾼들을 비집고 들어갔다. 장꾼들은 분주
히 소 값을 흥정하거나 또는 음담패설들을 늘어놓고 있었다. 이
런 장터를 둘러보는 일도 이제 몸에 밸 대로 배어 있었지만 언제
거나 싫은 기분은 아니었다. 그 옛날 소리꾼 아비를 따라 장터를
둘러보았던 일이 아직도 잊을 수 없는 추억으로 남아 있는 것이
었다.

　"베틀 공장이 여기 어디쯤 있소이까?"

　소리꾼 사내가 어느 장사꾼에게 물었다.

　"쩌그, 둑방을 따라 쭈욱 오르시우."

　소리꾼 사내는 장사꾼이 일러준 대로 쇠전의 뒤쪽, 시내(川)를
따라 기다랗게 늘어진　둑방길을 타고 올랐다. 실상, 그는 어떤
소문 하나를 좇아 찾아온 것이었는데, 그가 찾고 있는 곳이 바로
둑방을 따라 저만치 눌러 앉아 있는 것이 보였다.

　그는 베틀 공장을 찾아온 것이었다. 베틀을 만들어 내는 공장
이 아직도 이양 장터의 뒤쪽으로 남아 있다는 소문을 들었던 때
문이었다. 베틀 공장은 둑방 아래 웅크리고 있었는데, 가까이 갈
수록 그쪽에서 사람들의 일하는 소리가 들려왔다. 톱을 켜는 소
리가 들렸고, 대패질 소리, 망치를 두드리는 소리도 들렸다. 누
군가 어설픈 소리를 뽑아내고 있는 소리도 들려나오고 있었다.

　소리꾼 사내는 공장 문 앞에서 부러 헛기침으로 인기척을 하
였다. 그러자 일손들이 일제히 하던 일을 멈추고 소리꾼 사내한

테 시선을 보내오고 있었다.

"어디서 오셨드랬소?"

나이 지긋한 남자가 대패질을 하다 말고 허리를 펴늘이며 물어왔다. 목대잡이(주인을 종업원들이 이렇게 부름) 주인 양반인 모양이었다. 얄따란 대패 밥이 가는 바람에 흩날려 가고 있었다.

"베틀 공장이 맞습죠?"

소리꾼 사내가 눈썹을 가린 벙치를 이마까지 끌어올리면서 확인을 하듯이 물었다.

"맞긴 하오만, 시방은 아니우."

주인남자인 듯한 사람이 쇠날 뒤쪽에 가로놓인 대패손을 가볍게 붙잡고 가는 송판을 밀어 나가면서 심드렁히 말하고 있었다.

"허믄 베틀을 만들지 않소이까?"

"지난 가실(가을)에 그만 두었소이다."

목대잡이 주인이 분명한 나이 지긋한 남자는 여전히 흐물흐물한 말 부스러기를 흘려 놓으면서 대패질에 여념이 없었다. 다른 서넛의 일꾼들도 하던 일을 다시 시작하고 있었다. 베틀을 만드는 일을 그만두었다는 남자의 말에 소리꾼 사내는 다소 놀라지 않을 수 없었으나, 크게 실망을 하거나 낙담을 하지는 않았다. 어차피 그가 찾고 있는 것은 신역을 치를 일자리였던 때문이다. 신역을 치러 일을 할 바에야 이왕이면 베틀 만드는 일을 찾아 그 베틀에서 지난 어미의 체취나 한 번 더듬어 볼 요량이었다. 그러던 차에 이쪽의 소문을 들었던 것이고, 소리를 뽑으면서 이십 리가 넘은 먼 길을 밤새껏 좁혀왔던 것이었다.

"헌데 어인 일루 오셨수?"

주인남자의 지나가는 듯한 말투였다. 그는 소리꾼 사내에게 그다지 관심을 보이지 않고 있었다.

"허……, 한 며칠 신역 쏟을 일이나 하나 얻을까 해서……."

소리꾼 사내는 소 닭 보듯 해버린 나이 많은 남자의 태도에 공연스레 멋쩍어 말끝을 흘려버리고 있었다.

"사정은 딱하오만, 우리도 일거리가 없어요. 작년 그러께만도 베틀 하나로 열 두어 달 거뜬히 버틸 수 있었소만…… 니미럴, 이눔에 공장도 이제 집어치워 버려야 헐까 봐요."

나이 지긋한 주인남자는 소리꾼이 오히려 민망스러울 정도로 하소연을 늘어놓고 있었다. 목대잡이 주인남자의 푸념에 서넛의 일꾼들이 잠시 허리를 펴고 한숨을 내쉬고 있는 듯이 보였다.

"그래, 시방언 무얼 만들어 내고 있소이까?"

소리꾼 사내가 일꾼들한테 한 번씩 눈길을 주고 나서 주인남자를 향해 물었다.

"눈 여겨 보이소."

주인남자는 턱 끝으로 건성건성 일꾼들을 가리키면서 비하조로 말을 흘렸다. 그는 그들이 하는 일에 대하여 스스로 비꼬아 말하고 있는 것 같았다. 일꾼들은 기름하면서 널찍한 송판을 대충대충 다듬어 나가고 있었는데, 소리꾼 사내로서는 그 송판들이 어디에 사용되는지 알 수 없었다. 그런데 그때 소리꾼 사내는 예상 밖의 사실에 아연 놀라고 말았다. 저쪽 뒤쪽에서 키 큰 소년 하나가 크기가 같은 송판 두 개를 어깨에 둘러메고 나오는 게 보였다. 한데 그 소년은 아까 참에 이른 낮밥을 먹으러 왔다는 그 식당 집 소년인 것이었다.

"헤헤, 그 소리꾼 아저씨구나."

소년이 먼저 소리꾼 사내를 알아보았다. 사내는 왠지 얼굴이 달아올랐으나, 뜻밖의 사실에 놀라 소년한테서 시선을 떼지 않고 있었다. 소리꾼 사내는 이제야 이 공장에서 무엇을 만들어 내고 있는지를 알 것 같았다. 식당에서 주워들은 소년의 말이 문득 머리에 떠올랐기 때문이다. 아니나 다를까, 공장 일꾼들은 각자가 다듬어 낸 송판을 이리저리 가늠해 보고 있었다.

그들이 네모가 반듯한 송판을 위아래의 양쪽에 마지막으로 끼워 맞췄을 때, 그것의 모습은 분명해졌다. 그것은 관(널)이었다. 소리꾼 사내는 아까참에 식당에서 키 큰 소년한테 자신이 널을 하나 만들었다는 소리를 들었을 때와는 대조적으로 의외로 놀랐다. 직접 눈앞에 놓인 관을 보니 문득 주검들이 떠올랐던 것이다.

그런데 하필 그때 목이 잘린 주검의 환영(幻影)이 보였던 것은 무슨 까닭이었을까. 소리꾼 사내는 까닭 모르게 뒤로 주춤 물러 섰다.

"헤헤, 소리꾼 아저씨 겁쟁이구나!"

키 큰 소년이 오래전부터 알아왔던 것처럼 스스럼없이 말하면서 입가로 버릇없는 웃음을 흘렸다. 소년은 망치를 집어 들어 못을 박고 다른 일꾼들은 소년을 거들었다. 소년한테 아마 못을 제대로 박아 넣은 것을 가르치고 있는 모양이었다.

"너 아는 양반이냐?"

주인남자가 관의 위 뚜껑을 손 뼘으로 가늠해 보면서 소년을 향해 묻고 있었다.

"야……, 아까 우리 식당에서 소리럴 뽑고 있었어요."

소년이 못의 머리를 바짝 판자 면에 닿도록 박아 넣고, 다음에 못이 박힐 부분을 망치로 한 번 탕탕 두들겨 보면서 말했다. 그러자 주인 양반은 앞 번과는 유다른 태도로 소리꾼 사내를 한 번 이윽히 바라다보았다.

"게 앉으쇼. 소릴 헐 중 아시우?"

"허……. 그냥저냥 좋아 그러는 것이오."

소리꾼 사내는 한결 풀린 마음으로 톱밥이 하얗게 내려앉아 있는 나무의자에 앉고 있었다.

"허믄, 베틀가를 헐 수 있겠수?"

"주인 양반도 베틀 소릴 좋아하시는 모양이오다."

소리꾼 사내는 자신도 모르게 무릎장단을 짚어 나가다가 스스로 그걸 의식하고 나서 자르듯이 장단을 멎고 있었다.

"이눔이 처음 베틀 공장을 내게 된 게 다 그 소리 때문이었소. 이눔 어미 베틀 소리 말이우."

주인남자는 지난날들을 되새겨 보기라도 하려는 듯이 눈을 지그시 감았다. 분위기가 불현듯 숙연해지는 것 같았다. 게다가 관이 기다랗게 놓여 있고, 관을 두드리는 망치 소리가 어떤 곡성처럼 피어올라 차라리 을씨년스럽기까지 할 정도였다. 소리꾼 사내는 자신 말고도 이렇게 베틀에 한(恨)이 맺혀 있는 사람들이 여럿 있다는 생각이 들자 가슴이 미어지듯 하면서 새삼 감정이 북받쳐 올랐다. 그래, 소리꾼은 가슴을 애써 바잡으면서 소년한테로 말길을 돌리고 있었다.

"너, 그 일에 아주 재밀 붙인 모양이구나."

"헤헤……. 일얼 무슨 재미루 허능가요? 이 널(관)이 하나하나

팔려 나갈 때 고소한 굿이지."

소년은 아직 그 일에 숙련이 되어 있는 듯해 보이진 않았으나 그의 손놀림은 제법 가락을 타듯 율동적이었다. 망치를 두드리는 소리도 어느 정도는 간격이 고르고, 또 같은 방식이었다. 이를테면 탕탕 세게 두 번을 두드렸다가 한 모숨의 숨을 들이켜고, 조금 약하게 따당 따당 하는 식이었다. 그렇게 한 번을 더 반복하고 나면 거짓같이 정확하게 못이 박히고 있는 것이었다. 소리꾼 사내는 소년의 말을 결코 흘려듣지 않았다. 녀석의 말에는 어떤 야멸찬 기운이 묻어나 있는 것도 같았다.

"허어, 이상한 취미로구나."

소리꾼 사내가 자리에서 불쑥 일어서며 호기심 어린 소리로 말했다. 소년의 말이 어이없게도 당돌한 까닭이었다.

"캴캴캴……."

일꾼들이 자기들만의 무슨 비밀을 지니고 있는 듯이 상스러운 웃음을 흘리고 있었다.

"그래, 너는 널이 팔려 나가는 게 그리 좋다는 말이냐?"

소리꾼 사내가 달아 오른 얼굴을 한 번 쓸어내리면서 관심을 갖고 물었다. 술기운이 올랐으나 되바라진 소년의 말에 그게 말짱 걷혀 버리는 느낌이었다.

"고소하다니깐요."

"캴캴캴……."

키 큰 소년의 말에 일꾼들이 또 한바탕 웃고 있었다. 그러자 소리꾼 사내는 불현듯 부아가 났다. 그들이 자신을 주무르듯 놀리고 있다는 느낌이 언뜻 스쳐갔다. 그러나 소리꾼 사내는 함부

로 성질을 돋우지 아니하고 아까 번과는 사뭇 대조적인 말투로 조금 언성을 높이고만 있었다.

"이놈아, 니놈 에미가 죽어 나가도 널(관)만 팔려 나가면 좋냐?"

"캴캴캴……."

소년의 말시답보다 일꾼들의 웃음소리가 먼저 흘러 나왔다. 주인남자도 그때는 배꼽을 붙들어 잡고 웃어 버리고 있었다.

"헤헤……. 울 엄닌 없어요."

"캴캴캴……."

소년의 말끝에 일꾼들이 또 한 번 질탕하게 웃었다. 그들은 이미 소년의 입에서 튀어나올 말을 예견하고 있었던 듯싶었다. 그러면서도 그들은 손발의 죽을 제법 잘 맞추어 일을 해 나가고 있었다. 소리꾼 사내는 사실, 생각한 바 있어 소년에게 그러한 물음을 던지고 있는 것이었다. 식당에서 소년을 처음 봤을 때, 남다른 느낌이 들었던 것도 사실이었지만, 소년과 식당의 주인사내, 그 부엌 여자 사이의 관계가 이상한 느낌으로 와 닿았기 때문이었다.

"녀석아, 그럼 네 아빈?"

"캴캴캴……."

소리꾼의 말끝을 물고 상스러운 일꾼들의 웃음이 쏟아져 나왔다. 그 웃음은 굵은 듯한 물줄기 하나가 고르지 못한 바위 면에 떨어져내려 그 소리가 흩어질 때 나는 소리에 다름 아니었다.

"울 아부지 여럿 이거등이요."

소년은 곧잘 망치질을 해대면서 이따금씩 얼핏얼핏 소리꾼 사내를 쳐다보고는 씨익 웃기까지 하였다. 그러나 소년이 재잘거리는 그런 말들이 결코 무턱대고 튀어나온 것 같지는 않았다. 그것은 주인남자의 말에서 더욱 분명해지고 있었다.

"이눔아, 그런 말을 아무한테나 지껄이면 길래 맞어 죽는다니께."

"헤헤, 알았어요. 하지만 소리꾼 아저씬 좋은 사람 같잖아요."

키 큰 소년은 소리꾼 사내를 쳐다보며 눈을 한 번 찡긋거렸다. 그리고는 저쪽 안으로 들어가 버렸다. 주인남자를 비롯한 일꾼들은 왼쪽에 나지막이 앉아 있는 간이 창고로 들어가고 있었다. 거기 출입문의 밖으로 기름한 송판들이 불쑥 튀어나와 있었는데, 그리로 들어간 사람들이 그것을 들추어내고 있는 모양이었다. 소리꾼 사내는 천천히 나무의자에 앉고 있었다. 어느 결에 날아올랐을까. 톱밥의 분진들이 의자 위로 하얗게 올라앉고, 저쪽 바람벽의 미어진 틈사이로는 얼어붙은 바람이 머리를 쳐밀면서 들어오고 있었다.

소리꾼 사내는 소년한테 꼭뒤라도 한방 얻어맞은 느낌이었다. 식당의 주인사내가 소년의 아버지가 아니라는 사실은 분명해진 것 같았으나 도대체 그들이 어떠한 사연들을 갖고 한데 모여 사는지 알 수 없는 노릇이었다. 더욱이 소년의 입에서 튀어나온 이해할 수 없는 말들은 어떤 비밀을 지니고 있는 것일까.

소리꾼 사내는 이제 신역을 치를 일자리를 잡는 것보다 이러저러한 의문점들을 풀어 나가는 일이 더 다급한 일이 되어버린 듯한 느낌이었다. 그날 저녁쯤 하여 역전 앞의 식당에 다시 들를 생각이었다. 그래 그들 셋의 내력을 한 번 들어보고 싶은 것이었다.

그가 소리를 팔아오면서 몸에 익은 것이 있다면 바로 오다가
다 만난 사람들의 내력이나 들어보는 것이었다. 그러다 보면, 절
로 소리가 나오고, 또 그리하다 보면 그간 가슴에 맺힌 한(恨)이
라는 것들도 차츰 풀리는 것 같았기 때문이었다.

일꾼들이 힘을 합쳐 기다란 송판을 들고 나왔다. 그리고 그것
을 간이창고 앞의 한 가녁에서 톱으로 켜 나가기 시작했다. 주인
남자가 소리꾼 사내 쪽으로 걸어오면서 물었다.

"거처는 있소?"

"흐……."

소리꾼 사내가 자조하듯한 웃음을 입가에 베어 물며 고개를
가로로 저었다.

"허믄, 어디루 가실 참이우?"

목대잡이 주인남자가 딱하다는 표정을 지으면서 묻고 있었다.

"딱히 갈 곳도 없소이다만, 이놈은 이처럼 떠돌아다니는 게 이
골이 나 있어요. 아무데고 하룻밤 등 붙이면 그뿐이라오."

"허참, 우리네 일거리가 많았으면 한 번 써보겠는데 말이우."

"괜찮소, 그래봤자 뭐 오래 눌러 있지도 못할텐데……이놈도
이제 떠도는 건 실상 지겹소."

소리꾼 사내가 나무의자에서 몸을 일으켜 세우며 심드렁한 소
리로 말하고 있었다. 그때   소년이 안쪽에서 걸어 나오고 있었
다. 주인남자가 소년을 향해 "그래, 니 일은 잘 되어 가능 거냐?"
하고 묻자, 소년이 "헤헤, 그르믄요. 옻칠만 남았거등이요." 하고
말하면서, 소리꾼 사내를 한 번 그윽이 바라다보고 있었다.

소리꾼 사내가 도대체 소년이 지금 하는 말은 무슨 뜻이냐고

물었을 때, 주인남자는 고개를 가늘게 저으면서 그도 녀석이 하는 저만의 일을 이해할 수 없다는 것이었다. 소년이 베틀 공장을 찾아온 것은 두 해 전이었는데, 그때만 하여도 그럭저럭 일거리가 있었다는 것이다. 그런데 베틀은 한 번 팔려나갔다 하면 그게 거의 생명력이 영구적이란 것이었다. 왜냐하면 원체 썩거나 닳지 않는 나무를 재료로 쓴데다가, 베틀을 다루는 아낙네들이 그것을 서방 다루듯 귀히 다루어 버린다는 것이다. 그래, 이 베틀을 한 번 구입했다 하면, 평생을 두고 사용하는 아낙들이 많아 좀체 주문이 들어오지 않는다는 것이다. 그리고 베틀 하나로 생계를 꾸려가는 사람들이 더는 늘지도 않고 하여 그만 작년 가을에 하는 수 없이 생각한 게 관을 만드는 일이었다고 했다. 처음엔 섬뜩한 생각이 들고, 아는 사람의 관을 미리 주문을 받아 만들어 줄 때는 왠지 자신도 모르게 서글퍼지던 생각에 그날은 밤잠도 편히 이루지를 못했다는 것이다.

그런데 모를 일이 소년의 태도였다. 소년은 베틀을 만들 때와는 사뭇 대조적인 태도로 관을 만들었다. 관이 하나 완성될 때마다 입가에 가는 주름을 잡았고, 하나가 팔려나갈 때는 탄성을 지르기도 하였다. 소년은 관을 만드는 방법을 나이에 비해 아주 흥미 있게 익혀 나갔고, 얼마 전에는 목대잡이 주인남자나 나이 먹은 일꾼들의 도움을 전혀 받지 않고서도 관을 만들 수 있게끔 되었다는 것이다. 그런데 소년이 왜 그토록 관을 만들고 관이 팔려나가는 것에 대해 흥미를 갖는지는 그들도 실상 알지 못하고 있다는 것이었다. 녀석은 일을 하면서 알 수 없는 노래만을 지껄이고는 했더란 것이다.

헤헤헤 동리방리 사람들
이놈에 어미는 없거등이요
헤헤헤 방립 쓴 늙은아
그래서 맘을 놓고 널을 짠다네
헤헤헤 동리방리 사람들
이놈에 아비는 여럿이거등이요
헤헤헤 방립 쓴 늙은아
그래서 맘을 놓고 널을 짠다네

소년이 이런 노래를 들까불면서 지껄여댈 때마다 일꾼들은 너나없이 손바닥을 치며 웃고는 하였다는 것이다. 그리고 소년은 지난날 이따금씩 여럿의 아비를 두었던 관계로 뭇사람들한테 물매질만 당했다는 것이다. 하여 웬만한 사람들 앞에서도 그런 얘기는 입에 담지 않아야 자신의 목숨이 온전히 붙어있을 것이라 하였다는 것이다. 소년은 다른 일꾼들과는 달리 둥개지 아니하고 관을 짰는데, 그의 솜씨가 어지간히 무르익어 어느 날부터 그만의 일을 그 공장 안에서 하나 시작한 터이었다. 그것은 정성을 들여 관을 하나 짜는 것이었다. 여느 관을 일꾼들과 손 맞춰 짜다가도 틈을 내어 그만의 작업을 하는 것이다. 그때는 참으로 열정적이고, 진지한 자세가 되어 버리는 것인데, 그것은 여느 관을 짤 때와는 사뭇 다른 분위기가 되고 마는 것이었다. 일꾼들이 대체 누구의 관을 그리 정성을 들여 다듬어 대고 있느냐고 물어오면, 씩 한 번 웃고 만다는 것이었다.

"그래, 정말 느이 어민 없는 것이냐?"

소리꾼 사내가 바랑을 추스르며 저만치 널판을 다듬고 있는 소년을 향해 물었다.

"그렇다니까요, 글쎄."

소년이 소리꾼을 한 번 흘깃거리면서 시무룩이 대답을 하고 있었다.

"느이 아빈?"

소리꾼 사내는 여전히 의아한 궁금증을 갖고 물었다.

"아이 씨……, 여럿이라니까요."

"캴캴캴……."

소년이 이제 목소리를 높여 신경질투로 말하자, 저쪽 간이창고 쪽에서도 웃음이 터져 나왔다. 그들은 그러한 순간들을 애써 즐기고 있는 듯이 보였다.

"예끼눔아! 그럼, 네눔이 잡눔들에 씨란 말이여?"

소리꾼 사내가 소년의 태도에 마뜩찮아 하며 되다만 소리를 캴캴하게 뱉어버렸다. 그러자 소년이 소리꾼을 향해 따끔한 눈총을 보내오고 있었다. 녀석의 입술이 무얼 말하려는 듯이 꾸물거렸으나, 끝내 아무 말도 뿌리지 않았다. 녀석은 솟아오는 분노를 애써 참고 있음이 분명해 보였다.

"어허, 소리꾼 양반! 무슨 신소릴 그리 허쇼. 아무려믄 아비가 여럿이겠수?"

주인남자가 소년의 마음을 달래는 것처럼 소리꾼을 향해 말하고 있었다.

"조 녀석이 입으로 그러지 않소, 아비가 여럿이라고……. 아비

가 여럿이면 그게 잡놈에 씨가 아니고 뭐겠소?"

소리꾼이 따져 묻듯 그렇게 말하자, 소년의 눈이 한 번 번쩍거렸다.

"아이 씨……."

소년이 소리꾼을 쳐다보며 울대까지 뻗쳐오는 분(憤)을 애써 참아 내고 있었다.

"어허 상술아, 그만두지 않구! 댁두 그렇지, 소리나 한번 뽑지 않구선……."

주인남자가 소년을 나무라면서 아울러 소리꾼 사내한테도 실망스러운 표정을 짓고 있었다.

"미안소이다. 이놈 이제 소리 같은 것도 팔지 않을 참이오. 그래봤자 뭐 장인바치 하루 품삯만두 못하는 것이고, 그놈에 까닭 모를 한(恨)만 가득 쌓였으니까요."

소리꾼 사내가 나갈 채비를 하며 너스레를 놓고 있었다. 실상 소리 하나로 세상을 사는 일이 죽는 것보다 쉽지는 않다고 그는 생각하고 있었다. 더욱이 소리로 풀어 나가리라던 한(恨), 그 가슴에 묻어둔 한(恨)들이 소리를 뽑고 나면 씻어지는 게 아니라, 오히려 없던 한(恨)까지도 가슴의 테안으로 밀려와 쌓이는 것이었다. 이날 입때껏, 따지고 보면 어찌 할 수 없는 호구지책으로 소리를 팔아 왔었지만, 이제야말로 당장 죽는 한이 있더라도 결코 소리 같은 것은 팔지 않으리라 다지고 또 다지고 있었다.

"허, 그래두 그 한(恨)얼 푸는 데는 소리가 질(제일)이요. 이눔도 옛날 홀어미가 베틀에서 흥얼댔던 소리가락을 들으면 한결 기분이 나아져요. 이눔언 그 소릴 들으면서 또 베틀 소리 자장가

삼아 십 수 년얼 살아왔으니께요."

목대잡이 주인남자는 이제 하던 일손을 놓고 한숨을 뿌리며 담배 하나를 꺼내 물고 있었다.

"한 대 피려오?"

"주시오."

소리꾼 사내가 주인남자로부터 담배 하나를 얻어 피워 물고 다시 의자에 앉고 있었다. 소년은 그러는 소리꾼 사내를 이윽히 바라다보면서 입을 한 번 씰룩거리고 있었다. 간이창고 쪽에서 일꾼들이 자른 널판자를 들고 안으로 들어왔다. 그들도 저쪽에 앉아 담배 하나씩을 꼬나물고 있었는데, 일꾼 하나가 소년한테 담배 한 개비를 건네주었다. 소년이 주인 양반의 눈치를 몇 번 보았고, 주인남자는 그것을 알아차렸으나 고개를 끄덕여 허락을 하고 있었다.

"피워라 피워, 상술이 네놈도 한이란 게 있는 모양이던데 이 담배가 한을 눅인데는 괜찮더니라. 쭈욱 빨아라 쭈욱……."

주인남자가 고개를 끄덕이면서 말까지 곁들이자, 소년은 거푸 담배를 빨아들이고 있었다. 그러다가 연기를 삼켜 버렸는지 헛기침을 콜록콜록 하였고, 일꾼들은 연방 배꼽을 잡고 웃고 있었다.

"허……참."

소리꾼 사내는 담배를 피우다 말고 불쑥 자리에서 일어섰다. 이상스레 화가 이마까지 치솟아 올랐다. 사실 나이 스물도 못 미쳐 담배깨나 빠는 축들 치고 앞날이 보나마나 말짱할 것이기 때문이었다.

"가시려오?"

주인남자가 담배 연기를 길게 뿜어 내놓으면서 물었다. 그는 어딘지 모르게 섭섭한 기운이 묻어나 있는 것 같았다.

"보면 모르쇼?"

소리꾼 사내가 담배를 바닥에 비벼 끄면서 퉁명스레 말했다. 그리고는 바랑을 한번 멋쩍게 추슬러 올리고 있었다.

"오늘 달품(월급) 나가는 날인데 이따가 한잔 허겠소?"

주인남자는 여전히 소리꾼 사내를 그냥 보내는 것이 가슴에 맺히는 모양이었다. 소년이 소리꾼 사내를 빤히 올려다보고 있었다. 그도 어딘지 모르게 섭섭한 듯한 표정이었다.

"아니오이다. 실례만 끼치고 가오."

소리꾼 사내는 목대잡이 주인남자를 비롯해 일꾼들한테 버릇처럼 허리를 굽히면서 베틀공장 문을 빠져 나오고 있었다.

"허 참, 딱하신 양반, 소리 곁들여 술 한 잔 하믄서 서로 간에 살아나온 내력이나 한 번 들려주면 좀 좋을텐데 그러네. 쯧 쯧."

주인남자가 등을 보이고 멀어져 가는 소리꾼 사내를 향해 실망스런 말을 흘리면서 혀를 차대고 있었다.

3

소리꾼 사내는 장터와는 반대쪽으로, 얼어붙은 바람을 맞받으며 한없이 둑길을 거슬러 오르다가 잠시 걸음을 멎고 이제 어디로 갈 것인지 궁리하고 있었다. 갑자기 몰아닥친 추위 탓인지 머릿속 까지 얼어붙어 버린 느낌이었다. 어디로 갈 것인가. 그러나 마땅한 곳이 떠오르지 않았다. 찬바람만 둑길을 가로질러 오고 있었다. 그런데 그때 누군가 희미하게 부르는 소리가 들렸다. 소리꾼 사내는 소리가 나는 쪽으로 등을 돌렸다. 찬바람이 옷깃을 펄럭거리며 지나고 있었다.

"아저씨, 아저씨……."

둑길을 따라 바람을 거슬러 오르고 있는 소년의 모습이 보였다. 바로 베틀 공장의 키 큰 소년이었다. 소년은 소리꾼 사내를 연하여 부르면서 둑길을 가로질러 오고 있었다. 소리꾼 사내는 전혀 예상치 못했던 일이어서 깜짝 놀라며 둑길을 달려오는 소년을 이윽히 바라다보고 있었다. 둑방 저쪽으로는 시내(川)를 따라

질펀한 들판이 펼쳐져 있어서 그 들판으로 붙어가는 바람의 기세에 밀려 사내는 거푸 너덜한 옷소매로 살갗을 감싸느라 애를 먹고 있었다.

"아, 아저씨……."

소년은 소리꾼 사내 바로 앞에서 허리를 숙여 헐떡거리고 있었다. 해는 산등성이에 걸려 있고, 그래 둘의 그림자가 둑길 너머로 기다랗게 늘어져 있었다. 바람이 한차례 휘몰아쳐 올 때마다 두 개의 해 그림자가 서럽게 출렁거리고는 하였다.

"왜 그러느냐?"

소리꾼 사내는 손바닥으로 턱수염을 한 번 훑어 내리면서 의아스레 묻고 있었다.

"이, 있잖아요. 오, 오늘 달품 타는 날이잖아요."

"그래, 아까 느이 목대잡이 그 양반이 그랬잖느냐."

소년의 숨 가쁜 말끝에 소리꾼 양반이 싱겁다는 투로 말을 하면서 개의치 않고 다시 걸어오를 태도를 보이고 있었다.

"그래 그러는데요……."

소년이 여전히 숨을 몰아쉬고 있었다. 저쪽 시내(川) 건너편에서 찬바람이 불어와 한 입 코끝을 베어 물고 지나갔다. 소년도 가쁘게 말을 하면서 연방 옷깃을 여미어 목을 감싸고 있었다.

"짜식, 이깟 추위에 입이 얼어 붙었나……."

소리꾼 사내는 소년이 무색하도록 등을 돌리고 다시 둑길을 거슬러 오르기 시작했다. 시내 저편에서 한 떼의 황소바람이 파랗게 휘몰아쳐 오는 것이 보였다. 해가 저물어 가면서 바람은 더욱 세력을 키워나가고 있는 것 같았다.

"……이따가 한 턱 쓸게요."

소년이 소리꾼 사내를 뒤따르면서 말했다. 그러자 소리꾼 사내는 의외로 놀라면서 우뚝 걸음을 멎고 소년을 돌아다보았다. 소리꾼 사내와 시선이 마주치자, 소년은 찡긋 웃고 있었다.

"짜식, 간졸 타면 느이 아비한테 먼저 디밀어야 하는 거야."

소리꾼 사내가 이제 한결 누그러진 태도로 말하면서 소년의 등을 가볍게 두들겨 주었다. 사실 아까부터 그 소년이 그렇게 밉지를 않고, 어딘지 모르게 정이 가는 구석이 있었던 것이다.

"헤헤……, 우리 아빈 여럿이라니까요."

"그럼 너, 그 말 참말이었냐?"

"치……, 소리꾼 아저씬 남수(거짓말)만 치고 다녔나 봐."

소리꾼 사내는 불어오는 바람을 등으로 막아 주면서 소년의 어깨를 다독거려주었다. 소년이 어딘지 모르게 측은해 보이는 것이었다. 소년은 그러는 소리꾼 사내한테 예의 그 뜻 모를 웃음을 찡긋거리고 있었다.

"괜찮아요, 하여튼 한 턱 쓸게요."

"고맙구나, 상술아."

소리꾼 사내가 계면쩍게 말을 뿌리면서 쓸쓸히 웃음을 머금었다.

"헤헤, 아저씨, 이놈 이름두 알아두었구나?"

소년이 손을 맞부비면서 만족한 듯이 웃고 있었다.

"알아두지 않구서……."

"고마워요 소리꾼 아저씨."

"아저씬 실상 네가 맘에 들었거든."

소리꾼 사내도 불어오는 바람에 귀가 떨어질 것 같아 연방 손

으로 귀를 어루만지면서 멋쩍게 말하고 있었다.

"헤헤, 하여튼 아저씨, 쩌그 장터거리 쇠전 초입께 있잖아요? 거기 술집들 몇 있거등이요. 왕대포 할먼네로 가 기세요, 금세 뒤쫓아 갈테니깐요."

소년이 손끝으로 저쪽 둑방 끝 쪽을 가리키면서 말했다. 등 뒤에서 또 한 차례의 황소바람이 몰아쳐오고 있었다.

"고, 고맙다. 고마워."

"꼭 그리로 가 기셔야 해요."

"허참, 알았다 이 녀석아."

"헤헤……."

소년은 등을 바람에 떠맡기듯이 베틀 공장 쪽으로 멀어져 가고 있었다. 소리꾼 사내는 멀어져 가는 소년의 뒷모습을 바라다보면서 둑길을 따라 다시 걷고 있었다. 이제 바람은 등 쪽에서 불어오는 셈이었는데, 아까와는 반대쪽으로 걷고 있는 때문이었다.

한참을 둑길을 따라 걸었다. 이제 해 그림자도 자취를 감추고 있었다. 겨울날은 낮이 별나게 짧고 밤이 유독 길어지는 것이다. 벌써 어둑한 기운이 자욱이 내려앉아 굽이진 산등성이와 하늘의 경계면조차 분간할 수가 없었다. 소리꾼 사내는 소년이 일러준 대로 쇠전 초입의 왕대포 할머니 집으로 들어갔다. 탁자가 대여섯 눌러 앉아있는 규모 작은 술집이었다. 어둑한 겨울날임에도 불구하고 아직 늦은 몇몇의 술손들이 볼에 거나하게 술이 올라 남도가락을 뽑고 있었다. 그들은 장사꾼들이 분명해 보였는데, 한쪽에서는 턱수염이 더부룩이 자라 오른 중년 사내 하나가 전대에서 돈을 꺼내 손에 침을 발라가며 헤아리고 있는 게 보였다.

"이리 앉으시우."

주인 노파는 소리꾼 사내를 위아래로 한 번 이윽히 훑어 내리면서 등받이 없는 앉은뱅이 의자를 그의 앞에 끌어다 놓고 있었다. 취흥이 오른 장사꾼들이 소리가락을 뽑아내면서 연방 소리꾼 사내를 흘깃거리고 있었다.

"대폴 드실라우?"

소리꾼 사내가 앉은뱅이 의자에 앉기가 무섭게 주인 노파가 직업적인 어투로 물었다.

"주쇼."

그는 자신을 흘깃거리는 술손들 때문에 멋쩍은 기분이 되어 손장단이나 짚어 나가면서 말했다. 주인 노파가 탁자 위에 술을 내오며 소리꾼의 행색을 꼼꼼히 살펴보고 있었다. 아무래도 소리꾼의 차림이 남달라 보이는 것이었다.

"이년이 한 잔 치겠수."

"고맙소."

소리꾼 사내는 주인 노파가 잔을 채우자마자, 곧장 잔을 비워 내면서 창문 밖을 기웃거리고 있었다. 창밖은 이제 어둠의 병사들에 완전히 점령당했고, 소년은 아직 나타나지 않고 있었다. 소리꾼 사내가 노파 앞으로 잔을 들이밀자, 노파는 이마에 주름을 만들며 고개를 저었는데, 술손들을 거들다 보니 노파로써도 한껏 취기가 올라 버린 것이었다. 노파가 소리꾼 사내한테 술을 치면서 "이 골(고을) 사람이우?" 하고 물었다.

"아, 아니오이다. 그냥저냥 떠도는 길손이라오."

소리꾼 사내가 술잔을 받으면서 노파의 물음에 말시답을 해주

고 있었다. 아직도 소년은 나타나지 않고 있었다.

"그래 묻는 거유. 행색도 말이 아닌데다, 첨(처음) 보는 양반인 것 같응께유."

"그럴 법도하오, 근데 혹여 베틀공장 상술이란 놈을 아시오?"

소리꾼 사내가 물었다. 그는 적어도 이 노파만큼 소년의 내막을 알고 있을 것 같다는 생각이 들었다."

"아다마다요, 역전 식당 남정네 아덜(아들)이유."

"그게 정말이오?"

"잘언 모르겠소만, 이태 전인가 그 아비가 역전 식당네를 보았는데 그때 묻어온 자식이라 헙디다."

그러나 노파도 떠도는 소문만을 알고 있는 모양이었다. 그가 생각할 때 분명 그 소년은 식당 사내의 자식이 아닌 것 같기 때문이었다.

"허……그렇소?"

소리꾼 사내는 주인노파의 말에 그렇게 얼버무리고 있었다. 소년이 들어온 것은 바로 그때였다. 그가 들어오자마자, 주인노파가 눈을 흘기면서 한마디를 내뱉고 있었는데, 노파는 소년을 끔찍이 위해주고 있는 듯해 보였다.

"상술이 니눔두 양반되긴 글렀이야."

"헤헤, 이눔언 원래 개쌍놈이라니까요, 할먼네."

"낄낄낄……."

저쪽 구석에서 장꾼들이 낄낄거리며 웃었다. 소년의 말에 어딘지 모르게 웃기는 구석이 있었던 때문이다. 소년은 소리꾼 사내를 보고 찡긋 웃어 보이며 그와 마주보고 앉아 손바닥으로 연

방 얼어붙은 두 귀를 맞부비고 있었는데, 밖의 추운 날씨 탓에
얼굴까지 벌겋게 상기되어 있었다. 술집 노파는 소리꾼 사내의
술판에 붙어 있을 요량이었으나, 저쪽 장꾼들의 술판으로 불려가
고 말았다. 장꾼들의 성화에 어쩔 수가 없던 모양이었다. 노파는
장꾼들의 술판에서 술시중을 들면서도 소리꾼 사내와 소년을 의
아스레 바라다보고는 하였다. 소리꾼 사내가 술잔을 비우고 나서
소년한테 잔을 들이밀자, 소년은 예의를 갖추듯 한 번 고개를 젓
고 있었다.

"한 잔 쭉 마셔라."

소리꾼 사내가 한쪽 손으로 잔을 잡고 술을 가득 따라 붓고 있
었다.

"싫어요."

소년이 예의상 한 번 거절을 하였다.

"괜찮다. 어서 쭉 마셔보라니까."

소리꾼 사내는 소년이 담배를 피우는 걸로 미루어 묻지 않아
도 술을 마시리라 생각하는 중이었다.

"담배 핀다고 화를 냈잖아요?"

"이놈아, 어른 앞에서 맞담밸 텔 수 없어도 술언 함께 맞잔을
잡는 거야."

"헤헤, 소리꾼 아저씨 증말 맘씨 조타."

소년은 대뜸 술잔을 받아들어 단숨에 잔을 비워 버렸다. 그리
고 안주를 입에 갖다 넣지도 않고 소리꾼 사내한테 잔을 권하고
있었다.

"달품얼 앞 번 달 보다 나우(많이) 받았어요. 한 턱 쓸게요. 왕

대포 할먼네, 여그 술 두 되만 갖다 놓세요."

소년은 날을 잡아 퍼마실 요량이었는지 대뜸 술 두 되를 청했다. 소리꾼 사내는 소년의 그러한 행동들이 정말 믿기지를 않았다. 그리고 이렇게 나란히 술잔을 마주하고 있노라니, 소년이 마치 거대한 어른이 되어 있는 느낌이었다. 그러나 녀석의 어딘가에는 아직 청순하고 숫되먹은 나불이 남아 있는 것도 같았다.

"허……, 너 이제 보니 술꾼이구나."

"헤헤, 알 만한 사람은 다 알아요. 한 턱 쓸게요. 쭈욱 들이키세요, 소리꾼 아저씨."

소년은 간조를 탄 봉투를 쓰윽 꺼내 보이면서 술값일랑 염려 마라는 눈치를 보였다.

"공장 사정이 어렵다고 느이 목대잡이가 그러드라만."

"헤헤, 공갈치는 거예요. 원래 뜨내긴 싫어 하거등이요."

소리꾼 사내가 술잔을 비워 내자, 소년이 주인 노파한테 술을 재촉하고 있었다. 노파가 투덜거리며 술 두 되를 탁자 위에 올려 놓으면서 빈정거리는 투로 물었다.

"오늘두 이 술얼 다 퍼마실 참이냐?"

"헤헤, 알잖아요. 이놈두 마시구 싶을 때가 있다니깐요."

"허, 누가 술장사 아들 아니랄까봐 그런다."

술집 노파는 혼잣말처럼 지껄이며 저쪽 술판 쪽으로 가 버리고 있었다.

"베틀은 정말 만들어내지 않는 그냐?"

소리꾼 사내가 소년한테 술잔을 건네며 넌지시 물었다. 그도 베틀 공장의 목대잡이가 어딘지 모르게 진실 되어 보이지 않았던 때문이다.

"그건 맞아요. 하지만 널(관)얼 만들면서는 이문두 쏠쏠하다니깐요."

"그게 참말이냐?"

"생각해 봐요. 이십 리 밖에서도 사람이 죽어나믄 이리루 널얼 사러 온다니까요."

"허, 그도 그렇겠구나."

"씨팔, 이십 리 밖에서 널얼 사러 오면 꼭 야밤중 느지막이 온다고요. 그래 우리 목대잡이가 나럴 깨워 그 널얼 리어카에다 싣구 함께 간다니깐요."

소년이 주인사내에 대한 불만을 늘어놓고 있었다. 그러나 그의 얼굴에 불만스러운 기운은 묻어 있지 않고, 왠지 모르게 만족한 듯한 기색이 역력해 보였다.

"허허, 네놈은 널이 팔려 나가믄 고소하다믄서?"

"헤헤, 그건 그래요. 왕대포 할먼네, 여그 술잔 하나만 더 갖다 줘요. 아이 씨, 입 간지러서……."

소년은 번갈아 잔을 주고받으며 마시는 것조차 마음에 차지 않았던지, 잔 하나를 더 내오게 하였다. 주인 노파는 발심부름을 시켜대는 소년이 못마땅한 모양이었다. 그러나 밉지는 않다는 투로 쏼라거리고 있었다.

"니눔 등살에 왕대포 할먼네 공알 떨어져 나가긋다 이눔아."

"캴캴캴……."

저쪽 술꾼들이 주인 노파의 말끝에 배꼽을 잡아 웃고 있었다.

"어허 주모, 오늘 말빨 한 번 잘 스네. 어여 오게 어여, 이놈

노파한테 술 한 잔 더 받아야겠네."

술집 노파는 장사꾼들이 벌여 놓은 술판 쪽으로 달음질치듯 하고 있었다. 소리꾼 사내는 소년의 얼굴에 술기운이 번져 오르는 것을 보고 이제 천천히 녀석에 대한 궁금증을 하나씩 풀어 보리라 마음을 다지고 있었다. 소리꾼 사내와 소년은 이제 각자 앞에 놓인 술잔에 겨끔내기로 술잔을 채워 주고 있었다. 둘의 얼굴이 모두 벌겋게 올라 있었는데, 소리꾼 사내는 아침나절부터 마셨던 술 탓에 속이 차츰 매스꺼워지는 느낌이었다.

"자, 쭈욱 들어라."

소리꾼 사내가 자신의 술잔에 한 번 입술을 갖다 대면서 소년에게 마음 놓고 들이킬 것을 권하고 있었다. 그래, 소년은 연거푸 석 잔의 술을 비웠고, 또 다시 남은 술 되를 잡아들어 스스로 잔을 채우고 있었다.

"느이 어민 죽었든 거냐?"

소리꾼 사내가 의문점을 하나 들추어내면서 소년의 표정을 이윽히 바라보고 있었다.

"헤헤, 아니요. 울 어민 살아 있어요."

소년은 아까와는 사뭇 다른 말을 지껄이며 벌겋게 된 얼굴로 연방 술잔을 비워 냈다. 그의 얼굴은 문득 목이며 손등까지 붉은 점이 돋아 오르고 있었다.

"아까참엔 남수(거짓말)를 친 거니 그럼?"

소리꾼 사내가 주인 노파한테 담배 하나를 청해 피워 물며 소리를 낮춰 묻고 있었다. 소리가 크면 소년의 입장이 난처할지도 모르리라는 생각이 불현듯 스치는 것이었다.

"아니요, 울 어민 없어요."

"어허, 이 녀석아 어른허구 장난치면 못써!"

소리꾼 사내가 담배연기를 길게 뿜어내며 나무라듯 말하고 있었다. 그 때, 저쪽의 장사꾼들이 무르익은 술판을 접어 일어서고 있었고, 주인 노파는 재빨리 계산을 치르고 있었다.

"헤헤, 소리꾼 아저씬 이눔 속얼 모른다니까요. 울 어민 실상 살아 있제만, 이눔 가슴에서 이미 사라진 지 오래란 말예요. 그게 살아 있기두 허고 죽어 있기두 한 게 아니고 뭐예요?"

소년은 얼굴이 화끈거리는지 손가락 끝으로 얼굴의 이곳저곳을 쿡쿡 누르면서 술집 노파한테 냉수 한 그릇까지 청했다. 그리고 노파가 물그릇에 가득 찬물을 떠오자 벌컥벌컥 들이켜고 있었다.

"허어 듣고 보니 니 말이 맞구나. 그럼 느이 아빈?"

소리꾼 사내는 소년이 무슨 연유로 어미를 가슴에서 사라지게 하였는지가 궁금하지 않을 수 없었으나, 아무래도 어린 마음에 긁어 부스럼을 내는 것만 같아 어미에 대해 더 이상 묻지를 않고 그 아비에 대해 물었다. 그 물음만큼 묻지 않을 수가 없었다. 그럴 것이, 소년의 입에서 번번이 아비가 여럿이라는 말이 흘러 나왔기 때문인데, 더욱 호기심이 이는 것은 역전 식당 사내와의 관계였다.

"헤헤, 울 아비는 여럿이거등이요. 하지만 진짜 아비가 누군지는 아직 이눔두 알 수가 없다니까요. 헤헤, 아마 절대루 알 수 없을 거예요."

소년은 자신의 잔에 술을 가득 부어 놓고 담담한 태도로 말을 하고 있었다. 그는 의외로 어떤 감정에 동요되지 않고 있었다.

"자, 한 잔 쭉 마시거라. 이놈도 오늘언 한 번 마셔야 할 것 같구나. 자, 어서……."

소리꾼 사내가 소년한테 술을 재촉하며 자신도 피우던 담배를 바닥에 비벼버리고 술잔에서 입술을 한 번도 떼지 않고 잔을 비워 내고 있었다. 소년도 소리꾼을 따라 잔을 비웠다. 그들은 서로 쳐다보고는 약속이나 한 듯 똑같이 입가로 가느다란 웃음을 흘렸다. 그들 사이에는 벌써 어떤 끈끈한 정으로 넘쳐흐르는 것 같았다.

술집 노파는 그날 장사를 마무리하고 있었다. 장이 서는 날은 언제나 낮 손님이 붐벼 몸이 노곤하였으므로 저녁 장사는 일찌감치 끝내기 십상이었다. 그래, 여느 장날처럼 그날도 손님이 어서 나가기만을 기다리며 거듬거듬 탁자를 치우고 있는 것이었다.

소리꾼 사내와 소년은 마지막으로 잔을 비우고 술집에서 나왔다. 장터거리에는 이미 사람의 발길이 끊어진 상태였다. 갑자기 추위가 몰려오자, 행인들의 발길이 급해진 탓도 있을 터이었다. 그들은 정면으로 바람을 맞으며 장터거리를 걸어 내려갔다. 찬바람이 씽씽 들판을 가로질러 와서는 가로수의 앙상한 가지를 볼숲고 지나갔다. 소리꾼 사내는 바랑에 찔러 박은 벙치를 꺼내 소년의 머리에 씌워 주면서 자신도 옷깃을 잡아 늘여 자꾸만 살갗을 감쌌다. 그러나 한 번씩 세게 황소바람이 몰아쳐 올 때는 핏줄마저 뻣뻣하게 굳어버리는 느낌이었다.

"한턱 쓴 거 고맙다."

소리꾼 사내가 바람을 등지고 담배에 불을 붙이며 말했다. 몰아치는 바람 탓에 그는 두 번 만에야 담배에 불을 붙일 수가 있었다.

"헤헤, 뭘요. 아저씨 하곤 뭔가 통할 거 같았으니깐요."

소년이 바짝 몸을 웅크리고 걸어가면서 겸손을 떨며 말했다. 그도 이제 술이 말짱 걷혀 버린 모양이었다.

"허……, 그렇게 생각해 줘서 고맙다. 이놈언 너한테 아무 것도 베풀 수가 없는데……."

소리꾼 사내가 심드렁히 말하면서 담배를 길게 빨아들이고 있었다. 그가 담배를 뿜어내자 연기가 흔적 없이 흩어져 버리고 있었다.

"괜찮아요, 소리꾼 아저씨한테 꼭 한턱 쓰고 싶었으니깐요. 소리나 한 번 들려주세유."

"그래, 이놈이 상술이 너한테 베풀 수 있는 건 그것 밖에 없을 것 같구나. 근데 소릴 좋아하니?"

"그러믄이요, 낮참에 식당에서 한 거 있잖아요? 그거 한 번 들려주세유. 이눔이 그 대목얼 새겨두었거등이요."

"아니, 니가? 정말이냐?"

"그러믄이요, 아주 오래 전부터 들어 왔거등이요."

소년의 말에 소리꾼 사내는 문득 놀랐다. 소년이 그 같은 소리를 어떻게 새겨들었을까. 그리고 그가 누구로부터 그 소리를 새겼더란 말인가. 소리꾼 사내는 식당 사내의 소리를 듣는 태도가 예사롭지 않았던 것을 불현듯 떠올리고 있었다.

"너, 그 소릴 누구한테 새긴 거니?"

"헤헤, 그건 아직 비밀이예요. 소리나 먼참 들려주세유."

소년은 소리꾼이 소리를 하기 전에는 결코 그 사실을 먼저 이

르지 않겠다는 투로 자르듯이 말하고 있었다. 소리꾼 사내는 그
런 소년의 태도에 그다지 괘념치 않고 담배를 바람 속에 날려 보
내면서 창연히 소리 하나를 뽑고 있었다. 바로 오정 때 소년네
식당에서 뽑은 그 대목이었다.

　　떴다 보아라 저 까마귀
　　월명심야 고요헌듸
　　남천을 무릅쓰고
　　반공에 둥둥 높이 떠서
　　까옥까옥 까르르르 울고 가니
　　조조 듣고 묻는 말이
　　저 까마귀 어찌 우는고
　　…… …… …… ……

　소리꾼 사내의 소리는 바람에 날려 어둠 속으로 멀어져 가고
있었다. 사내의 소리가 끝날 때 쯤 하여 소년도 흥이 올라 소리
꾼의 소리를 소리 높여 따라하고 있었다.
　"허, 상술이 네놈도 제대로 새겼구나. 그래, 그 소릴 누구헌테
새겼드냐?"
　소리꾼 사내가 넌지시 물었다. 그의 짐작대로라면 그 소리를
새긴 사람들은 대개 그 아비와 관련이 있을 게 분명했다. 남도
땅에서 그 소리를 제대로 할 수 있었던 사람은 바로 그의 아비가
아니던가.
　"헤헤, 식당 아저씨한테 새겼거등이요."

"느이 식당 말이냐?"

"그렇다니깐요."

소리꾼 사내는 깜짝 놀라고 말았다. 너무 뜻밖의 사실이기 때문이었다. 아침나절 식당 사내가 소리에 관심을 가진 것은 사실이지만, 아비가 자신에게 물렸던 그 소리를 그가 새기고 있다하니 도대체 믿기지가 않는 것이었다.

"그래, 느이 식당 아저씬 그걸 어디서 새겼다더냐?"

소리꾼 사내가 바짝 긴장하며 소년에게 물었다. 소년은 진지하게 물어오는 소리꾼의 태도에도 그리 별다른 느낌을 갖지 않고 있었다.

"헤헤, 있잖아요. 어느 전쟁터에서 소리꾼한테 새겨들은 거래요."

"뭐? 소리꾼?"

소리꾼 사내는 우뚝 걸음을 멈추고 말았다. 정말 믿기지 않는 일이었다. 그의 아비가 분명한 것 같았다. 소년도 우두망찰 놀라는 소리꾼 사내의 태도에 의아한 듯 걸음을 멎고 있었다. 까만 어둠의 너울을 가르며 바람이 씽씽 휘몰아쳐 오고 있었다.

"그렇다니깐요."

"그래, 니가 아는 바대로 일러라."

소리꾼은 자신도 모르게 흥분을 하고 있었다. 벌써 오래전 일이지만, 막상 어미 아비 일을 떠올리니 피가 끓어오르는 것이었다. 소년은 소리꾼 사내가 의외로 발끈하자, 자신이 괜한 사실을 들춰내고 있지나 않을까, 하고 생각하며 아까보다 훨씬 심드렁한 태도로 말하고 있었다.

"그 아저씬 반란군이였대요. 그런데 어느 날 반란군 은신처에 소리꾼 부부가 끌려 왔더란 것이여요. 남정넨 소리를 팔고, 아낙도 그 사내의 소리에 화답을 하면서 목숨을 부지 했더란 것이여요. 아낙이 대창에 찔려 먼참 죽자, 남정넨 도망갈 궁리만 했고, 그때 놈들이 진지를 이동하던 날 틈을 타서 도망을 치다가 결국 총에 맞아 죽었단 것이여요. 그때, 바로 식당 집 아저씨가 그 사낼 총으로 쏘아 죽였대나 봐요……."

"그, 그만, 그만해라!"

소리꾼 사내는 버럭 고함을 쳐 버렸다. 가슴이 벌렁거렸다. 식당 집 사내가 바로 그의 소리꾼 아비를 죽였다 하니, 정말 믿기지 않는 일이다. 어쩐지 아침나절에 주인사내를 보았을 때부터 꼬집어 이렇다 할 수 없는 이상한 느낌이 일었던 것이다. 악연치고는 결코 돌이키고 싶지 않은 악연이다. 그러나 얼마나 많은 세월이 흘렀던 것인가. 소리꾼 사내는 당장에 주인사내의 목을 짚어버리고도 싶었으나 한사코 끓어오르는 가슴을 지그시 누르고 있었다.

참자. 참자…….

수도 없이 마음속으로 지껄이면서 천천히 걸음을 옮기기 시작했다. 소년도 발끈하는 소리꾼 사내의 태도에 민망스러웠던지 한참을 아무 말도 하지 않고 걸음만 떼고 있었다. 얼마나 걸었을까. 멀리 오른쪽으로 산 자드락을 끼고 눌러앉은 마을의 불빛들이 눈에 들어왔고, 좀 더 걸어내려 가자 역사의 창으로 흘러나오는 희미한 불빛도 보이고 있었다. 그들은 식당 앞에서 잠시 호흡을 가다듬었다. 식당의 창문을 통해 희미한 불빛이 흘러나오고

있었다. 소리꾼 사내는 곧장 식당으로 들어가지 않았다. 소년도
그럴 마음이 일지 않는 모양이었다.

"대합실로 들어가요, 아저씨. 거기 톱밥 난로가 하나 놓여 있
거등이요."

"그러자."

그들은 대합실 문을 열치고 들어갔다. 대합실 안은 텅 비어 있
었다. 희미한 전등이 천정에서 가물거리고 있었다. 그들이 대합
실 문을 열치고 들어가자, 나이 든 역무원이 매표구 위쪽 창문을
통해 한번 흘깃거렸고, 때 묻은 바람벽에 걸려 있는 벽시계는 한
시 삼십 분을 가리키면서 멈춰 있었다. 그들은 톱밥 난로를 가운
데 두고 나란히 앉았다. 대합실 문틈을 통해 찬바람이 이따금씩
기어들고 있었다.

"그 식당 아저씨, 정말 느이 아비가 아니지?"

"헤헤, 알잖아요. 그냥 아저씨라구요. 우리 아빈 여럿이라니깐
요."

소년의 대답이 아까 번보다도 진지해졌다. 소리꾼 사내의 마
음을 어느 정도 이해하는지도 모를 일이었다.

"여럿이라니, 그게 다 무슨 말이야?"

소리꾼이 소년의 머리에 씌워준 벙치를 벗겨내 난로에 바짝
갖다 쬐이면서 물었다. 아까부터 그게 가장 궁금했던 것이다.

"헤헤, 아저씬 좋은 사람이니까 말해 주는 거예요."

"그래, 아저씬 좋은 사람이다. 어서 말해 보렴."

"때리지 않을 거죠?"

소년이 소리꾼의 눈치를 꼼꼼히 살피면서 물었다.

"허 참 알 수 없는 말만 늘어놓는구나, 너."

"그럼 말할게요. 때리지 않는 거예요?"

"허……, 그게 다 무슨 말이냐니깐?"

"헤헤, 이눔언 사실 빨갱이 잡놈들에 씨거등이요."

소년은 멋쩍은 듯 얼굴을 손바닥으로 가볍게 한 번 훑어 내렸다. 그리고는 입술을 떨면서 소리꾼 사내를 쳐다보고 있었다.

"허…… 그, 그럼……."

소리꾼 사내는 얼결에 자리에서 벌떡 일어섰다. 짚이는 데가 있는 때문이었다. 그러잖아도 베틀 공장에서 소년의 말을 듣고 불현듯 그런 생각이 떠올랐던 것이었다.

"니가 혹여 따, 따개비 아니더냐?"

"예……?"

소년은 소리꾼의 물음에 우두망찰 놀라고 말았다. 분명했다. 베틀강의 한 가녘에서 주막을 치고 있는 노파의 아들이 분명한 것이었다. 소리꾼 사내는 떠돌면서 베틀강 가녘에 주막을 치는 노파로부터 아들에 대한 얘기를 들었던 적이 있었다.

"맞지, 따개비가 맞지?"

소년은 눈물을 글썽거리면서 고개를 가볍게 끄덕이고 있었다. 소리꾼 사내는 소년의 손을 꼭 쥐어 잡았다. 참으로 기이한 인연이었다. 그래 그런지, 녀석을 처음 보았을 때부터 이상하게 끌리는 데가 있었던 것이다. 소년은 설움이 북받쳐 오는지 입가로 흘러나오는 울음을 애써 참고 있는 모양이었다.

"허믄, 니가 짜고 있는 널(관)은 느이 어밀 위한 것이었더냐?"

소리꾼의 물음에 소년은 고개를 끄덕이고 있었다. 그리고 소년은 정말 참을 수가 없었던 듯 소리를 내어 울어 버리고 있었다.

"허, 따갭아, 느이 어민 시방 니가 오기만을 기다리고 있단다. 이 아저씨가 얼마 전에 베틀강을 다녀왔더니라. 느이 어민 녀석아, 네가 다시 베틀강에 찾아오기만 하면 니 앞에서 무릎 꿇고 빌 것이라 하시더라."

"차, 참말로 울 어미가 날 기다린단 말여유?"

소년이 믿기지 않는다는 듯이 물었다.

"허…… 그렇다니까. 이놈아 내일 당장 짐을 챙겨 느이 어미한테 가자. 네 어미가 얼마나 가슴이 미어지겠는지 생각 좀 해봐라."

소년은 눈물을 뿌리며 울고 있었다. 그러자 역무원이 창문을 열고 호통을 쳤고, 소리꾼 사내는 그러는 역무원이 못마땅해 바닥에 침을 찌익 내갈기고 있었다.

4

소리꾼 사내는 소년의 손을 잡고 식당으로 들어섰다. 주인사내가 술 냄새를 풍기면서 소리꾼을 맞았다. 식당의 저쪽 구석으론 아침나절에 시당리를 찾아왔다는 키 작은 사내가 아이와 함께 쓸쓸히 앉아 있었다.

"허어, 이놈을 어디서 만났드랬소?"

주인사내가 의아스레 물었다.

"베틀 공장엘 갔었소."

소리꾼 사내가 다소 비꼬아서 말했다.

"그래, 함께 술얼 마셨드랬소?"

"그렇소. 이놈이 간졸 탄 모냥이오."

"허, 그래 무슨 얘길 나눴던 게요?"

주인사내가 바짝 경계하는 낯빛을 띠며 물었다. 소리꾼 사내는 가슴이 끓어올랐으나 애써 참고 있었다. 바로 이놈이 소리꾼 아비의 원수가 아닌가 말이다.

"이놈 아빈 소리꾼이었소!"

소리꾼 사내가 자르듯이 말했다. 순간 그의 눈빛이 한 번 번뜩거렸다.

"히믄……."

"반란군한테 죽었소!"

소리꾼의 입에서 그런 말이 튀어나오자 주인사내의 얼굴이 순식간에 굳어지고 있었다.

"당신이 반란군이었소?"

"아이고 소, 소리꾼 양반! 이, 이놈을 죽이시오! 당장 이놈을 죽여주시오!"

주인사내는 넙죽 땅바닥에 무릎을 꿇고 머리를 조아리고 있었다. 그때, 주인사내의 여자가 저쪽에서 방문을 열고 나오면서 주인사내를 향해 된 발음의 욕설을 뱉고 있었다. 그리고 소년을 향해서도 실망스럽게 손가락질을 하며 당장 나가라고 빽 소리를 지르고 있었다.

"아이 씨발…… 맨날 나만 갖고 그래. 나가면 될 거 아녀!"

소년이 여자를 향해 욕설을 내뱉자 여자가 우적우적 걸어와 댓바람에 소년의 머리채를 잡아버렸다.

"아이 씨발! 이거 안놔 안놔!"

"이눔 새끼야, 주둥이 한 번 더 놀려 봐라, 주둥이 한 번……."

여자가 소년의 머리채를 잡고 흔들어 버리자 소년이 낯을 찡그리며 빠져 나오려고 애를 쓰고 있었다.

"씨발 놔, 이거 놔……."

"이 빨갱이 새끼들아, 지발 이년 앞에서 꺼져 버려, 이 두 빨갱이 놈들 술주정에 이년이 길래 미쳐버릴 것이여."

여자가 소년의 머리채를 세게 뿌려 버리자, 소년이 푸욱 고꾸라졌다. 한바탕 실랑이 하고 나니 술기운이 다시 치솟아 오르는 느낌이었다.

"어허, 그만들 허시지요."

시당리 찾아왔다는 키 작은 사내가 모두를 진정시키고 있었다. 주인사내는 여전히 소리꾼 사내 앞에 무릎을 꿇고 앉아 손을 싹싹 마주 부비고 있었다.

"이놈얼 죽이시오! 제발 이놈얼 죽여주시오!"

그러나 소리꾼 사내는 괴로운 듯이 거푸 고개를 흔들며 저쪽 앉은뱅이 의자에 앉고 있었다.

"소리꾼 아저씨! 허, 허지만 우리 아저씬 좋은 분이예요."

소년이 소리꾼 사내를 바라다보며 울먹이는 소리로 말하고 있었다. 소년이 뗏목을 타고 베틀강을 건너 산을 타고 내려가다가 지쳐, 어느 상수리나무 아래서 잠이 들었다. 그런데 누군가 그만 그를 깨우는 것이었다. 그때는 이미 깊은 밤이었다. 멀리 승냥이의 날카로운 울음소리가 가슴을 찢듯이 들려오고 있었다.

"아이야, 이 밤중에 어인 일루 이런 산 속에서 잠을 자는 거냐?"

낯선 사내가 물었다. 소년은 그간 있었던 일을 밤새 그에게 들려주었다. 사내도 자신의 내력을 소년에게 들려주었는데, 자신이 빨갱이 짓을 하여 고향에 낯을 들이밀지 못하고 이리 헤매고 다닌다는 얘기였다. 사내는 아녀자들을 강간하고 죄 없는 양민들을 잡아다 마구 죽였더란 것이다. 그래, 그때 그 아녀자들한테 아이를 배태시켰을지도 모른다는 것이었다. 사내와 소년은 그날 바로 서로 아버지가 되고 자식이 되자고 입다짐을 했더란다. 그러나 소년은 자신의 입으로 차마 아버지라 부를 수가 없더란 것이었다. 그 후, 사내는 소년을 거두었다. 어디 일거리가 나면 찾아가서 소년을 옆에 두고 신역을 치렀더란다. 사내는 그게 반란군 시절의 죗값을 조금이나마 갚는 것이라 생각했더란 것이다.

그러던 어느 날, 그들은 이십 리 밖 너머, 이양이란 고을에 닿았더란다. 그 때, 사내는 역전의 식당에서 소년과 함께 하룻밤을 묵었는데, 다행히 여자가 의지가지없는 과수푼이어서 하룻밤 정을 통하고 그 길로 그만 그 집에 눌러 앉게 되었더란 것이었다.

"소리꾼 양반, 이눔얼 죽이시오. 이눔얼……."

주인사내가 소리꾼을 향해 자학하듯한 말을 흘리고 있었다.

"우리 아저씬 좋, 좋은 사람이에요."

소년이 여전히 울음을 섞어 말하고 있었다. 소리꾼 사내는 의자에 걸터앉아 무슨 생각에 잠기듯이 고개를 수그리고 있었다. 흐느끼고 있는 것도 같았다.

"허, 지난날을 되새기면 뭐 허겠소. 이놈도 아비가 반란군한테 죽었다오. 그런데 어찌된 운명인지 그때 그 반란군 대장을 한 놈의 여식을 좋아하게 되었던 것이오. 한 마을에 살았으니까요. 이 짝이나 저짝이나 펄쩍 뛰었소. 뭐, 마을 사람들도 우릴 사람 취급하지 않았으니까요. 어느 날 우린 마을에서 도망을 쳤소. 다시는 고향을 밟지 않으리라 다짐을 했던 것이오."

키 작은 사내는 의자에 앉아 아이를 무릎 위에 올려놓고 있었

다. 그리고 담배 하나를 피워 물고 있었다.

"그래 십 년을 넘게 타관에서 살았소만, 하룻밤 되게 싸움이 벌어졌소. 홧김에 빨갱이 자식 어쩌고 이놈이 입방정을 떨어 버렸던 것이오. 우리 여편넨 그 길로 집을 나가 버렸어요. 첨엔 그저 한 번 그래 보는 것이라고만 생각했소. 허지만 영영 돌아오지 않았소. 그게 바로 두 해가 지난거우다. 하여 저는 타관에 눌러 있고 싶지도 않아 고향에 눌러 살 요량으로 거듬거듬 봇짐을 쌌소. 허나 소문대로 시당린 폐촌이 됐습다. 우리 어미도, 여편네 어미도 모두가 그 마을 떴등구만이요."

키 작은 사내의 볼을 타고 눈물이 흘러내리고 있었다. 그는 아이를 등에 업고 어디론가 떠날 차비를 하고 있었다. 그런데 그때 누군가 식당 문을 열치며 들어서고 있었다. 베틀 공장의 목대잡이 사내였다.

"어허, 식당 안이 왜 이리 썰렁하오? 야, 상술아!"

베틀 공장의 목대잡이가 서두르듯 하고 있었다. 소년은 이미 알고 있었다. 목대잡이가 그리 늦은 시간에 무슨 일로 거기 와야 했는지를……

"또 어데서 사람이 죽었어라우?"

"이, 쪼께 고생 잠 혀야 쓰겠다."

"헤헤, 차라리 잘 되었어요. 오늘은 왠지 한정 없이 걷구 싶으니께요."

소년이 어느덧 흐트러진 자세를 고쳐 잡으면서 목대잡이를 따라 나설 준비를 하고 있었다. 식당 저쪽의 무슨 통에서 닳아진 목장갑까지 끼워 넣고 있었다.

"시방 가야 할 곳이 쩌그 베틀강이다!"

순간 소년이 화들짝 놀랐다. 그건 소리꾼 사내도 식당의 주인 사내도 마찬가지였다. 목대잡이와 키 작은 사내, 그리고 주인 여자는 그저 무덤덤하게 소년을 바라보고 있었다. 소년은 예감이 좋지 않았다. 베틀강 하면 으레 그의 어머니가 떠오르기 때문이었다.

"베틀강 누가 죽었던 게오?"

소리꾼 사내가 가슴을 바잡으면서 물었다. 소년과 주인사내의 시선이 번쩍이며 목대잡이를 향하고 있었다.

"혼자 사는 술집 주모라오. 집 나간 아들 녀석을 기다리다가 길래 죽고 말았다 하오."

목대잡이의 말에 소년은 심장이 우뚝 멎는 느낌이었다. 자신도 모르게 울음이 쏟아져 나왔다. 소리꾼 사내도 그때는 눈물을 뿌렸고, 반란군 했다는 주인사내도 눈물을 뿌리고 있었다.

목대잡이는 소년의 내막을 전해 들었다. 공장에서 상술이가 은밀히 만들고 있었던 관과 해괴한 노래의 의미를 깨닫게 되었다. 목대잡이 역시 슬프고 안타까운 모습으로 소년을 그러안듯 감싸면서 말했다.

"그래 상술아 니 맴 안다. 어여 가자, 느이 어미 시신얼 네놈이 치워야지."

그들은 리어카에 관(널)을 싣고 이십 리 밖 베틀강을 향해 걷고 있었다. 관은 바로 소년이 오랫동안 준비했던 그 관이었다. 비록 보기 좋게 옻칠을 하지는 못했지만, 소년이 자신의 어머니를 위해 오랜 세월 정성을 들여 만든 관이었던 것이다. 사람이

죽고 사는 일이 어디 뜻대로 되는 것인가. 소년은 실상 어머니가 살아서는 자신을 받아주지 않는다 해도 어머니에 대한 그의 마음은 변하지 않으리라 다짐을 했던 것이다. 가슴에서 이미 사라진 어머니가 때론 문득문득 가슴 가득 차 있음을 깨닫고는 하였다. 하여, 마지막 가시는 그 길만큼 자식으로서의 도리를 다하리라 마음을 다졌던 것이다.

그들이 찬바람과 어둠을 헤치며 베틀강에 도착한 것은 아침 동틀 녘이었다. 마을 사람들이 몇 베틀강 가녁의 주막집에서 시신 치우는 문제를 의논하고 있었다. 그들은 한데 힘을 모아 장례를 치렀다. 소년의 어머니는 베틀강 건너 안산(案山)에 묻혔다. 거기 세봉의 무덤이 동그마니 앉아 있었다. 전쟁 통에 죽은 노파의 남편과 같은 날 아버지와 함께 죽은 노파의 아들과 함께였던 것이다.

마을 사람들은 모두 돌아갔다. 온종일 산새들만 무심히 울음을 뿌리고 있었다. 무덤의 옆으로 소년과 소리꾼 사내가 쓸쓸히 앉아 있었다. 그리고 목대잡이와 식당 사내와 시당리 키 작은 사내는 저쪽 주막집 앞에서 무덤 쪽을 바라보고 있는 게 보였다.

"자, 상술아, 이만 건너가자."

"야……."

소리꾼 사내와 소년은 무덤을 한 번 휘둘러보고 나서 베틀강을 가로질러 느릿느릿 놋대를 저어오고 있었다. 그때, 강을 거슬러 빗새가 날아오르고 베틀봉의 산등성이로는 저녁놀이 서럽게 부서져 내리고 있었다.

| 1994 |

붉은 노을

노을에 대한 그리움을 한낱 속인인 내가 말해 무엇하랴만 이 저녁 무렵에 토굴의 낮은 지붕머리 위로 떨어지는 노을은 유장한 아름다움을 몸뚱이마다 두르고 있는 듯하다. _ 본문중에서

남보 신현호, 붉은 노을 (10호, 53×45)

1

"스님, 윤 처사 문안입니다."

이튿날에도 스님은 토굴의 지게문을 열어주지 않았다. 마흔 남 짓 들어 보이는 공양보살의 문고리를 잡아 쥔 손이 무색했다. 지 게문 위쪽 한 귀퉁이의 창호지는 낡아 덜렁거리고 돌쩌귀는 벌겋 게 녹슬어 삐걱거린다. 공양보살이 몇 번 더 입품을 들여 스님을 문안하는 나의 존재를 알렸지만 스님의 토굴 방은 열리지 않았다. 나는 이번에도 외면을 당했다는 생각에 새삼 오기가 일었다.

공양주 노 보살이 입술을 실쭉거리며 나를 바라보면서 암자 쪽을 향해 손사래 질을 했다. 암자로 돌아가자는 시늉이다. 나는 번번이 다리품만 팔게 된 노 보살께 송구한 마음이 들었으나 그 보다 나를 문전에서 박대한 스님에 대한 원망이 주저리주저리 마 음에 차오르기 시작했다.

"보살님 먼저 가십시오. 저는 이 탑 어방에서 좀 쉬었다 갈랍니다. 노을도 좀 구경하고요."

"노을 좋지요."

노 보살은 뒤뚱뒤뚱 토굴을 내려갔다. 노을에 대한 그리움을 노 보살도 가지고 있었던 모양이다. 이 가람에서 십 년 넘게 공양보살로 살아가고 있다 하니 노을에 대한 그리움을 한낱 속인인 내가 말해 무엇하랴만 이 저녁 무렵에 토굴의 낮은 지붕머리 위로 떨어지는 노을은 유장한 아름다움을 몸뚱이마다 두르고 있는 듯하다.

나는 노을을 향해 서서 깊은 호흡을 했다. 노을은 점점 기세를 더하면서 산등성이 아래로 내려오기 시작했다. 노을은 마침내 차곡차곡 쌓이며 타들어 갔다. 내 눈에 노을은 한없이 불타들며 급기야 토굴을 휘감은 채로 벌건 혀를 만들어서는 모든 사물들을 벌컥 삼켜버릴 것만 같았다. 나는 이런 기세로 덤벼드는 노을을 여적 보지 못했다.

숨이 차올라 가슴이 찌뿌듯하다. 나는 토굴의 우 켠 구석에 휑뎅그렁하게 놓인 낡은 나무의자에 앉았다. 혀뿌리가 욱신거리기 시작했다. 노을 속에 포획당한 스님을 순간 생각했던 모양이다. 스님은 지금 이 음침한 토굴 안에서 어떤 화두의 실마리를 낚아 올리고 있는 걸까. 나는 새삼 스님을 반드시 뵈어야겠다고 마음을 다잡았다. 이것은 나를 번번이 외면한 것에 대한 오기의 발로일 수도 있었지만 나는 진정 그에게서 배우고 싶었던 것이다.

스님의 토굴 방에서는 인기척조차 느껴지지 않는다. 노을만 지붕머리 위로 떨어져서 벌겋게 들끓는다. 나는 나무의자에서 가만히 일어나 지게문을 향해 걸어갔다. 스님의 토굴 방에 무연히

호기심이 일었다. 나는 지게문의 발치에서 방 쪽으로 청각을 밀어 넣었다. 그러나 한 식경이 넘도록 아무런 인기척을 잡아내지 못했다. 나는 긴장되기 시작했다. 스님에게 혹시 불길한 일이? 방자한 생각을 하다니 절로 얼굴이 붉어 올랐다.

나는 토굴의 우 켠 텃밭 쪽으로 걸음을 옮겼다. 텃밭의 중앙에 낮은 탑신이 있었다. 삼층탑으로 탑신의 관절마다 이끼가 파랗게 돋아 있었다. 노 보살 말씀에 의하면 토굴 방에 칩거하고 있는 명휴 스님이 새벽마다 이곳에서 탑돌이를 한다고 했다. 보살의 말씀을 뒷받침이라도 해주려는 듯이 밭이랑이 사람의 발자국으로 단단해져 있었다.

나는 노을이 모두 타서 산등성이며 토굴의 지붕머리가 거무튀튀하게 꺼져들 무렵에야 토굴집을 빠져나왔다. 명휴 스님의 그림자 흔적조차 느껴보지 못한 휑한 상태였다. 어둠이 늑대처럼 토굴의 황토벽을 물어뜯기 시작했지만 스님은 문밖으로 자취를 드러내 보이지 않았다. 자취는커녕 인기척조차 들키지 않아 원망스러움에도 불구하고 경외감마저 들었다. 수좌스님의 참선은 이토록 엄숙하고 고요한 것인가. 내가 이 가람에 머무르는 한 수좌스님을 한번쯤 뵙게 되리라. 사바세계를 잠시나마 떠나오면서 의외로 나의 방황이 길어질지 모른다고 생각했기 때문이다.

암자로 올라오는데 큰절 쪽이 시끌벅적거렸다. 불청년수련회가 시작된다더니 그들이 도착한 모양이었다. 노 보살은 어제 낮부터 불청년수련회를 염려하고 있었는데 해마다 오월이면 그들이 경내를 벌집처럼 뒤집어 놓고 떠난다는 것이었다. 수련회도 좋지만 그 후유증이 노 보살에게는 지극히 미덥지 않은 듯이 보였다. 나도 그런 기억을 지니고 있었다.

　암자로 돌아오는 동안 나는 내내 어머니 생각으로 머리가 어지러웠다. 내가 불자의 세계에 관심을 가지기 시작한 것도 따지고 보면 어머니 때문일 것이다. 아니, 어머니를 핑계로 변명을 늘어놓으려는 것인지도 모른다. 나의 유년이, 아직 초등학교 상급반에 머무르고 있을 뿐인 나를 보고 한마디 내뱉은 탁발승의 얘기가 여적 머릿속에 쿡 박혀있기 때문이다.

　— 아이야, 너는 절밥을 먹을 팔자로구나.
　— 스님, 무슨 말씀이셔요?
　— 녀석아, 장차 스님이 될 거라는 얘기야.
　— 예? 내가 스님이 된다는 말이어요?
　내 말이 끝나기도 전에 스님은 이미 사립을 빠져나가버렸다. 내가 장차 스님이 된다는 말에 나는 한바탕 머리를 얻어맞은 기분이었다. 내가 그 무렵 스님에 대해 아는 거라곤 머리나 빡빡 밀고서 바랑하나 짊어지고 뚝, 딱, 뚝, 딱 졸리운 목탁이나 두드리며 탁발을 다닌다는 사실이었다. 그리고 스님이 되면 절대로 결혼하지 못한다는 당시의 나로선 황당무계한 사실. 내가 장차 이런 스님이 된다니 이건 어린 나이의 내게 청천벽력에 다름 아니었다. 스님의 빙충맞은 입놀림을 나 이외에 아무도 들은 사람이 없다는 사실에 나는 오히려 안도의 한숨을 내쉬었을 뿐이었다.

　스님의 입놀림이 그토록 원망스러운 적은 없었다. 앞산에 자욱한 아지랑이가 그때처럼 나를 어지럽힌 적도 없었다. 샛노란 밍크 털 같이 보송보송한 새 옷을 두른 병아리들이 삐약　삐약

날갯짓을 하며 내게서 달아났다. 나는 닥치는 대로 병아리들을 걷어차 버렸던 것이다. 그네들이 무슨 죄가 있느냐 말이다. 나는 칙칙한 나무마루에 턱을 괴고 앉아 집 나간 어머니를 떠올렸다.

보고 싶은 어머니, 그리운 어머니, 어머니는 내가 일곱 살 되던 무렵에 집을 나가셨다. 어머니가 집을 나가지 않으셨다면 스님에게 내가 장차 스님이 될 팔자라는 말도 듣지 않았을 거라고 생각하면서 나는 코를 처박고 훌쩍거렸다.

내가 스님에 관해 관심을 가지기 시작한 계기가 바로 이러했다. 그런 일이 있고서부터 나는 반 아이들과 굴뚝절에 가는 것을 좋아했다. 초등학교에서 한 시간쯤 서쪽 산의 오솔길로 걸어가면 거기 집채만 한 바위에 에워싸인 절이 하나 있는데 사람들은 그 절을 굴뚝절이라 불렀다. 나는 반 아이들을 꾀어 달포에 한번쯤 굴뚝절을 찾아갔다. 스님에 대한 관심이 그만큼 커져 있었는데 내가 굴뚝절을 네 번째 방문하게 되던 날, 나는 저번에 탁발을 나와 입놀림을 하고 간 스님이 바로 그 절에 있다는 사실을 알게 되었던 것이다.

암자로 올라와서 나는 마음이 편치 못했다. 공연히 어머니 생각으로 머리를 어지럽힐 것 까진 없었는데 생각하면서 큰절 쪽을 바라보니 대웅전 앞뜰이 온통 대낮처럼 환하다. 불청년수련생들이 개미들처럼 움직거리고 있는 모습이 보였다.

공양주 노 보살님 경황없으시겠구나. 나는 불청년수련회에 대한 관심보다 노보살의 다리품이 바빠지리라는 세속적인 생각이 앞섰다. 뒤뚱뒤뚱한 걸음걸이로 수련생들의 뒤치다꺼리에 넋이 빠질 노 보살님. 나무관세음보살.

나는 무연스레 큰절 쪽을 바라다보다가 살갗에 내려앉는 밤이슬의 기운에 몸을 웅크리며 좌방에 들어왔다. 촛불을 켜니 먼저 눈에 들어오는 것이 좌복(坐服)이다. 좌선을 할 때에 깔고 앉으라고 주지께서 친히 내어주시던 방석이다.

그러나 나는 한 번도 좌복에 앉지 않았다. 내 주관도 의식도 없이 이쪽저쪽 기웃거리며 방관이나 하고 다니는 터수에 좌선은 무슨 좌선인가. 내가 과연 그럴 자격이라도 있는 건가. 신성한 이 가람에 내 미구의 몸을 들이밀었던 자체로도 부처를 이미 욕되게 했을 것이다. 나 같은 놈은 그저 평생을 거렁뱅이로 빌어먹어도 좋으련만.

나는 좌복을 한쪽으로 밀어버리고 벌렁 드러누웠다. 어깨 끝이 시큰하게 저려오는 느낌이다. 손바닥으로 방바닥을 짚어보니 온기라곤 털끝만큼도 느껴지지 않는다. 오월의 산사는 사바의 겨울 끝이란 얘기가 생각난다. 절 도량이란 차고 냉랭한 바람이 지나는 길목에 다름 아니었다. 이 절도 생활형편이 예전보다 옹색한 편인지 처음 나를 맞이하는 총무스님의 표정이 그리 밝지는 않았던 것 같다. 살아있는 모든 생명체가 부처님의 무량한 자비 속에 안거하기를 바라노라고 나는 소리 내어 나무관세음보살을 외었지만 갑자기 얼굴이 붉어 올라 이도저도 입을 다물어버렸다. 이 티끌만도 못한 미물이 청정한 절터에서 뭇 생명의 안거를 입에 올리다니 말이다. 부처께서 마치 손가락질을 하는듯한 느낌에 나는 이불을 와락 뒤집어썼다.

그리고 어떻게 잠이 들었던 것일까? 잠에서 깨어나 시계를 보

니 무릇 축시, 산사가 열리는 새벽 세시다. 나는 허둥지둥 좌방에서 밖으로 나왔다. 고요한 가람의 경내에 불이 밝혀져 있고 절 도량에서 들려오는 벌레들의 눈 뜨는 소리, 그리고 토굴 쪽에서 들려오는 목탁소리가 서러울 정도로 귀에 박힌다. 저 목탁소리는 명휴 스님의 것이 분명할 터이다. 도량송 목탁소리. 스님은 축시에 어김없이 일어나 탑돌이를 하며 도량송을 읊는다고 노 보살이 말했던 것이다.

그러면서 도량송이란 도량을 청정하게 한다는 의미를 가지는 예식행위라는 설명까지 노 보살은 덧붙였다. 그쯤은 나도 알고 있지만 노보살의 정성어린 설명에 나는 새삼 알게 된 사실 마냥 고개를 주억거려주었다.

큰절 쪽에서 다시 시끌벅적거리는 소리가 들린다. 불청년수련생들도 분주히 움직이기 시작한 모양이다. 어제만 하더라도 한없이 고요하기만 하던 절터가 이제 사람냄새가 나는 느낌이다. 절터에도 사람들이 살고 있으니 당연히 사람냄새가 나야겠지만 어딘지 모르게 균형이 깨어진 느낌이다. 나는 고요 속에 떠올랐던 도량송 목탁소리가 잡음에 섞여 이따금씩 분간하기 어려웠지만 명휴 스님의 도량송을 외는 소리를 놓치지 않으려고 애썼다. 나는 스님의 구음이 내가 여적 까지 들었던 어떤 스님의 구음보다 듣기에 구성지다는 생각이 들었다. 불청년수련생들의 잡음만 아니라면 참으로 이 새벽을 경건하게 맞을 수 있었으리라는 생각에 공연히 그들이 밉다는 생각마저 들었는데 나는 이 같은 노도의 마음을 바로 참회했다.

어머니를 다시 생각하게 된다. 이 새벽에 어머니는 어느 절에

계실까. 스님의 생활은 계속 하고나 있는 걸까. 그러나 이상하게
도 나는 어머니께서 지금까지 산문(山門)에 적을 두고 계시리란
생각에는 자신이 없다. 생활고가 싫어 제 자식까지 버리고 집을
뛰쳐나간 여자가 어떻게 험난한 산문의 생활을 영위해 왔겠는가.
굳이 헤아리면 햇수로 이십 년, 비구니계를 받은 지는 십오 년이
되었을 것이다. 스님의 경력으로라면 이 어찌 구참납자(久參衲
子)의 선승이 아니겠는가.

　내가 어머니를 다시 보게 된 것은 어머니가 집을 뛰쳐나가고
서 꼭 육 년 만의 일이다. 어머니는 학교로 나를 찾아왔는데 뜻
밖에도 스님의 복장을 하고 있었다. 비구니 스님이 나를 찾아왔
다는 얘기에 교무실로 가보니 한 여승이 다소곳이 앉아 있었다.
나는 그쪽에서 성재야, 성재야 하고 나를 덥석 끌어안을 때까지
그 여스님이 누구인 줄을 몰랐다. 낯선 여승이 난데없이 나를 찾
아와 그것도 교무실에서 포옹을 해버리다니 황당하지 않을 수 없
었는데 그가 내 귀에 대고 성재야, 엄마다, 이 스님이 네 엄마란
다, 하고 소곤거리고서 그만 울음을 쏟아버렸다. 다행이 교무실
에 남아있는 사람이라곤 보리쭉정이 같은 교감과 한쪽 눈이 애꾸
인 소사뿐이었다.

　나는 교무실을 나와서 그가 이끄는 대로 걸음을 옮겼다. 여전
히 어리벙벙한 기분에 나는 휩싸여 있었다. 여승이 어머니란 생각
이 좀체 믿기지 않았으며 전혀 실감 나지 않았다. 이 짧은 순간에
내게 어떻게 이런 의아한 일들이 벌어지고 있다는 말인가. 나는
울음을 쏟긴 했지만, 어머니를 만났다는 실감보다는 아마 스님이
되어 홀연히 나타난 여승에 대한 원망이 컸을 터이다. 배코로 하

얕게 밀어버린 어머니의 머리, 거짓말 붙이지 않고 어머니의 머리통이 꼭 내 주먹 두 개를 합쳐놓은 것처럼 작아 보였다.

우리가 멈춘 곳은 학교 뒷산. 관사에서 일 백여 미터쯤 떨어진 나지막한 야산인데 계절이 오월이어서 봄 햇볕이 따사롭게 내려앉고 있었다. 스님은 나를 연신 포옹했다. 그의 눈매에 맺힌 눈물을 나는 아직도 기억하고 있다.

"엄마 원망 많이 했지?"

나는 고개를 끄덕이지 않았다. 초등학교 상급반이 되면서 어머니에 대한 그리움과 더불어 원망의 키가 자라기 시작했다. 그리움의 키와 비례해서 원망의 키도 자라는 것이 희한했다. 그러나 나는 어머니의 물음에 고개를 끄덕일 수가 없었다. 이상하게도 갑자기 어머니가 밉지를 않았다. 내가 어렸던 탓인지는 몰라도 그 스님이 어머니가 확실하다는 사실을 확인하게 되자 그간에 가슴깊이 묻어두었던 회포에 감회가 되살아나는 것이었다. 나는 스님이 되어 나타나신 어머니가 약간은 부담스러웠지만 울음보를 터뜨리며 어머니를 포옹했다. 어머니께서도 나 몰래 눈물을 훔치시며 장삼자락으로 연신 내 눈언저리를 쓸어내렸다. 아아, 그 때를 생각하면 지금도 가슴이 미어질 지경이다.

어머니는 아버지의 안부를 묻지는 않았다. 무슨 염치로 아버지의 안부를 묻는단 말인가. 나중에 들어서 알게 된 일이지만, 어머니는 외간 남자와 눈이 맞아 집을 뛰쳐나간 것이었다. 아버지께서 얼마나 한이 맺혔던지 틈만 나면 내게 주지시켰다. 네 엄마는 사람도 아니다. 너에겐 애당초 엄마가 없다고 여기거라, 돌아올 여자는 아니거니…

아버지의 말씀처럼 어머니는 돌아오지 않았었다. 어머니가 돌아오는 대신에 이상한 소문 하나만 마을에 퍼졌는데 윗마을 어디에서 다시 사내를 만나 여식 하나를 낳고 살고 있더라는 소문이었다.

그런 어머니가 이렇듯 비구니 스님이 되어 지금 내 앞에 계신 것이다. 어머니는 내가 성장하여 이 엄마가 보고 싶을 지도 모를 터이니 품속에 잘 간직하라면서 종이쪽을 내게 전해주었다. 종이쪽에는 쌍계사란 절의 위치와 어머니의 법명이 적혀 있었다. 어머니의 법명은 창욱, 창욱 스님이었는데 찾아오거든 누구를 만나거나, 잠시 사바의 인연으로 알게 된 불자일 뿐이라고 자신을 소개하라는 당부를 잊지 않으셨다.

ㅈ

　나는 생각을 접고 마음을 가다듬었다. 어머니의 집착으로부터 언제쯤 벗어날 수 있을까. 사바를 떠나 여기에 온 것도 결국 그런 까닭에서 비롯되었을 것이다. 나는 어째서 어머니를 잊지 못하고 있는 걸까. 어머니에 대한 어떤 환상을 내가 지니고 있는 것도 아니다. 환상은 무슨 환상, 어머니라면 내게 업장의 고통만 떠안기고 떠난 잊어버리고 싶은 존재일 따름이다.

　그런데도 이상한 일이다. 잊을 만하면 불쑥 사고(思考)의 두께를 헤집고 나온다. 부모자식간의 연(緣)은 대체 어디서 연유하는 것인가. 이 시방세계의 모든 객체가 필연의 씨줄과 날줄처럼 직조되어 있지는 않을까. 생각이 여기에 미치자 사람들이 존경스럽게 여겨졌다. 그들은 어떻게 그런 인연들을 다스리며 살아가고 있는 걸까. 세상의 모든 존재하는 것들이 부처라는 법사의 사자

효가 생각난다. 아아. 나는 누구인가?

…………

개법장진언 옴 아라남 아라다
옴 아라남 아라다 옴 아라남 아라다
천수천안 관자재보살 광대원만

…………

도량석을 하는 스님의 독경소리. 시간이 흐를수록 청정무구의 소리 맛이 느껴지기 시작했다. 소리가 잦아들수록 그 분위기도 잦아들고 있는 느낌이다. 어찌나 청정하게 들리는지 내가 며칠 전 사바에서 짊어지고 온 모든 등짐들이 한 떨기 맑고 시원한 바람처럼 개운해지는 느낌마저 들었다.

나는 걷기 시작했다. 바짓가랑이를 적시는 풀잎 이슬들의 감촉도 싫지 않은 여운을 남겨준다. 구릉을 타고 넘나드는 안개방울들이 만들어낸 세계가 순간 나로 하여금 불국토의 세계에 닿은 듯한 환상 속으로 빨려들도록 했다. 꾸불꾸불 가늘게 이어지는 솔 길 가녘으로 또르륵 또르륵 작은 힘들을 모아 흘러가고 있는 개울물 소리는 마치 세월을 좇아 해탈에 이르려는 수도승들의 희미한 깨달음처럼 들리고 있었다. 이런 분위기는 내게 난생 처음이다.

나는 토굴어구에서 멈춰 섰다. 토굴의 저쪽에서 더욱 또렷한 독경소리가 들려오고 있었다. 이슬을 머금고 오는 그 독경소리는 위쪽 암자에서 들었던 것보다 훨씬 맑고 선명했다. 범상치 않은 소리. 스님의 구성진 구음은 다음의 문제이다. 목탁소리에 스님의 깊이가 그대로 드러난다. 모든 생명체가 부처의 자비 속에

눈을 뜨듯이 가만가만 굴러가는 목탁소리. 작은 소리로 구르다가 점차점차 강세를 더해간다. 우뚝 멈췄는가 싶더니 다시 일어나 구르는데 여전히 스님의 여흥이 그 소리 가운데 느껴지고 있었다.

나는 스님의 모습이 바라다 보이는 쪽으로 경건히 앉아 독경소리를 경청하고 있었다. 오랜만에 아주 좋은 새벽이다. 술에 절어 때 묻은 위장을 세척하는 것보다 내 멍든 영혼을 세척하는 일이 더욱 급하다는 생각이 들었다. 이 청정한 새벽의 기운을 몸속에 받아들이면 나는 새로운 사람으로 거듭 태어날 수 있으리라.

빗새 한 마리가 푸드득 날개 치며 어둠 속을 날아갔다. 새가 날아간 그 자리에 묽어진 안개가 흔들리는 모습. 탑신 아래로 결코 멈출 수 없는 듯 원을 그리고 있는 삭발승, 선녀가 몰래 내려와 가만가만 춤사위를 하는 듯한 모습이 내 영혼 속에 들어와 박힌다. 나는 마치 꿈을 꾸고 있는 듯한 착각 속에 빠져버린 느낌이었다.

나는 스님이 도량석을 하는 탑신 바로 앞까지 다가가 있었다. 발걸음을 그쪽으로 옮긴 기억도 없는데 나는 탑신의 바로 앞에서 스님의 도량석을 지켜보고 있었다. 내가 무엇에 단단히 홀려버린 것은 아닐까. 그러나 내 감각기관은 여전히 현실 그대로이다. 나는 정말 호주머니 속에 손을 집어넣어 가만히 생식기를 건드려보았다. 꿈틀. 아아. 뚜렷하다. 내 앞에 이토록 현실과 무아의 세계가 펼쳐지다니. 정말 믿기지 않았다. 그럼에도 그 두 세계는 대립하지 않고 확실히 공존하고 있었다. 나는 다시 한 번 호주머니 속에 손을 집어넣어 이번엔 좀 더 세게 생식기를 아예 꼬집어보

았다. 꿈틀. 눈을 들어 자세히 탑신 아래를 바라다보았다. 탑을
껴안듯 움직이는 자취.

명휴 스님.

공양주 보살에 의하면 만행을 하다가 여기 토굴에 머무른 지
반 년. 누구를 보아도 좀체 말이 없고 토굴에 박혀 참선과 독경
으로 일관. 스님의 참선 모습을 이 절간의 누구도 보지 못했다.
주지 스님 조차도 명휴의 토굴 방에 호기심을 가지고 계시다는
것이었다.

나는 스님의 자태에 저도 모르게 주눅이 들었다. 쉬이 범접하
기 어려운 자태였다. 가사장삼의 법의는 물론 그를 에워싼 모든
것들이 잘 정돈 된 느낌을 주었다. 하늘이 환하게 열리고 안개의
입자들이 땅속으로 가라앉기 시작하면서 스님의 숙연한 자태는
더욱 두드러져 보였다.

나는 엄숙한 분위기를 깨뜨릴까 봐 숨소리조차 함부로 내지
못했다. 내가 세상에서 느낀 가장 엄숙한 분위기. 이토록 경직된
자세를 언제 내가 취해본 적이 있을까. 빗새의 깃털 하나가 떨어
진다면 허공 속에 멈춰 그대로 자취가 되어버릴 것만 같은 고요
가 탑신을 가득히 에워싸고 있었다.

아아. 그런데 이건 정말 꿈이었을까. 내가 잠시 삼매(三昧)의
경계에 머물러 있던 순간에 일이 벌어졌다. 아니 일이 벌어졌다기
보다 내게 닥친 일이라는 편이 옳을 터이다. 나는 두 손으로 눈부
터 움켜쥐었다. 어떻게 이런 일이 일어날 수 있을까. 한 줌의 흙
부스러기가 난데없이 내 얼굴 쪽으로 날아들어 왔던 것이다.

나는 삼매의 경계에서 허우적이며 빠져나오기에 앞서 눈 속으

로 들어간 먼지 부스러기를 털어내야 했다. 손바닥으로 눈을 부비며 세게 머리를 흔들었다. 눈알이 시큰거렸다. 눈을 수없이 씀벅거리고서야 나는 정신을 가다듬었다. 어디서 날아온 흙더미인가.

아아. 내게 흙더미를 집어던진 사람이 누구란 말인가. 나는 자세를 수습해 주위를 샅샅이 살펴보았으나 내 주위엔 도량석을 하고 있는 스님밖에는 누구도 보이지 않았다. 그럼 스님이 흙더미를 끼얹었단 말인가. 나는 고개를 절래절래 흔들었다. 세상에 그런 일은 일어날 수가 없다. 저토록 고고하게 여전히 탑돌이를 하고 있지 않은가. 내가 꿈속을 헤매고 있는 것은 아닐까.

나는 다시 한 번 호주머니 속에 이번엔 좀 더 깊게 손을 쑤욱 집어넣어 생식기를 더듬었다. 여전히 느껴지는 싸르르한 감촉. 현실이다. 큰절 지붕머리에 더욱 확인을 해주듯 해가 머리를 처밀고 올라온다. 이마에 어느새 땀방울이 끈적거린다. 이마를 훔치는데 흙먼지 입자가 껄끄럽게 손등에 느껴진다.

입술이 갑자기 부르르 떨렸다. 나는 양쪽 어금니를 깨물며 스님 쪽을 응시했다. 스님은 여전히 태연한 자태로 도량석을 하고 있었다. 내게 누가 흙더미 세례를 퍼부었을까. 저토록 경건하게 탑돌이를 하는 스님이 채신없이 내게 장난을 걸어왔단 말인가. 대체 귀신이 곡할 노릇이다. 나는 이쪽으로 걸어와서 토굴의 주위를 살펴나갔다. 그러나 토굴의 주위에도 눈에 띄는 사람은 없다. 나는 다시 탑이 있는 밭쪽으로 걸어갔다. 그리고 저도 모르게 스님을 뚫어지게 응시했다. 범인은 당신이다. 나는 묘한 기분에 어지러움을 느끼면서 밭 흙을 집어 들었다. 그리고 다시 스님을 응시했다. 당신이 분명히 범인이다. 당장 목탁을 부여잡은 손바닥을 검사하면 흙먼지가 묻어날 터이다. 여기에서 스님 말고 누가 흙 부스러기를 집어던질 수 있단 말인가.

　나는 스님이 제발 내 쪽으로 시선을 보내오기를 기다렸다. 내게 흙먼지를 뿌렸다는 생각을 하자 화가 치밀어 올랐다. 도량석을 하는 고고한 스님이고 뭐고 가릴 바가 아니었다. 나는 아직 그 정도의 관용을 베풀만한 관대한 인격의 소유자가 못되었다. 스님에게 순간 역겨운 느낌이 들었다. 전혀 다른 두 모습으로 이 가람에 은거하고 있지는 않을까. 좌선과 독경으로 교묘히 위장을 하고서 말이다. 나무관세음보살.

　스님은 내게 결코 시선을 보내오지 않았다. 시선을 보내오는 순간 나는 그의 얼굴을 향해 흙먼지를 끼얹어버릴 생각이었다. 그로 인한 뒷수습은 차라리 나중 일이다. 나는 지금 그만큼 모욕의 충동을 가누지 못하고 있는 것이다. 내가 이런 첫새벽에 흙먼지 세례를 받아버린 순간을 누군가 목격했다면 이 또한 치명적 수치가 아니고 뭐겠는가.

　나는 하늘이 완전히 열릴 때까지 움켜쥔 흙더미 손을 풀지 않았다. 스님의 독경 또한 멈출 기세가 아니었다. 스님과의 사이에 암묵적인 대결의 상황이 지속되고 있는 느낌이었다. 어쩌다가 이런 괴이한 상황이 벌어졌을까. 고까운 말 한마디 나눈 것도 아닌데 말이다. 인간 사이에 벌어지는 일들이 누군가의 예시에 의해 예비 된 거라면 그 계시자를 묵인 없이 원망하고 싶었다. 나를 누가 이런 혼효한 세계로 밀어 넣었을까.

　머리가 어지러워 나는 잠시 눈을 감았다. 그러나 스님을 향한 감정의 굴곡이 해이된 것은 아니었다. 내 스스로 마음의 갈피를

추스르고 싶었을 뿐이다. 이대로 두었다간 그나마 숨쉬기 위해 비워둔 머릿속 공간이 뻥 터져버릴 것만 같았다.

그런데 스님을 향한 나의 다짐과는 반대로 의외의 상황이 펼쳐졌다. 내가 이토록 쉬이 움켜쥔 흙부스러기를 땅바닥에 쏟아버릴 줄은 스스로도 짐작하지 못했다. 스님은 내가 눈을 감고 있는 사이 도량석 탑돌이를 마치고 내 쪽으로 가만가만 걸어왔던 모양이다. 누군가 내 어깨에 손을 짚는 기척에 나는 까무룩 놀라며 감았던 눈을 떴다.

"처사는 무얼 찾아 그리 헤매시오?"

어깨에 손을 짚으며 스님이 물어왔다. 나는 이러한 스님의 물음보다 쏘는 듯 쳐다보는 그의 눈매가 어찌나 매섭던지 흙더미 움켜쥔 손을 무의식적으로 풀어버렸다. 스님이 같은 물음을 거듭 물어왔을 때에야 나는 무슨 대답을 하여야 할지 생각했다. 그러나 난데없는 스님의 물음에 적당한 대답이 떠오르지 않았다. 내가 딱히 무엇을 찾아 헤매는지 나로서도 확실하지 않기 때문이었다. 내가 정말 무엇을 찾아 헤매고 있기나 하는 걸까? 그런 의식 있는 삶을 내가 과연 살고나 있는가 말이다.

내가 아무 대답을 못하자 스님은 이번에는 앞 번보다 훨씬 지나가는 듯한 말투로 "모든 것은 업이라오. 나무관세음보살." 하며 토굴 쪽으로 걸음을 떼었다. 나는 불혹을 넘었음직한 명휴 스님의 얼굴에 범상치 않은 기운이 감돌고 있음을 감지하며 그의 뒤를 바짝 쫓았다. 그러면서 나직나직 나름의 화두였던 물음을 던졌다.

"스님, 인생이란 무엇이며 어디서 와서 어디로 가는 겁니까?

...... 만나고 헤어지는 것은 어떤 인연에서 비롯되는 것입니까?"

스님의 대답이 없어 내가 연속적으로 물었다. 내 스스로 마음에 품고 다닌 삶에 관한 의문점들이었다. 그러나 스님은 응대를 보이지 않고 묵묵히 걸음만 떼었다. 나는 더는 묻지 않고 시중을 드는 상좌승처럼 고개 숙여 겸허히 뒤를 따랐다. 그러면서 한편으론 의아한 생각에 미치고 있었는데 이 범접키 어려운 스님이 내게 흙부스러기를 집어던졌다는 사실이 나를 매우 혼란스럽게 만들어 버리고 있었다. 스님께서 내게 흙을 끼얹었었다는 것이 이제 사실로 받아들여졌다.

스님의 토굴 지게문 앞에서 잠깐 멈춰 섰다. 나도 스님을 따라 멈춰 섰는데 아침 햇발의 가는 빛살이 너덜한 지게문 위에서 움직거리고 있었다. 안개가 걷히면서 바람이 일렁이기 시작했던 것이다. 오월의 낮잠 같은 일천한 바람. 바람을 말리는 햇살이 무리지어 떨어지고 있었다.

"인생은 공(空) 이요. 나무관세음보살."

"네에?"

스님의 입속에서 난데없이 튀어나온 말이다. 나는 까닭 없이 말끝을 사려 올렸다. 무의식의 행동이었다. 스님은 문고리를 낚아채듯 지게문을 열고서 한쪽 발을 방 쪽으로 밀어 넣고 있었는데 나는 다급히 스님을 불렀다.

"스님, 스님. 무, 무슨 뜻이옵니까?"

내 물음에 스님은 마지막 들이밀어 넣던 한쪽 발을 어정쩡히 문지방에 걸치고서 여전히 등을 보이고 있었다. 그러나 스님은 끝내 응대하지 않고 삐걱 문을 닫아 버렸다.

나는 응대 없이 모습을 감춰버린 스님의 태도에 적이 실망했다. 생각 같아선 흙먼지를 뒤집어쓴 치부의 대가로 한 움큼 흙 세례를 쏟아 붓고 싶었으나 내게 말문을 열어준 스님이 새삼 고맙다는 생각이 들었다. 도가 깊은 스님의 입을 통해 진리의 한 구절을 전해 듣는다는 것이 그리 쉽지만은 않을 터이다. 그러나 여전히 남아있는 낯선 응어리. 나는 결례를 무릅쓰고 스님에게 묻지 않을 수가 없었다.

"스님, 대체 제게 흙먼지를 끼얹은 까닭이 무엇이온지요?"

"아무 일도 없었소. 모든 것은 공이라 하지 않았소."

스님의 대답은 의외였다. 흙먼지 세례를 없었던 일로 간주해 버리고 공이라 하니 나로선 황당하지 않을 수가 없었다.

나는 이런 상황에서 더 이상의 입품을 들이고 싶지 않았다. 스님의 불성(佛性)이 아무리 깊고 넓기로서니 체면을 이토록이나 손상하고서까지 매달리기는 싫었다. 구참납자승이라면 스스로 어린 중생을 찾아 제도하여 보시를 베풂이 부처의 뜻에 합당하지 않겠는가.

에이.

나는 속으로 뇌까렸다. 그러면서 만다라에 나오는 땡초 지산을 문득 떠올리고 있었다. 내게 흙먼지를 끼얹은 처사로 보아 충분히 그럴 수도 있겠거니 생각했다. 저 토굴 방을 열어젖히면 뜻밖에 독한 소주 냄새가 굼실굼실 바람벽 사이를 떠다닐지도 모르는 일이었다.

나는 큰절로 내려왔다. 불청년수련생들의 자취는 그새 보이지 않았다. 어디에서 주지 스님의 가르침이나 받고 있겠지. 나는 이

상하게 허탈한 기분이었다. 경내가 고즈넉한 만큼 내 마음도 고
즈넉하기 그지없었다. 속세를 떠나올 때는 세간의 일을 완전히
잊어버리기 위해서였는데 그러지를 못했다. 나는 지금도 쓸쓸하
고 허무하고 고독한 감정의 소용돌이에서 벗어나지 못하고 있는
것이었다.

아침공양을 못해서 그럴까. 나는 공양시간이 훨씬 지나버린
줄 알면서 공양간을 향해서 걸었다. 착한 공양주보살님. 공양간
뒤쪽 헌식대에 날새들의 끼니를 챙겨두신 노 보살님의 공덕이 햇
빛에 반짝거리고 있었다. 새들이 몇 마리 날아와서 재재거리며
부리로 밥풀을 쪼고 있는 게 보였다.

나는 공양간의 뒷문으로 박쥐처럼 머리를 들이밀었다. 마침
노 보살께서 늦은 공양을 들고 계신다. 모든 절식구들의 공양을
챙기고 뒤늦게 외따로 공양을 드시고 계시는 것이었다.

"처사님, 와 이래 늦었습니까?"

노 보살께선 말보다 먼저 어서 안으로 들라는 손짓부터 서두
르신다. 나는 객쩍게 머리를 긁적거리면서 재게 안으로 들어갔
다. 다른 절식구들의 눈에라도 띄게 되면 염치없는 일일 것이다.
절식구들의 눈엔 내가 세월 좋게 도시를 떠나 절 바람이나 쐬고
가려는 것처럼 보일 것이기 때문이었다.

"토굴에 가셨지예?"

"네, 보살님."

노 보살께선 손발을 재빠르게 놀려 공양을 준비하시면서 내가
늦은 이유를 이미 알고 있다는 듯이 물어왔다. 나는 낭패감을 섞
어 고개를 끄덕이며 대답해 주었다. 순간 스님이 내게 흙먼지 세

레를 퍼부은 장면이 주마등처럼 나타났다 사라지면서 얼굴이 붉
어 올랐다.

"그래, 스님은 뵈었습니까?"

그렇게 묻는 노보살의 말투에는 이미 내가 스님을 만나 뵙지
못했으리라는 실망 섞인 감정이 배어 있었다. 나는 이번엔 대답
대신 실없는 웃음기를 섞어 고개만을 서너 번 내저었을 뿐이다.
노 보살은 쯧, 쯧 혀를 찼는데 내 쪽보다 어쩌면 스님 쪽을 향해
차대는 헛소리 같게 느껴졌다. 나는 사실은 스님을 뵙기는 했다
고 얘기하려다 그만두었다. 그 얘기를 꺼내게 되면 어차피 스님
과의 사이에 벌어진 미스테리한 상황에 관해 얘기하지 않으면 안
될 성 싶었던 것이다.

나는 밤색 옷칠로 매끈거리는 발우를 끌어들여 시장기를 풀기
시작했다. 그러나 느꺼운 마음 때문인지 몇 스푼을 들지 못했다.
속세에서라면 귀하게 여겨질 산채나물도 여러 번 되새김질 끝에
겨우 목구멍으로 밀어 넣을 수 있었다.

나는 염치없이 발우를 밀어냈다. 공양보살이 내게 쏟는 정성
을 내가 무례하게 무시하고 있다는 생각이 들었다.

"먹는기 우째 그러십니까?"

내가 뜨는 둥 마는 둥 발우를 밀어내자 노 보살이 하는 말이었
다. 나는 밥 스푼을 놓는데도 염치를 생각했다. 공밥이나 얻어먹
는 주제에 공양주보살이 정성들여 마련한 음식을 냄새나 한 번
쏘이고 밀어낸다는 것은 아무리 관대하더라도 염치없는 일이다.

계면쩍은 기분으로 공양간을 나서는데 공양주보살이 뒤따라
나온다. 나는 멈칫거리다가 그대로 가던 걸음을 계속했다. 걷노

라니 관음전이 눈에 띈다. 나는 멈춰서 합장 반배를 올리고 암자 쪽으로 향했다.

"처사님, 윤 처사님요."

급히 뒤따라 붙는 소리. 뒤돌아보지 않아도 공양주보살이다. 내가 걸음을 멎고 뒤를 돌아다보기도 전에 보살이 내 앞에 선다. 나는 빤히 올려다보았다.

"토굴에 안 들를랍니까?"

새삼스럽게 토굴 얘기를 꺼내고 있었다. 나는 솔직히 지금은 토굴에 들르고 싶은 기분이 아니다. 공연히 부아가 오르면서 자존심이 뭉개지는 참담한 마음이라면 이해할 수 있을까.

나는 보살의 물음에 대뜸 부정을 하기도 뭐해서 어정쩡한 모습으로 바라다보았다. 그런 내 마음 속엔 대체 무슨 일로 그러십니까, 하는 물음도 내포되어 있었다. 대체 무슨 수모를 당하게 하려고.

"제발, 스님께 공양 좀 드시라고 전하세요."

뜻밖의 얘기였다. 보살한테 얘기를 들으니 이제야말로 나로서도 잊고 있었던 명휴 스님의 공양에 관한 문제가 불쑥 떠올랐다. 생각해보니 의아한 대목이기도 하였다. 스님은 대체 어떤 식으로 공양을 해결하고 있을까.

그러나 공양 보살도 염치가 없기는 마찬가지이다. 내가 무슨 수로 스님에게 공양에 관해 얘기할 수 있겠는가 말이다. 더욱이 스님은 나를 소 닭 보듯 도외시하고 있지 않는가.

"아는 체도 하지 않는 스님한테 무슨 수로 말씀을 올리겠습니까? 방문도 열어주지 않잖습니까?"

"듣거나 말거나 방문 앞에서 그리만 일러요. 공양 상을 차려가
지고 올라가도 번번이 허탕만 쳤는데 이제 주눅이 들어서 그 짓
도 지겨워. 토굴 방 스님 죽인다고 주지스님은 성화지만, 제기
랄, 도(道)는 누가 닦으면서 에믄 사람만 욕 먹인다니깐 그러네."

공양주 노 보살로서도 나름의 화가 단단히 차오른 모양이었
다. 토굴의 어방에선 조심스럽기만 하였는데 인간의 인내에는 역
시 한계라는 것이 있었다. 보살께서 손수 공양 상을 차려가지고
토굴을 찾아들었는데 번번이 허탕지거리가 되고 말았다는 얘기
였다. 가만히 앉아 도를 닦고 있는 사람이 공양보살의 밥상을 송
구하게 받아들여도 염치가 젬병인 터에 성의를 무시하고 그냥 돌
려 보내버렸으니 보살로서도 당연히 화가 치밀었을 일이다.

"스님은 무얼 드신답니까, 그럼?"

"허어 참, 바람을 먹고 산답니다."

"뭐 바람이요?"

"바람만 먹어도 배가 부르다고 그러네요."

공양보살이 입술을 호무라쳐 물었다. 스님에게 어림도 없는
소리 하지도 말라는 어투였는데 나 역시 속으로 비소를 치고 있
었다. 아무리 도의 경지가 깊다고 하더라도 바람을 먹고 산다는
것은 어불성설일 터이었다. 토굴 어름의 들풀과 산열매를 먹고
산다면 혹은 고개가 끄덕거릴 수도 있겠지.

그게 아니면 이슬을 먹고 산다는 편이 훨씬 신빙성을 더할 것
이다. 뱀 등의 파충류는 이슬을 먹고 산다잖는가. 아니면 땅강아
지처럼 차라리 한줌 흙을 먹고 산다고 하든지 말이다.

"들르실 거지예?"

토굴 쪽을 바라보며 노 보살이 다짐을 하듯 거듭 물어온다. 토굴 쪽으로 강렬한 햇살이 눈부시게 달아오르고 한들거리는 나뭇잎들은 일천한 바람에도 서걱서걱 속삭대고 있다.

"그러지요."

나는 마음에 써억 내키지 않았지만 고개를 끄덕였다. 그리고 조금 빠른 걸음으로 토굴을 향해 걸어 올랐다. 노 보살은 내가 한참이나 걸어 오르고서야 공양간으로 종종 걸음을 쳤다.

나는 곧장 토굴의 문 앞에 도착했다. 걸음을 빨리했던 탓에 이마에서 물 땀이 흘러내린다. 오월의 고즈넉한 산사에서 십 여 분 남짓 빠른 걸음 끝에 매달리는 물 땀은 내가 그간 속세에서 얼마나 애처롭게 곯았는지를 보여주는 셈이다. 나도 며칠 정도는 끄덕 않고 굶을 수 있을 것이다. 나는 명휴 스님을 생각하니 그 점에 있어선 은근한 자부심이 발로했다. 며칠쯤 굶은 뒤에 나도 바람을 먹고 살았다면 공양보살이 믿으실까?

"스님, 스님."

나는 먼저 큰 소리로 스님을 불렀다. 혹은 모르는 일이다. 뜻밖에도 철벽 문을 열어 줄는지도. 그러나 거듭 소리를 높여 불러 보았으나 역시 문은 열리지 않았다. 문이 열리기는커녕 인기척도 내지 않았다. 스님은 지금 분명히 이 토굴방 안에 계실 것이다.

스님이 내가 부르는 소리를 못 듣지는 않았으리라. 그러면 참으로 능청을 떨고 있는지도 모른다. 그럼 참선을 빙자한 오만한 행동이 아니겠는가 말이다.

아아, 참으로 복잡한 살이.

나는 스님을 더 이상 부르지 않았다. 그러나 공양보살과의 약

속은 지키고 싶었다. 나는 듣거나 말거나 비아냥을 던지듯 보살의 뜻을 전했다.

"스님, 제발 공양이나 잡수랩니다."

안쪽에선 그래도 묵묵부답이다. 나는 시간만 낭비할 듯싶어 그대로 돌아서려다 괜한 호기심에 문 쪽으로 한 발짝 다가섰다. 그리고 안쪽의 기척을 은근하게 살펴보았다. 적요가 방안에 홀로 가득 찬 느낌뿐이다.

나는 조금 떨리는 기분으로 방 문고리를 슬쩍 잡아당겨 보았다. 그런데 방문이 살며시 열린다. 뜻밖이었다. 안쪽으로 고리를 채웠으리라 믿었는데 정말 뜻밖이었다. 나는 열린 지게문을 내 쪽으로 서서히 끌었다. 섬세한 손의 떨림이 전해오기 시작했다.

나는 냄새를 맡고 쫑긋쫑긋 기웃거리는 생쥐처럼 턱을 자꾸만 내 쪽으로 끌어들이면서 살며시 고개를 들이밀었다. 아아, 그런데 나는 차라리 내부를 엿보았던 사실을 바로 후회하고 말았다. 세상에 어떻게 이런 일이 있을 수 있다는 말인가. 참으로 해괴한 일이다. 차라리 안쪽에서 단단히 쇠자물통을 채웠어야 예의일 터이다.

나는 못 볼 것을 보아버리고 말았다. 스님은 완전히 벗고 있었던 것이다. 아아, 그저 벗고만 있다면 그게 무슨 대수겠는가. 그런데 스님은 참으로 해괴한 자세를 하고 있었던 것이다. 아아, 다물려지지 않는 내 입. 참선하는 스님이 이럴 수가 있다는 말인가. 스님은 맨몸뚱이를 엉거주춤 쭈그려서는 아이들이 마치 말놀이를 하는 그런 자세로 자신의 치부를 방탕하게 들여다보고 있었던 것이다.

나는 숲처럼 무성히 덮인 검은 거웃과 벌건 사타구니와 그 사이에 동굴의 종유석 모양으로 짱짱하게 뻗어 내린 황톳빛 생식기를 그만 한 눈에 보아버렸다. 이 민망함을 무엇에 비길까.

나는 우두마찰 놀라 지게문을 닫아버렸다. 스님은 대체 무엇을 하고 있었단 말인가. 알몸. 난삽한 거웃. 징그러운 생식기. 생식기를 더듬고 있던 뱀의 눈.

나는 몇 발짝 물러나 호흡을 가다듬었다. 그러면서 좀 전의 장면을 머리에서 지우려고 애썼다. 그러나 나의 이런 노력은 허사일 뿐이었다. 그럴수록 오히려 또렷하게 눈에 와 박히는 사진들. 나는 마치 누드사진을 부모 몰래 탐닉하고 있는 아이들처럼 두근거리고 있었는데 이 두근거림 속엔 이상한 설렘 같은 것도 배어 있는 것 같았다.

공양보살과 동행하지 않음은 천만다행이었다. 어쩔 뻔했는가. 생각하면 아찔한 순간이었다. 공양보살의 걸음을 만류했던 것은 바로 부처의 계시가 아니었을까 하고 생각했다. 아니면 명휴가 스스로의 도력으로 보살의 걸음을 막았던지.

에이.

후자의 생각에 미치자 갑자기 이런 소리가 삐져나왔다. 스님은 땡초가 분명하다. 야누스 같은 잡승나불, 이 절 저 절 걸부새이처럼 떠돌면서 해괴망측한 짓거리나 벌이고 다니는 우바새이만도 못한 화상. 이런 내 생각은 스님이 내게 흙먼지 세례를 퍼부은 사실과 오차 없이 맞아떨어지는 셈이었다.

나는 여전히 아연한 태도로 성큼성큼 걸어 나왔다. 스님에 관한 비밀을 이 가람에서 나만 혼자 알고 있다는 생각을 하니 공연

히 흥미가 일었다. 나는 암자를 향해 걸어 오르다가 솔바람 소리
가 갑자기 정겹게 여겨져 오솔길의 왼쪽 발치에 벌렁 드러누웠
다. 민틋한 경사면이지만 수풀들이 부드럽게 등허리를 받아들였
다. 솔바람 속에 배어있는 솔 향이 그윽이 코끝에 감겨든다.

나는 깊은숨을 쉬면서 눈을 감았다. 갑자기 졸음이 몰려왔다.
그러나 졸음의 몽롱함 속에 확연한 물체. 스님의 생식기. 나는 토
굴에서 해괴한 장면을 목격한 이후로 줄곧 그 생식기의 생각에 갇
혀버렸을 터이다. 스님의 생식기는 여느 남자들 것과는 확실히 다
른 모습이었다. 그러나 모양의 차이가 아닌 그 크기에서 말이다.

스님의 생식기는 내 것의 배가 되었다. 나는 평소 내 것을 보
통의 크기로 여기고 있었는데 스님의 생식기는 거의 두 배는 됨
직했다. 내 것의 두 배라면 여느 사내들의 두 배인 셈이다. 이것
은 아주 보기 드문 경우가 아닐 수 없는 것이다. 거기다가 그 곧
뻗음은 당당했다. 스님의 생식기로는 아무리 설득을 하더라도 여
겨지지 않을 만큼 웅장했다고 할까. 아아, 그렇다. 웅장했다. 나
는 처음 시야에 그의 생식기가 들어왔을 때에도 까닭 없이 웅장
함을 떠올렸던 것이다.

나는 이 음탕한 생각에서 벗어나려고 애썼다. 청정한 절터에
서 감히 생식기 따위를 떠올리고 있다니. 사바의 너저분한 생각
과 번뇌에서 잠시나마 놓여나기 위해 이 미구의 몸을 절터에 들
여놓지 않았는가 말이다. 나는 참으로 스님의 생각에서 벗어나려
고 버둥거렸다. 머릿속에 들끓는 잡념들을 비우게 하는 진언을
기억하고 있었다면 수없이 외어댔을 것이다.

그러나 이러한 노력은 끝내 허사였다. 겨우 생각을 털어버린

뒤의 노곤함에 잠이 들었지만 꿈속에서 다시 스님을 만나게 되었던 것이다. 나는 스님의 토굴방을 여전히 기웃거리다가 아까와 같은 장면을 목도해버렸다. 그런데 이번에는 스님이 나의 이 같은 무례함을 알아차린 것이다. 나는 헐레벌떡 지게문을 닫으며 달음질치기 시작했는데 이상하게도 걸음이 떼어지지를 않고 제자리걸음만 하고 있었다. 나는 스님에게 뒷덜미를 잡히고 말았던 것이다.

나는 스님, 잘못했습니다. 스님, 잘못했습니다, 만을 연발하며 손을 싹싹 빌었다. 그러나 이렇게 애절하게 빌어대는 내게 스님은 털끝만큼의 관용도 베풀지 않았다. 스님은 내 바짓가랑이 속으로 손을 쑤욱 집어넣더니 그만 내 생식기를 힘껏 훑어내려 버리는 것이었다. 나는 저도 모르게 내 생식기 쪽으로 손을 가져가며 아악, 아악하고 소리쳤다. 통증이 전해오기 때문이었다.

나는 정신을 추슬렀다. 해괴망측한 꿈이었던 것이다. 아아, 나는 까닭모를 한숨부터 내쉬었다. 누운 채로 이마를 짚어보니 물땀이 끈적거렸다. 비록 꿈이지만 스님에게 내가 얼마나 주눅이 들어 있는지 알 수 있을 것 같았다. 나는 꿈이었다는 사실에 조금은 안도할 수 있었다. 그러나 이런 나의 안도는 곧장 뒤로 물러갔다.

3

　민틋한 풀밭에서 허리를 일으켜 세웠을 때에 나는 소스라치게 놀라지 않을 수가 없었다. 하도 황당해서 나는 거의 다시 고꾸라져버리고 싶을 지경이었는데 어떤 여자 하나가 바로 발치에서 나를 지켜보고 있었기 때문이었다. 아아, 나는 치부를 들켜버린 느낌에 갑자기 낯이 붉어 올랐다.

　여자는 내 꿈을 엿본 사람처럼 사뿐히 웃고 있었다. 나는 무안해서 공연히 헛기침을 하며 이마로 흘러내린 머리칼을 쓸어 올리면서 자리에서 일어섰다. 여자를 이런 상황에서 대하게 되다니 생각할수록 염치가 없는 일이었다. 여자라면 이제 나는 손톱만큼도 관심을 가지고 싶지 않은 처지가 아닌가. 두 번의 선을 통해 내가 내린 결론은 앞으로 나는 여자를 결코 가까이하지 않으리라는 약속이었다. 내가 사바를 떠나 지금 여기에 머물고 있는 까닭도 따지고 보면 여자들 때문이다. 어머니가 물론 그 빌미가 되었지만 말이다.

"무서운 꿈을 꾸셨나 봐요."

"아아, 예."

하고 여자의 물음에 나는 얼버무렸다. 내 염려대로 여자는 내가 꿈을 꾸고 있던 장면을 지켜보았음에 틀림없다. 나는 순간 참으로 당찬 여자라고 생각했다. 남자가 풀밭에 누워 있는 모습을 보면 살짝 비켜서 지나가야 예의가 아니겠는가. 그런데 말똥말똥 지켜본 뒤 꿈에서 깨어나자 무서운 꿈을 꾸지 않았느냐고 묻기까지 하다니.

그러나 나는 이토록 당찬 여자의 행동거지 보다 내가 꾸었던 꿈의 장면이 머릿속에 어른거려 다시 얼굴을 붉히지 않을 수가 없었다. 대체 내게 어째서 이런 어수선한 일들이 일어나고 있단 말인가. 이 모든 것이 그럼 스님의 말씀처럼 내 업보 때문에 일어나고 있단 말인가. 나는 잠시 발치에 서 있는 여자를 괘념치 않고 스님의 말씀을 되새기고 있었다. 그런데 여자가 참으로 당차다고 밖에 말할 수 없이 접근해 왔는데 나는 어리벙벙한 느낌이었다.

"같이 좀 걸을 수 있을까요?"

"……."

"얘길 하고 싶어서 그래요."

나는 빤히 올려다보는 걸로 여자에게 응대를 보냈다. 자세히 바라보니 이제 스무 살쯤 되어 보이는 청순한 이미지의 여자였는데 겉보기와는 다르게 여자의 행동은 당차게 보였다.

그러나 내가 여자로부터 진정 놀란 것은 다른 이유에서다. 여

자를 바라본 첫 순간에 아마 내 뇌리에는 어머니의 얼굴이 스쳐 지나갔을 터이다. 여자의 생김새가 어머니와 너무 닮아 보였기 때문이다. 아아, 이런 경우도 있구나. 나는 여적 어머니를 닮은 여자를 꿈에서도 찾아보지 못했다. 간혹 어머니 생각에 꿈을 꾸게 되면 어머니는커녕 닮은 여자도 보지를 못했었다. 그런데 이런 절터에서 어머니를 똑 닮은 여자를 우연찮게 만나게 되다니 나로선 참으로 어안이 벙벙할 뿐이다. 더욱이 내게 얘기를 하자며 접근해 오고 있는 것이다. 이것은 정말 웬만한 인연의 조화가 아닐 수 없다.

내가 한참 동안 여자의 얼굴을 뚫어지게 쳐다보고 있었는데도 여자의 시선은 이상하리만큼 담대히 내게 머물고 있었다. 마치 어머님께 맺힌 한을 실컷 풀라는 듯이 말이다.

내가 먼저 여자로부터 시선을 거두어들였다. 초면의 낯선 여자에게 그것도 이 청정한 절터에서 눈을 맞추고 있다니 염치없고 한심한 노릇이 아니고 무엇이란 말인가. 내가 사바를 떠나 이 절에 들어올 때에는 여자들의 생각에서 완전히 벗어나기 위해서였을 것이다. 나는 잠시 흐트러진 마음을 추스르기로 마음먹었다.

"혼자 있고 싶습니다. 죄송합니다."

나는 정중한 말투로 이렇게 말했다. 여자의 자존심을 조금도 다치게 하고 싶지 않아서 허리까지 깊게 숙여 주었다. 나는 정말 지금의 순간만큼은 혼자 있고 싶었다. 여자의 모습에서 까닭 없이 어머니를 떠올리기는 하였지만 누구에게나 흔히 일어날 수 있는 식상한 일로 애써 치부하고 있었다. 그러나 내심 여자에게 전혀 관심 밖은 아니었다. 다만 이런 일로 인하여 이루어질 수 있는 인연의 고리를 사전에 끊어버리고 싶은 간절함이 더 강했으리라. 여자와는 사실 좋은 인연도 만들지 못하는 주제가 아닌가. 내게 남는 것은 결국 상처일 뿐이라고 어쩌면 섣부른 짐작을 앞세우고 있는지도 모른다.

내 정중한 거절에 여자는 너털하게 웃었다. 내 행동을 생각 밖으로 여겨버린 때문일까. 나는 오히려 여자에게 면구스러웠다. 여자의 접근에 스스로 멀어지려는 숙맥은 아마 없을 터이다.

나는 정말 미안한 마음인 채로 여자에게 등을 보이며 돌아섰다. 그런데 여자는 참으로 당당하게 나를 따라 걸어오는 것이 아닌가. 나는 암자 쪽을 향해 걸어 오르면서 연신 고개를 돌려 여자를 바라보았다. 그런데도 여자는 나와 몇 미터의 간격을 지키면서 계속 뒤를 따르고 있었다.

나는 옻나무가 울창한 데까지 빠르게 걸어 올랐다. 내 걸음이 빨라지자 여자도 조금 걸음을 빨리했던 모양인 듯 거리는 여전히 일정한 간격을 유지하고 있었다. 나는 옻나무 무리를 지나 느릅나무가 느끼한 가지를 뻗어 내린 데에서 잠시 멈춰 서며 최초로, 저 여자는 누구일까? 이 절에는 무슨 일로 온 것일까? 하고 생각했다. 그러면서 뒤를 돌아보았다. 숨 가쁘게 걸었던 때문인지 눈앞이 희미하게 흐려졌다. 어지럽고 현기증이 났는데 그런 가운데서도 나는 여자가 쉬지 않고 걸어서 거의 완전히 거리를 좁혀들고 있음을 깨닫게 되었다.

나는 그대로 쭈그리고 앉았다. 현기증보다는 민망함 때문이었다. 민망하다면 그대로 걸어 올라가면 될 터이지만 쉬지 않고 걷기는 무리였다. 배는 허기지고 눈앞으로 이따금씩 별꽃들이 피었

다가는 사라졌다. 여기에서 쉬지 않는다면 뱅글 고꾸라져버릴 줄
도 모른다. 그동안 참 많이 곯았던 때문이다.

　그러나 까닭 모를 일은 여자의 태도이다. 대관절 나와 무슨 인
연을 만들자고 여기까지 쫓아 올라왔을까. 여자는 또 나와 얼마
간의 거리를 두고 지금 저만치 앉고 있다. 나는 어느 정도 이마
의 땀을 들이고 나서 이번엔 오히려 내 쪽에서 여자를 향해 걸어
갔다. 그러고서 대뜸 이렇게 말했다.

　"이봐요. 남의 사생활에 적어도 방해는 하지 맙시다."

　"제가 그쪽 사생활에 방해를 드렸나요?"

　여자는 오히려 내게 반문하듯 말했다. 그러면서 여전히 사뿐
한 미소를 띠고 있었는데 내게는 자신감이 넘치는 듯한 태도로
여겨졌다. 대체 여자는 뭘 믿고 이토록이나 당당하단 말인가. 자
기로서는 내 사생활에 전혀 방해를 끼치고 있는 게 아니란 말투
였다.

　"이게 방해가 아니고 뭡니까?"

　나는 앞전보다 더욱 신경질적으로 목소리의 끝 날을 세워 말
했다. 여자에게 이렇게 민감하게 거부반응을 드러내는 나 자신이
오히려 실례를 범하고 있는지도 모른다는 생각이 머릿속 한편에
서 작은 촛불처럼 피어올랐다. 여자는 적어도 지금 이 순간에 저
홀로 즐기고 있는 것 인줄도 모를 일이다. 내가 너무 민감한 반
응을 보이고 있는 것은 아닐까? 아래쪽에선 어디까지나 대화를
하자며 내게 제의를 해왔잖는가. 지금은 딱히 나를 미행하는 것
이 아니라 자신의 시간을 즐기고 있는 줄도 정말 모른다.

　"죄송하군요. 그쪽을 방해할 생각은 전혀 없습니다. 저한테 신

경 쓰지 말고 그쪽 일 보세요."

여자의 말은 진실처럼 받아들여졌다. 그녀의 말투에 꾸민 흔적은 적어도 내 판단으로는 찾아낼 수 없었다. 여자의 이 같은 솔직한 말에 오히려 내 쪽에서 계면쩍을 뿐이었다.

나는 다시 걸어 오르려다가 여자에게 한 마디만 묻고 싶어 떼던 걸음을 멈춰 섰다. 여자는 이마에 끈적거리는 땀을 하얀 손수건을 꺼내어 닦아내고 있었는데 그 순간에 여자의 얼굴에 스치고 지나간 구름의 자락 같은 그림자를 나는 엿볼 수가 있었다. 우수빛 얼굴이다. 문득 꼭뒤를 지르고 오는 쓸쓸하고도 소소한 기분. 나는 언젠가도 분명히 지금과 같은 기분에 사로잡힌 적이 있었는데 얼른 떠오르지 않았다.

언제였을까? 나는 짧은 순간에도 내가 언제 이런 기분을 느꼈었는지를 떠올리려고 애썼다. 아아, 그렇다. 나는 그때를 결국 떠올렸다. 그때도 분명 이런 기분이었다. 까닭 없는 우울과 쓸쓸함. 어머니의 얼굴에서 이런 기분을 느꼈었던 것이다. 스님이 되어 찾아오신 초등학교 상급반 시절. 어머니와 마지막 손을 잡고 헤어지는 바로 그 순간, 나는 어머니의 얼굴에서 지금과 같은 똑같은 분위기를 느꼈던 것이다.

이상한 일이다. 나는 여자의 얼굴을 유심히 쳐다보았다. 작은 얼굴. 어머니의 얼굴도 그랬다. 삭발을 했던 어머니의 얼굴은 더욱 작아 보였다. 온화하면서도 어느 구석엔가 바람의 자락 같은 그림자가 흐르고 있는 얼굴. 어째서 이런 느낌마저 어머니와 같을까. 내가 어머니를 사무치게 그리워하고 있어서 그러는 것일까. 사무치게 그리워하긴. 나는 속으로 뇌까렸다. 어머니를 죽어

도 그리워하지 않으려고 혀를 잘근거리며 다짐을 하지 않았던가.

"이 절엔 어떤 일로 오셨습니까?"

하고 내가 물었다. 여자는 이마의 땀을 닦아 내린 하얀 손수건을 네모가 반듯하게 접고 있었다. 시간이 더해 갈수록 여자로부터 어머니를 떠올리게 하는 느낌이 더욱 강렬하게 다가왔다. 정말 난생 이런 일은 처음이다. 어머니를 똑 빼어 닮은 여자를 우연히 만나게 되다니 말이다.

"수련회가 있어서요."

내 물음에 여자는 조금 뜸을 들이다가 대답했다. 아아, 그랬었구나. 나는 여자가 불청년수련회의 일원이라는 사실을 알게 되었다.

"불청년수련회 말씀인가요?"

"네. 알고 계시네요."

"공양보살님한테 들었습니다."

"노 보살님 말씀이세요?"

뜻밖에도 친숙한 분위기였다. 앞전의 사소한 감정은 그새 눅어진 상태였는데 이상한 조화였다. 여자도 공양보살이 노 보살이란 사실을 알고 있는 모양이었다. 하긴 이 절에 한 번쯤 다녀간 불자라면 모를 턱이 없을 것이다. 나도 처음 공양주 보살을 대할 때에 이러저러한 얘기를 격의 없이 나누었으니까. 내가 윤성재, 라고 이름을 가르쳐주자 아하, 윤 처사님이시로구먼, 하면서 자신은 노 씨라서 노 보살님, 하고 불러주면 된다고 했던 기억이 떠올랐다.

나는 고개를 끄덕여주었다. 내 표정은 아까에 비하면 많이 누그러진 상태였다. 이상하게도 여자에게 연민 같은 분위기가 느껴져 왔는데 아마 어머니에 대한 가엾은 마음이 되살아났던 때문일 것이다. 아아, 이런 느낌도 있구나, 하고 나는 생각했다. 어머니를 닮은 여자로부터 이런 느낌을 받게 되는 경우가 있으리라고는 감히 상상하지 못했던 일이다.

"불쌍한 분이세요, 그분."

여자가 뜻밖의 말을 했다. 여자는 공양보살에 대해 나보다는 많은 것을 알고 있는 모양이었다. 나는 솔직히 나 아닌 다른 사람에게 그다지 관심을 가지는 성격이 아니다. 내 정신을 다스리고자 오직 이 절에도 왔던 것이다. 내가 토굴의 명휴 스님께 가지는 관심은 특별한 경우이다. 스님의 행동이 사뭇 묘연한 구석이 있지 않은가.

"노 보살님 잘 아시나 봅니다.

"아뇨. 그냥 보살님 하고 이런저런 얘기를 나누었어요."

"아아 그러셨군요."

나는 고개를 주억거렸다. 여자와 갑자기 친숙해진 느낌이 들었다.

"노 보살님 어떻게 생각하세요?"

여자가 갑자기 이렇게 물었다. 나는 뜻밖의 물음에 예에? 하고 급조된 표정을 지었다. 노 보살에 대해 생각해 본적이 없었다. 그저 절간의 흔한 공양보살로만 여길 따름이었다. 나를 정화하기 위해 잠시 속세를 떠나온 사람이 하릴없이 절간의 공양보살에 관심을 가질 수가 있겠는가.

"아아, 모르시는 모양이군요?"

여자는 더욱 이해하기 어려운 얘기만 했다. 이런데서 우연히

만난 남녀가 자신들의 얘기가 아닌 남의 얘기에 관심을 두고 있
다는 사실이 한편으론 거북하게 여겨지기도 하였다.

"무슨 말씀이십니까?"

"노 보살님 말예요."

여자의 눈빛이 빛났다. 노 보살에 관한 얘기를 하면서 타드는
눈빛은 무엇이란 말인가. 여자의 눈빛이 이토록 강렬할 수도 있
구나. 그러면서도 뭔가 애타게 그리워하는듯한 저 눈빛. 어머니
에게도 나는 지금의 이런 느낌을 받은 적이 있었다. 타들어 가던
그 눈빛. 나를 눈 속에 집어넣을 듯 강렬했던 그 눈빛이 생각난
다. 학교 뒷산에서 내려와 정문에서 헤어지면서의 일일 것이다.
나는 그토록 강렬한 여자의 눈빛을 보지 못했다. 그런데 지금 여
기에서 그때와 똑같은 눈빛을 만나고 있는 것이다. 대체 뭐란 말
인가. 내가 어머님에 관한 집착을 여전히 버리고 있지 못해서 이
같은 느낌이 들고 있는 것은 아닐까.

"무슨 비밀이라도 있는 분이랍니까?"

"역시 모르고 계셨군요."

여자는 한층 상기되어 있었다. 여자의 말에 나는 갑자기 가슴
이 찌르르 떨려왔다. 지금 여자의 태도로 미루어 노 보살이 엄청
난 비밀을 지니고 있는 사람처럼 여겨지는 것이다. 대체 무슨 비
밀을 지니고 있기에 이 여자가 처음 본 사람 앞에서 이토록 긴장
된 분위기를 만들어내는 것인가. 나는 여자의 옆에 무의식적으로
살그머니 주저앉았다. 그리고 여자를 응시했다.

"그분 여자가 아니랍니다."

"예에?"

나는 머리가 갑자기 빳빳하게 일어서는 기분이었다. 대체 무슨 뚱딴지같은 소리란 말인가. 노 보살이 여자가 아니라면 그럼. 새가 환생했단 말인가? 나무란 말인가? 빗새란 말인가? 그도 아니면 생불(生佛)이란 말인가?

"이런 경우 아마 처음일 거예요."

"대체 무슨…"

여자로서도 쉽게 입이 떨어지지 않는 모양이었다. 그러나 무엇보다 나는 아직 여자의 얘기를 알아듣지 못하고 있었다. 노 보살이 여자가 아니란 얘기는 대체 내게 동이 닿지 않았다. 무슨 뜻에서 그처럼 무지한 얘기를 꺼냈는지 이해할 수가 없었다. 나는 혀끝이 오그라들 정도의 호기심으로 가슴이 저리고 있었다.

"불완전한 사람들 있잖습니까?"

"불완전한 사람들이요?"

나는 얼른 이해가 되지 않았다.

"불완전한 남자라고 해야 되나,아님 불완전한 여자라고 해야 되나."

여자는 더욱 못 알아들을 소리만 했다. 여자의 태도는 여전히 급조되어 있었는데 내 자신도 긴장이 풀리지 않았다.

"그게 대체 무슨 말씀입니까?"

"신체는 남성인데 여성의 감정을 지닌 사람들 있잖아요."

"아아…"

나는 그적에서야 여자의 말뜻을 알아차렸다. 우리 사회에 간혹 그런 류의 집단이 있었다. 호모나 레즈비언의 집단. 그 정확한 차이는 모르나 게이라는 용어로 이해하면 얼른 느낄 수 있을

것이다.

그러나 공양주 노 보살이 여자가 아니라 남자였다니 난데없이 머리를 얻어맞은 기분이었다. 나는 노 보살로부터 남자의 흔적을 손톱만큼도 찾아 볼 수 없었던 것 같았다. 노 보살은 완벽한 여자였던 것이다. 그런데 여자가 아니라니 황당할 노릇이 아니고 뭐란 말인가. 보살의 목소리, 보살의 모습, 보살의 걸음걸이, 보살의 행동, 어디에서 남자의 느낌을 받았던 적이 있었는가. 나는 미간을 찌푸리고 생각을 모아보았다. 그러나 그런 느낌을 받은 기억은 없었던 것 같다. 천상에 부지런한 여자의 모습이었을 것이다. 그리고 노 보살의 얼굴에서 어떤 어두운 그림자도 결코 엿볼 수가 없었다. 공양보살로서 조금의 부족함도 없어 보이는 그야말로 평범한 보살이 그런 비밀을 간직하고 있다는 사실이 마치 꾸며낸 얘기처럼만 들릴 뿐이었다.

"불쌍한 분이예요."

나는 여자의 말에 묵묵히 고개만을 끄덕여주었다. 그런 분이라면 참으로 불쌍한 존재가 아니고 뭐겠는가.

"자신을 한 번도 남자로 여겨본 적이 없답니다."

"아아…"

나는 응대를 하지 못하고 착잡한 한숨만을 뿜어냈다. 여전히 여자의 얘기가 믿기지 않을 정도로 머리가 어지러웠다. 지금처럼 머리가 혼란스러운 적은 아마 없었으리라. 여자와의 두 번의 맞선에서 낭패를 보았을 때에도 이토록 머리가 복잡하지는 않았다.

"사춘기가 되면서 자신의 감정에 문제가 있다는 사실을 알았다는군요. 처음엔 누나들 속에서 자라서 그러는 줄로 여기고 그다지 대수롭게 여기지 않았답니다. 그런데 차츰 그 정도가 더해 지더란 거예요. 가족들한테 속이고 그럭저럭 버텨왔는데 군에 입 대할 때가 되어 할 수 없이 큰누나한테 속내를 내비쳤다지 뭡니 까."

여자의 입에서 휴우 한숨이 비어져 나왔다. 세상에 내 주위에 이런 일이 있다는 사실이 믿어지지를 않았다. 간혹 신문의 가십 난에서 이런저런 기사를 읽기는 했지만 그때는 먼데의 얘기로만 여겨졌다. 그런데 바로 내가 머물고 있는 이 절의 공양보살이 그 런 비밀을 지니고 있다니 입이 다물려지지 않았다. 내게 그토록 친절히 암자를 안내하고 명휴 스님이 기도하는 토굴방을 안내하 고 부처님의 자비로 공양을 가득담은 바루를 내밀었던 분이 말이 다. 참으로 기이한 일이었다.

"하지만 무서운 게 법이더군요. 보살님의 사정은 눈곱만큼의 동정도 사지를 못했답니다. 서류상이나 신체상이나 건강한 대한 민국의 청년이 그따위 사사로운 감정 따위를 핑계로 신성한 국방 의무를 져버려서야 되겠느냐며 강제적으로 잡아들였답니다."

여자는 한층 격앙되어 있었다. 신성한 절터에서 이런 얘기를 나누고 있다는 사실을 생각할수록 가슴이 미어졌다. 사람의 일이 란 참으로 한치 앞을 내다볼 수가 없는 모양이다. 이 절에 머물 면서 어머니를 닮은 여자를 만나 기이한 얘기를 입에 담으리라고 는 예상조차 못했던 일이다.

여자는 고개를 숙인 채 한참동안 말을 잇지 못했다. 보살의 처 지를 생각하며 울먹이고 있는 모양이다. 여자는 여린 품성을 지 닌 게 분명해 보였다. 이것은 어머니와 닮은 모습이 아니란 생각

이 문득 일었다. 어머니께서도 여린 구석이 있었겠지. 그러나 어머니는 모질은 성품에 오히려 가까울 것이다. 다른 사내와 눈이 맞아 자식과 남편을 버리고 도망을 가버렸으니 얼마나 지독한 여자인가. 그리고 다른 사내와의 사이에 여식을 낳았으면서 그들과의 인연을 끊고 비구니가 되었잖은가. 이처럼 독한 여자가 세상에 또 어디 있겠는가 말이다. 이게 모두 업이란 말인가.

휴우.

내 입에서 한숨이 새어나왔다. 그적에서야 여자는 물기 젖은 마음을 부축하듯 내 쪽으로 한번 시선을 주면서 애기를 계속했다. 곁에서 바라보니 여자의 모습이 더욱 어머니를 빼닮은 듯해 보였다. 내가 이렇게 감성적이어도 되는가? 공연히 내 자신에 대한 책망이 일었다.

"군대생활이 순조로울 리가 없었답니다. 어떻게 그 몸으로 정상적인 군 생활을 영위할 수 있었겠어요?"

나는 고개를 끄덕거렸다. 신체적으로 건강한 사람도 군 생활을 순조롭게 마치기란 쉽지 않은 법이다. 나도 군에서 고문관이란 별명이 붙을 정도였다. 나는 군대라는 그 집단이 싫어서가 아니라 내 자신이 싫어서 군 생활에 성실하지 못했다. 고참에게 덤비는 무모함도 서슴지 않았다. 그리고 무엇보다 군인으로서의 자세가 되어 있지 못했다. 모든 긴장을 나사 풀듯 풀어버렸다. 될대로 되라는 식이었다. 지금 돌이켜보면 그때 무슨 객기가 그렇게 심했는지 모르겠다. 한낱 치기에 지나지 않던 것을 말이다. 나는 결국 사단 영창에 1개월 복역하는 문제 사병이 되어버렸다. 순전히 내 개인적인 신상 때문이었다. 제대복을 입고 위병소를 빠져나올 때에 뜨겁게 쏟아져 나온 그 눈물의 의미는 대체 무엇이었던가.

"사병들한테 내내 놀림거리가 되었다고 해요. 그러나 그런 놀림 정도는 참을 수가 있었답니다. 무엇보다 잠자리가 문제였답니다. 고참 들뿐만 아니라 자기보다 아래인 사병들까지 몸을 더듬어대며 집적대는 데는 머리가 돌아버릴 지경이었대요."

나는 이해할 수 있었다. 군대란 집단은 사회와 격리되어 있어서 사병들이 이성을 마주할 기회가 전혀 없는 곳이다. 전우 중에 예쁘장한 병사가 있으면 그 병사를 옆에 두려고 앞을 다투었다. 졸병 때에는 좋으나 싫으나 고참의 품에 안기어 취침을 하게 되는 경우도 있다. 나도 그런 기억이 있었다. 얼굴이 곱상한 편인 나를 제대 말년의 고참이 덮쳐 버린 것이다. 나는 어리둥절한 상태로 잠에서 깨어났다. 상황을 알아차리자 내 자신에 대한 분노가 더욱 커졌다. 그것은 순전히 자학적인 것이었는데 나는 일어나서 몽롱한 정신을 수습한 다음에 총의 개머리판으로 그대로 나를 덮친 고참의 이마를 찍어버렸다. 내가 1개월의 영창생활을 하게 된 동기이다.

"도대체 생활하기 어려워서 부대장에게 자신의 처지를 건의했다는 군요. 부대장도 처음엔 관심을 가지고 연대에 서류를 올리고 사단에까지 들락날락 했답니다만 상부에서 먹혀들지 않는 거예요. 신체 구조상 남자였으니까요. 더욱 오기가 생기더라지 뭡니까. 이를 악물고 군 생활을 했답니다. 그래서 결국 만기제대를 하고 나왔다고 해요. 그러나 그런 처지로 사회생활이 어떻게 평탄할 수 있었겠어요."

나는 다시 여자의 얘기에 빨려들기 시작했다. 여자는 노 보살과 참으로 많은 얘기를 나누었던 모양이다. 군 생활 전반은 물론 사회에서의 생활까지 들먹일 정도라면 함께한 시간이 많았을 것이다. 여자는 이 절에 적어도 처음은 아니리란 판단이 섰다. 여자가 급조된 마음을 눅이느라 잠시 침묵하는 틈을 타서 나는 여자에게 물어보았다.

"이 절엔 처음이신가요?"

"아, 아뇨. 이번이 세 번째 방문입니다."

"그렇군요."

하고 나는 고개를 끄덕여주면서 물었다.

"노 보살님을 여자로 인정해 주시는 겁니까?"

"저는 물론 그래요. 처사님 눈에도 보살로 보이지 않았습니까?"

나는 묵묵히 고개를 끄덕였다. 노 보살로부터 눈곱만큼도 남자 분위기를 읽어내지 못했던 것이다.

"그럼 된 거예요. 우리 눈에 비친 그대로 받아들이는 것이 또한 불자의 자세가 아니겠어요?"

"저도 그렇게 생각합니다."

보이는 그대로 받아들이는 것이 여자의 말처럼 불자의 자세일 터이다. 사물은 보이는 그대로 진실을 지니고 있는 것이다. 인간들이 사물을 보이는 그대로 보지 않고 왜곡하여 받아들이는 것이 거짓을 만드는 근원이다. 부처는 진실 가운데 존재하는 것이다. 그러므로 모든 보이는 것들이 하나의 부처가 될 수 있는 것이다.

"사회에 나와 남자를 사귀기도 했다는군요."

여자는 다시 노 보살에 관한 얘기를 시작했다. 나로서도 노 보살의 얘기를 이제 계속해서 들어야만 될 것 같았다. 여기서 얘기를 못 듣는다면 밥을 먹다가 그만둬버린 듯한 미진함으로 개운치 못할 것만 같았다. 나는 여자의 얘기 도중 연신 성의 있게 고개를 끄덕여주었다.

"처음에 사귄 남자는 매우 성질이 급했답니다. 전자부품 회사에서 생산직으로 일하던 남자인데 사귄 지 며칠밖에 안 돼서 자꾸만 성적 접촉을 요구하더래요. 그래서 먼저 헤어지자고 제의를 했다는군요. 두 번째 남자와는 한 삼 년 교제를 했다고 합니다. 보살님은 사랑하는 남자와의 시간을 조금이라도 오래 누리고 싶어서 한사코 결혼 전엔 선을 넘지 않는다는 단서를 두고 교제를 해왔다고 해요. 그 남자는 공무원이었는데 같이한 시간이 너무너무 행복했답니다. 그런데 사귀는 햇수가 거듭될수록 남자 쪽에서 결혼얘기를 꺼내더랍니다. 남자가 우연찮게 2대 독자였대요. 그래서 더욱 애를 끓이며 결혼을 재촉한 모양이에요. 결국 스스로 고통이 커서 남자로부터 빠져나왔답니다."

노 보살은 그 후 다시는 남자를 만나지 않았다고 했다. 여기저기 바람처럼 떠돌다가 머무는 데가 바로 이 절간이라는 것이었다. 절간에 들어와서 지금껏 생활했지만 가족들과는 완전히 연락을 끊어버렸다고 했다. 모든 것이 업에 의해 존재한다는 것을 진리처럼 받아들이며 절간의 사람들을 위하여 공양간의 일을 시작했다는 것이다. 일을 통해 보시를 하고 자신의 업을 풀어나간다는 믿음을 지니고서 살아가고 있다는 얘기였다.

아아, 불쌍한 노 보살님.

　가족도 버리고 사랑도 버리고 세간의 일마저 모두 등져버린 사람. 이 때 묻지 않은 절간에서 스님들과 찾아드는 불청객들의 공양을 준비하는 소 같은 사람. 나는 갑자기 노 보살이 보고 싶다는 생각이 들었다. 따뜻한 말 한 마디라도 건네주고 싶은 마음이 간절했던 것이다.

　그러나 노 보살이 희망마저 저버린 것은 아니었다. 여자의 말을 빌면 노 보살은 자신에게 언젠가 가능성이 찾아오리라는 믿음을 굳게 간직하고 있다는 것이다. 그 가능성이란 내가 듣기에도 섬뜩한 것이었는데 여자로의 성전환을 통해 완전한 여자가 되겠다는 믿음이었다.

　아아.

　나는 여자의 얘기를 들으면서 거푸 한숨을 뿜어냈다. 나도 모르게 삐져나오는 한숨이었다. 대체 이런 일이 어디까지 가능할까? 과학이 아무리 발전한 시대라지만 신의 섭리를 거부할 수 있는 데까지 과학은 완전한 힘을 발휘할 수 있을까? 참으로 불가사의한 일이 아닐 수가 없다고 나는 생각했다.

　여자는 얘기를 마치고서 한참동안 말없이 먼산바라기를 하고 있었다. 노 보살의 얘기를 입에 담아서 그러는지 갑자기 울적한 표정을 지었다. 나는 여자가 자신의 감정을 추스르도록 충분히 배려했다. 입을 다물고 역시 먼산바라기를 하면서 노 보살을 생각하고 있었다.

　여자의 얼굴에 조금 안정감이 돌았다. 여자는 이제 안개입자 같은 웃음을 보일락 말락 입가에 매달면서 여전히 침묵을 지키고 있었다. 침묵이 길어지자 내 쪽에서 자꾸만 대화의 출구를 열고 싶었다. 나는 몇 번 마음의 자맥질을 거듭한 끝에 용기를 내었다.

"노 보살님 얘기는 이쯤에서 끝내시지요."

"예, 처사님."

여자가 내 쪽으로 시선을 주었다. 나는 여자와 눈이 마주치자 이가 살짝 드러나 보이게 웃어주었다. 이미 서로 간에 경계의 대상이 아님을 의미하는 웃음이었는데 여자의 얼굴에 갑자기 포만감이 넘쳐났다.

"그러고 보니 남 얘기 하느라고 통성명도 못했군요."

"아아, 정말 그러네요."

나는 여자에게 손을 내밀었다. 거북한 태도였지만 이미 여자와의 사이에 거리낄 게 없다고 생각했다. 이상하게도 여자는 나를 사로잡고 있었다. 내가 손을 내어밀자 여자 쪽에서도 손을 내밀었다. 여자의 손목이 가늘게 미동하고 있음을 나는 알아차릴 수가 있었다.

"윤성재라고 합니다."

나는 또박또박 이름을 댔다. 여자의 손을 힘주지 않고 쥐고 있었는데 여자는 뜻밖에도 떨고 있었다.

"저는 홍옥이예요."

여자의 음성도 떨리고 있었다.

"홍옥, 좋은 이름이군요."

"외자 이름입니다."

"아아, 그렇군요. 그럼 옥씨가 되겠네요."

"가까운 사람들은 그냥 옥이라고 불러요."

여자가 수줍은 태를 보였다. 얼굴에 발그레한 기운이 굼실거

리는 느낌이었다. 나는 고개를 끄덕거리며 이름을 음미했다.

옥이, 옥이, 홍옥이라. 중국 여자 이름을 닮았다고 나는 생각했다. 여자는 이름처럼 곱게만 여겨지고 있었다. 옥처럼 맑고 영롱한 여자. 그러나 조금만 눈을 오므리고 들여다보면 어딘지 모르게 우수 빛이 감도는 여자. 어머니를 닮은 여자. 나는 기이한 인연이라고 생각했다. 절간에 마음을 수습하기 위해 들어왔다가 이런 인연을 만나리라고는 예상하지 못한 일이었다.

나는 손을 만지작거렸다. 여자의 감촉이 아직도 손끝에 남아 있는 느낌이 들었다. 여자와 수인사를 나누고서 손을 푼 지 한참이나 지났는데도 나는 여적 그 여운을 가지고 있었다. 여자는 내게 맡겼던 그 손을 얌전하게 무릎 위에 올려놓고서 큰절 쪽을 바라보고 있었다.

수인사 뒤에 무슨 얘기를 꺼내려고 했는데 용기가 없었다. 처음엔 용기를 내어 겨우 수인사는 나누었지만 제대로 진행이 되지 않았다. 이런 일련의 일들이 자칫 수작을 부리려는 모양으로 비쳐질 수도 있으리란 염려가 앞서서 나는 사실 주저하고 있었다. 이쯤에서 돌아서야 불자로서의 도리가 아닐까 싶었으나 나는 좀체 실행에 옮기지 못하고 있었다. 이런 상태로 미적미적 헤어진다는 게 사실 아쉬웠던 것이다.

그런데 뜻밖에도 여자 쪽에서 내게 말문을 열고 있었다.

"절엔 무슨 일로 오셨습니까?"

여자의 물음에 나는 얼른 대답을 하지 못했다. 내가 여기에 왔던 이유를 여자에게 선뜻 얘기하고 싶지 않아서였다. 하기는 뚜렷한 목적이 있었던 것도 아니었을 것이다. 나는 오히려 비겁한 사

람에 가까운 것인지도 모르겠다. 속세를 버리고 무작정 절간을 찾
아들었던 자체부터 썩 자랑할 만한 일은 못되지 않은가 말이다.

삶에 도전하지 못하고 삶에 지쳐서 가방 하나 달랑 메고 산사
를 찾은 위인이 바로 나인 것이다. 삶이라고 했지만 그게 어디
진정한 삶에 관한 것이었을까. 기껏 여자 문제로 내빼듯 속세를
떠나온 내가 아니고 뭐란 말인가. 나는 여자를 의식하지 못하고
서 한숨을 뿜어내버렸다.

후우.

"말하지 않아도 괜찮아요."

여자가 오히려 내게 위로의 태도를 보여 왔다. 여자는 내 표정
을 읽고서 얼른 분위기를 바꾸어 나갔다. 여자는 아마 나름으로
나에 대해 생각하고 있을 것이다. 사내 혼자서 절간에 머물면서
이토록 한숨이나 뿜어내는 경우란 뻔하지 않겠는가. 찌든 삶에 지
쳐서 속세를 잠시 떠나온 사람. 여자는 이쯤 짐작하고 있으리라.

그러나 내가 결코 찌든 삶에 지쳤다고 말할 수는 없을 것이
다. 나는 사실 남처럼 가족을 거느리고 아등바등 살지는 않았으
니까. 어쩌면 속세를 떠나 잠시 여기에 머물고 있는 그 자체만으
로도 나는 삶을 누리고 있는 것인지도 모른다. 내가 산사를 찾을
수 있는 마음조차 욕망의 집착에서 비롯되었는지 모르는 일이기
때문이다. 그렇다면 분명히 나는 분수에 지나친 삶을 누리고 있
는 셈이다. 여자의 문제로 삶을 등지고 산사를 찾는다면 이 세상
의 어떤 남자가 한번쯤 절간을 찾아 궁시럭거리지 않겠는지.

그러나 이상했다. 나는 여자에게 만큼 숨기고 싶지 않았다. 내
가 여자에게 특별히 진실하려는 것은 여자도 내게 진실로서 대해

주리란 기대를 어느 정도 저버리지 않았기 때문이다. 여자에게 은근히 궁금한 것이 많았다. 토굴방의 스님처럼 여자는 나로 하여금 호기심을 불러 일으켰다.

"세상이 싫어서요."

내가 침묵을 깨며 대답했다. 여자는 내가 자신의 물음에 대한 허두를 꺼내자 직립된 얼굴 표정을 누그러뜨렸다.

"세상이 좋아서 사는 사람 얼마나 되겠어요?"

여자의 말은 뜻밖이었다. 겨우 이십대 초입일 듯한 여자의 입에서 이런 얘기가 불거져 나오리라곤 예상하지 못했다. 나는 순간적으로 내가 실수를 하고 있는 것은 아닐까 하고 생각했다. 나보다 훨씬 나이 어린 여자 앞에서 세상이 싫다는 얘기를 꺼낸 것이 결코 잘한 일은 아닐 것이다. 여자에게 힘이 되어주는 말을 던졌어야 옳았을 터이다.

"죄송합니다. 부정적인 생각을 하지 말아야 하는데…"

"괜찮아요. 처사님 보다 어린 저도 세상이 싫었던 적이 많았어요. 지금도 순탄하진 않구요."

여자는 그러나 당당한 표정이었다. 살이에 대한 힘찬 울림을 지니고 살아가는 여자 같았다. 말하는 태도나 모습에서도 의젓해 보이기 때문에 충분히 그런 생각을 가능하도록 했다. 어두운 구석을 표정에 지니고 있으므로 더욱 대차게 보였다. 자신의 문제에 현명하게 대처할 수 있는 여자 같았다.

나는 묵묵히 고개를 끄덕였다. 여자는 대체 어떤 사연을 담고 여기에 왔을까. 그러나 불청년수련회에 참석한 여자라면 특별히 개인의 문제 때문만은 아닐 것이다. 나처럼 혼자서 가방 하나 달랑 메고 절간을 찾았을 때에 그 가방 속에 복잡한 살이에 관한 사연들이 뒤엉켜 처박혀 있을 것이다.

"홍옥 씬 그래도 당당해 보이네요."

"그러세요?"

나는 역시 고개를 끄덕여주었다. 그런데 나는 어쩔 수 없이 얼굴이 붉어 오르는 것을 느꼈다. 나도 모르게 홍옥 씨란 표현을 쓰고 있었기 때문이다. 통성명을 한지 불과 얼마밖에 되지 않았는데 말이다. 내게 이런 당돌함과 뻔뻔함이 있다는 사실을 새삼 깨달았다. 이런 숙기와 도전적인 자세로 세상을 살았다면 아마 나는 지금쯤 여기에 있지는 않을 것이다. 홍옥 씨란 표현이 이상하게도 싫지 않았다. 내가 여자에게 이처럼 씨자를 붙여 호칭을 삼아본 적이 얼마나 되었던가. 두 번의 맞선에서 만난 여자들에게 조차 나는 감히 이런 표현을 쓰지 못했다. 그런 까닭은 순전히 내 탓은 아니었을 것이다. 그네들이 나로 하여금 먼저 주눅이 들어버리게 만들었다.

"홍옥 씨란 표현 미안합니다. 절간에선 보살님이라고 편하게 부를 수가 있는데 말입니다."

"처사님. 참 마음이 여리네요. 그런데 까지 신경을 다 쓰시고 어떻게 세상을 살아요? 그리고 여기에 다른 누가 있는 것도 아닌데…."

여자는 말끝을 여미면서 내 쪽으로 시선을 주었다. 여자의 얼굴에서 다시 한 번 어머니와 같은 자상함이 배어나왔다. 표정 또한 어머니를 연상하도록 하기에 충분했다. 나는 이런 데서 어머니의 얼굴을 떠올려 보는 것만으로도 오늘 하루는 행복한 날이라

고 생각했다. 비온 뒤에 속잎이 돋아난다는 말처럼 토굴방의 명휴 스님과의 사이에 한바탕 소나기를 뿌리고서 맞은 지금의 순간이 더없이 소중하게 여겨졌다. 여자는 볼수록 어머니를 닮았다는 확신을 가지도록 만들었다. 여자는 사람을 몹시 편하게 하는 구석이 있었다. 그만큼 배려하는 데에 숙고하고 있는지도 모른다. 그렇다면 매우 속이 깊은 여자일 것이다. 내게 위안을 주는 얘기를 하는 것으로도 분명한 일이다.

"그리 여겨주시니 고맙습니다."

"천만에요. 저를 편하게 대해주세요."

여자의 마음은 진실처럼 들렸는데 이상하게도 여자와 이상한 인연의 고리를 만들어나가는 느낌이 들었다. 그러나 나는 이 여자와는 이성으로서의 관계를 뛰어 넘어서고 싶었다. 이를테면 진정한 인간관계의 만남 같은 성격을 부여하고 싶었던 것이다. 여자의 나이가 나보다 훨씬 어려보이는 문제도 있었지만 묘하게도 이 여자와는 이성적 접근을 피하고 싶은 마음이 앞섰다. 내 경험으로 미루어 십중팔구 서로 간에 상처만 남을 것만 같았다. 나는 여자문제 만큼은 이제 자신이 서지 않았다.

나는 여자의 말처럼 편하게 대해주고 싶었다. 여동생에게나 하는 것처럼 말이다. 생각이 여기에 미치자 여자가 정말 내 동생 같은 느낌이 들었다. 내게 여동생이 없는데도 그랬다. 이런 여동생 하나쯤 두는 것도 괜찮으리란 생각이 들었다. 여동생의 관계라면 적어도 내게 상처를 안기지는 않을 것이다. 그러나 나는 순간적으로 자신을 질타했다. 절간에 와서 이 무슨 복에 겨운 소리란 말인가. 벽면참선을 해도 부족한 터에 여동생을 만들 주제

넘는 생각이나 하고 있다니 말이다. 나는 속으로 고개를 내저었
다. 그러면서 어서 빨리 여자와의 자리를 마무리 지어야겠다고
생각했다.

"고맙습니다. 다음에 뵙게 되면 그렇게 대하지요."

하고 나는 벌떡 일어섰다. 마음 같아선 여자와 얘기를 더 나누
어 보고도 싶었지만 스스로에게 채찍을 가하기 시작했다. 내가
절간을 찾았을 때에는 이처럼 여자와 노닥거리는 문제를 상상조
차 하지 못했다. 나는 참선을 하며 인생의 문제에 대해 하나라도
터득하고 싶었을 뿐이다.

"가시려구요?"

여자가 조금 당황한 표정으로 물었다. 여자는 네모반듯하게
접은 손수건을 무의식적으로 만지작거리고 있었다. 나는 조금 미
안한 생각이 들었다. 이렇게 섭섭하게 헤어지고 싶지는 않았는데
말이다.

"올라가야지요. 기회 되면 뵙게 되겠지요."

나는 여자를 향해 합장을 하고 있었다.

"이 절에 언제까지 머무실 생각이세요?"

"그건 아직 모르겠습니다. 마음이 정리 되는대로 절을 떠나야
지요."

"그럼, 제가 암자에 한번 들르겠어요."

나는 더는 거부하지 못했다. 여자와 이렇게 헤어지는 아쉬움이
내게도 여전히 남아 있는 터이었다. 나는 고개를 끄덕이면서 여자
에게 합장을 올리고 돌아섰다. 여자의 얼굴에도 아쉬운 기운이 역
력했다. 나는 여자를 뒤에 둔 채 걸음을 옮겨놓기 시작했다.

4

　암자에 돌아와서 기다란 나무의자에 앉아서 큰절 쪽을 바라보았다. 큰절 쪽에서 독경 소리가 들려오고 있었다. 그 독경 소리는 스피커를 통해서 나오고 있었는데 카세트 테잎이었다. 명휴 스님의 독경만큼 감미롭지 않지만, 암자에 앉아서 독경 소리를 듣는다는 이 사실만으로도 평화롭게 여겨졌다. 더욱이 불어오는 바람도 사람을 은근히 향연 같은 속으로 빠져들게 만드는 역할을 하고 있었다. 부처님께서 내게 이런 배려를 하고 있는지도 모른다는 생각이 들었다. 지금의 내 기분은 분명히 향연의 오르가즘 속에서 치닫고 있는 느낌이기 때문이었다.

　오르가즘.

　갑자기 이런 단어가 생각난 것은 무슨 조화였을까. 내가 절간에서 오르가즘이란 단어를 떠올리다니 말이다. 이런 단어는 내게 아직도 천박하게 다가오는 느낌뿐이었다. 삶의 절정, 이란 의미로 비약해서 생각할 수도 있겠지만 오르가즘이란 단어를 떠올릴 때에 스쳐가는 것은 유감스럽게도 남녀가 비끄러 잡고 낑낑대는 장면이었다.

그런데 갑자기 명휴 스님의 얼굴이 잇따라 떠오른 것이었다. 이 사실만으로 이제 나는 놀라지 않는다. 명휴 스님이라면 봐서는 안 될 장면까지 내 눈 속에 담아버렸으니 말이다. 지금 내가 놀라고 있는 것은 명휴 스님의 얼굴에 갑자기 노 보살의 얼굴이 겹쳐진 때문이었다. 이것은 분명히 무의식적인 상태에서 발생한 현상이었다.

그렇다면 어째서 나는 명휴 스님과 노 보살을 겹쳐서 떠올리고 있는지 이제 의문이었다. 내가 자꾸만 막된 생각을 은연중에 하고 있는 것은 아닐까? 나는 갑자기 볼이 화끈거리는 느낌이다. 막된 생각을 하지 않으려고 애써 보지만 마음대로 되지 않는다. 이런 내 마음에 반항이라도 하려는 또 다른 나는 자꾸만 엉큼한 생각 속으로 줄달음질치기 시작했다.

명휴 스님과 공양주 노 보살.

대체 나는 여기에서 어찌하여 이들의 생각 속에 갇히게 되어버린 것일까? 그리고 좀 전에 헤어진 홍옥, 이란 여자까지 말이다. 살이란 이래서 힘이 드는지도 모른다. 내 의지와는 상관없이 벌어지는 일들, 아니 벌어지는 일들이라기보다 맞게 되는 운명이라고 해야 할 것이다. 내 자신의 수양에서 물러나 갑자기 다른 사람의 세계에 빨려든 묘연한 느낌. 이런 걸 일컬어 아닌 밤중에 홍두깨란 표현을 빌려 써도 괜찮을 터이다.

삶이란 나만의 문제가 아닌 주변의 문제에 가까울 수도 있을

것이다. 나에 관한 문제는 진정한 의미에서 주변의 문제는 아닐까? 세상은 어차피 혼자서라기보다 모두의 관계에서 배태된 사회적 형태가 아닌가 말이다. 그렇다면 나는 지금의 내 주변에서 맞게 되는 이런 혼효한 일들을 거부하고 배타적인 태도를 보일 게 아니라 정면으로 받아들여야 순리일 것이다.

아아.

나는 이들을 모두 사랑하고 싶었다. 아니 이것은 내 가장된 억측인지도 모른다. 나는 이들에게 사랑을 베풀어야 한다는 어떤 의무감에 오히려 사로잡혀 있을 것이다. 부처께서 나를 인도하고 계신 것은 아닐까. 그간 내 인간 됨의 부족을 갑자기 이처럼 생각의 비약을 통해 느끼도록 해주다니 나로서도 어리둥절할 따름이었다. 부처께서 정말 깨우치게 하려는 것은 아닐까?

생각이 여기에 미치자 갑자기 아아, 하고 한숨이 삐져나왔다. 그동안 내가 누군가를 진정으로 사랑했던 기억이 있는가 말이다. 내가 걸어온 지금까지 누군가를 사랑했던 기억이 떠오르지 않는다. 당연한 결과가 아닌가.

나는 누구도 사랑해 보지 못했다. 휴머니즘적인 인간애는 물론이고 남들은 흔하게들 되풀이하는 이성조차 진실로 사랑해 보지 못했다. 사랑은커녕 나는 저주하는 삶을 살아왔다. 내가 처음으로 저주하기 시작한 사람은 어머니였다. 내 나이 일곱에 자식을 버리고 가출한 어머니, 어머니를 증오한 것은 어쩌면 당연한 감정일지도 모를 일이다. 원망스러웠기에 죽어도 어머니를 찾지 않을 생각이었다.

어머니를 찾아 나선 적이 언제였던가. 초등학교로 찾아오신 어머니와 헤어지고서 나는 거의 잠을 설쳤었다. 어머니가 나를 찾아왔더라는 사실을 알고 나서 아버지 역시 괴로운 표정을 지었다. 그러나 아버지는 내게 그런 모습을 들키지 않으려고 무진 애를 썼다. 그러면서 한사코 어머니를 없는 사람으로 취급하라고 당부를 잊지 않으셨다.

내가 어머니를 찾아 나선 것은 고등학교 시절이었을 것이다. 나는 어머니께서 내게 남긴 메모지를 그동안 아버지 몰래 은밀히 보관하고 있었다. 아버지의 세뇌교육은 한동안 나로 하여금 어머니 생각에서 벗어나도록 했다. 그러나 감수성이 많은 사춘기 고교시절을 어떻게 순탄하게 넘길 수가 있었겠는가.

나는 여름방학의 어느 날, 메모지에 적힌 절을 찾아갔다. 애젊은 스님 하나가 내게 절을 찾아온 연유를 물었다. 나는 창욱 스님을 찾아 왔노라고 대답했다. 그러자 스님이 창욱 스님과는 어떤 관계냐고 턱을 쳐들면서 물어왔다. 나는 어머니가 일러 준대로 그저 잠시 사바의 인연으로 알게 된 불자일 뿐이라고 넌지시 둘러대었다. 그랬더니 스님은 나를 요모조모 살펴보셨다. 그러고 나서 하시는 말씀이 아직도 귀에 쟁쟁하게 남아 있다.

– 잘못 오셨네. 창욱 스님은 이 절을 오래전에 떠나셨다네.

그리고 스님은 일언반구도 더하지 않고 뒷짐을 하고서 냉랭한 바람을 일으키며 해탈문 쪽을 향해 자취를 감춰버렸다. 나는 당시 더 이상 그 절에 머물 이유가 없었다. 다른 스님을 붙잡고 물어볼 용기도 사라져버렸다. 그 길로 곧장 집으로 돌아오고 말았다. 그리고 방문을 걸어 잠그고 허리를 꺾고 울었다. 아버지가 어디에 다녀왔느냐고 물었다. 그러나 나는 대답할 수가 없었다. 어째서

우느냐고 물으시는 물음에도 역시 대답하지 못했던 것이다.

내 사춘기는 어머니에 대한 반항심만 키워왔던 듯싶다. 그래서 남는 것은 결국 자신의 상처뿐이지만 그 시절을 슬기롭게 대처하지 못했던 것은 그만큼 참담함 속에 내가 오랫동안 방치되어 있었던 때문일 터이다.

노 보살의 상처와 내 상처는 동등한 깊이를 지니고 있는지 모른다. 사춘기의 회상에 빠져들었다가 그 터널을 빠져나오면서 이런 생각을 했다. 노 보살의 사춘기는 어쩌면 내 사춘기 보다 훨씬 고통스러웠을지 모른다.

"처사님, 하나 물어도 될까요?"

하고 노 보살이 물었다. 보살의 물음에는 어떤 간절함이 묻어 있는 느낌이었는데 나는 은근히 가슴이 두근대기 시작했다. 내가 마치 무슨 잘못을 저지른 사람처럼 조바심이 생기는 거였다. 나는 보살을 물끄러미 바라다보았다. 보살의 눈에 이상하게도 물기 같은 여운이 묻어나 있는 듯했다.

"아까참에 홍옥이란 보살님을 만나셨지요?"

뜻밖의 물음이었다. 내가 이내 염려하고 있던 대목을 노 보살이 들먹이고 나오는 것이었다. 나는 당혹스러움을 감추느라 애쓰면서 태연한 태도로 대답했다.

"예에. 그런데 어째서 묻습니까?"

"혹시 저에 관한 얘기를 나누시지 않았나 해서요."

노 보살의 얼굴은 몹시 침통한 분위기였다. 이런 소리를 듣고 보니 나마저 비통한 느낌에 젖기 시작했다. 일이 이렇게 비약이 되어버리니 사람이 객쩍어서 미칠 지경이었다. 그러나 여기에서 굳이 숨기고 싶지는 않았다. 사실대로 말하고 노 보살의 입장을 이해하고 위로하는 편이 올바른 선택일 성싶었다. 나는 사실대로 대답해주었다.

"예에. 홍옥 씨와 잠시 얘기 나누었습니다."

"그러셨군요."

노 보살은 잠시 입술을 굳게 다물었다. 체념의 빛이 드러난 표정이었다.

"죄송합니다. 보살님 얘기를 해서요. 하지만 저는 보살님을 충분히 이해합니다. 저는 처음이나 지금이나 보살님을 보살답게 생각하고 있습니다. 그런 여건을 극복하고 여기에서 보시를 베풀고 계시는 보살님이 오히려 존경스럽게 여겨지는군요."

나는 솔직하게 얘기했다. 노 보살이 한편으론 대단히 여겨졌고 존경스러운 마음마저 일었다. 더 이상 흔들리지 않고 자신의 내면을 드러내지 않으면서도 묵묵히 최선을 다하여 보시를 베풀고 있음이란 충분히 존경받을 가치가 있는 게 아니고 뭐란 말인가.

"처사님, 그리 여겨주시니 고맙습니다. 처사님 정말 고맙습니다."

노 보살께서 갑자기 내 손을 그러잡으면서 말했다. 나는 보살의 손이 가늘게 떨리고 있음을 알았다. 한줄기 바람이 훌쩍 이맛머리를 펄럭이고 지나갔다. 나는 손을 묵묵히 보살에게 맡겨두었다.

노 보살은 마치 자신의 처지를 탄하듯 내게 장설(長說)을 늘어놓았다. 홍옥에게 들었던 바로 그 내용이었다. 보살은 여전히 여자로의 완전한 전환을 기대하고 있었다. 사람들의 세계로 당당히 나아가려는 굳은 의지가 충분히 엿보였다. 나 역시 그 가능성을

믿어주고 싶어서 노 보살의 말끝에 의미 있게 고개를 끄덕여주었다. 보살은 전생의 업에서 놓여날 만큼 여기에서 충분히 보시를 하였을 터였다.

나는 전생에 어떤 업을 지녔을까? 노 보살의 처지를 전생의 업과 관련지어 생각하니 문득 의구심이 생기기 시작했다. 나 또한 전생의 업을 빌어 와야 지금의 처지를 설명할 수 있을 터이다. 그런데 나는 노 보살과는 달리 남을 위해 손끝만큼의 보시도 하지 못했다. 이제야말로 벽면참선하며 도량을 닦고 남을 위해 보시를 해야 할 때라는 생각이 들었다. 그렇게 하여야만 내가 놓인 아픔의 고통에서 어느 정도 자유로울 수가 있을 것이다. 나는 당장에 방문을 걸어 잠그고 벽면참선에 들어가고 싶었다. 그리고 누군가를 위해서 묵묵히 자비를 베풀어야 한다고 생각했다.

노 보살은 내게 자신의 비밀을 직접 털어놓은 때문인지 몹시 밝은 표정을 지어보였다. 그러나 표정의 어느 구석엔 여전히 어두운 그림자가 드리워진 느낌을 배제할 수가 없었다. 나는 한사코 보살이 용기를 가질 수 있도록 말 한마디라도 따뜻이 배려했다. 내게 거리를 두지 않고 자신의 과거를 털어놓은 보살이 나로선 오히려 고마울 따름이었다.

노 보살처럼 내 비밀을 털어놓지는 못할 거라고 나는 생각했다. 홍옥 씨에게도 나는 이 절간을 찾은 이유를 명쾌하게 밝히지 못했잖은가 말이다. 나는 앞으로도 누구에게든 자신의 비밀을 털어놓지 못할 거라고 생각했다. 감히 어머니 애기를 어떻게 남에게 흘릴 수가 있겠는가. 일곱 살 때에 외간 남자와 눈이 멀어서 자식을 버리고 집을 나간 여인이 그 남자와의 사이에 여식 하나를 낳고서 얼마 못되어 비구니가 되어버렸다는 소설 같은 얘기를 어떻게 내 입으로 발설할 수가 있겠는가 말이다. 노 보살의 과거에 비하면 아무 것도 아닌 비밀이지만 나로서는 도대체 용기가 서지 않을 성싶었다. 그리고 여자와의 두 번의 선에서 번번이 딱지를 맞은 자존심 상한 얘기를 두고두고 가슴에 묻지 않으면 안 되리라 생각했다.

나는 보살에게서 남자의 여운을 전혀 찾아내지 못했다. 보살은 빈틈없는 여자였기 때문이다. 그런 사실이 나를 더욱 아프게 만들었을 것이다. 나는 노 보살을 옻나무가 울창하게 뻗어있는 데까지 배웅했다. 가슴을 저미는 안타까움 때문에 그렇게 하지 않고서는 스스로 견딜 수가 없기 때문이었다. 옻나무 가지들이 그늘을 만들어주었다. 그 그늘 속에서 잠시 보살은 걸음을 멈추며 내게 그만 암자로 올라가라고 했다. 나는 아지랑이 같은 미소를 머금으며 고개를 끄덕여주었다.

그런데 노 보살로부터 이런 얘기를 듣게 되리라곤 생각지도 못했다. 보살이 홍옥 씨에 대해 말했던 것이다.

"홍옥이란 보살도 불쌍한 여자랍니다."

나는 빤히 보살을 올려다보았다. 그러면서 이상한 조화라고 생각했다. 홍옥 씨로부터 노 보살에 관한 얘기를 들었던 바로 그 자리에서 이번엔 보살의 입을 통해 홍옥 씨에 대해 듣게 되다니 말이다.

"글쎄, 벌써 어머니를 잃으셨더군요."

"어머니가 안 계십니까?"

"그렇답니다, 글쎄."

"잃으셨다면 돌아가신 모양이군요?"

"돌아가셔야만 잃은 건 아니죠. 부모의 위치를 지키지 못했을 때에 자식들로선 부모를 잃은 셈이 아닐까요?"

"그럼 여의지는 않았다는 말씀이군요?"

"그런 모양입니다. 자세한 내막은 저도 모르겠어요."

노 보살은 합장반배를 올리며 돌아섰다. 나는 보살을 더 이상 배웅하지 않았다. 나는 보살과 헤어진 옻나무 그늘에서 걸음을 떼지 못했다. 홍옥 씨에게 그런 아픔이 있다는 사실이 나를 놀라게 만들었다. 나는 깊은 생각에 잠기다가 문득 그녀의 얼굴에 드리워진 어둠의 자락을 떠올렸다. 밝고 명랑한 듯해 보이지만 자세히 들여다보면 분명히 그늘이 드리워져 있는 것을 느낄 수가 있었다. 그런 어둠의 자락 때문에 홍옥 씨가 여기 절터를 찾는 거라고 나는 순간적으로 생각했다.

그러면서 한편으로 나와의 새로운 공통점을 발견했다. 홍옥 역시 나처럼 어머니로부터 상처를 받았다는 사실이었다. 같은 아픔을 지닌 채 우리는 아까 우연히 만나서 서로를 격려했던 것이다. 이것 또한 대단한 조화가 아닐 수가 없다. 어떻게 이런 데서 같은 처지의 여자를 만날 수가 있는가 말이다. 이건 정말 쉬이 연계되지 않을 인연이었다. 홍옥을 다시 만난다면 새삼스럽지만 따뜻하게 대해주고 싶었다. 노 보살의 말대로라면 나 또한 어머니를 잃은 사람이었다. 더더욱 나는 어머니가 세속을 등지고 비구니가 되어버리지 않았는가. 나는 확실히 어머니를 잃은 처지이다. 그러나 나는 어디까지나 사내가 아닌가 말이다. 가녀린 홍옥의 입장에선 아픔의 정도가 나와는 비교가 되지 않을 것이다. 아아, 홍옥 씨를 어서 다시 만나고 싶다.

암자로 돌아와서 나는 좌복에 앉아 벽면을 마주 보고 참선에 들어갔다. 노 보살이 자신의 업을 씻으려고 오랫동안 남을 위해서 보시를 하였던 것에 비길 수는 없지만 이렇게 무릎 꿇고 앉아서 참선을 해야만 마음이 편해질 것 같았다. 참선의 선법도 모르면서 나는 그저 숙연한 자세로 무릎을 꿇고 묵상에 잠기기 시작했다. 내가 그간 미워한 사람들을 용서하자. 어머니를 용서하고 내 자존심을 건드린 두 여자에 대한 증오심을 없애자. 이제부터 모든 생명체에 자비를 베풀자.

나는 마음속으로 다짐했다. 이것이 내가 이 절간에서 탈출할 수 있는 유일한 돌파구라고 생각했다. 내 마음 속에 내재한 세속의 감정들을 완전히 버려야 한다고 생각했다. 내가 이 절간을 찾은 까닭이 바로 여기에 있다. 그간 내 생각의 폭이 한 뼘도 되지 못했으리라. 아니 나는 분명히 치졸한 생각의 병 속에 갇혀 있었을 것이다.

나만 업을 지닌 것은 아니다. 나만 고독하고 지독하게 고통스럽고 삶이 신산한 것은 더욱 아닐 것이다. 나는 생각이 여기에 미치자 갑자기 내가 절간을 찾은 사실이 부끄러웠다. 나 보다 더한 고독과 지독한 고통과 삶의 신산함 속에서도 세상을 꿋꿋이 살아가는 사람들이 수없이 많을 것이다. 내가 절간을 찾은 것은 어쩌면 부끄러운 치기에 지나지 않을지도 모른다고 나는 생각했다. 명휴 스님이 나를 본체만체 한 게 모두 까닭이 있었을지도 모른다는 생각이 퍼뜩 스쳐갔다.

5

나는 그날부터 사람들을 위해서 베풀어야 한다고 생각했다. 벽면참선을 하는 시간을 제외하고는 이 절터의 군데군데를 청소하기로 마음먹었다. 여기에서 내가 남을 위해 베풀 수 있는 가장 손쉬운 방법이 바로 이 방법 같았다. 깨끗한 절터를 만드는 것이야말로 사람들에게 베푸는 확실한 방법이 아닌가.

이틀 뒤, 나는 참선을 마치고 좌복을 밀어놓고 밖으로 나왔다. 싸리비를 찾아서 내가 머물고 있는 암자 주위부터 말끔히 청소하기 시작했다. 가볍게 날리는 새털 하나라도 꼼꼼히 치우니 내 마음마저 맑아지는 기분이었다. 내가 진즉에 이런 생각을 하지 못했던 게 아쉬웠다. 그러나 늦게라도 내가 스스로 깨달아서 주변을 정화할 기회를 가지게 되어서 안도감마저 일었다.

나는 암자 주변을 정리하고 바로 토굴을 향해서 내려가기 시작했다. 명휴 스님이 머물고 있는 토굴 주변을 깨끗하게 정리하고 싶었던 때문이다. 스님의 토굴 방에선 역시 기척이 없었다. 나는 가지고 내려온 싸리비로 입구에서부터 차근차근 쓸어내기 시작했다. 쓰레기는 고작 굴러다니는 자갈돌이 전부였지만 내 마음은 정말 흐뭇해졌다. 명휴 스님에 대한 반감도 누그러뜨리려고 애를 썼을 것이다. 내게 아무리 흙먼지 세례를 퍼부었을지라도 반감을 가져서는 불자의 자세가 아닐 터이었다.

토굴의 지게문 앞을 쓸어나갈 때에는 몹시 긴장이 되었다. 명휴 스님은 지금 무엇을 하고 있을까? 하는 생각으로 갑자기 생각의 거미줄을 쳐버렸기 때문이다. 내가 해괴한 장면만 묵도하지 않았어도 이런 곱지 못한 생각을 하지 않았을 터이다. 그런데 생각에서 자유로워지려고 노력할수록 더욱 의아심이 깊어졌던 것이다. 정말 지금쯤 명휴 스님은 뭐를 하고 있을까?

나는 심술쟁이처럼 지게문 사이로 귀를 들이밀었다. 안에서 역시 인기척이 전혀 느껴지지 않았다. 그래선지 더욱 호기심이 일었다. 나는 말라서 더욱 가늘어 보이는 손으로 방문 고리를 가만히 내 쪽으로 잡아당겨 보았다. 그런데 이번에는 문이 안에서 잠겨 열리지 않고 꿈쩍하지 않았다. 그래서일까? 안쪽을 엿보고 싶은 마음이 더욱 간절해지는 것이다.

문이 안쪽에서 잠가진 사실로 미루어 명휴 스님은 지금 토굴 방 안에 있는 게 분명해 보였다. 어째서 문을 안쪽에서 잠가 버렸을까. 다시 이런 되다만 생각들이 가지를 쳐오기 시작했다. 이런 나의 태도는 질책 받아 마땅할 것이다. 앞전의 무례함을 뉘우치기는커녕 다시 안쪽을 엿보려고 하다니 말이다. 사람의 심리란 정말 이해할 수가 없다고 생각했다. 명휴 스님이 나의 무례함을

이미 알아차리고 있는 것은 아닐까? 그래서 미리 안쪽에서 문을 잠가 버렸던 것일까? 꿈속에서 나타나서 내게 치도구니를 놓았던 것이 나의 무례함과 무관하지 않을 것만 같았다.

나는 뜨끔해서 재게 지게문 앞에서 벗어났다. 탑돌이 하던 탑신 주위로 가서 청소하기 시작했다. 명휴 스님이 이렇듯 갑작스런 내 행동을 보고 비웃지나 않을까 생각하면서 자갈돌을 주워냈다. 내 무례한 행동을 용서받는 숙연한 자세를 가지려고 노력했다. 탑신 어방의 청소를 마치고 큰절을 향해서 내려오는 순간까지 스님의 자취를 확인할 수가 없었다. 그러나 확실한 것은 지금 스님은 토굴방 안에 있다는 사실이었다.

큰절의 관음전 앞에서 홍옥을 만났다. 내가 듣기로 불청년수련생들이 내일 수련회를 마치고 귀가 한다는 것이었다. 나는 홍옥이 절을 떠나기 전에 반드시 한 번 만나고 싶은 마음이었다. 내게 암자로 들르겠다던 홍옥은 약속을 지키지 않았다. 나는 이상하게도 그날 이후 홍옥이 그리워지기 시작했다. 그녀가 나와 같은 처지여서 더욱 그러한 마음이 깊었을 거라고 생각했다.

"내일 내려 가신다구요?"

내가 물었다. 홍옥의 표정은 처음 만났던 날과는 달리 우울해 보였다. 어머니가 안 계신 사실을 내가 알기 때문에 그렇게 비치는 줄도 모른다. 홍옥은 암자로 한 번 찾아온다던 약속을 지키지 못해서 미안한 듯 입술을 지그시 깨물면서 고개를 끄덕여주었다.

"홍옥 씨, 힘을 내세요."

나는 용기를 내어서 말했다. 역시 이런 호칭이 절간에서 자연스럽게 받아들여지지 않았다.

"처사님두요."

"홍옥 씨가 저와 닮은 줄 몰랐습니다."

불청년수련생들이 관음전 앞에서 우리 쪽으로 시선을 보내오고 있었다. 우리는 약속도 없이 자연스레 관음전을 벗어나 사람들의 발길이 뜨악한 데에서 멈춰 섰다. 노을이 붉게 타서 큰절의 지붕머리 위가 먹혀들고 있었다. 산의 등성이 아래로 그림자가 벌레처럼 수풀을 갉아먹기 시작했다.

"무슨 말씀이신가요?"

"사실은 저도 어머니가 안 계시거든요."

홍옥은 마치 눈물을 쏟을 것처럼 그윽한 눈매로 나를 쳐다보았다. 나는 그녀의 시선을 피하지 않았다. 그녀에게 위로의 눈빛을 던지고 싶었기 때문이다. 어머니의 정을 넘치게 받아도 지나침이 없을 나이에 어머니가 안 계신다고 생각하니 절로 가슴이 미어들었다.

홍옥은 내 얘기에 고개를 끄덕거렸다. 그러면서 내게서 시선을 거두어 노을이 붉게 떨어지는 지붕 머리로 시선을 박고 있었다. 나는 그때 그녀의 눈가로 흘러내리는 눈물을 보았다. 홍옥의 나이에 나도 뜨거운 눈물을 흘렸던 기억이 떠올랐다. 어머니가 그리워서 노을이 붉게 떨어지는 해 저문 강가에서 서성이다가 어둠이 까마득히 몰려오면 꺼이꺼이 넘어오던 울음을 삼키던 기억.

"처사님은 어머니가 돌아가셨나요?"

홍옥이 어렵게 물어왔다. 그녀의 눈가에 그렁그렁 눈물이 매달려 있었다. 그녀의 목소리가 마치 물안개 속에서 떠오는 슬픈 향기 같았다. 이처럼 인상적인 목소리를 나는 다시 만나지 못할

것만 같았다.

"아, 아닙니다. 일찍 헤어졌지요."

나는 사실대로 말해주었다. 홍옥에게 거짓말을 하고 싶지 않았기 때문이다. 내 말을 듣더니 홍옥이 나를 쳐다보는 시선이 더욱 강렬해졌다. 그녀의 입이 무의식적으로 벌어져서 햇솜처럼 하얀 치아가 드러났다. 일찍 헤어졌다는 얘기에 뜻밖에 놀랐던 모양이다.

홍옥은 어머니 얘기가 나오자 거북해진 모양이었다. 내가 어머니와 일찍 헤어졌다고 말하자 표정이 갑자기 굳어져버렸다. 나는 주의 깊게 행동하지 않으면 안 되리라 생각했다. 섣불리 행동을 해서 홍옥에게 마음의 상처를 주어서는 안 되기 때문이었다. 어머니가 계시지 않은 삶 앞에서 노골적으로 어머니 얘기를 한다는 자체가 벌써 예의 있는 행동은 아닐 터이다. 그리고 홍옥의 나이라면 어머니에 대해 매우 민감한 시절이 아닌가. 나처럼 훌쩍 나이를 먹어버린 사람도 어머니 문제로 이렇게 괴로워하고 있지 않은가 말이다.

"죄송합니다. 민감한 얘기를 꺼내서요."

"아, 아닙니다."

나의 대꾸에 홍옥은 애써 밝은 표정을 지으려고 노력했으나 역시 우수에 잠긴 표정은 감출 수가 없었다. 그녀는 내게 이렇게 말하고서 시선을 산등성이로 향하고 있었다. 산등성이에서 내려온 노을은 큰절의 지붕머리를 완전히 태워서 이제 건너편 나무숲을 향하는 느낌이었다. 어떻게 보면 산과 산 사이의 노을이 한데 만나서 몸을 섞고 있는 것도 같았다. 나는 정말 떨림과도 같은 침묵 속에서 노을의 몸 섞임을 바라보았다. 가슴 속에서 이상하게 노을 같은 감정의 자락들이 들솟아나서 이내 사그라지는 느낌을 받았다. 나는 이 만큼 감정의 자락들을 잠재우느라 애를 쓰고 있었던 것이다.

다시 노을을 바라보지 말자. 나는 갑자기 이렇게 생각했다. 여기에 왔던 첫날도 나는 붉게 물들어 오는 산등성이의 노을 속에서 감정이 복받쳤던 것이다. 노을은 내가 생각했던 바처럼 그렇게 아름답지는 못했던 것 같다. 나는 자신을 숨기면서 애써 노을을 아름다운 것으로 여기며 감상에 빠져들었던 것뿐이다.

"처사님, 어머니가 그리웠던 적이 있으세요?"

홍옥이 마침내 침묵을 끝내고 물었다. 뜻밖의 물음이었다. 어머니 얘기는 결코 입 밖에 다시 내지 않을 것만 같았던 때문이다. 홍옥의 표정을 살피면서 나 역시 더 이상 어머니 얘기를 입밖에 내지 않을 생각이었다.

"어떻게 어머니가 그립지 않겠습니까?"

홍옥은 내 얘기에 나를 물끄러미 바라보다가 다시 시선을 산등성이로 박고 있었다. 산등성이 아래로 아까보다 훨씬 강도 높게 벌레 같은 그림자가 수풀을 먹어치우고 있었다. 수풀이 그림자에 먹혀서 갈래갈래 찢어진 모습이었다. 노을은 어둠을 자식처럼 데리고 다닌다. 가만 보면 노을의 품속에 어둠의 자락들이 무수히 움직거렸다. 마치 어미 품에서 커가는 태아들처럼 어둠은 몸을 키우며 세상으로 모습을 드러낼 준비를 하는 것 같았다. 어미의 모든 것을 받아서 완전한 모습을 갖추는 태아처럼 노을 속에서 꿈틀거리는 어둠도 마침내 제 몸집을 불려서 세상에 완전한

자신의 모습을 드러내기 시작했다. 갑자기 으스스한 기분이 되어 버렸다. 어둠 속에 빨려서 이제 사라져버릴 형체처럼, 혹은 노을 속에 타들어 까맣게 재로 변한 모습처럼 산등성에 시선을 박고 있는 홍옥의 모습이 여겨졌던 때문이다.

"홍옥 씬 어머니를 그리워하신 적 없습니까?"

끝내 내가 입을 열고 말았다. 가만히 있다간 홍옥이나 내가 모두 노을의 타드는 열기로 타버릴 것만 같았기 때문이다. 그래서 어둠 같은 죽음의 그림자가 우리를 덮쳐버릴 수도 있으리란 망령 같은 생각이 퍼뜩 스쳤던 때문이다.

"그리워하기엔 너무 나이를 먹어버린 걸요."

"그게 무슨 말씀이세요? 홍옥 씬 지금 한창 어머니가 그리울 나이인데요. 솔직히 제 나이에도 어머니가 그리워서 이렇게 세속에서 도망쳐 나왔잖습니까? 절간에 오면 어머니 곁에 와있는 느낌이 자주 들거든요."

홍옥은 나를 물끄러미 올려다보았다. 그녀의 눈가로 번지는 눈물을 나는 새삼 느끼게 되었다. 내가 역시 괜한 소리를 지껄였던 모양이다. 거북하지만 그냥 노을 속에서 몸집을 키워가는 어둠의 비늘들을 바라보고 있었더라면 오히려 다행이었을지도 모르겠다. 그러나 이해할 수가 없는 홍옥의 말은 나의 조바심 가득한 마음을 흔들어놓기에 충분했던 것이다.

"어머니에 대한 기억이 없습니다."

홍옥이 어둠을 쫓듯 불쑥 말했다. 나는 멀뚱히 그녀를 바라볼 밖에 도리가 없었다. 어머니에 대한 기억이 없다니 말이다. 제법 어린 나이에 어머니와 헤어진 내게도 아직 어머니의 기억이 살아서 간혹 꿈틀거리는 벌레처럼 뇌관을 헤집고 다니는데 말이다.

"어머니와 헤어진 지 너무 까마득한 날이 흘러버렸어요."

"대체 언제…"

나는 말을 마치지 못하고 얼버무렸다. 울먹임으로 입안이 가득 차버린 느낌이 들었기 때문이다. 이러다간 홍옥 앞에서 울음을 터뜨리게 될지도 모르는 일이었다. 이 무슨 해괴망측한 경우가 되겠는가 말이다.

"다섯 살 때에 어머니와 헤어졌어요. 그러니 뭐 기억에 없지요."

"아아 그랬었군요."

나는 묵묵히 고개를 끄덕거렸다. 그래서 홍옥의 얼굴에 어둠의 자락이 깃들어 있었던 모양이다. 나는 홍옥을 처음 만나던 순간을 떠올려 보았다. 밝고 명랑한 듯 보이지만 조금만 더듬어보면 만져지던 빛의 그림자를 닮은 어둠의 자락들. 홍옥도 나와 비슷한 운명을 지닌 여자라고 생각되었다. 나는 더욱 홍옥이 정겹게 느껴지기 시작했다. 비슷한 처지의 모습을 여기서 보게 되다니. 이 또한 기이한 인연이 아닐 수 없었다.

"처사님. 우리는 정말 많이 닮아 있네요. 처사님은 몇 살 때에 어머니와 헤어졌어요?"

홍옥이 약간 긴장된 마음을 누그러뜨리며 물었다. 나도 역시 순간적이지만 마음이 편해졌다. 홍옥 앞에서 급조된 표정을 가지지 않을 생각이었다. 내가 적어도 마음의 위안을 줘야 한다고 생각했기 때문이다. 나보다 어린 여자에게 궁색한 표정을 지어서 마음의 염려를 끼쳐준다는 것은 결코 잘한 행동이 아닐 것이다.

"일곱 살 때로 기억해요."

"예에. 저보다 많은 기억을 가지고 계시겠군요."

"글쎄요. 불행히도 좋은 기억이 저도 없는 것 같습니다."

"그건 그래요. 세월이 갈수록 기억이 멀어져요. 어머니 손을 잡고 들길을 걸었던 그런 기억뿐이거든요. 어머니의 얼굴은 정말 기억나지 않아요. 어머니는 사진 한 장 남기지도 않으셨지요."

나는 입술을 지그시 깨물었다. 눈가에 뜨거운 기운이 굼지럭거린다. 홍옥의 처지를 나는 충분히 이해할 수가 있다. 스님이 되신 어머니가 초등학교로 나를 찾아오기 전에는 나는 정말 어머니의 얼굴을 잊지 않으려고 발버둥 쳤다. 자꾸만 어머니의 모습이 뇌리에서 퇴색되어 가버렸던 터이다. 그러나 어머니는 내게 사진을 하나 남기지 않으셨다. 어머니의 모습이 뇌리에서 거의 탈색되어 버렸을 때에 갑자기 스님이 되어 나타나셨던 것이다. 나는 그때에 어머니의 아련한 모습을 떠올리며 가슴에 얼굴을 묻은 채로 울었던 기억이 있다. 그리고 어머니 얼굴을 눈 속에 깊이깊이 새겨두었다. 어머니와 헤어지면 다시는 만날 것 같지 않던 불길한 예감이 아슴아슴 스쳐왔던 때문이다.

우리는 더 이상 입을 열어 얘기를 진행하지 못했다. 여기서 좀 더 얘기 했다가는 아마 홍옥이나 나나 복받치는 설움에 그만 소리 내어 울어버릴 줄도 모르는 일이었다. 나는 자꾸만 속에서 울음의 덩어리가 밖으로 빠져나올 듯한 조바심에 입술을 지그시 깨물고 있었다. 홍옥의 경우도 마찬가지였던 모양이었다. 홍옥은 두 손으로 입술을 지그시 누르고 있는 게 보였다. 어둠이 우리 둘의 공간 사이를 확보하며 바쁘게 떠돌기 시작했다. 부유하는 어둠 속에 이렇게 오래도록 아무 것도 생각하지 않은 채로 서 있고 싶었다. 홍옥이란 여자와 모든 과거를 지우고 멍하니 서 있고 싶은 마음이 간절했다. 어둠 속에 완전히 자신을 숨기고 싶었기 때문이다.

나는 어릴 적부터 이상하게 밝은 데가 싫었다. 초등학교 시절을 되돌아보면 나는 아이들과 크게 어울리지 못하고 혼자서 어둑한 언덕배기에 웅크리고 앉아서 생각에 잠기는 것을 좋아했다. 언덕배기에 기대어 그대로 잠이 들어버렸던 적도 여러 번 있었다. 아버지는 그때마다 나를 데리러 언덕배기로 나와서 잠든 나를 가만히 보듬어서 등에 업고 갔다. 아버지가 나를 등에 업고 집으로 오는 동안 흐느꼈던 기억을 나는 여적 잊지 못한다.

내가 밝은 데보다 어두운 데를 좋아하게 되었던 것은 어머니 때문이었을 것이다. 밝은 데서 놀이를 하고 노는 아이들 틈에 섞여 있으면 누군가 나를 어머니 없는 놈이라며 놀려대는 것이었다. 나는 이를 사리물고 항거해 보다가 끝내 제풀에 그만 슬퍼져서 어둑한 언덕배기를 찾게 되었던 것이다. 어둑한 데에 있으면 편해지는 마음, 지금도 아련히 떠오른다. 아무도 나를 알아보고 쳐다볼 수 없는 아주 지독한 어둠 속으로 나는 자꾸만 숨어버리기 시작했던 것이다. 그때부터 마을의 뒷산에 있는 동굴에 들어가기 시작했다. 마을 사람들은 들어가기 꺼리는 동굴이 내겐 그만이었다. 비가 내려도 젖을 까닭이 없고 추운 겨울에도 동굴에서 썩은 참나무 등걸을 모아서 모닥불을 지피면 천국이었다. 동굴에서 지쳐 울다가 야단스러움에 깜짝 놀라 밖으로 나오니 여기저기 마치 도깨비불처럼 타오르던 횃불. 내가 밤이 깊어가는 줄

도 모르고 동굴 속에서 내려오지 않자 마을 사람들이 나를 찾아
나선 때문이었다. 그러나 나는 다시 동굴 속으로 숨어버리고 말
았다. 마을 사람들은 그날 물론 나를 찾지 못했다. 내가 동굴 속
에 들어가는 것을 누구도 알지 못하고 있기 때문이다. 동굴은 나
만의 은밀한 천국이었다. 나는 그때 추위에 떨면서 동이 뻔히 텄
을 때에야 집으로 돌아왔다. 아버지의 기막혀 하던 한숨 소리를
나는 가슴 저리도록 기억하고 있다. 사람들의 욕설, 어머니를 향
한. 나는 그때 무슨 까닭에선지는 모르지만 모든 것들에 반항하
고 싶었다. 만날 수 없는 어머니, 술주정 심한 아버지, 그리고 나
를 멸시하던 눈빛들.

　나는 벌써 상당한 기세로 공간을 확보해버린 어둠 속에서 어
린 시절의 모습을 떠올리고 있었다. 내가 그토록 오랜 침묵을 지
키고 있었음에도 홍옥은 내게 말 한마디 건네지 않고 있었다. 홍
옥 역시 나처럼 어린 시절의 기억을 더듬고 있는지도 모른다고
생각했다. 나는 이런 어둠 속에서 여자와 나란히 서 있는 자체가
하나도 어색하지 않았다. 우리가 마치 지난날의 기억을 함께 나
누고 있는 착각마저 들었을 정도이다. 홍옥의 어린 시절 또한 나
못지않게 파란이 많았을 터이다. 다섯 살 나이에 어머니와 헤어
진 여자의 어린 시절을 누가 짐작하지 못하겠는지. 홍옥으로서도
나처럼 어둠에 익숙해 있는지 모르겠다. 나처럼 어린 시절을 밝
은 데가 아닌 어두운 데로 자꾸만 숨어 다녔는지도 모를 일이다.
이 어둠의 공간에서 그리 가까운 사이도 아닌 낯선 남자와 마주
서서 이토록 고요할 수가 있다니 말이다.

6

　노 보살의 출현으로 파적(破寂)을 맞게 되었다. 노 보살은 우적우적 어둠을 해치며 와서는 홍옥을 찾고 있었다. 나는 절간에 와서 여자한테 수작질이나 거는 사람처럼 보여지는가 싶어서 몹시 부끄러웠다. 노 보살의 출현에 홍옥 역시 무척 놀라는 눈치였다. 나는 끝내 아무런 말도 하지 못하고 홍옥에게서 벗어나 버렸다. 노보살의 멀뚱한 시선을 나는 등 뒤로 느끼면서 암자로 향했던 것이다. 얼굴이 몹시 화끈거렸다. 내가 절간에서 노 보살에게 얼마나 형편없는 존재로 여겨질까 생각하니 자신이 한심했다. 묘하게 이런 분위기에 빠져 들어버리고 말았던 것이다.

　나는 이토록 아쉬운 밤을 겪어보지 못했다. 이제 내일이면 홍옥은 여기를 떠날 터이다. 이런 생각을 하자니 갑자기 휑하게 가슴을 후비고 바람이 스쳐 가는 느낌이 들었다. 거의 잠을 이루지 못했다. 좌복에 앉아서 벽면참선을 해보지만, 이상하게도 집중이

되지 않았다. 나는 몇 번이고 좌복을 밀어버리고 밖으로 나와서 기다란 나무의자에 앉아서 큰절을 바라다보았다. 홍옥과 너무도 아쉽게 끝나버린 느낌. 아무것도 시작한 것이 없는데 뭔가 끝나버린 느낌은 대체 뭐란 말인가. 내가 두 여자들에게 배반을 당했을 때에도 지금처럼 아쉬운 느낌은 결코 들지 않았을 터이다.

나는 서슴서슴 아래로 걸었다. 어둠의 너울을 헤치고 조심조심 걷는 밤길, 누구에게 가는 밤길인가. 옻나무 있는 데서 잠시 멈춰서 하늘을 보았다. 깜빡거리는 별들. 별들 사이로 둥그렇게 펼쳐진 달무리. 내일 비가 올는지도 모른다고 생각했다. 내일 홍옥이 여기를 떠난다. 나와 비슷한 삶을 살아온 여자가 아닌가. 하루만 더 이 절에 머물렀다가 가면 좋을 거라 생각하지만 소용없는 일이었다. 어째서 이제야 내게 이런 마음의 갈등이 샘솟고 있는지 모르겠다. 이런 기분도 있구나.

차라리 잘된 일인지도 모른다. 홍옥과 어차피 인연 같은 것을 맺고 싶지는 않았으니까. 나는 다시 걸었다. 수풀 속에서 새들이 간헐적으로 울음을 뿌리고 있었다. 토굴이 있는 데까지 걸어와서 멈췄다. 명휴 스님의 토굴 방이 그대로 드러나 보인다. 아직 밝혀져 있는 불빛. 지금 스님은 대체 무엇을 하고 있을까? 그러나 나는 호기심보다 홍옥의 생각으로 가득 차 있었다. 지금 홍옥은 잠을 이루고 있을까? 나처럼 이렇게 잠을 이루지 못하고 밖에서 생각에 잠겨 있지는 않을까? 내가 이런 생각 속에 빠져들 때에 갑자기 아래쪽에서 발걸음 소리가 들려왔다. 가만가만 자갈을 밟으며 누군가 산길을 걸어 오르고 있었다.

나는 눈에 띄지 않으려고 자세를 낮췄다. 늦은 밤에 절간에서 고양이처럼 기웃거리고 다니는 모습이 곱게 보일 리가 없을 것이다. 대체 이 밤에 자갈을 밟으며 올라오는 저 사람은 누구이며 어디로 가는 발걸음인가? 자세를 낮춘 잠깐 사이에도 여러 가지 생각들이 교차했다.

그런데 뜻밖이었다. 발자국은 토굴을 향하고 있었다. 그러니까 명휴 스님을 찾아가고 있다는 얘기가 된다. 그런 까닭에 나는 더욱 긴장하기 시작했다. 그러나 시야가 흐려서 누구인지 알아차릴 수가 없었다. 대체 누구일까? 나는 긴장하며 여전히 자세를 낮춘 채로 발자국을 쫓았다. 그런 와중에도 나는 안도의 한숨을 내쉬었다. 하마터면 큰일 날 뻔 했잖은가. 명휴 스님의 토굴 방을 엿보았다면 어쩔 뻔 했는가. 보나 마나 낭패를 당했을 터이지.

발자국은 토굴 방 앞에서 멈춰 섰다. 나는 발자국과 상당한 거리를 두고 엎드린 채로 살피고 있었다. 밤벌레 소리만이 토굴의 주위에 가득차서 밤의 정적을 흩트리고 있었다. 탑신이 있는 밭둑 너머에서 소쩍새가 쪽, 쪽, 쪽 울었다. 나는 다시 긴장하기 시작했다.

"명휴 날세."

토굴 방 앞에서 들려오는 목소리, 나는 앞으로 바짝 다가섰다. 방문 앞에 선 사람의 형체가 눈에 들어온다. 주지스님이 분명해 보였다. 나는 아직 주지의 목소리를 익히진 못했지만 문 앞에 서 있는 사람의 형체는 틀림없는 주지스님이었다.

"문 좀 열게 명휴."

안쪽에서 문고리를 걸어 잠근 모양이었다. 주지스님이 바깥 문고리를 잡아당기는지 덜그럭거리는 소리가 들렸다. 나는 홍옥의

생각에서 벗어나 완전히 지금의 상황에 정신을 빼앗기고 있었다.

마침내 삐그덕 문이 열렸다. 문이 열리자 네모진 틈새로 불빛이 빠르게 퍼져 나왔다. 그래서 나는 재게 불빛의 사정거리에서 몸을 옮겨 어둠 속에 동화되었다. 시선은 그러나 방문 쪽에 고정되어 있었다.

주지스님이 토굴 방으로 들어가자 방문이 닫혔다. 그리고 네모진 불빛의 광채도 동시에 사라져버렸다. 나는 숨을 죽이며 바짝 방문 앞으로 접근했다. 마치 적의 벙커를 습격하기 직전처럼 긴장하기 시작했다. 내가 이런 상황과 맞닥뜨리게 된 게 믿어지지 않았다. 나는 무엇보다 이들이 무슨 얘기를 나누는지 여간 궁금한 게 아니었다.

그런데 주지스님이 방안으로 들어간 뒤에도 안쪽에선 이렇다 할 얘기가 흘러나오지 않았다. 아예 좀 전보다 침묵에 빠져있는 듯한 모습이었다. 명휴 스님과 주지스님이 저 방 안에 있는데도 여전한 침묵은 무어란 말인가. 나는 거의 입술이 바싹바싹 타드는 긴장감에 빨려들었다. 마음 같아선 방문을 슬쩍 열고 들여다보고 싶지만 이런 내 행동이 발각되는 날에 받게 될 따가운 눈총이 나는 너무 두려울 것만 같았다.

나는 뚫어지게 방문 쪽을 응시하고 있었다. 그러고서 안쪽에서 목소리가 들려오기만을 귀를 쫑긋 세워 기다리고 있었다. 대체 저들은 지금 뭐를 하고 있을까? 도대체 열리지 않는 두 사람 사이의 말문. 그런데 마침내 안쪽에서 목소리가 흘러나왔다.

"언제까지 여기에 머물 텐가?"

주지스님의 목소리엔 마치 어떤 결기가 서린 듯 했다.

"내가 여기 머무른 게 여전히 마음에 걸리시는 모양이지요?"

명휴가 주지에게 서운한 목소리로 말하고 있었다.

"내가 명휴를 누구보다 잘 알잖나?"

주지스님의 목소리는 착잡하게 느껴졌다. 주지와 명휴 스님과의 관계가 각별한 모양이었다. 노 보살의 말에 의하면 주지스님도 명휴에 관해 아는 바가 많지 않은 것처럼 여겨졌으나 이제 보니 그렇지가 않았다. 주지와 명휴 사이에는 노 보살이 모르는 어떤 민감한 관계가 있었던 모양이다.

"염려 마십시오. 반년 넘게 지켜보셨잖습니까?"

"내 눈에 아직도 심상치가 않아서 그러네."

대체 무슨 말이란 말인가? 이들이 나누는 얘기가 무엇을 의미하는지 아직 이해하기에 일렀지만 충분히 의미심장한 데가 있었다. 나는 침을 꿀떡 삼키며 안쪽의 얘기에 주의를 기울였다.

"그간 두문불출 참선을 했습니다. 이제 마음 다스리는 것도 어느 정도 익숙해졌지요. 여기 머문 지 반년 남아 되었지만 새벽 탑돌이 한번 빼먹지 않았습니다. 이만하면 이제 예전의 명휴가 아니란 것쯤 누구보다 스님께서 인정해주실 줄 알았는데…"

명휴의 말을 주지스님이 끊어버렸다.

"아, 아닐세. 자넨 아직도 탐욕을 버리지 못했어. 그 눈을 보면 알 수가 있지. 내가 정말 잘못 보았는가?"

주지스님이 또박또박 말했다. 말의 중심이 있다면 주지스님의 말투를 두고 일컬을 정도로 정돈된 느낌을 주었다. 돌이켜 생각해보니 명휴의 눈은 주지의 말처럼 탐욕으로 넘쳐난 듯도 싶었다.

"그래서 이렇게 수행하고 있잖습니까?"

"수행은 마음으로부터 비롯되는 것이 아닌가? 날마다 면벽참선을 하고 새벽 탑돌이를 수없이 해댔다 하여 마음의 평정을 이루었다 착각하지 말게. 깨달음의 정도는 눈 속에 새겨지는 법이야."

"스, 스님, 제게 어찌 그런 말씀을…"

명휴가 몹시 서운한 투로 말했다. 그러나 역시 주지스님이 명휴의 말을 끊어버리고 있었다.

"다 명휴 자넬 위해서 하는 말이네, 우리 사문(沙門)에서 지금 말들이 많아. 언제까지 자넬 토굴에 머물게 할 거냐고 야단이네. 산문(山門)에 와서 자네와 맺은 인연이 깊어 그간 이러저러 못하고 노 보살 시켜 공양까지 챙겼네만 이제 사정이 어렵게 되었네."

주지스님의 말투가 갑자기 격해졌다. 명휴의 입장에선 몹시 난처함을 느끼도록 하는 말투였다. 대체 명휴란 스님이 어떤 존재이기에 지금 주지가 이러는 것인가? 눈앞에 펼쳐지는 상황이 내게 몹시 뜻밖이었다. 지금까지의 정황으로 미루어 명휴는 이 절에서 그다지 미더운 존재는 아닌 모양이었다.

"주지스님마저 저를 내치시면 이제 저는 더 이상 오갈 데가 없는 몸입니다. 제가 비록 업이 많아 그전에 과오는 저질렀지만 지금 이렇게 맡은바 독경 빼먹지 않고 참선 잘 하고 있잖습니까?"

명휴 스님의 목소리가 몹시 침통하게 들렸다. 며칠 전 내가 느꼈던 위엄 있는 목소리와는 달리 비애감마저 들었다. 갑자기 명휴 스님이 측은해 보였다. 이제 보니 오갈 데 없는 스님이 아닌가. 아아. 나는 갑자기 한숨이 새어나왔다. 스님의 세계에도 이

런 구차한 삶의 모습이 있다는 데에 나는 몹시 놀라고 당혹스러
웠다. 대체 명휴 스님은 무슨 과오를 저질렀기에 속세에서 보면
서방정토나 다름없는 산문에서조차 내침을 당할 처지가 되었는
가 말이다.

"아무튼지 사정 좀 봐주게. 저녁 대중공사 때도 자네가 성토의
대상이었네. 뭇입들이 이대로 내버려두면 안 된다고 아우성이니
난들 무슨 염치로 자넬 감싸겠나. 사문들과 마주칠까 염려되어
노 보살 시켜 공양 올리게 한 것까지 들먹이네들. 여기도 사람이
사는 데란 걸 명휴가 이해하게나."

말이 우뚝 멎었다. 명휴의 대꾸도 없었다. 잠시 후 방문이 열리
더니 주지스님이 밖으로 나오는 게 보였다. 나는 재게 가 쪽으로
몸을 숨겼다. 주지스님은 휘적휘적 토굴에서 내려갔다. 이상하게
도 휑한 한 줄기 바람이 가슴을 훑고 지나가는 느낌이 들었다. 탑
신 저 너머에서 멈춘 듯한 소쩍새 울음이 다시 시작되고 있었다.
나는 이렇게 가슴을 쪼며 울어대는 소쩍새 소리는 처음이었던 것
같다. 주위의 어둠이 마치 소쩍새 울음소리에 눈을 깜박거리는 느
낌마저 들었다. 명휴의 방에선 아무런 기척이 없었다.

이제야말로 명휴의 저번 날 행동이 나는 이해가 되었다. 내게
흙부스러기를 집어던진 명휴. 명휴 스님은 분명 문제가 있는 스
님이었던 것이다. 그런데 모를 일이다. 대체 명휴가 무슨 과오를
저질렀기에 이다지 궁지에 몰려 버렸는가 말이다. 아무려나 명휴
스님에게 그만한 내력이 있을 터이었다.

나는 한참이나 명휴 스님의 방을 들여다보았다. 명휴의 방에
선 여전히 티끌 날리는 소리 하나 들리지 않았다. 그가 어쩌면

면벽참선에 들었는지 모르겠다. 과오를 뉘우치기 위해 착실히 수행하고 있다잖은가. 나는 토굴방에서 불빛이 사라질 때까지 지켜볼 생각이었으나 그만두었다. 적어도 새벽 무렵까지는 불이 꺼질 것 같지 않았기 때문이다.

내가 암자로 오르는데 명휴 스님의 해괴한 그때의 모습이 눈앞에서 어룽거렸다. 완전히 발가벗고서 엉거주춤 허리를 숙여서 자신의 치부를 들여다보고 있던 모습. 명휴 스님이 특별한 존재라는 사실은 이제 거의 확실해졌다. 정숙치 못한 행동, 주지스님의 다그침, 그는 만다라에 나오는 지산스님처럼 잡승나불에 지나지 않음이 분명해 보였다.

나는 거의 잠을 이루지 못하고 뜬눈으로 밤을 새웠다. 이제 얼마 안 있으면 떠날 홍옥 씨, 그리고 명휴 스님의 급박한 처지. 여러 가지 잡다한 생각들로 머리가 어지러울 지경이었다. 그러다가 겨우 잠깐의 새우잠을 잤다. 새우잠에서 깨어보니 이미 먼동이 터 있었다. 나는 재게 밖으로 나왔다. 어제의 새벽과 하나도 다를 바 없는 또 하나의 새벽. 나는 무엇보다 명휴 스님의 독경소리가 아래쪽에서 구성지게 울려퍼지고 있다는 사실을 새삼 확인했다.

명휴 스님의 독경소리는 역시 사람의 마음을 편안하게 하는 데가 있었다. 스님도 그래서 독경을 하는지 모른다는 생각마저 들었다. 한때의 과오를 뉘우치기 위해서 저토록 빠짐없이 새벽에 일어나서 독경을 하고 탑돌이를 하는 모양이었다. 그렇다면 명휴 스님은 진심으로 반성하고 참회하며 새로운 삶을 살려고 발버둥 치는 지도 모를 일이었다.

나는 스님의 독경소리를 들으며 앞전의 내 물음에 답했던 명휴의 말을 생각해 보았다. 인생은 무어냐는 물음에 인생은 바로 공(空)이라 하였다. 어째서 내게 흙먼지 세례를 퍼부었느냐는 물음에는 아무 일도 없으며 인생은 공이라 하지 않았느냐고 되짚었던 것이다.

스님은 자신이 저지른 지난 과오도 모두 공으로 돌리는지 모를 일이었다. 그의 말투는 몹시 자신에 차서 엄숙할 정도가 아니었는가. 자신의 과오를 마치 전혀 없었던 일로 여기는 데는 앞으로의 삶을 새롭게 준비하려는 의지가 있어서인지도 모르는 일이었다. 아무려나 명휴 스님을 생각할수록 가슴이 저리는 것은 무어란 말인가? 그가 지금의 이런 처지에 놓이게 되다니 좀체 믿어지지 않았다.

주지스님의 말씀처럼 여기도 사람이 사는 데였다. 속세를 떠나 절간에 머물면 오만 잡념들이 모두 물러가 줄 것 같았지만, 아니었다. 홍옥 씨나 나 같은 법우들은 말할 것도 없거니와 스님들조차 삶의 가운데서 허우적이고 있지 않은가. 차라리 이런 사실을 내가 먼저 알았더라면 바랑을 걸쳐 메고 절간을 찾지는 않았을 터이다. 지금 내 심정은 뭐랄까. 인간이기에 이렇듯 삶의 짐을 지게 되는 사실이 역겹게 느껴졌다.

나는 차라리 한 그루 나무이고 싶었다. 한 마리 새이고 싶었다. 차라리 한 떨기 바람이기를 바라고 싶었을 뿐이다. 내가 지금까지 걸어왔던 길이 한낱 나무의 삶보다 못했다는 자괴감이 일었다. 이 산의 나무들. 제자리에 의연히 서서 아침을 맞는 저 나무들이 새삼 경이롭게 느껴졌다. 아침을 열어주는 새들의 울음에

괜히 고개가 숙여진다. 가만히 나무 잎새를   흔들어 자신의 존재를 알리는 바람의 겸손함도 느껴진다. 오늘따라 내가 마치 감상적인 시인이라도 되어버린 느낌이었다.

나는 아침 공양을 먹지 않았다. 명휴 스님은 바람을 먹고 산다는 소리를 노 보살한테 들었다. 명휴 스님도 나처럼 자신이 나무이고 새이고 바람이기를 바랐던 지도 모르겠다. 그러고 보면 명휴 스님이 바람을 먹고 산다는 말의 의미가 조금 손에 잡힐 것도 같았다. 나는 지금 하나도 배가 고프지 않았다. 내가 나무와 새와 바람이기를 갈망했을 때에 나는 문득 충족감을 느끼게 되었던 것이다.

그런 생각 속에 빠져드는 자체로 나의 배는 허기를 잊어버렸다. 어제만 하더라도 아마 나는 배를 채우고 싶었을 것이다. 아침에 일어나면 느끼게 되는 허기는 누구나에게 보편적인 사실이 아닌가. 나는 순간 얼굴이 뜨겁게 달아오르는 것을 느끼게 되었다. 속세에서 사람들 사이에 일컬어지는 얘기가 생각났기 때문이다. 배만 부르면 모든 근심도 옛말이라 했다지 아마.

나는 마치 깨달음을 얻은 사람처럼 오솔길을 걸으면서 나무들을 하나하나 만져보기 시작했다. 나무가 흔들릴 적에는 마치 나무들이 내게 아침 인사를 하는 듯한 착각에 빠져들었다. 바위틈의 자잘한 나무 사이에서 들려오는 새 울음소리에 귀를 기울였다. 몹시 청아한 음색이었다. 새의 울음소리가 내게 이처럼 맑고 선명하게 느껴진 적이 있었을까. 그리고 아주 가만가만 일어서고 있는 바람의 모습이 눈에 보였던 적도 없었을 것이다. 나는 지금 축축한 이슬을 털어내며 일어서기 시작한 바람의 모습을 나무 잎새를 통해 눈 여겨 보고 있는 중이었다. 아아, 모든 것이 살아 있었다. 내가 갑자기 살아있는 모습들을 보게 되다니 믿어지지 않을 정도였다.

나는 옻나무 아래서 잠시 숨을 고른 다음에 다시 걷기 시작했다. 간밤의 달무리 탓인지 동이 뻔히 텄는데도 해는 얼굴을 드러내지 않았다. 하늘을 보니 역시 끄무레하다. 이러다가 정말 비가 내릴지도 모르겠다. 나무들 사이에서 일어난 바람에 습기가 묻어 있는 듯하다. 나는 어쩔 수 없이 홍옥을 생각하지 않을 수가 없었다. 이제 잠시 후면 홍옥이 여기를 떠나겠지. 까닭모를 안타까움이 가슴에 저며 온다. 아무것도 시작하지 않았는데 허무하게 끝내게 되는 듯한 이 느낌은 대체 뭐란 말이지.

나는 명휴 스님의 토굴 앞에서 멈춰서 가만히 텃밭 쪽으로 시선을 주었다. 목탁을 두드리며 탑돌이 하는 명휴 스님이 탑신 아래로 보였다. 나는 간밤의 일을 떠올리며 나도 모르게 발걸음을 그쪽으로 옮기기 시작했다.

– 불쌍한 명휴 스님.

마음속으로 나는 이렇게 되뇌었다. 속세를 떠나 산문에 와서조차 머물 데가 없는 사람이 바로 명휴 스님이 아닌가. 대체 명휴 스님은 무슨 족적을 남겼다는 말인가? 명휴 스님의 경을 외는 소리가 습기를 물고 귓전에 들려온다. 경을 외는 목소리는 저번 날처럼 듣기에 그만이다. 지금은 산새들이 지저귀는 소리보다 시냇물이 잘 잘 흐르는 소리보다 듣기에 좋다. 구음이 저렇게 좋을 수가 있단 말인가. 그가 예전에 무슨 죄업을 지었는지 모르지만 가사장삼을 두르고 너울너울 탑을 돌며 가락을 타고 드는 듯

기 좋은 구음 하나만 가지고도 죄업의 절반을 씻을 수가 있겠다
는 생각이 문득 스쳐온다.

나는 어느새 텃밭 가에 다가가 있었다. 참으로 이상한 일이다.
저번 날과는 다르게 나는 이제 그가 겁나지 않는다. 성품 좋은
스님이 아님에는 분명한 일인데 그가 두렵지를 않은 것이다. 차
라리 주지스님과의 대화를 간밤에 듣지 못했다면 나는 여태도 명
휴 스님을 두려운 눈으로 바라보고 있었을 터이다. 참으로 이상
한 일이다.

명휴 스님은 내게 구름 사이로 언뜻언뜻 보이는 햇살만큼의
시선도 빼앗기지 않고 탑돌이에 여념이 없었다. 발치에서 듣게
되는 그의 독경소리는 더욱 구성지고 듣기에 그만이었다. 독경을
하기에 타고난 음색이란 생각이 들었을 정도이다. 하늘이 맑게
개어 있으면 더욱 그만일 것 같았다. 그러나 하늘은 더욱 움츠러
들었다. 간밤의 달무리가 정말로 비를 불러올 모양이었다.

나는 일부러 헛기침을 해서 내 존재를 알리려고 애썼다. 그런
데도 스님은 내게 시선을 보내오지 않았다. 내가 발치에 있다는
사실을 정말 모르고 있는 것인가? 아니면 알고도 모른 척 하고
있는 것인가? 아마 눈치 빠른 스님이 내 존재를 알아차리지 못하
지는 않았을 것이다. 나는 공연히 화가 났다. 나를 번번이 소 닭
보듯 하다니 말이다. 내가 그렇게 무시해도 좋을 사람처럼 가볍
게 보인다는 말인가.

나는 가만히 허리를 굽혀서 작은 돌멩이를 찾고 있었다. 명휴
스님에게 내 존재를 확실히 알리는 방법은 적어도 돌멩이를 던져
서 툭, 하고 소리가 나도록 하는 것이었다. 감히 스님을 향해 있

을 수 없는 행동일 것이다. 그런데 정말 이상하다. 어디서 이런 용기가 내게 생겨나는 것인가. 내가 간밤의 일로 명휴 스님을 얕잡아 보고 있는 것은 아닐까, 하는 의구심마저 생기기 시작했다. 만다라에 나오는 지산 같은 땡초로 여기고 지금 무례함을 범하고 있는 것은 아닐까.

던지기에 그만인 작은 돌멩이 하나가 눈에 띄었다. 나는 그 돌멩이를 집으려고 허리를 깊게 숙였다. 그런데 놀랄 일은 바로 그 순간에 일어났다. 나는 돌멩이를 집던 동작을 우뚝 멈추고 허리를 세울 수밖에 없었다. 내게 갑자기 흙먼지 세례가 퍼부어졌기 때문이다. 저번 날과 같은 상황이 여기서 다시 벌어지고 있는 것이었다.

나는 재게 허리를 세워 탑 쪽을 바라보았다. 아아, 그러나 스님의 동작은 여전했던 것이다. 마치 너울너울 바람을 타고 넘어가는듯한 자태, 그리고 묻어오는 간지럼을 태우는 듯한 목탁소리 하며 듣기 좋은 구음. 내가 마치 귀신에 홀리기라도 한 것과 같은 느낌이었다.

그러나 나는 이제 더 이상 속지 않았다. 흙먼지 세례의 장본인이 바로 명휴 스님이 확실한 때문이었다. 바로 저 스님, 구름이 산굽이 넘어가는 듯 고요히 한삼자락을 날리며 탑돌이에 여념이 없는 저 명휴 스님의 해괴한 장난짓거리가 아닌가 말이다.

나는 갑자기 화가 치밀어 올랐다. 나 역시 흙먼지를 집어 들어 스님을 향해서 세게 뿌렸다. 그러나 내가 던진 흙먼지는 스님이 있는 데까지 날아가지 않았다. 그리고 보면 스님의 힘은 확실히 나보다 센 것임에 틀림이 없다. 대체 스님은 어디서 그런 힘이 솟구쳐 나왔던 것일까?

내가 스님을 향해 흙먼지를 뿌렸음에도 스님의 동작은 흐트러지지 않았다. 언제 내게 흙먼지 세례를 퍼부었느냐는 듯 탑돌이에 여념이 없었다. 내게 번번이 장난짓거리를 하고서 저토록 태연히 탑돌이를 할 수가 있다는 데에 갑자기 한줄기 비애 같은 기분을 느끼기 시작했다.

"스님, 스님."

나는 몇 번이고 소리 내어 스님을 불렀다. 역시 스님은 나를 완전히 무시해버리고 있었다. 나는 이제 솔직히 그전 날처럼 스님이 두렵지를 않았다. 내가 똑같이 흙먼지 세례를 퍼부은 것도 그가 하나도 두렵게 여겨지지 않았기 때문이다. 그런데도 이상한 것은 그런 스님이 정말로 밉지를 않았다는 것이었다. 처음 이런 일을 당하고선 경이로움 속에서도 한편 무시를 당했다는 생각에 증오가 불타올랐었다. 그런데 지금은 정말 미운 구석이 하나도 느껴지지 않고 있는 것이다. 오히려 그가 더욱 친근감 있게 내게 다가오는 느낌을 배제할 수가 없는 것이다. 나는 이런 지금의 상황이 좀체 믿어지지 않는다. 내가 정말 한 모습의 낮 꿈을 꾸고 있는 것은 아닌가, 하는 생각마저 들었을 정도였다. 나는 그전처럼 가만히 아랫주머니 속에 손을 집어넣어 생식기를 슬쩍 꼬집어봤다. 생식기가 꿈틀대면서 통증이 느껴졌다. 나는 결코 꿈을 꾸고 있는 게 아니었던 것이다.

나는 스님의 탑돌이가 끝나기를 기다렸다. 여기서 한 발짝도 물러서지 않을 작정이었다. 내가 이러는 것은 이상하게 스님과 나 사이에 무슨 끈 같은 것으로 연결된 느낌을 받았기 때문이다.

우리 사이에 이미 서로의 가슴에 묻어 둘만한 얘기가 존재하고 있지 않은가 말이다. 이런 사실을 정말 누구에게 얘기할 수가 있다는 말인가. 이건 누구에게도 말 못할 두 사람의 가슴에나 묻어 둘 수 있는 성질이라고 나는 생각했다.

이렇게 생각하자 갑자기 명휴 스님이 고맙게 여겨졌다. 스님 역시 나와 자신만의 공간을 확보하고 싶었던 것은 아니었을까? 그렇다면 대체 무엇 때문에 그랬을까? 나는 스님이 탑의 모서리에 가려지는 순간 갑자기 이런 생각 속에 빠져들었다. 그런데 스님이 탑의 반대쪽으로 모습을 완전히 감추는 순간 나는 문득 외로운 느낌을 받았다.

– 외로운 명휴 스님.

나는 속으로 이렇게 되뇌었다. 순간, 바람이 서늘하게 이마를 어르고 지나간다. 스님의 흙 세례는 어쩌면 고독한 산사에서 찾게 되는 하나의 여유로움일는지도 모른다는 생각이 문득 들었다.

7

간밤의 달무리는 정말로 비를 몰고 왔다. 바람 가운데 묻어온 빗방울이 차츰 굵어지기 시작했다. 스님은 그적에서야 탑돌이를 마치고 합장한 채로 돌아 나왔다. 나를 힐끔 일별하더니 그냥 지나쳐 버렸다. 나는 재게 스님의 뒤를 따랐다.

"스님, 스님…"

나는 저번 날보다 훨씬 가까워진 듯해 스님을 격의 없이 불렀다. 그러나 스님은 역시 어느 개가 짖느냐는 식으로 토굴방의 문을 열고 자취를 감춰버렸다.

"스님, 스님…"

나는 물끄러미 방문을 바라보았다. 아는 체도 하지 않고 방으로 들어가 버린 스님이 야속하기 그지없었다. 내게 그렇듯 번번이 흙 장난질까지 걸어놓고 시치미를 떼버리는 속내는 대체 뭐란 말인가. 나는 잠시 마음을 진정시키며 뿌리는 비까지 맞아가면서 담배를 하나 피워 물었다.

그리고 얼마 뒤에 천천히 발소리를 죽여서 명휴 스님의 방문 가까이 다가갔다. 안에는 인기척 하나 느껴지지 않는 적요 속에 휩싸인 느낌이었다. 나는 그때와 같은 호기심이 발동했다. 가만히 손을 가져다가 방문 고리를 잡았다. 그리고 살며시 내 쪽으로 잡아당겨 보았다. 뜻밖에 방문을 걸어 잠그지 않은 듯 살며시 열리고 있었다. 나는 빠끔히 열린 문 틈새로 안쪽을 슬쩍 들여다보았다.

"으흑!"

나는 무의식적으로 소리를 뱉어냈다. 저도 모르게 흘러나온 소리였던 것이다. 명휴 스님이 저번 날과 똑같은 동작을 하고 있었던 것이다. 스님은 저번 날처럼 이상한 자세로 엉거주춤 허리를 숙이고서 자신의 음탕한 데를 방자하게 들여다보고 있었다. 나는 재게 문을 닫고 거기를 빠져나왔다.

그리고 터덜터덜 암자로 올라왔다. 벽면을 바라보고 참선을 하려고 했지만 뜻대로 되어주지 않았다. 자꾸만 명휴 스님의 해괴한 행동이 눈앞에 밟혀서 아무것도 손에 잡히지를 않았던 것이다. 대체 무슨 까닭에설까? 명휴 스님의 해괴한 행동을 나는 대체 종잡을 수가 없었다.

나는 좌복을 밀어버리고 다시 밖으로 나왔다. 여전히 비가 내리고 있었다. 큰절 쪽에서 시끄러운 잡음들이 새어나왔다. 불청년수련생들이 이제 여기를 떠나느라 분주한 모양이었다. 홍옥을 보낸다고 생각하니 갑자기 허기가 느껴졌다. 그러고 보니 나는 아직 아침공양도 먹지를 않고 있었다. 내가 느끼는 허기는 정말

아침공양을 먹지 않아서 느끼는 건지도 모른다.

그러나 마음 한구석이 허함은 숨길 수가 없는 노릇이다. 나는 끝내 산길을 걸어 내리기 시작했다. 마지막으로 홍옥의 얼굴이나 한번 봐야겠다는 생각이 들었기 때문이다. 이대로 헤어지기엔 너무 가슴이 아플 것만 같은 느낌은 뭐란 말인가? 나는 한사코 걸음을 빨리했다.

토굴을 끼고 걸으면서 문득 그쪽으로 시선을 주었다. 나는 저도 모르게 놀라듯 입을 벌리며 걸음을 멈추었다. 명휴 스님이 방문을 열어놓고 우두커니 먼산바라기를 하고 있었기 때문이다. 나는 스님을 향해서 걸어갔다. 나도 모른 사이에 문득 걸음이 그쪽으로 향하고 있었던 것이다.

"스님, 아침공양 드셨습니까?"

객쩍은 분위기를 물리치려고 이렇게 물었다. 그러나 명휴 스님은 일체의 대꾸를 하지 않고서 여일한 자세로 먼산바라기만 하고 있었다. 그의 모습이 이처럼 서글퍼 보인 적은 아마 없었을 것이다. 비까지 추적추적 뿌리고 있어서 더욱 마음이 젖어드는지도 모른다.

나는 비를 맞으며 스님을 똑바로 쳐다보았다. 참으로 준수한 얼굴이었다. 가운데 코가 우뚝 솟은 게 한번 마음먹으면 결코 흔들리지 않을 법한 성품을 느끼게 만들었다. 눈매는 너무도 예리해서 자칫 긴장감마저 느낄 정도였다. 짙은 눈썹과 뒤로 가지런히 뻗은 듯한 두 귀가 섣불리 범접하기 어려운 위엄을 풍겼다. 그럼에도 명휴의 얼굴을 이처럼 세밀히 들여다보고 있는 내 행동은 쉬이 이해가 되지 않았다. 내가 정말 무엇에 단단히 홀려버린

지도 모른다는 생각이 들었을 정도이다.

"스님, 무슨 생각 하십니까?"

너무도 물끄러미 먼산바라기를 하고 있어서 내가 물었다. 나는 스스로 매우 용감하다는 생각이 들었다. 감히 내가 명휴 스님에게 서슴없이 이렇게 물을 수 있게 되리라곤 처음엔 상상조차 못했던 일이다. 스님은 내 물음에 대꾸하지 않았다. 아니 내가 지금 발치에 있다는 것도 느끼지 못하는 사람만 같았다. 나는 하는 수 없이 발걸음을 돌리지 않을 수가 없었다. 지금의 상황 같아선 내가 아무리 지껄여도 들어줄 것 같지를 않았기 때문이다.

나는 후줄근히 비를 맞으며 큰절로 내려왔다. 그런데 내가 큰절에 내려왔을 때에는 이미 불청년수련생들의 모습은 보이지 않았다. 벌써 경내를 빠져나가버린 모양이었다. 나는 허탈한 심정으로 공양간에 들렀다. 공양주 노 보살이 나를 반갑게 맞아주었다.

"어서 오이소, 처사님."

"늦어서 죄송합니다."

나는 허리를 꾸벅 숙였다. 그러나 지금 순간에도 가슴 한쪽에 구멍이 뚫린 사람처럼 허기가 느껴지고 있었다. 홍옥을 마지막으로 보지 못하고 보내버린데 대한 아쉬움 때문일 것이라고 생각했다.

"조금 빨리 내려오시지 그랬어요?"

"예에, 조금 해찰을 했습니다."

"홍옥이란 보살이 많이 기다렸는데…"

"예에, 그랬군요."

나는 태연한 척 하면서도 몹시 얼굴이 달아올랐다. 어제 밤에 홍옥을 만나서 나란히 얘기하던 장면을 노 보살한테 들켜버린 때

문이었다. 그런데 갑자기 노 보살이 품속에서 뭔가 꺼내어 내게 내밀었다.

"이게 뭡니까?

나는 엉거주춤 받아들며 물었다.

"그 보살이 처사님한테 전해달라고 맡긴 겁니다."

"아 예."

네모 잡이로 곱게 접은 쪽지였다. 나는 객쩍지 않을 수 없었다. 마치 편지를 주고받으며 연애질을 하는 사람처럼 보일 것이었다. 그리고 지금 당장에 어떤 태도를 취해야 할는지 모를 것 같은 마음 때문이었다. 노 보살이 눈을 둥그렇게 뜨고서 나를 바라보고 있었다. 나는 정말 망설여졌다. 노 보살이 보는 데서 이 쪽지를 펼쳐서 들여다보아야 할지 아니면 혼자서 음미하며 보아야 할지가 정말 망설여졌기 때문이다. 솔직한 심정은 노 보살이 있는데서 열어보고 싶지 않았다. 그런데 노 보살의 표정이 어서 펼쳐보라는 모습을 하고 있어서 어정쩡한 마음으로 곱게 접힌 쪽지를 펼치기 시작했다.

"어머, 이게 뭐야."

나보다 노 보살이 먼저 놀랐다. 나 역시 입이 벌어질 정도로 의외였다. 종이 안섶에 클로버가 단정히 놓여 있었다. 행운을 가져다준다는 네 잎의 클로버가 아닌가. 더욱이 네잎 클로버는 구하기가 몹시 어렵다고 했다.

"클로버예요. 네 잎의 클로버."

감격적인 어조로 내가 말했다. 정말 감격적인 말투였다. 네 잎의 클로버가 새록새록 나를 쳐다보며 숨을 쉬고 있는 것만 같았다.

"이런 걸 지니고 다녔던 모양이네."

"그러게요. 이거 귀한 겁니다. 네 잎의 클로버 정말 구하기 힘든 거지요."

나는 대견스레 말했다. 노 보살이 앞에 없더라도 아마 혼자서라도 이런 독백을 지껄였을 것이다.

"처사님한테 관심 있었던 모양이네. 뭐라 쓰여 있어요?"

"아, 아닙니다. 그저 연락처를 적어두었군요."

노 보살은 고개를 끄덕거렸다. 나는 얼굴이 붉어 올랐다. 연락처뿐만 아니라 뭐라 의미가 담긴 듯한 내용이 메모되어 있었기 때문이다. 나는 이것만은 정말 조용한데서 혼자 감상하고 싶었다. 그래서 더 이상 읽어보지 않고 네 잎 클로버를 그대로 속에 넣어서 자국이 흐릿하게 남은 종이 선을 따라 다시 접기 시작했다. 갑자기 밥 먹을 생각이 뚝 달아나버렸다. 어서 암자로 올라가서 편지를 읽어보고 싶었기 때문이다.

뜨는 둥 마는 둥 공양을 마치고 공양간을 나섰다. 밖은 여전히 추적추적 비가 내리고 있었다. 나는 비를 맞으며 암자를 향해서 걸어 오르기 시작했다. 명휴 스님 계시는 토굴을 끼고 돌면서 그쪽을 쳐다보았다. 명휴 스님은 역시 문을 열어둔 채로 먼산바라기를 하고 있었다. 그러나 이번엔 그냥 지나쳐버렸다. 스님이 내게 말문을 연다 하더라도 지금은 반갑지 않으리라는 생각이 들었다. 어서 홍옥 씨가 남긴 쪽지를 읽고 싶을 뿐이었다.

암자에 도착해서 바짓가랑이에 묻은 흙부스러기를 털지도 않고 곧장 방으로 들어왔다. 그리고 다시 곱게 접힌 종이쪽을 펼치기 시작했다. 혼자서 느끼는 지금의 기분은 몹시 설렜다. 마치

홍옥 씨와 은밀한 시간을 가지기라도 하는 듯한 느낌이었다. 나는 숨을 죽이며 읽어 내려가기 시작했다. 그리 길어 보이지 않은 문장이었다.

— 먼저 내려갑니다. 처사님과 나눈 짧은 시간이 소중히 여겨지네요. 마음 정리하고 내려오시거든 연락 한번 주시기 바랍니다. 그리고 여기에 함께 동봉하는 네 잎 클로버는 처사님의 행운을 비는 제 마음이에요. 저도 누구한테 받은 건데 처사님 드리고 싶어서요.

수색 302-2417 홍옥 올림

나는 너무나 큰 감격에 눈물이 나올 정도였다. 누구에게 받은 네 잎 클로버를 서슴없이 내게 주다니 말이다. 나는 정말 손톱만큼도 누구에게 베푼 적이 없지 않은가. 갑자기 얼굴이 화들짝 달아올랐다. 그러나 이런 느낌도 잠시 나는 역시 감미로움에 젖기 시작했다. 비가 추적추적 내리는 오월의 산사 암자에서 읽게 되는 여자의 메모. 생각만 해도 가슴이 설레는 일이 아닌가.

나는 홍옥이 무척 고맙게 여겨졌다. 그야말로 홍옥 씨와는 특별한 인연이 되어버린 느낌이었다. 앞으로 홍옥을 빼놓고 내 살이를 얘기할 수 없을 것만 같은 느낌이 여전히 들었기 때문이다. 내가 앞서 만난 여자들과는 달리 어딘지 모르게 푸근해 보이는 모습, 살며시 다가와서 깊숙이 새겨져 버린 사람이라 해야 옳을 터이다. 내가 이 절을 찾은데 대한 의미는 홍옥을 이렇게 만나게 되었다는 것 하나만으로도 충분할 거라는 생각이 들었다.

나는 몇 번이고 종이쪽을 읽어보았다. 절을 내려가서 홍옥을 만날 생각을 하니 가슴이 뛰었다. 홍옥과는 이상하게 좋은 인연이 되어버릴 것만 같은 느낌이 들었다. 그녀라면 나를 이해할 수 있으리라. 일찍이 어머니와 헤어진 아픈 상처를 가진 사람이라면 나와 얼마든지 공유할 수 있는 부분이 많이 있으리라 믿어졌다. 나는 어서 빨리 절을 내려가고 싶은 마음이 갑자기 굴뚝같이 높아지기 시작했다. 어제만 하더라도 속세로 돌아가고 싶은 마음은 눈곱만큼도 없던 터이었다.

잠깐 홍옥 씨를 생각하며 꿈속에 빠져들었다. 나는 역시 꿈속에서도 그녀를 만나는 꿈을 꾸었다. 깨어보니 꿈이었지만 허탈하지 않았다. 그녀와 손을 잡고 들판을 걷는 모습이 눈앞에 어룽거렸다. 이상하게 가슴이 설레기 시작했다.

문을 열고 밖으로 나왔다. 밖은 이미 맑게 개어있었다. 이토록 잠깐 사이에 맑아질 수 있다니 날씨마저 나를 축복해 주는 느낌이었다. 해는 이마 위에서 날카로운 빛살을 나무 잎새 사이로 강렬히 쏘아내고 있었다. 나는 가슴이 두근거려서 그대로 있을 수가 없었다. 다시 큰절 쪽을 향해 내려오기 시작했다. 마음 같아선 주지스님께 인사 올리고 하산할 뜻을 내비치고 싶은 마음 간절했지만 마음을 다잡아야 한다고 생각했다.

토굴을 지나다가 시선을 그쪽으로 보냈다. 명휴 스님은 여전히 먼산바라기를 하고 있었다. 아침나절부터 줄곧 저런 모습을 하고 있다는 게 믿기지 않을 정도로 한결같았다. 티 없이 맑은 바람을 들이마시며 내리쏘는 밝은 햇살에 비추인 스님의 모습은 마치 한 폭의 그림 같았다. 나는 그쪽으로 조심스레 걸음을 옮겼다.

"스님, 안녕하십니까?"

"…"

"무슨 생각을 그렇게 골똘히 하고 계세요?"

"…"

스님은 역시 묵묵부답이었다. 나는 객쩍어서 그냥 거기를 벗어나고 싶었다. 명휴 스님에게 내가 오히려 무례한 행동을 하는 건지도 모른다는 생각이 들었다. 감히 저번 날 같으면 엄두도 내지 못할 행동이 아닌가. 그새 스님과 나 사이가 그 정도로 가까워졌는지도 모른다. 비록 서로 간에 터놓고 얘기하지는 않았지만, 암묵적으로 우리는 서로에게 관심을 가졌던 것이 사실이다. 스님의 딱한 처지를 알게 된 뒤로 이상하게 거리감이 느껴지지 않았다. 고고한 스님에게서 느껴볼 수 없는 거리낌 없는 마음이 비로소 열리게 되었던 것이다.

내가 무슨 말을 하더라도 스님은 묵묵부답일 듯싶어서 나는 몸을 돌려 다시 큰절을 향해서 걸음을 재촉할 생각이었다. 그런데 내가 몇 발짝 옮기었을 때에 갑자기 스님이 나를 향해 입을 열었다.

"이제 내려갈 때가 되었구만."

"스, 스님!"

나는 내딛던 걸음을 다시 돌린 채로 저도 모르게 스님, 하고 발음했다. 저절로 빠져나온 이 소리는 스님의 입 열음이 내게 그만큼 절실하고도 놀라운 일로 받아들여졌기 때문이다. 나는 스님 가까이 걸어가서 멈춰 섰다. 스님의 눈빛이 마치 저녁놀처럼 타들고 있었다.

"절간 찾은 보람은 있어 다행이네."

"고, 고맙습니다."

스님은 내게 상당히 격의 있게 말했다. 나는 그저 허리를 숙여 고맙다고 응대했을 뿐이다. 그러면서 놀라고 있을 뿐이었다. 스님은 나를 뚫어져라 응시했다. 마치 내 속의 비밀을 낱낱이 들여다보고 있는 사람처럼 말이다. 나는 얼른 고개를 숙여버렸다. 스님에게 속내를 드러낼 자신이 없기 때문이었다.

"고갤 쳐들어 보게."

"스, 스님."

나는 붉어진 얼굴로 물끄러미 스님을 쳐다보았다. 스님의 눈과 마주칠 때마다 벌레가 꼼지락거리는 것처럼 간지러웠다.

"절에 있을 사람이 아니야. 그새 마음을 비웠구만. 저번 날 자네 얼굴 보니 사바 욕심 번뇌 가득하더니…"

나는 물끄러미 스님을 쳐다볼 뿐 아무런 응대를 하지 못했다. 스님의 눈이 심상찮게 나를 살피는데 주눅이 들어버렸던 모양이다. 그런데 스님은 대체 언제 나를 그토록 살피셨을까?

"자넨 인생이 뭐라 생각하는가?"

"그, 글쎄요."

나는 겨우 이렇게 말을 흘릴 뿐이었다.

"만나고 헤어지는 것이 어디에서 연유 한다 여기는가?"

나는 역시 대답하지 못했다. 다만 놀랄 뿐이었다. 가만 보니 내가 저번 날 스님에게 물었던 내용이었다. 스님은 여적 그걸 기억하고 있었던 모양이다. 내게 눈곱만큼의 관심도 주지 않은 듯한 스님의 속 깊음에 나는 감격할 것만 같았다. 명휴 스님이 아무리 잡승에 속한다 하더라도 범상한 스님은 아닐 거라는 생각이 번개처럼 스쳤다.

"모든 것은 공(空)일세."

마치 탄식하듯 내뱉은 말이었다. 저번 날 들었던 것과 똑같은 말이다. 그때 스님께선 자신이 내게 내던진 흙먼지 세례조차 없었던 일로 치부해버렸던 것이다.

"비었다는 말입니까?"

용기를 내어 응대한 물음에 그는 빙그레 이를 드러내며 고개를 가볍게 내저었다. 스님의 이런 모습은 흡사 사물의 이치를 모두 꿰뚫고 있는 선승의 모습과 다를 바가 없었다. 나는 턱을 쳐들어 스님의 대답을 기다렸다.

"자아와 자아에 속한 것이 비었다는 말이네."

"무슨 뜻이지요?"

"모든 것 중에 내 것으로 여겨질 만한 것은 하나도 없다는 얘기지. 자네 그 몸을 자네 거라 생각하는가? 천만에… 내 것은 궁극에 아무 것도 없는 법이네. 내 마음마저 내 거라고 여기고 살 수가 없는 게 세상 이치지. 내가 사랑한 것들, 내가 쌓은 물질과 내가 이룩한 업적들, 이 모두가 한낱 내 것이 아니란 사실을 깨달아야 하네. 보게. 자넬 배(腹)로 품어주신 어머니마저 자네 것이 아니지 않는가?"

나는 다시 한 번 놀라지 않을 수 없는 노릇이었다. 스님이 마치 내 과거까지 속속 꿰뚫고 있는 느낌이었던 것이다. 나는 스님을 물끄러미 쳐다보지 않을 수 없었다. 대체 어머니가 나를 버리고 외간 남자와 눈 맞아 살림을 차린 사실을 알고나 있는 것처럼 말이다.

"자네 얼굴 보니 그리 쓰여 있네. 섭섭하게 생각지 말게. 그리고 산문에 기웃거리지 말게나. 그러다가 길래 나 같은 잡승나불이 되어 먹네. 사람의 만남이란 가엾기 그지없지. 종내는 이별해야 하니 말일세. 그 업이 어디서 연유 한다 물어왔던가? 그걸 이따위 잡승이 어떻게 알겠는가만 다 전생의 업이라 생각하네. 그래 자신을 위해 도를 닦는 거 아닌가. 나도 내세에나 한번 제대로 스님 노릇 할까 해서 여기 토굴에 박혀 수행이랍시고 하네만 이제 여길 떠날 때가 되었네. 이것도 다 내가 지은 업이 아니고 뭔가. 전생에 죄 많은 놈이 머리 깎고 스님 돼서도 죄업 지었으니 말이지. 자네 젊은 청년이니까 얘기하네만 사내란 가운데 기운 다스리기가 가장 어려운 법이네. 죄업 중에서도 제일 치사한 것이 그 기운 남발하는 거라네. 나무관세음보살……"

스님은 합장을 하고서 한참 동안 뚫어지게 먼 데를 바라보았다. 나는 아무런 응대를 하지 못하고 물끄러미 스님을 바라보고 있었다. 스님의 눈가에 눈물이 괴어있는 것을 얼핏 보았다.

"그만 가 보게. 나도 바랑에 담을 살림살이 정리해야 할 모양이네."

"어디 가시려고요?"

"이제 떠나야지. 인생이란 어차피 바람 같은 거 아닌가. 바람이 머무는 데에 내가 머문다 여기게나. 자넨 그 눈빛이 맑아서 보기 좋으이…"

스님은 엄숙한 태도로 합장을 하고서 방으로 들어가 버렸다. 나는 어서 여기에서 내려갈 생각을 하고 있었다. 스님도 이 절을 떠날 생각을 하셨던 모양이다. 나는 갑자기 처연한 느낌을 받았으나 마음속으로 스님의 앞길을 빌어 주었다.

암자로 와서 짐 꾸러미를 정리했다. 그리고 주지스님을 찾아서 그간 베푼 정성에 고마움을 표했다. 주지스님은 나를 따뜻이 배웅했다. 언제든 다시 찾아오라는 당부를 잊지 않으셨다. 노 보살은 내가 뜻밖에 떠날 채비를 하고 나서자 섭섭한 모양이었다. 노 보살은 내가 홍옥을 만나기 위해 갑자기 짐 꾸러미를 싸서 내려간다고 여기는 모양이었다. 절간을 빠져나오는 마음은 무척 허전했지만 노 보살의 바람대로 홍옥을 만난다는 생각을 하니 한편 기운이 솟아올랐다.

나는 끝내 명휴 스님의 지난 과오에 대해 노 보살에게 묻고 말았다. 과오가 무엇인지 묻지 않으리라 다짐을 했지만 끝내 지키지 못했다. 노 보살은 머쓱한 표정으로 명휴 스님의 과오에 대해 쭈뼛쭈뼛 말해주었다. 명휴 스님이 처음 산문에 들어 이 가람에서 수행할 때 욕정을 다스리지 못해 어느 보살과 몸을 섞어 속퇴(俗退:승려세계에서 퇴출)를 당했다고 했다. 명휴는 속퇴를 당하고도 다시 가람에 찾아들어 지난 죄업을 씻고자 하였으나 절간의 사람들이 그를 받아들이지 못해 결국 절을 떠나게 될 것이라고 했던 것이다.

아아, 나무관세음보살!(자비의 마음으로 중생을 구제하는 진언)

아아, 나무대세지보살!(지혜와 광명으로 중생을 구제하는 진언)

나도 모르게 입술 끝에 진언이 맴돌았다. 주지 스님과 명휴 스님의 은밀한 대화, 그리고 노 보살의 전언(傳言)을 통해 나는 비로소 명휴 스님의 해괴한 행동들을 이해할 수 있을 것 같았다. 자아성찰의 시간들이 헛되지 않았음을 나는 떨어지는 붉은 노을 속에서 어렴풋이 깨닫고 있었다.

오솔길을 따라 한없이 산길을 걸어 내려오다 문득 뒤돌아보니 산등성이에 저녁놀이 붉게 내려오고 있는 모습이 보였다. 그런데 내 시야에 다시 들어온 아름다운 그림자가 하나 있었다. 바로 명휴 스님이 바랑을 걸쳐 메고 하느적 하느적 걸어 내려오고 있었던 것이다. 명휴 스님의 걸음걸이가 결코 가벼워 보이지 않았지만 나는 그를 향해 한 점 남김없이 마음을 열어줄 수 있을 것 같았다. 또한 어머니에 대한 원망과 분노의 깊이를 어느 정도 메울 수 있을 것 같았다.

어머니를 찾아 방황하지 않을 것이라고 다짐했다. 어머니 역시 명휴 스님처럼 오랜 시간을 참회하며 탑신을 돌고 독경을 하며 바람처럼 떠돌고 있을지도 모른다. 이제 공연히 나도 어머니를 찾아 방황하지 않고 주어진 나의 길을 걸어갈 것이다. 이것이 바로 우리 인간의 삶이 아니고 무엇인가.

명휴 스님의 발걸음이 훌쩍 나를 따라잡았다. 명휴 스님과 동행하는 길이 결코 힘들고 외롭지 않으리라는 확신이 섰다. 이제 명휴 스님과 같이 내딛는 발걸음이 아까보다 훨씬 가볍게 느껴진다. 붉은 노을이 더욱 붉은 모습으로 하루의 끝을 아름답게 품어 안고 있었다.

| 1999~2000 |

사공아 노를 저어라

햇발이 하얀 치숙의 살결을 타고 흘러 내렸다. 강 새들이 나룻배의 한길 높이에서 자꾸만 치숙을 향해 울고 있었다. 멀리 나루터가 까무룩 했다. 태식은 치숙의 알몸을 보자, 아찔한 현기증이 느껴지기 시작했다. _ 본문중에서

남보 신현호, 기다림 (30호, 91×72)

순결은 아름답다. 영혼의 옷을 입은 순결은 닳지 않는다. 누가 감히 순결을 무너진다고 하는가. 순결은 우리들의 가슴에 영원히 존재하는 것이다. 순결은 아무도 무너뜨리지 못한다. 그것은 오직 자신만이 무너뜨릴 수가 있는 것이다. 그리고 순결은 스스로 지키려는 자만이 곱게 다듬어 낼 수가 있을 뿐이다.

1

　Y읍은 규모 아주 작고 인구 칠 팔 천에 겨우 이를까 말까 한 소읍이다. 집들은 낡았고 거리도 괴팍하며 사람들도 헐렁해 보였다. 한걸음 물러 읍내를 바라다보면 거기 무뚝뚝한 사내 하나가 표정 없이 고개 떨구고 앉아 있는 형용이었다. 낮게 엎드린 슬레이트 지붕, 이따금 꺼져가다 되 불거진 비포장도로, 무게 얹힌 사람들의 납빛 얼굴들, Y읍의 어느 곳도 희망이라고는 보이지 않았다.

　그러나 메마른 감정의 한끝을 여미어 잡고 조금 여유를 주고 있는 것은 Y읍을 끼고 흐르는 강이었다. 강은 읍의 거친 한쪽 살을 어루만지듯이 질펀히 흐르고 있었다. 강의 저쪽으로 우뚝우뚝한 산들이 보였다. 우뚝한 산들이 폭이 좁은 활등처럼 잇대어 나가다가 하늘 그 끝닿은 곳에서 그만 자취가 묻혔다. 강도 산굽이를 따라 굽이굽이 흐르고 있는 게 보였다. 강은 내내 산을 우러

르며 겸허히 흐르고 있었다. 강과 산은 이처럼 하나가 되어 항용 흘러가는 것인가.

　태식은 아득하게 멀리 펼쳐진 강에서 시선을 거둬들였다. 문득 자신이 저 강에서 삶을 마치게 될지도 모른다는 암울한 생각이 풀썩 일었던 거다. 그러나 태식은 아직 죽음을 생각하고 있지는 않았다. 인간의 고통스런 삶이라는 것이 결코 죽음으로써 모두 해결될 수는 없는 노릇이었다. 서른의 나이가 죽기에는 억울하다는 생각도 들었다. 여기까지 흘러온 몸, 살이가 아무리 고달파도 죽기로 한번 나서 보자고 새롭게 마음을 다져 보았다.

　태식은 소읍을 향해 천천히 잠입해 들어갔다. 그는 사람들의 눈에 자신이 되도록 노출되지 않으려고 애쓰면서 커다란 몸을 자꾸만 웅크리면서 걸었다. Y읍은 예나 지금이나 변화가 없었다. 비포장도로가 곳곳에 눈에 띄고, 큰 도시에서 찾아보기 힘든 구형 고물 승용차들도 보였다. 낡아빠진 승용차들 사이로 이따금씩 고급 승용차가 열없이 지나갔다. 고급차가 지나가면 무뚝뚝한 사람들이 한참을 멍하니 부러운 눈으로 쳐다보다가 차가 멀어지자 어깨를 낮게 깔고 지나가는 모습도 보이고 있었다.

　태식은 자신이 자꾸만 왜소해지는 느낌을 받으면서 천천히 걸음을 내디뎠다. 완벽한 패배자로 되돌아온 기분이었다. 사람들의 물결에 밀려 어쩔 수 없이 떠내려 올 수밖에 없었던 자신이 불현듯 처량하다는 생각이 들었다. 서울이라는 곳은 그렇게 만만치는 않은 곳이었다. 배포만 키우다가 중동쯤 무너져 버리기 쉬운 데가 바로 서울이었다. 서울은 희망찬 삶을 열어 주기도 하지만, 쓰러뜨릴 때는 무자비하게 쓰러뜨리는 곳이었다. 태식은 바로 서

울의 파도에 채어 난파당한 기분으로 돌아온 사람이었다.

태식은 고개를 숙이고 비포장도로를 거슬러 올랐다. 시월의 날씨답게 하늘이 높이 열려 있고, 높은 하늘에서 태양이 붉게 떨어져 내리고 있었다. 태식은 밤차에 탔던 사실을 순간 후회했다. 밝은 대낮에 무슨 염치로 가족을 쳐다 볼 것인가. 그러나 서울이라는 거대한 도시가 더 이상 거기에 머물 한순간의 여유도 허락지 않은 거였다.

태식은 밤새 열차를 타서 노곤해진 몸을 이끌고 저벅저벅 걸음을 내디뎠다. 서울을 떠날 때는 밤차를 탄 게 다행이다 싶었다. 서울을 떠나는 한 패배자의 모습을 서울 사람들에게 보이기가 싫었기 때문이었다. 그래, 밤의 어둑신한 기운으로 위로를 삼고 밤차에 올랐던 것이다. 그러나 Y읍에 당도하고 보니 이건 동이 뻔히 터있는 거였다. 한없이 역겨운 자신이 미워 차부 뒤편의 간이주점에서 술까지 한잔 걸치고 나니 어느새 낮참이었다. 열차가 서울을 까무룩히 벗어날수록 삶의 힘이 새삼 솟아나는 기분도 들었으나, 막상 Y 읍에 당도하고 나니 우선 가족 앞에 나설 용기마저 시들어 버리고 없었다. 그는 마치 자신이 죄인이 된 기분으로 Y읍의 거리로 잠입해 들고 있었다.

저만치 경찰서가 보였다. 예전의 모습과는 판이하게 달랐다. 범죄가 늘어나는 추세에 따라 경찰서도 웅장해졌다. Y읍에서 변한 것은 경찰서 밖에 없는 인상을 주었다. 모든 것들이 그대로인데, 경찰서만 당당하게 버팅기고 서 있는 것 같았다. 경찰서 정문으로 의경들이 줄지어 빠져나오는 게 보였다.

태식은 경찰서가 보이자, 자신도 모르게 몸을 움츠렸다. 그는 자신이 마치 범행을 저지르고 이곳에 잠입하는 느낌이 들었다. 범인은 범인이라고 그는 생각했다. 지나간 일이지만, 그는 아직도 지난 기억에서 완전히 자유로운 상태는 아니었다. 그는 어쩌면 그날의 한순간의 일로 이렇게 패배자가 되어 내려오게 되었는지도 몰랐다. 그는 자기가 지은 죄 값을 스스로 용서치 못하고 죄의식에 얽매어 방황을 일삼았다. 물리적으로는 엄연히 죄 값을 치렀지만, 스스로 결코 용서치 못했다. 그는 아직도 자신이 죄인이라는 의식으로 살고 있는 사람이었다. 한때, Y읍의 영웅으로까지 추앙받기도 하였던 그의 삶, 그가 명문 K대학의 행정학과에 당당히 합격했을 때, 작은 Y읍이 한번 출렁거리기도 하였던 것이다. 그러나 그에게 거는 Y 읍의 기대는 결국 한 순간에 무너지고 말았다. 그는 K대학 재학 중에 전과자가 되어버렸기 때문이다. 돌이켜 보면 한 순간의 일이었다. 사람의 운명이란 이렇게 한순간에 좌우될 수도 있는가 보았다.

　태식은 잠시 걸음을 멎고 긴장을 풀었다. 경찰서를 보자, 다시금 지나간 악몽이 되살아나기 시작했다. 악몽은 되도록 일찍 머리에서 지워 버리는 게 현명한 방법이라고 생각하면서 다시 멎었던 걸음을 옮겼다. 의경들은 거리를 순찰하다가 수상한 사람을 만나면 신분증을 요구하고 있었다. Y읍에서 의경들이 이렇게 까다롭게 검색을 하면 백발백중 무슨 사건이 일어난 뒤끝이었다. 태식은 공연히 멋쩍어 휘파람을 한번 불었다. 그는 제발 의경들이 자신을 불러 세우지 말았으면 하고 바라면서 거리를 거슬러 오르고 있었다. 그러나 그런 그의 바람은 한 식경도 못돼서 뭉개지고 말았다. 의경 두 명이 그를 불러 세우고 있었다.

"신분증 좀 보겠소."

비쩍 마른 의경 녀석이 나이에 어울리잖게 목소리를 깔았다. 태식은 안주머니에서 얼른 신분증을 꺼내 녀석들에게 보였다. 녀석들이 한참 신분증을 들여다보고 나서 열없이 물어왔다.

"행선지가 어디요?"

"사장동."

의경이 신분증의 서울 주소 란을 확인하고 의아스레 묻자, 태식이 반말조로 간단히 행선지를 일러 주었다. 그러나 의경은 여전히 궁금증이 풀리지 않는다는 태도로 캐어 물어오는 거였다.

"거긴 뭐 하러 가십니까?"

의경의 물음에 태식은 마땅한 대답이 떠오르지 않았다. 서울의 완벽한 패배자가 되어 고향으로 내려오는 길이라는 사실을 입 밖에 담고 싶지 않았다. 그것은 일종의 치욕과도 같은 것이었다. 그는 의경들 앞에서조차 떳떳치 못한 비열한 자신을 한번 자조하면서 얼버무리고 있었다.

"바람 좀 쐬러 왔소."

"그럼, 나루터 가는 길이오?"

하고 의경 녀석이 고개를 쳐들고 물었다. 녀석이 턱까지 바짝 치켜들었으나 태식의 키가 커서 턱밑에도 미치지 못했다. 태식은 보통 사람들보다 두 뼘쯤 키가 컸다. 사장동 하면 나루터가 있는 곳인데, 무뚝뚝하기 그지없는 이곳 Y읍에서는 가장 사람이 붐볐다. Y읍 사람들은 그 나루터를 무엇보다 자랑거리로 내세우고는 하였다. 의경 녀석도 나루터가 문득 떠오르는 모양이었다. Y읍에서 바람을 쐴만한 곳은 거기 나루터밖에 없는 거였다. 태식은 대답 대신 고개를 끄덕여 주었다. 의경 녀석들은 태식의 키가 훌쩍 커서 턱밑에도 미치지 못하자 은근히 부아가 오르는 모양이었다. 신분증을 태식의 손에 던지듯 건네주면서 경례도 붙이지 않고 사라져 버리고 있었다.

태식은 큰 키를 자꾸만 웅크리면서 고개를 숙이고 걸어 올랐다. 차도를 지나는 차들이 먼지를 일으키고 달리면 행인들이 입을 틀어막고 종종걸음을 치고 있었다. 차량들은 매끄럽지 못한 차도를 속력을 내어 달리다가 움펑한 도로와 맞닥치면 끼익 급브레이크를 잡았다. 그리고는 다시 속력을 내어 달리고 있었다.

태식은 Y고등학교 앞에서 잠깐 멎었다가 다시 걸어 올랐다. 그가 삼 년 동안 줄곧 수석을 하면서 다녔던 학교였다. 그는 자신이 지난날 K대학의 행정학과에 당당히 합격했을 때, 그에게 보낸 많은 사람들의 갈채와 함성이 새삼 떠오르는 기분이었다.

사장동 까지는 상당한 거리였다. 사장동은 Y읍에서도 가장 후미진 곳으로 차편을 이용하지 않고 걸어서 가기에는 조금 무리인 거리였다. 태식이 굳이 차편을 이용치 않은 것은 걸으면서 다소 마음을 눅여 보자는 의도였다. 가족의 앞에 불쑥 얼굴을 내밀 용기가 결코 서지 않은 거였다. 태식은 무엇보다 아버지와 마주칠 일이 문제였다. 어머니는 이제 어느 정도 그를 용서하는 입장이었지만, 아버지만은 아직도 노여움을 풀지 못하고 계시기 때문이었다. 아버지께서 그에게 기대했던 욕구가 그만큼 강렬했던 때문이기도 하였다. 아버지께서는 그가 고등고시에 합격해 행정관이 되기를 간절히 바랐던 모양이었다.

태식의 집은 사장동 뒤편에 낮게 웅크리고 있었다. 빛바랜 슬

레이트 지붕이었다. 슬레이트로 되어있는 루핑들이 버섯마냥 여기저기 엎디어 있는 거였다. 루핑 너머로 제방이 보였다. 제방은 강을 따라 끝없이 펼쳐져 있었다. 사람들이 강을 따라 제방을 거슬러 오르고 있었다.

태식은 먼빛으로 그의 집을 한번 살펴보고 강 언덕으로 올랐다. 강 언덕에서 담배 하나를 피워 물었다. 새삼 감회가 돌았다. 여기 Y읍의 사장동 둑방, 이 강 언덕은 한때 그가 꿈과 이상을 키웠던 곳이었다. 이곳은 그에게 많은 추억을 안겨 주기도 하였다. 그의 발길이 집으로 향하지 않고 곧장 강 언덕으로 향한 것은 아마 그가 간직한 추억들이 문득 그리움으로 다가온 때문인지도 몰랐다. 아니다. 서울의 완벽한 패배자가 되어온 마당에 이따위 추억 따위가 그리울 리는 없는 것이다. 그렇다면 무엇인가. 태식은 스스로도 자신의 마음을 알 수가 없었다.

태식은 담배를 쭉 빨아들였다. 강바람을 맞으며 피워 물은 담배 맛이 제법 괜찮다는 생뚱같은 생각이 들었다. 그는 자기가 본능적으로 이곳 강 언덕으로 올라 왔는지도 모른다고 생각했다. 여기 강 언덕이 주는 추억이 그리웠던 게 아니라 외려 강 언덕의 추억을 뇌리에서 지워버리려고 본능적으로 이쪽으로 향했는지도 몰랐다. 되돌아보면, 여기 강 언덕의 지난 추억들이 그를 패배자로 만드는 운명적인 불씨가 되었는지도 모르기 때문이었다.

태식은 담배를 한입 가득 빨아들이고서 강물 쪽으로 힘껏 던졌다. 강바람이 제방을 타고 불어 내려와 남은 담배가 비스듬히 날려 강물에 섞여 버리고 있었다. 바람이 제법 세어 강물이 출렁대었다. 강물과 맞닿곤 하는 제방의 아래쪽은 잔디가 사라지고 황토 흙이었다. 강물이 출렁거릴 때마다 황토물이 강물에 퍼져 나갔다. 제방과 맞닿은 강의 수면은 그래서 붉은 띠를 풀어 띄워 놓은 모습이었다. 멀리서 보면 붉은 띠가 자꾸만 바람에 흔들거리고 있는 느낌을 주고 있었다.

2

태식이 아까부터 연신 시선을 주지 않고 있는 곳이 있었다. 바로 나루터였다. 제방을 따라 쭉 내려가면 나루터가 나오는데, 그가 서 있는 둔치에서도 어렴풋이 나루터의 정경이 눈에 들어왔다. 나루터는 Y읍에서도 가장 사람이 붐비는 곳인데, 강바람을 쐬러 사람들이 몰려들었다. 사람들은 나루터에서 강바람을 쐬기도 하고 나룻배를 타기도 하면서 쌓인 피로를 풀었다. 손님들이 심심찮게 있어서 나룻배를 부리는 사람도 한두 명 있었다. 태식의 아버지도 나룻배를 부리는 현대판 사공이었다. 태식은 그의 아버지가 사공으로 일하는 모습을 보지 않으려고 부러 나루터 쪽

으로 시선을 주지 않고 있었다.

　아버지의 소식을 들은 지도 꽤나 오래된 모양이었다. 삼년 전 어머니를 서울에서 뵈었을 당시에 아버지의 소식을 듣고 그 후로는 깜깜 무소식이었다. 그러니까, 어머니를 못 뵌 지도 벌써 삼 년이 되는 거였다. 어머니를 내려 보내고 하숙을 청산했다. 봇짐 하나 달랑 챙겨 날품으로 서울 바닥을 떠돌았다. 그런 판국에 터 잡고 머무를 거처가 생길 턱이 없었기 때문이다.

　태식이도 인간이라면 인간이었다. 감방에서 이 년쯤 썩기는 했지만, 예나 지금이나 같은 감정을 지니고 있기는 마찬가지였다. 그러니까 그도 슬플 때 슬퍼할 줄을 알고, 기쁠 때 기뻐할 줄을 안다는 얘기였다. 몇 해 소수 부모를 멀리하고 어찌 부모를 그리는 마음이 없을까. 솔직히 말해 그는 자기 밑의 세 동생들조차 보고 싶어 미칠 지경이었다.

　준식이는 태식과 세 살 터울이 지는데, 전자 제품 수리공으로 이곳 Y읍에서 일하면서 결혼도 하여 그럭저럭 살아가고 있다고 했다. 경식이는 장기 하사관으로 군대에 말뚝을 박아 중부전선 부대 기자재를 담당하고 있다는 것이다. 하나밖에 없는 여동생 명순이는 준식의 소개로 집 근처 어느 부속품 가게에서 경리를 보고 있다는 것인데, 제법 반반한 축이어서 속을 끓는 남자들이 적지 않다고 했다. 태식이도 명순이가 예뻐서 곧잘 머리를 쓰다듬어준 기억이 있었다. 그는 무엇보다 명순이가 보고 싶다는 생각이 불쑥 들었다. 지금 나이가 스물 셋쯤 되었을 거라는 생각을 하면서 태식은 한번 빙긋 웃었다.

　태식은 바람을 거슬러 올랐다. 바람은 나루터 쪽에서 불어왔다. 나루터로 가서 아버지를 뵈어야겠다고 마음을 굳혔다. 아무리 미워도 당신 자식이 아닌가. 사람의 일이 어디 자기 마음먹은 대로 모두 된다는 것인가. 태식은 아까와는 대조적으로 큰 키를 한껏 펴늘이며 제방을 걸어 올랐다. 아버지는 백발백중 나루터에 계실 거였다. 아버지는 자식들의 만류에도 한사코 노 젓는 일을 그만두지 않은 분이셨다. 말씀으로는 선대의 업을 물려받았다고 하셨지만, 태식으로서는 알 수가 없는 일이다. 태식은 그의 조부의 얼굴을 한 번도 뵌 적이 없으니 당연한 이치이다. 그러나 아버지는 노를 젓는 일에 어떤 열정을 쏟고 있는 것은 분명했다. 그가 대학에 입학할 무렵에도 당신은 나루터에서 일생을 마칠 거라고 버릇처럼 말씀하신 적이 있었기 때문이다.

나루터는 사람들로 붐볐다. 크게 변한 거라고는 없지만, 나루터 중심으로 술집들이 그때보다 많이 들어서 있었다. 술집들은 손님이 많은지 시끌벅적 했다. 취흥이 올라 젓가락 장단을 잡으면서 육자배기를 뽑고 있는 걸걸한 목소리도 들려왔다. 음담패설을 하는지 허파를 활짝 열어놓은 듯한 웃음소리도 바람에 떠밀려 오고 있었다.

태식은 자신도 모르게 술집 중의 한 곳을 쳐다보았다. 그가 Y읍에 도착하면서부터 머리에 어롱거렸던 술집이었다. 술집을 하는 아낙의 딸, 바로 박 치숙이라는 여자가 그의 추억을 송두리째 간직하고 있는 거였다. 태식이 완벽한 패배자가 되어 Y읍으로 떠내려 온 게 결국 박 치숙 때문일지도 몰랐다. 태식은 자꾸만 그렇게 생각하는 자신이 원망스러웠지만, 사실을 외면할 수는 없는 노릇이었다.

　태식은 애써 치숙의 어머니가 하는 술집으로부터 시선을 거둬들이고, 나루터 앞에 질펀히 펼쳐진 강을 바라다보았다. 나루터에 아버지의 모습이 보이지 않았던 것이다. 아버지는 십중팔구 손님을 나룻배에 태우고 노를 저어 강을 가르고 있을 것이다. 태식은 손차양을 만들어 햇발에 젖어 얼룩 거리는 강물을 이윽히 바라다보면서 아버지의 나룻배를 찾았다. 나룻배 두 척이 아득히 멀리에 보였다. 나룻배가 생각보다 멀리까지 나가있는 거였다. 사공은 노를 저으면서도 한사코 멀리 나가는 것을 꺼려 하지만, 손님이 원하면 어쩔 수가 없는 것이다.

　태식은 나루터 가녘에 자리를 잡고 앉았다. 아버지의 나룻배가 돌아오기를 기다릴 참이었다. 그는 어차피 아버지와 맞닥뜨릴 바에는 여기서 일찍 맞닥뜨리는 게 나을 성싶었다. 가족들이 있는데서 공연히 소란을 떨어서는 안 될 것 같다는 생각이 들었기 때문이었다. 아버지께서도 패배자가 되어 내려온 자식을 마구잡이로 야단만 치시지는 않을 터이었다. 태식이 아버지의 기대를 저버린 게 벌써 언제 적 일인가 말이다.

　태식은 담배 하나를 피워 물었다. 패배자가 되고서부터 담배를 피워 무는 일이 더욱 잦아진 것이다. 그래도 담배가 그의 심사를 눅여주는 데는 최고였던 것 같다. 알 수 없는 덩어리 하나가 가슴을 치밀고 올라와 숨통을 틀어막을 때마다 그 담배라는 것이 가슴의 단단한 덩어리를 무르게 녹였다. 지금은 그래서 담배가 그의 좋은 친구가 되어 있었다.

　태식은 맛을 씹듯 담배를 깊게 빨아들이면서 강심(江心)을 들여다보았다. 강심은 언제나 변하지 않은 모양이었다. 그때, 치숙과 나란히 강둑에 앉아 들여다보았던 바로 그 강심이었다. 강심은 변하지 않았는데, 사람들 일만 변했다. 수줍은 얼굴로 손을 맞잡고 이 강심처럼 변치 말자고 몇 번이나 손가락을 걸었던가 말이다. 그는 불현듯 비감스러운 기분이 되고 말았다. 치숙은 그 곁을 떠났고, 그만 혼자 여기 이렇게 앉아 강심을 들여다보는 기분, 참으로 비감스러운 일이었다.

태식은 실눈을 뜨고 강 건너 산마을을 바라다보았다. 산마을이 아직도 거기 남아 있었다. 우뚝한 산의 아래쪽 구릉지에 마을이 있는데, 비교적 어려운 살림들이었다. 그때 있었던 십여 호의 가옥들이 여전히 박혀 있었다. 산을 따라 굽이굽이 흐르는 폭넓은 강물, 그 강물이 해를 받아 쏘아낸 빛살로 마을은 희부옇게 밝아 보였다. 치숙이 바로 그 강 건너 산마을에 살았던 것이었다.

산마을 아이들은 강을 건너 학교에 다녔다. 태식의 아버지가 나룻배로 강 건너 아이들을 태워 날랐다. 치숙은 나루터에서 허름한 술집을 하는 어머니와 함께 늘 나룻배를 탔다. 수업이 끝나면 술집에서 어머니를 기다렸다가 함께 그에 아버지의 나룻배를 타고 산마을로 돌아가고는 했었다. 치숙의 어머니가 아직 강 건너 산마을에 살면서 여기 그대로 술집을 하고 있다면, 모르긴 해도 아버지의 나룻배로 강을 건너왔다 다시 건너갈 것이다. 태식은 생각이 거기까지 미치자, 불현듯 치숙과의 일이 알 수 없는 운명 같다는 생각이 들었다.

나룻배 두 척이 나란히 돌아오고 있는 게 보였다. 나룻배는 약속이나 한 듯 머리를 맞대고 사이좋게 돌아오고 있었다. 태식은 다시 피워 물은 담배를 강 쪽으로 던져 버리고 자리에서 불쑥 일어났다. 가슴이 옥죄어 들었다. 아버지를 맞볼 자신이 어느새 달아나 버리는 거였다. 그러나 마땅히 겪어야만 하는 일이었다. 태식은 불안한 중에도 오랜만에 아버지를 만나게 된다는 사실에 새로운 감회가 올라왔다.

나룻배가 가까이 다가왔다. 두 척의 나룻배는 일행으로 보이는 손님을 나눠서 태운 모양이었다. 손님들이 왁자지껄 떠드는 소리가 들렸다. 태식은 가슴을 지그시 눌러주면서 나룻배의 사공을 쳐다보았다. 그러나 사공은 그의 아버지가 아니었다. 사십 줄의 건장해 보이는 사내와 나이든 노인이었다. 나이든 노인은 그와 안면이 있는 사람이었다. 그러나 사십 줄의 사내는 낯선 사람이었다. 태식은 불현듯 궁금증이 일었다. 아버지께 그 사이 무슨 일이 일어났는지도 모르기 때문이었다. 아버지는 나이답지 않게 건강한 분이셨지만, 은근히 불안한 마음이 들었다. 술이 오른 채로 나룻배에 올라 노를 젓다가 위험한 고비를 겪으셨던 적도 있었기 때문이었다.

태식은 돌아섰다. 집으로 가려는 생각이었다. 아버지가 보이지 않아 착잡한 심정이 되었던 것이다. 그런데 그가 막 걸음을 떼는 순간에 누군가 그를 알아보았는지 등 뒤에서 아는 체를 하고 있었다.

"태식아, 태식아."

태식은 고개를 돌려 뒤를 보았다. 나룻배를 부리는 나이든 노인이었다. 노인이 검게 그을린 얼굴을 하고서 태식이 쪽으로 걸어왔다. 그의 아버지와는 친분이 두터운 어른이셨다. 태식은 어른에게 시늉으로 인사를 하고서 고개를 숙여 버렸다. 어른을 쳐다볼 용기마저 서지 않았던 것이다. 어른도 그에 관해서 훤히 알고 있을 것이다.

"태식아, 이게 얼마 만이냐?"

나이 든 어른이 덥석 태식의 손을 잡으면서 반색을 했다. 어른의 얼굴이 예전에 비해 수척해 보였다. 일찍이 아내와 사별하고 자식도 없이 혼자서 간신히 살아가는 노인이었다.

"면목 없습니다, 어르신."

하고 심드렁히 말하면서 태식은 등을 돌렸다. 노인을 맞대할 입장이 못 되기 때문이었다. 그가 걸음을 옮기자, 노인이 뒤에서 질박한 정이 묻어나는 소리로 말씀하셨다.

"아버님도 용서를 할 게야. 벌써 오래전 일이 아니냐. 저녁참에 나루터로 나와라. 내가 술 한 잔 받아줄 테니까."

태식은 노인의 소리를 귓전으로 들으면서 대꾸 없이 걸음을 옮겼다. 그는 노인의 말씀이 무엇보다 고마웠지만, 우선 아버지께서 무사하시다는 사실이 적이 안심은 되었다.

태식은 대문 밖에서 잠시 머뭇거리다가 용기를 내어 안으로 들어섰다. 그런데 그는 깜짝 놀라지 않을 수 없었다. 건너 방 방문이 자물쇠로 잠가져 있었는데, 방안에서 여동생 명순이가 악을 쓰는 소리가 들리기 때문이었다. 그는 쪽 마당에 엉거주춤 서고 말았다.

"누구 왔소?"

하고 어머니가 인기척을 느꼈는지 안방 문을 열치면서 물었다. 어머니는 문을 열치자마자 태식을 알아보고, 이것이 누구여 누구, 하고 숨을 몰아쉬면서 신발도 꿰신지 않고서 쪽 마당으로

내려오셨다.

"어머니!"

태식은 기어드는 소리로 따악 그 한마디만을 흘렸다. 어머니를 보자, 더없는 감회가 되살아났다. 그간 축적된 울음의 찌꺼기들이 한꺼번에 울음이 되어 가슴으로 치밀어 올랐다. 태식은 나이와 체수에 어울리잖게 울음을 터뜨리고 말았다. 패배자의 울음을 그래도 순하게 받아줄 사람은 어머니 말고는 없는 것 같았다.

"안다, 안다!"

어머니께서 연방 한숨을 몰아쉬면서 태식의 손을 움켜잡았다. 손을 잡은 어머니의 손이 거칠었다. 어머니의 눈에서도 눈물이 글썽거렸다.

"어머니."

하고 태식이 어머니를 한번 끌어안았다. 어머니의 품이 더없이 따스한 느낌이었다. 비록 체수 조그만 어머니의 품이지만, 한없이 넓게만 생각되었다. 사람은 아무리 나이가 들어도 어머니 그리워하는 정은 변하지 않는 모양이었다.

"안다, 어흠. 네 맘 안다. 어흠."

어머니께서는 패배자가 되어 돌아오고 만 자식에게 역정을 내기는커녕 한사코 죽은 자식이 살아 돌아온 것 마냥 태식을 맞았다. 그러면서도 어머니께서는 가슴께에 터져 나오려고 하는 울음을 참으려는지 자꾸만 헛목을 가다듬고 있었다. 태식은 한참 동안 어머니를 끌어안고 울음을 쏟아 내면서 그대로 서 있었다. 그러는 중에도 태식은 건너 방에서 명순이가 내지르는 소리를 귀여겨듣고 있었다.

"어서 들자."

하고 어머니께서 태식의 손을 꼭 잡고 방으로 들자고 했다. 태식은 자물쇠가 채워져 있는 작은방을 멀뚱히 쳐다보았다. 명순이 무어라고 소리치는 소리가 여전히 들려왔다. 이게 대저 어이 된 일이란 말인가. 명순이가 무엇 때문에 작은방에 갇혀 있는 것일까. 태식은 자신이 마치 비운의 꿈을 꾸고 있는 느낌이 들었다.

"오래된 일이다, 어서 안으로 들자."

어머니께서는 명순에게 신경 쓸 거 없다는 말씀을 하시면서 먼저 안으로 들어섰다. 명순 한테 이미 이골이 나 있는 표정이었다. 태식은 영문을 알 수 없으나 방에 갇혀 소리를 지르고 있는 명순이를 보자 가슴이 쓰리고 아팠다. 그가 비록 패배자가 되어 내려오기는 하였으나, 어머니, 아버지를 비롯하여, 준식이나 명순이를 참으로 오랜만에 만나게 된다는 사실 때문에 가슴이 두근거렸던 때문이었다.

태식은 습관적으로 담배를 피워 물면서 마루에 걸터앉았다. 명순이가 방문을 걷어차며 꽥 소리를 질렀다. 태식은 담배를 깊게 빨아들였다. 어머니께서는 어느 결에 부엌으로 들어가 밥상을 봐 놓은 모양이었다.

"태식아, 얼른 들어와 요기나 좀 해라."

어머니께서 명순이가 소리를 꽥 지르자, 태식의 마음이 상하지 않도록 차분히 소리를 낮춰 말씀하셨다. 태식은 명순이가 내어지르는 소리에 가슴이 무너지는 기분이었으나, 애써 담배를 빨며 마음을 눅이고 있었다. 명순이는 한참 동안 소리를 내지르더니 스스로 지쳐버린 모양이었다. 명순이가 갇혀있는 작은방이 불

현듯 잠잠해지고 있었다. 태식은 그적에서야 담배를 비벼 끄면
서 방으로 들어가 요기를 했다. 어머니께서는 한사코 안쓰러운
표정으로 태식의 곁에 다붙어 앉아 그의 신수를 살피고 계셨다.
태식이 이쪽으로 완전히 내려와 버린 사실을 어머니께서도 익히
눈치를 챘던 모양이었다.

"잘 왔다!"

어머니께서는 조금 힘들지만 여기서 함께 살아보자는 표정으
로 따뜻이 말씀하셨다. 어머니는 태식이 밥상을 물리자, 그의 손
을 꼭 잡아 쥐었다. 태식은 그가 마치 어린아이가 되어 어머니 앞
에 나타난 기분이었다. 태식은 진정 어머니 볼 낯이 없었다. 자세
히 들여다보니 어머니 얼굴에도 잔주름이 많이 늘어 있었다.

"면목 없습니다, 어머니!"

태식은 참으로 죄송스런 마음으로 용서를 빌었다. 그가 전과
자가 되고 나서 집이 엉망으로 되어 버렸다는 사실을 묻지 않아
도 알 수 있을 것 같았다.

"안다, 네 맘. 에미는 네가 전과자라도 떳떳하니까 너무 신경
쓸 거 없다. 그런 놈은 이 에미라도 요절을 내버렸을 테여."

어머니는 자꾸만 태식이 안정을 찾도록 위로의 말씀만 하셨
다. 태식은 그 같은 어머니의 소리를 듣자, 불현듯 지난 악몽이
떠오르기 시작했다. 그를 결국 이렇게 패배자로 내몰았던 한순간
의 사건이었다. 그것은 강 건너 산마을의 박 치숙이라는 여자가
불씨가 되어 일어난 일이었다.

"치숙이년이 네 인생을 망쳤지.....애초 강 건너 치숙이네는 악
연이었던 것을 어찌 몰랐을까......"

결국 어머니 입에서 치숙의 얘기가 튀어나왔다. 태식은 저도 모르게 목에 핏줄이 돋는 느낌이었으나 한 마디 말도 대꾸할 수가 없었다. 나룻배를 타고 등하교를 하던 치숙과 강의 둔치에서 키운 사랑과 우정, 강바람을 쐬며 키운 우정과 사랑은 이제 가슴속에 원망으로 남아 있을 뿐이었다.

"네가 일류대학 다닌다고 한껏 어미도 부풀었더니라. 생각하면 뭐하겠느냐, 다 속절없는 짓이었어."

대학생이 되어 태식은 대학 근처에서 하숙을 했고, 치숙은 친척집에서 대학에 다녔다. 대학에 다니면서 그들은 적극적으로 만났으나 학생의 신분을 결코 일탈하지 않았다. 태식은 치숙을 사랑한 만큼 그녀를 아끼고 소중히 지켜 주었던 것이다. 태식은 치숙을 만나면서도 결코 학문을 등한시하지 않았다. 그는 장차 아버지의 뜻에 따라서 행정관이 되기로 마음을 정하고 군대를 마치고 복학해서는 본격적으로 행정고시를 준비하기 시작했다.

치숙은 수업이 없는 날에는 태식의 하숙집에 들렀다. 그러나 그것이 문제가 되었던 것이다. 그의 하숙방에는 같은 학교의 동급생들이 자주 들락거렸다. 그런데 무슨 일이 벌어졌던가? 태식은 생각의 그물에 걸려 온몸을 파들거렸다. 입신가도의 길에 그물을 쳤던 동급생 세호의 얼굴을 기억에서 재빨리 떨구려다 파들거리고 말았다.

"태식이 네가 여적 지우지 못할 일들이란 거 안다. 에미가 공연히 네 속을 뒤집는구나. 으흠, 어미도 이러지 않으려했는데 널 보니 속이 뒤집혀서……"

하숙집 방문을 열고 들어갔을 때 일어났던 참담한 일들, 치숙

의 흐트러진 옷매무새와 세호의 당황하던 모습들, 이제 생각조차
하기 싫은 모습들이었다. 자산가 아들이라던 세호에게 성폭행을
당했다는 치숙을 용서하기에 태식의 아량은 넓지 못했다. 그런
상황에서 자신과의 교제를 복구하려는 간절한 치숙의 노력은 태
식에게 가증스럽기만 하였다. 교제를 끊는다는 그의 일방적인 통
보가 치숙을 그렇게 만들어버렸던 것일까? 어느 날 세호와 결혼
하겠다는 파격적인 치숙의 비행은 그를 혼돈 속에 빠지게 했다.
그토록 곱게 지켜주었던 치숙의 순결이 무너지던 것을 결코 받아
들이지 못했다. 가증스럽다. 그리고 또 무슨 일이 벌어졌던가?
학교 뒤뜰에서 그만 세호를 향해 각목이 부러지도록 분풀이를 했
다. 그 순간에는 반드시 이 짐승을 죽이고 말겠다는 증오심이 불
타올랐을 터이다. 어떻게 분풀이를 했던지 죽음직전에 겨우 목숨
을 건졌다는 후문은 태식에게 차라리 미래를 포획한 선고와도 같
았다. 교도소 수감생활을 마치고 세상 속으로 돌아왔지만 사람들
과 섞여 살아갈 자신이 서지 않았다. 더구나 우연히 길에서 만난
친구로부터 치숙이 정말 세호와 결혼하여 잘 살고 있다는 소문
을 들었던 것이다. 세상은 결코 태식이 사람들과 더불어 살아갈
틈을 허락하지 않았다. 천 길 낭떠러지 같은 거친 삶의 계곡으로
추락한 심정으로 이렇게 고향 Y읍으로 되돌아온 것이었다.

　태식은 서울의 패배자가 되어온 마당에 다시는 서울의 기억들
을 떠올리지 않으리라 하였으나 어머니의 말씀을 듣자 불현듯 지
난 악몽이 되살아났다. 태식은 어머니 앞에서 한사코 머리를 조
아렸다. 죄송할 따름이었다. 어머니께서는 태식의 마음을 십분
이해 한다는 태도였다. 그러나 태식으로서는 어머니를 똑똑히 올

려다 볼 용기가 서지 않았다.

"죄송합니다, 어머니."

"오냐, 네 맘 안다. 맘 단단히 먹어라."

"예, 어머니."

어머니께서는 태식의 손을 꼭 감싸 쥐었다. 태식은 어머니의 손이 이때처럼 따스하고 크게 보인 적은 없었다. 작은방 쪽에서는 명순의 발작이 다시 시작되고 있었다. 태식은 자꾸만 그쪽으로 귀를 기울였지만, 어머니께서는 명순이에 관해서는 한 말씀도 꺼내놓지 않고 있었다. 그러나 태식은 어렴풋이 짐작은 할 수가 있었다. 명순이가 아무리 봐도 정상이 아닌 것 같았다. 정신질환을 앓고 있다는 생각이 들었다. 명순이 대체 무슨 충격을 받았기에 저리 되었다는 말인가. 태식은 가족 모두에게 오직 죄송스러울 뿐이었다.

"어흠, 담배나 하나 다오."

어머니께서는 명순이가 발작을 시작하자, 한숨을 토하면서 태식에게 담배 하나를 청했다. 태식은 얼른 주머니에서 담배 하나를 꺼내 불을 붙여 드렸다.

"너도 한 대 피거라, 어흠."

"예, 어머니."

태식도 담배 하나를 피워 물었다. 명순이가 방문을 걷어차며 꽥 소리를 질렀다. 어머니께서는 거푸 담배를 빨아 들였다. 태식은 어머니께 명순에 관해 결코 묻지 않았다. 명순이가 저렇게 된 데에는 분명 무슨 사연이 있을 것이다. 태식은 명순의 문제로 어머니의 심기를 불편하게 하고 싶지 않았다. 어머니께서는 담배

하나를 필터만 남겨놓고 하얗게 피우신 다음에 입을 열었다. 그러나 명순에 관한 얘기는 아니었다.

"네 아버지도 태식이 너를 이해하실 게다. 사내자식이 불의를 보고 칼을 빼들지 않으면 어디다 쓸 거냐고 입다짐을 밥 먹듯 했으니께야. 이게 다아 네 팔자거니 생각해라. 치숙이네는 행여 가까이 말아야 쓴다. 치숙이네는 인근에서 진작 내놓은 집이니께야. 자기를 짓뭉갠 남자한테 돈에 미쳐 시집을 간 거라고 말들이 많았다. 진숙인가 뭔가 하는 가시나도 팔자가 드세어 여기저기 떠돌다가 나루터서 술을 판단다, 지 에미 하고야. 네 아버지는 그 집 발 끊은 지 오래다. 일이 이리 되었는데 치숙이 에민 버젓이 나루터에서 장사를 하더라. 네 아버지 딴 데서 술만 잡쉈다 하면 치숙이네 술집에 찾아가 싸움판을 벌인다. 그래도 알 수 없는 게 네 아버지 맘이다. 대판 싸움을 하고서도 나룻배로 치숙 에미를 태워다 준다는 게야. 이게 웬 조환지 모르겠어야. 하여간에 태식이 너는 그 집 식구들을 가까이 하지 말어라."

어머니께서는 위로와 당부를 곁들여서 말씀하셨다. 어머니의 말씀이 계속되는 중에도 작은방에서는 명순이 알아들을 수가 없는 소리를 시부렁거리면서 꽥꽥 소리를 질렀다. 태식은 어머니의 말씀을 듣고 치숙이네가 여적 나루터에서 술집을 하고 있다는 사실과 치숙의 바로 아래 동생인 진숙이도 거기 나루터 술집서 일을 거들고 있다는 사실을 알게 되었다.

"명심하겠습니다, 어머니."

태식은 어머니의 말씀에 머리를 조아렸다. 명순이가 떠들어대는 소리가 문득 잠잠해졌다. 어머니께서는 스스로 말씀을 하시지는 않았지만, 이런저런 일로 심사가 착잡한 모양이었다.

"준식이 녀석, 잘 있죠?"

하고 태식이 애써 느긋한 표정을 지으면서 물었다.

"제 밥벌이는 한다만, 요즘은 좀 어려운 모양이드라."

어머니께서는 걱정이 가득한 표정을 지으면서 말씀하셨다. 준식이는 결혼을 하여 처음 얼마간 집에서 살림을 내고 살았으나 몇 년 전 명순이가 방에 갇히게 되고서부터 Y 읍사무소 뒤편에 세를 잡아들어 갔다고 한다. 어머니께서는 잠깐 명순에 관하여 말씀을 하시려다가 고개를 저어 버리고 말았다. 태식으로서도 명순에 관해서 캐어묻지를 않았다. 어머니께서도 태식의 마음을 넌지시 읽은 모양으로 열없이 경식에 관해서만 한마디 하셨다.

"경식이가 여름에 휴가를 왔더라. 허허, 그놈이 그래도 사람 구실은 톡톡히 한다. 네 아버지 관광도 시켜 드리고, 에미 한테도 용돈을 적잖이 주고 가더라. 말썽만 피워서 진즉에 글렀다고 버릇처럼 들먹거렸다만, 군대서 사람이 되었는지 몰라보게 달라졌다. 듣자하니, 말뚝을 받고 군대 생활을 하니까 월급도 쏠쏠하고 부하도 몇 된다는구나. 체격도 당당하고 사람도 실팍하게 영글어 보이더라, 허허."

어머니께서는 경식의 사람 됨됨이를 말씀하시면서 한 가닥 위안을 삼고 있는 모양이었다. 경식은 어렸을 적부터 말썽을 부리기로 유명한 동생이었다. 걸핏하면 동네 아이들을 쥐 패서 하루에도 몇 번씩 얻어터진 아이들의 부모가 이놈 잡아 소릴 지르며 태식의 집으로 달려들고는 하였다. 그러나 경식은 눈 하나 까딱하지 않고 척 담 벽에 올라서서 오줌을 갈기다가 화난 부모들이

기를 쓰고 올라오면 그대로 담을 넘어 줄행랑을 하곤 했던 기억
이 떠올랐다.

　태식은 어머니께서 경식의 됨됨이를 늘어놓자, 불현듯 얼굴이
화끈거렸다. 그의 처지가 한없이 수치스럽게 느껴졌다. 그도 경
식이 놈이 장차 감방이나 들락거리게 될 거라고 얕잡아 보았던
적이 있었다. 사람의 일이란 확실히 살아보지 아니하고는 알 수
가 없는가 보았다. 사람이 태어나면서 하늘로부터 받아 온다는
사주팔자라는 것도 시시로 변하는 모양이었다. 그전에 태식은 관
이 될 팔자를 갖고 태어났다는 소리를 어머니, 아버지로부터 자
주 듣고는 했었다. 패배자가 되어 내려온 그가 관이 되기란 하늘
이 두 쪽이 나도 이제 불가능한 일이 아닐 수 없었다. 태식은 경
식이가 사람구실을 한다하니 그래도 한결 마음이 놓였다. 경식이
마저 지랄 같은 인생을 살았더라면 어머니, 아버지의 심사가 이
루 말이 아니었을 것이다. 태식은 속으로 경식아, 고맙다, 하고
여러 번 되뇌었다. 그가 해야 할 일들을 경식이가 하고 있는 셈
이었다.

　명순의 발작이 다시 시작되나 보았다. 명순은 갇힌 짐승이 으
르렁거리다가 지쳐 쓰러져서 다시 기운을 되찾아 으르렁거리는
것처럼 방문을 걷어차며 소리를 질렀다. 그러나 어머니께서는 한
숨만 쉬고 있었을 뿐, 아무 말씀도 하시지 않았다. 태식은 영문
은 알 수 없으나 명순의 처지가 한없이 가엾고 애처로웠다. 미끈
하게 잘생긴 숙녀로 변해 있어야 마땅한 일이었다. 그러나 이것
이 무엇인가. 태식은 자리에서 불끈 일어섰다. 더 이상 명순의
으르렁거리는 소리를 들을 자신이 서지 않았다. 그도 이대로 덩

달아 미쳐버릴 것만 같은 기분이었다.

"나루터나 나가 보아라. 아버지도 뵈어야 하니까. 말했다만, 네 아버지 두려워 마라. 당신도 태식이 네가 옆에 있어주면 한결 든든하실 게다. 요즘, 네 아버지 힘이 부치는 모양이다. 그래 그런지, 걸핏하면 술이나 잡수고, 잡숫다면 쌈질이다. 네 아버지도 세상 살아오면서 인제 한이란 게 맺힐 때가 되었지, 어흠."

어머니께서 말씀을 마치고 자리에서 일어섰다. 당신께서도 명순이가 저리 으르렁거리며 날뛰는 게 마음 편치는 않을 것이다. 자꾸만 헛목을 가다듬고 계셨다.

"어머니, 죄송합니다. 다 이놈이 못난 탓입니다."

태식은 자꾸만 울음이 쏟아져 나오려는 것을 애써 참아내면서 말했다. 그는 명순의 일까지도 모두 자신이 저지른 죄의 탓으로 돌렸다. 사람의 죄가 아무리 천하가 분개할 만큼 크다고 하여도 칼을 휘두른 그 자체는 비난을 받아 마땅할 것이었다.

"안다, 네 맘. 안다, 네 맘."

어머니께서는 한사코 태식의 손을 꼭 쥐면서 힘을 북돋아 주었다. 태식은 방문을 열고 밖으로 나왔다. 명순 방 쪽으로 자꾸만 신경이 곤두섰다. 그러나 어머니께서는 신경 쓰지 말라고 연신 당부의 말씀을 남겼다. 태식은 아까보다는 한결 안정된 마음으로 나루터를 향했다. 어머니께서는 안쓰러운 얼굴로 대문 앞에 서서 나루터를 향해 걸어가는 태식의 뒷모습을 멀건이 바라다보고 계셨다. 명순의 으르렁거림이 순간 잠잠해지고 있었다.

3

　　나루터, 바람이 아까보다 세게 불어왔다. 사람들도 북적거렸다. 강둑을 거니는 사람들이 가슴을 열고 거세진 강바람을 쐬고 있는 게 보였다. 의경들도 나루터로 순찰을 나왔다가 강바람을 맞고 있었다. 태식은 의경들이 자꾸만 거슬렸으나 자신과는 이제 상관없는 일이라고 생각했다.

　　태식은 아버지를 찾아보았지만, 아버지의 모습은 보이지 않았다. 나룻배가 강으로부터 나루터를 향해 돌아오는 게 보였다. 그러나 아버지가 나룻배를 저어 오지는 않았다. 혼자 사는 나이 든 어른과 아까 보았던 사십 줄의 건장한 사내였다. 태식은 아버지를 한번 찾아볼 생각을 하다가 그만 두었다. 근처 어느 술집에 계실지 모르겠지만, 술집을 기웃거리고 싶은 마음이 서지 않았다. 태식은 나룻배가 들어오는 쪽으로 바짝 다가갔다. 나이든 어른한테 한번 아버지의 행방을 물어 보려는 때문이었다.

나룻배가 들어왔다. 나이든 어른이 나룻배에서 손님을 완전히 내리게 한 다음 태식을 보고 손을 들었다. 태식도 멋쩍게 한번 노인에게 손을 들어주었다. 나룻배가 들어오자, 의경들이 강둑에서 나루터 쪽으로 내려오고 있는 게 보였다. 의경들은 마치 누구를 수색하려는 사람들 같은 표정을 하고 있었다.

"태식아, 아버지는 뵌 거냐?"

하고 어른이 나룻배를 걸어 내려오면서 물어왔다. 어른의 얼굴에 전에 없이 많은 검버섯이 끼어 있었다. 어른은 이제 나룻배를 부리는 일이 힘에 부치는지 자꾸만 힘든 한숨을 내쉬고 있었다. 사십 줄의 낯설고 건장한 사내도 나룻배에서 내려서며 태식을 연방 쳐다보았다. 태식은 자신도 모르게 그 사내를 경계하려는 마음이 들었다. 낯선 사내가 나룻배를 부리는 것을 보자, 공연히 불안감이 앞섰기 때문이었다. 사내의 인상도 그리 좋은 편은 아니었다. 태식은 사내에게서 얼른 시선을 거두면서 어른의 물음에 대답 대신 고개를 가로 저었다.

"네가 왔더라고 말했다."

"예, 어르신."

태식은 낯선 사내가 자신을 빤히 쳐다보고 있음을 알아차리면서 열없이 어른에게 말시답을 주었다. 의경들이 이쪽으로 와서 태식과 사내를 번갈아 쳐다보았다. 태식은 이제 그들을 겁낼 하등의 이유도 없었지만, 그들의 쑥빛 제복을 보니 지레 겁이 났다.

"인사나 나누게, 명순이 큰 오라비라네."

어른이 태식을 빤히 쳐다보고 있는 낯선 사내를 향해 말했다. 어른의 말씀으로 미루어 사내가 명순을 알고 있는 게 분명해 보였

다. 사내가 태식에게 엉거주춤 허리를 숙이면서 자신을 소개했다.

"이강수요. 말씀은 많이 들었소."

"강태식입니다."

태식이 열없이 자신을 소개하면서 사내에게 손을 내밀었다. 서로 인사를 나누게 되자, 습관처럼 손이 내밀어졌다. 사내도 열없이 손을 내밀었다. 태식은 사내의 손에서 거친 숨소리가 들려나오는 기분이었다. 사내의 손이 강파르며 거칠었다. 태식은 여적 수인사를 나누면서 이처럼 꺼림칙하고 불안스런 기분은 처음이었다. 태식과 사내가 수인사를 나누자, 의경들이 이상한 눈초리로 살펴보고 있었다.

"얘기 들었는지 모르겠다."

노인이 태식을 보고 말했다. 노인은 아직도 태식을 지난날의 고등학교 때처럼 대하고 있었다. 노인의 말투에서 그런 느낌을 받기에 충분했다. 그러나 태식은 노인의 그러한 태도가 오히려 정이 가고 좋다는 생각이 들었다.

"무슨 얘기 말씀입니까, 어르신?"

태식이 의아한 표정으로 물었다. 어른은 이강수라는 사내를 한번 의미 있게 쳐다 보고나서 말했다.

"이 사람이 명순이 하고 사는 사람이다."

"예?"

하고 태식이 깜북 놀랐다. 망치로 머리를 한방 되게 얻어맞은 기분이었다. 그렇다면 명순이가 작은방에 갇혀있는 연유는 무엇일까. 태식은 대저 이해가 가지 않아 머리만 까닭 없이 내젓고 있었다.

　의경들은 이쪽에 더 이상 관심을 주지 않고 저쪽으로 절도 있
게 걸어가고 있는 게 보였다. 사내는 어른이 자신을 그렇게 소개
하자, 스스로 멋쩍은 모양으로 뜻 없이 한번 입가로 웃음을 잡고
있었다. 어른은 태식이 우두망찰 놀라자 그럴 줄 알았다면서 저
쪽으로 가서 우선 타는 목이나 축이며 애기 하자고 했다. 아버지
께서도 저쪽 어느 술집에 계실 거라고 말씀 하셨다.

　태식은 이제 아버지를 뵈는 게 문제가 아니었다. 사내와 명순
의 관계에 관한 궁금증부터 푸는 게 더 중요한 문제였다. 어른을
따라 술집으로 갔다. 어른은 다행히 치숙의 집을 피해서 들어갔
는데, 태식의 입장을 십분 이해하고 있는 것 같았다. 사내도 무
뚝뚝한 얼굴로 함께 어른을 따랐다. 나루터에서도 제일 후미진
곳에 물러앉아 있는 술집은 탁자 여남은 되는 곳으로 손님이 제
법 들어차 있었다. 아버지의 모습은 그 술집에 보이지 않았다.

　어른이 묻지 않고 탁주를 한 되 시켰다. 말없이 먼저 태식의
잔에 술을 가득 쳤다. 어른이 사내의 잔에도 술을 치자, 태식이
술병을 받아 어른의 잔에 정중히 술을 따랐다. 그들은 함께 잔을
맞부딪히며 술을 마셨다. 그리고 서로 상대의 잔에 가득 술을 채
웠다. 태식이 사내의 잔에 술을 치자, 사내가 어려운 사람 앞에
서 하는 것처럼 신중히 잔을 받았다. 외모에서 풍기는 분위기와
는 어울리지 않은 행동이었다.

　"잘 왔다. 아주 온 거냐?"

　노인이 사람 좋은 소리로 물었다. 태식은 술잔을 잡은 노인의
손이 가늘게 떨리고 있는 것을 보았다. 태식은 대답대신 희미하
게 한번 웃었다. 사내가 어느새 술잔을 비우고 태식에게 술잔을

디밀었다. 태식은 대저 이 사내가 명순이와 함께 산다는 말이 믿어지지가 않았다.

"그간 네 맘고생 많았을 게다."

"면목 없습니다, 어르신."

태식이 술잔을 비워내면서 말했다. 노인은 태식의 손을 꼭 쥐고 한참을 말없이 있었다. 사내가 태식에게 담배 하나를 꺼내 디밀었으나 태식이 고개를 저어 버리자, 자기가 피워 물고 있었다. 태식은 어머니 앞에서는 담배를 피워도 노인 어른 앞에서는 담배질을 하지 않으리라 다짐을 했다. 전과자라는 거대한 훈장이 사람들의 입에 오르내려서는 안 되는 일이기 때문이었다. 같은 행동이라도 전과자라는 훈장이 있는 사람의 행동은 더욱 유별나게 보이기 때문이었다. 제 아무리 추앙을 받았던 사람이라도 한 번 불명예스런 훈장을 받게 되면 지난날의 업적이며 공과가 바람처럼 순식간에 달아나 버릴 것이었다.

"인간사 새옹지마 아니더냐, 너무 괘념하지 마라."

노인은 그간 삶을 살아오면서 보고 듣고 겪은 인생의 역경을 한 번 더듬어 보듯이 눈을 지그시 감으면서 말하고 있었다. 그때, 초등학교 저학년으로 보이는 남자아이 하나가 황급히 안으로 들어와서는 이쪽 술 석에다 대고 말하고 있었다.

"아저씨, 손님 받아요."

"나 말이냐?"

하고 사내가 자리에서 일어나면서 물었다. 나룻배를 타러온 사람이 있는 모양이었다.

"아무나 오시면 되잖아요."

남자 아이는 나룻배를 부리는 사람이 너, 나, 가릴 게 어디가 있느냐는 투로 투정을 부리듯이 말을 흘리면서 술집에서 나가 버리고 있었다. 아이가 생각보다 당돌한 구석이 있었는데, 노인이나 사내와는 아주 잘 아는 사이 같아 보였다.

"허, 짜식."

하면서 사내가 무뚝뚝한 표정을 하고 나루터를 향해 나가 버렸다. 태식은 이제야 조금 숨통이 트이는 느낌이었다. 사내가 어딘지 모르게 자신의 숨통을 틀어막고 있었는지도 몰랐다. 노인도 사내가 나가 버리자, 한결 표정이 밝아지는 것처럼 보였다. 태식이 사내와는 초면이기 때문이었다. 초면인 사람과의 자리는 누구나 어색하게 마련이었다.

"보기는 저래도 괜찮은 사람이란다."

노인이 사내를 일컬어 말했다. 사내의 인상이 좋지 않다는 사실을 알고서 노인도 이렇게 말씀 하시는 것이었다. 노인은 사내의 됨됨이를 아주 잘 알고 있는 사람처럼 보였다. 태식은 노인의 말에 한마디의 대꾸도 하지 않았다. 사내에 관해서 아무것도 알지 못할 뿐만 아니라, 사내가 명순이와 함께 살고 있다는 사실이 자신을 매우 불쾌하게 했기 때문이다.

"한 일 년쯤 되었나?"

노인은 주모에게 술을 한 되 더 시켜놓고 사내에 관해 말을 늘어놓았다. 태식은 술을 한잔 쭉 들이키면서 노인의 말에 귀를 기울였다. 그가 고향을 등진 사이에 대체 어떠한 일들이 일어났던 것인가. 세월이라는 게 참으로 무상한가 보았다.

"그러니까 지난여름 이었지."

낯선 사내 하나가 이곳 나루터에 기어들어 왔다. 이름은 이강수. 나이는 마흔둘이라고 했다. 처음엔 나루터 사람들도 사내가 바람이나 쐬러 온 줄만 알았다. 그러나 사내는 결코 세월 좋게 바람이나 쐬러 온 게 아니라 누군가를 찾아 헤매는 눈치였다. 사내는 나루터를 여름내 떠나지 않았다. 나루터 사람들은 사내가 나루터를 떠나지 않고 얼쭝거리고 다니자 기이히 여겨 물어보았다.

"여보시오, 대체 무슨 일이 있소?"

"예, 집나간 아내를 찾고 있소!"

사내는 무뚝뚝한 표정으로 사실대로 연유를 말했다는 것이었다. 아내가 몇 년 전 집을 나가 버렸는데, 누군가 이곳 Y읍의 나루터에서 아내를 본 적이 있다는 소문을 들어 이리로 찾아든 거라고 했다. 아내와 가정을 이룬 지가 십년 남짓 되었는데, 이상하게 아이가 생기지 않았다는 것이다. 그런데 어느 날인지 아내가 바람이 났다는 것이었다. 사내는 본래 석공으로 일했으나, 아내를 찾아 나서면서 이것저것 가리지 않고 날품 일도 하면서 여기까지 흘러왔다고 했다. 아내를 찾아 나선지 이 삼 년 쯤 되었을 거라고 했다. 사내도 이제 지쳐 어디선가 발을 붙이며 살고 싶다는 것이었다. 아내를 찾는다고 하여도 이미 자기를 버리고 살아 버린 세월이 너무 깊기 때문이었다. 여자라는 존재는 이상해서 어느 남자를 만나서라도 정이 들면 그만 거기 뿌리를 내리고 살아 버리기 때문이었다. 강물에 떠다니는 버들이 떠내려가다가 무엇에 걸리면 거기 그만 뿌리를 내려 버리는 것처럼 말이다.

사내는 나루터 근처의 싸구려 여인숙에 봇짐을 풀고 날품으로 일을 하기 시작했다는 것이다. Y읍 나루터에서 아내를 봤다는 사람도 있었기 때문에 언젠가는 나루터에 모습을 나타낼 수도 있으리라고 생각한 것이었다. 그러나 아내를 만나게 되더라도 다시 아내로서 받아들이지는 않을 생각이었다고 했다. 사내는 날품일이 없을 때, 이곳 나루터에 와서 태식이 아버지의 나룻배를 손수 저었다고 했다. 태식의 아버지는 자신의 힘이 자꾸만 부치는 판에 자기를 거들어 주는 사내가 한없이 고맙기만 했다는 것이었다. 사람이 무뚝뚝하게 생긴 거와는 딴판이라고 했다. 나루터 사람들은 온갖 잡일, 궂은일을 내 일처럼 마다하지 않은 사내에게 차츰 호감을 가졌다고 했다. 그러다가 얼마 전에 사내를 명순이 하고 묶어 줬다는 것이었다.

"명순이 한테 이 씨를 묶어주면서 정신이 돌아올 줄로 알았지. 내가 처음 이 씨한테 말을 터보았는데 그도 썩 싫어하는 눈치도 아니었으니까. 네 아버지도 이 씨를 한식구로 여기고 있었다. 내가 명순이 하고 이 씨를 묶어 주자고 아버지한테 말했는데, 아버지도 흔쾌히 승낙을 했어."

노인은 명순이가 사내와 살게 된 내력을 숨기지 않고 얘기했다. 태식은 노인의 말을 듣고보니 사내가 명순이와 산다는 사실이 어느 정도 이해가 되었다. 그러나 사내에 대한 태식의 느낌은 여전히 눅어들지 않은 상태였다. 사내의 어딘가에 불안하고 암울한 기운이 잠재하고 있는 느낌이었다. 태식은 사내의 첫인상에서 좋지 않은 느낌을 받았기 때문이었다. 사내가 언제 어떻게 흉포하게 변할지 모르는 일이었다. 아까 의경들이 사내를 유심히 쳐다보았던 것도 다 그런 구석이 엿보였기 때문일지도 몰랐다. 태식은 사내의 눈빛에서도 어떤 잔인하고도 날카로운 섬광 같은 기

운을 느꼈는데, 그게 자꾸만 마음에 걸렸다. 명순의 처지가 속절
없이 안타깝기만 했다.

"사람에 일이 어디 뜻대로 되느냐. 이 씨를 명순이 한테 묶어
줘도 정신이 돌아오지 않았다. 뭐, 발작이 무장 심해지기만 했으
니까. 명순이 방에 자물쇠를 채운 게 아마 달포가 되었나. 에미
애비 가리지 않고 이년 저 새끼 욕질을 하고, 사내들만 보면 발
작을 더 한다. 한번은 부엌에서 칼을 들고 나와서 이 씨한테 덤
벼들었으니까."

태식은 명순이가 어떤 충격을 받았던 것이기에 저 모양이 되
었는지 모를 일이었다. 고등학교를 졸업하고 준식이 소개를 받아
근처 부속품 가게의 경리로 일하고 있다는 사실만을 알고 있었기
때문이다. 그러나 노인은 태식의 의중을 넌지시 읽고 애써 가슴
저린 얘기를 꺼내 놓았다.

"사내들이란 나도 알 수가 없다."

하면서 술을 한잔 쭉 들이켰다. 노인의 얼굴에는 언제부턴가
비감스러운 기운이 묻어 있었다. 옆 석의 손님들이 소리 가락을
뽑고 있었는데, 노인은 그게 자꾸만 거슬리는 모양이었다. 그들
이 자신의 말을 방해하고 있다는 생각을 하고 있는 것 같았다.
노인은 거푸 이마를 아래쪽으로 바짝 끌어 내리면서 말을 하고
있었다.

명순이는 부속품 가게에서 회계를 그릇되게 보았다고 내쫓겨
나고서 인형을 만드는 봉제공장의 생산 라인에서 일했다고 했다.
기본 월급에다 특근 수당도 받았는데, 명순은 돈을 조금이라도
많이 벌기 위해서 밤늦도록 특근을 일삼았다고 했다. 다른 동료

들이 모두 돌아간 뒤에도 혼자 남아 열심히 미싱을 돌렸다고 했
다. 그러다가 나이가 조금 든 공장장하고 눈이 맞았다는 것이었
다. 그들은 아무 대책도 없이 살림부터 내어 동거에 들어갔다고
했다. 명순은 아직 나이가 어리지만 살림에 요령이 있고, 살림
욕심도 커서 장차를 위해 허리띠를 졸라매고 저축을 했다고 했
다. 그러나 공장장이 명순을 철저하게 이용했다는 것이었다. 명
순을 한 일 년 데리고 살다가 싫증이 났는지 그대로 집을 나가버
렸다고 했다. 그런데 공장장은 그냥 집을 나간 게 아니었다. 명
순이 허리띠를 졸라매고 저금한 돈을 한 푼도 없이 챙겨 달아나
버린 것이었다. 명순은 한동안 미친 여자처럼 공장장을 찾아 헤
매었으나 찾지 못하고 돌아오고 말았다는 것이다. 명순은 그때부
터 차츰 정신이 이상해졌다. 사내들만 보면 우리 남자 못 봤느냐
고 실성까지 하더란 것이다. 빗줄기가 보이는 날은 실성기가 더
했다고 했다. 강둑에 나와 하늘을 쳐다보면서 구시렁구시렁 알아
듣지도 못할 말들을 주절거렸다고 했다. 그럴 때면 아버지께서는
나룻배를 젓다말고 술집으로 내달렸다고 했다.

"사내한테 받은 충격은 사내로 풀어야 하는 법이였는데, 그것
도 이제 옛말이 되고 말았는지 차도는 없고 병세만 악화된 게여.
이 씨도 이제 더는 명순이 곁에 붙어 있지 못하겠다는 눈치여.
어느 사내가 성치 않은 여자 곁에 갈려고 그러겠냐 말이여. 요즘
은 사뭇 나한테 와서 밤을 새우네. 이 씨 저 사람도 내내 잠을 못
이루는 눈치지 아마. 무슨 궁리를 하는지 잠은 자지 않고 윗목
에 쭈그리고 앉아 담배나 빠는 게 일이여."

노인은 밖으로 한번 시선을 주고 있었다. 얼굴이 벌겋게 올라

있었다. 밖은 어느새 땅거미가 몰려왔고, 사람들이 나루터를 하나씩 빠져 나가는 게 보였다. 태식은 술을 한잔 쭉 들이켜고 나서 담배를 하나 피워 물었다. 어른 앞에서만큼 담배를 피우지 않으리라 다짐을 하였건만, 찢어지는 가슴을 그 무엇으로도 어찌해 볼 수가 없기 때문이었다. 태식은 노인에게 양해를 구하지도 않고 담배를 거푸 빨아대었다.

아버지가 나타난 것은 노인이 막 자리에서 일어서려는 순간이었다. 아버지께서는 이미 술이 거나하게 올라 있었다. 태식이 왔다는 소식을 전해 듣고 몸을 생각지 않고 술을 드신 게 분명해 보였다.

"이놈, 태식아, 이놈, 태식아."

아버지께서는 목이 맺혀 제대로 말을 하지 못했다. 태식은 아버지의 태도에 놀랐다. 당장 목이라도 누르고 덤벼드실 아버지라고 생각했기 때문이다. 그러나 아버지는 결코 태식을 나무라는 눈치가 아니었다. 원망하는 눈치도 아니었다. 아버지는 외려 당신을 한없이 질책하고 있는 눈치였기 때문이었다.

"이놈 팔자가 드센 거여. 이놈 팔자가…… 어음, 어음."

아버지께서는 당신의 가슴을 손으로 컹컹 찍어 내리면서 끝내 가슴 쓰린 눈물을 흘려 내놓고 말았다. 태식은 아버지를 덥석 끌어안았다. 그는 아버지께서 자기 때문에 얼마나 많은 나날을 한숨 눈물로 살아 왔을까, 생각을 하면서 아버지의 헐렁한 몸을 힘껏 껴안았다. 자리에서 일어섰던 노인도 그때는 눈물을 글썽거리면서 자리에 다시 앉고 있었다. 강의 저쪽 수면으로 꼬리를 끌리는 태양의 기운이 어슴푸레한 기운과 함께 내려앉고 있는 게 보였다.

"면목 없습니다, 아버지."

태식은 이제 입에 익숙해져버린 말만을 되뇌고 있었다. 어떤 위로의 말을 해도 지금 아버지의 심정을 위로해 주지는 못할 것이었다. 태식은 차라리 아버지께서 자신을 마구 두들겨 패주기를 외려 바라고 있었다. 그러나 아버지께서는 싫다는 내색을 하지 않았다. 이렇게 돌아와 주었던 게 오히려 고맙고 고맙다는 표정이었다. 패배자가 되어 내려온 태식이 한없이 안쓰럽고 가엾어 보이는 모양이었다.

"어이, 인간사 새옹지마네, 한잔 쭉 들게."

자리에 앉은 노인이 아버지께 잔을 권했다. 그러나 아버지께서는 어이된 영문인지 고개를 내저었다. 신수가 말이 아니었다. 그렇게 당당하셨던 분이 이제는 지치고 야윈 모습이었다. 눈 아래로 검버섯이 많이 돋아나 있고, 주름살은 거칠고 깊었다. 눈에도 그전 같은 총기가 없고, 나른한 피곤기만 눈 안에 가득해 보였다. 태식은 아버지의 모습에서 속절없는 삶의 한 단면을 보는 기분이었다. 인간의 삶이란 이렇게도 무상한 것인가. 그러나 태식은 세월의 무상함을 탓하지 않았다. 삶의 뒤란에서 패배자로 내몰리고 말았던 자신을 탓했다. 모든 잘못은 그에게 있다고 생각했다. 그런 생각을 하자, 문득 자신이 역겹도록 증오스러웠다. 태식은 무너지듯 자리에 앉으며 울음을 터뜨리고 말았다.

"이놈아, 어음. 이놈아, 어음."

아버지께서는 자꾸만 헛목을 가다듬으면서 오히려 태식을 위로 하려고 했다. 태식이 눈물을 흘려 내놓자 당신은 애써 울음을

누르면서 안쓰러운 표정으로 태식의 등을 어루만졌다.

"잘 왔다, 태식아."

"아버지……"

"나가자."

하고 아버지께서 자리에서 불쑥 일어났다. 아버지께서는 의외로 당당한 태도로 태식을 앞세우고 나갔다. 노인도 아버지를 따라 나섰다. 아버지께서는 다른 데로 가지 않고 그를 나룻배로 데리고 갔다. 어둠이 많이 내려 앉아 있었으나 아직 수면에는 해질 녘의 느끼한 기운이 떠 있었다. 노인의 나룻배가 나루터 한 쪽의 쇠말뚝에 비끄러매져 있는 게 보였다.

"어서 타라."

아버지께서 태식에게 말했다. 아버지의 얼굴에 묻어 있던 술기운이 어디론가 몰려가고 보이지 않았다.

"어이, 술 마시고 강에 나가지 말게."

노인이 취한 몸으로 나룻배를 저어 나가려는 아버지를 보자, 염려가 되는가 보았다. 명순이와 산다는 이강수라는 사내는 어디론지 자취를 감추고 보이지 않았다. 사내가 말뚝에 느슨하게 묶어둔 노끈의 한 끝을 아버지께서 잡아당기자, 나룻배가 잔파도처럼 출렁거리었다. 사내는 나룻배로 느지막이 한번 강을 건너갔다 와야 하는지 느슨하게 매어 놓은 것이었다. 태식의 기억으로도 저녁 느지막이 강 건너 산마을 사람들을 위해 아버지께서 노를 저어 어둔 강물을 거슬러 나가고는 했었다.

"괜찮네. 이제 나도 살만큼 살았잖는가."

아버지께서는 노인이 공연한 걱정을 한다고 생각 하시는 모양이었다. 아버지는 한 치의 두려움도 보이지 않았다. 차라리 저 강물을 무덤으로 생각하며 나룻배를 타시려는 지도 몰랐다. 태식으로서도 조금도 두렵지를 않았다. 이 강에서 삶을 마치게 된다고 하여도 결코 겁날 게 없었다. 더욱이 아버지의 잔뼈가 바로 이곳 강가 나루터에서 굵지 않았는가. 아버지의 뼈를 물려받은 몸이 아버지의 뼈가 굵은 강물에서 삶을 마감한다면 오히려 자연스러울 것도 같았다.

"이 사람아, 자네는 살만큼 살았어도 태식인 아니네. 어이, 그만 두게나. 생사람 물귀신 만들지 말고 말이여."

노인은 한사코 아버지가 나룻배를 저어 강으로 나가는 것을 말렸다. 어른은 마치 아버지가 나룻배를 저어 나가다가 당장 강물의 어딘가에서 삶을 마치기라도 할 것처럼 애를 태우고 있었다. 노인이 노심초사 조바심 섞인 말을 흘리자, 아버지께서 태식을 한번 올려다보았다. 아버지와 함께 나룻배를 타겠느냐는 눈빛이었다. 태식은 아버지와 함께라면 망설일 하등의 이유가 없었다. 당장 강물에 빠져죽는 한이 있더라도 그러한 그의 마음은 변함이 없었다. 태식이 염려할 것 없다는 뜻으로 아버지를 향해 씩 한번 웃으면서 고개를 끄덕여 주었다.

"어서 올라와라."

"예, 아버지."

아버지께서 노(櫓)의 노손을 힘껏 잡아 쥐었다. 어둠이 한결 짙게 내려앉고 있었다. 태식은 얼굴에 엷은 술기운이 오르는 것을 느끼면서 나룻배에 올랐다. 노인이 이제는 더 이상 말려도 소용없게 되었다는 사실을 알아 차렸는지 거듭 당부의 말만을 늘어

놓고 있었다.

"중심을 똑바로 잡게. 노젓을 너무 많이 담그지 말고 말이네. 오늘 저녁은 강바람이 쎄니께 유의하게. 힘이 부치면 기운을 가다듬고 천천히 노를 저어 오게나. 태식이한테 노를 맡기지 말고 말이여. 노는 아무나 젓는 게 아니란 걸 자네도 알겄제. 술을 마셨으니까 몸을 잘 가눠야 하네."

노인의 소리가 차츰 희미하게 들려 왔다. 아버지는 생각보다 힘이 남아 있어 보였다. 노를 젓는 아버지의 모습이 옛날의 바로 그 모습과 하나도 다르지 않았다.

"이보게, 이사람 염려하지 말고 어여 강수나 한번 찾아보아. 강수란 사람 요즘 딴 맘먹고 있는가 보아. 오늘은 자네 나룻배로 강 건너 산마을 사람들 한 행부 하게나. 나는 오늘 밤새도록 이 강을 거슬러 오를 판인께 말이여."

찌그럭 짜부락 찌그럭 짜부락

찌그럭 짜부락 찌그럭 짜부락

나룻배는 율동적인 가락을 검은 강물에 흘리면서 자꾸만 강을 거슬러 오르고 있었다. 강바람이 갈수록 세어졌고, 어둠의 깊이도 차츰 그 정도를 더해 나갔다. 아버지께서 앞에 앉아 노를 젓고 있었는데, 강바람이 몰아쳐 올 때마다 아버지의 입에서 술 냄새가 풍겨 나왔다. 태식은 아버지로부터 풍겨나는 술 냄새가 한없이 아늑하고 정겹게 느껴졌다. 아버지께서는 묵묵히 노만 저어

나가고 있었다. 나룻배가 강물을 가르고 지나간 자리에는 하얀 강물의 포말이 일어섰다가 흔적 없이 사라지고는 하였다. 아버지께서는 조금도 지쳐난 기색이 없이 줄곧 노를 저어 나갔다. 노 손을 잡아 쥔 아버지의 손에 물땀이 흐르는지 이따금씩 손바닥을 옷자락에 문지르고 있었다.

4

　멀리로 나루터의 불빛들이 보였다. 태식을 태운 나룻배는 한 없이 불빛들을 뒤로 뒤로 물리치면서 강의 상류로 거슬러 올랐 다. 태식은 나루터에서 멀어질수록 패배자가 되어 내려온 자신의 치욕스러움도 자꾸만 뇌리에서 멀어져 가는 환상에 빠졌다. 강을 거슬러 오르는 지금 이 순간이 그에게는 더없이 아늑하고 자유로 운 기분이었다. 아버지께서는 묵묵히 노만 저어 나가고 있었다. 아버지께서는 이제 아까보다는 힘이 부치는 모양이었다. 노의 물 에 잠긴 노젓이 가끔씩 수면의 위로 허공을 그리고 있었다. 노젓

은 언제나 반쯤 강물에 잠겨야 올바른 노를 젓는 것이다.

나룻배의 한 길 높이 위로 강 새들이 떼 지어 날고 있는 모습도 보였다. 강 새들은 어둠을 가르며 푸득푸득 바람을 거슬러 날고 있었다. 이제 저 새들은 이 강을 건너 솔숲에다 둥지를 틀게 될 것이다. 태식은 그런 생각을 하자, 은근히 기분이 좋아지고 있음을 느꼈다. 그는 자신도 모르게 휘파람을 불고 있었다. 새들도 어둠을 헤치며 거센 강바람을 거슬러 간다. 새들도 희망을 버리지 않았다. 태식은 휘파람을 멎고 어둠속에서 흰 이를 드러내고 하얗게 웃었다. 아버지께서도 태식의 기분이 한결 나아지는 줄을 알고 계신 모양이었다. 태식이 휘파람을 휠 휠 불어대자, 그의 흥을 북돋으려는 듯이 뱃노래 하나를 뽑아내고 있었다.

히욧사라 하 히욧사라
우리배 소나무 지은배라 하
소리솔도 잘도 나간다
히욧사라 하 히욧사라

태식은 문득 아버지의 뱃노래를 듣게 되자, 지난날의 기억들이 머리에 떠오르기 시작했다. 태식은 강 건너 산마을의 늦은 손님들을 태우고 저녁 느지막이 강을 건너는 아버지의 나룻배를 여러 번 탔었던 적이 있었다. 무엇보다도 치숙이 그녀의 어머니와 함께 그 나룻배에 타고 있었기 때문이었다. 아버지께서는 그때도 이런 뱃노래를 곧잘 흥미삼아 부르고는 하셨다. 태식은 아버지의 뱃노래를 들으면서 자꾸만 치숙을 쳐다보고는 하였는데, 달이 강

머리 위로 휘영청 떠올랐던 날은 치숙이가 먼저 그를 쳐다보고 메밀꽃 같은 웃음을 뿌리고는 했던 기억도 있었다.

아버지께서는 흥겨운 가락의 뱃노래를 멈춤 없이 부르고 있었다. 이제 나루터의 불빛들은 거의 희미하게 조차 보이지를 않았다. 나룻배는 강의 상류로 상류로 반 시간나마 거슬러 올라온 모양이었다. 강 새들도 이제 자취를 감춰 버리고 보이지를 않았다. 새까만 어둠이 강의 수면 위로 두껍게 넘실거리고 있었다. 세찬 바람이 한차례씩 강의 수면을 불숲고 지나가면 태식은 입을 크게 벌려서 그 강바람을 들이마셨다. 아버지께서는 뱃노래를 멎고 잠시 노 젓는 동작도 멈췄다. 바람이 불어 왔지만, 아버지로부터 더 이상 술 냄새는 풍겨오지 않았다. 노를 멎었으나 나룻배가 자꾸만 출렁거렸다. 강물이 먼 바다 파도처럼 일어서고 있는 것이었다.

"한대 필거냐?"

하면서 아버지께서 물어왔다. 아버지께서는 벌써 담배 하나를 피워 물고 있었다. 태식은 고개를 저었으나 문득 어둠 때문에 아버지께서 그런 동작을 보실 수가 없다는 사실을 깨달았다.

"아뇨, 강바람이 좋은 걸요."

하고 태식이 아버지가 들을 수 있도록 조금 목소리를 높여 대답했다. 시 월의 차가운 강바람이 이상하게 자신의 마음을 아늑하게 어루만지고 있는 느낌이 들었다.

"허허, 태식이 너도 진즉에 나룻밸 부려야 했나보다."

아버지께서 담배를 깊게 빨아 들였다가 뿜어냈다. 까만 강의 머리위로 개똥불 같은 담배꽃이 피었다가 사라졌다. 담배를 흐

흡, 하고 깊게 오래 빨아들일 때면 그 불꽃의 빛살에 아버지의 거친 수염이 반짝거리는 게 보였다. 아버지는 담배를 끝까지 남김없이 피우고 나서 다시 천천히 노를 저어 나가기 시작했다.

"나룻밸 뭐 아무나 부리나요?"

태식이 한결 푸근해진 마음으로 겸손하게 말했다. 그는 나룻배의 노를 젓는 일 만큼 결코 아버지의 절반에도 미치지 못할 거라고 생각하는 중이었다. 나룻배는 신념을 갖고 평생을 부리지 않으면 안 되는 거였다. 그는 아버지의 윗대에서도 나루터에서 태어나서 나루터에서 일생을 마친 사공이었다는 사실을 들어 알고 있었다. 증조부의 형제 중에는 나루터의 으뜸 사공인 도사공까지 있었다고 했다.

"허허, 아니다. 태식이 네놈 몸에도 사공의 피가 조금은 흐르고 있을 것이다. 네가 대학에 들어가기 전에 곧잘 애비 앞에서 노를 저었잖느냐?"

아버지께서는 지난날의 추억을 되새기고 있는 모양이었다. 노를 아주 천천히 음미하듯이 움직거리고 있었다. 아버지의 말씀에 태식은 멀리에서 들리는 뱃고동 같은 소리를 내면서 웃었다. 그가 고등학교 다닐 무렵, 아버지를 따라 나룻배를 타고 다니곤 하였는데, 그는 노를 빼앗아서 헐떡거리며 젓고는 했던 기억이 있었다.

"생각나요, 아버지."

"지금 한번 해볼 테냐?"

하고 아버지께서는 당장 그때의 장면을 재현해 보려는 사람처럼 한번 저어 보라는 얘기였다. 그러나 태식은 자신이 없었다. 노는 아무나 함부로 젓는 게 아니라는 노인의 말씀이 문득 떠오르고 있었다. 아버지께서는 이제 방향을 정반대로 틀었다. 지금 잡은 방향대로 곧장 노를 저어가면 나루터가 나오게 될 것이었다.

"아니에요, 아버지. 오늘은 그냥 이대로가 좋네요. 차차 익혀 아버질 거들어 드릴게요."

"오냐, 좋을 대로 해라."

아버지께서는 태식의 지금 기분을 십분 이해하려고 노력했다. 태식이 노를 한번 저어 보라는 아버지의 청을 기꺼이 따르지 않아도 아버지께서는 조금의 실망도 하시지 않았다. 아버지께서는 이제 힘이 한결 부치는 모양이었다. 그러나 강바람을 거슬러 오르는 게 아니라 강바람의 세력을 등에 업고 노를 저어 나가는 상황이어서 크게 어렵지는 않은 모양이었다. 태식은 당장 내일부터 노 젓는 법을 익혀서 아버지를 거들어 주리라고 마음을 굳혔다. 이제 아버지께서는 나룻배에서 손을 뗄 때도 될 법한 연치라고 생각했다. 아버지는 간간이 노 젓는 것을 멎고서 힘든 한숨을 뱉어 내고는 하셨다. 아직 나루터 까지는 아득한 거리였다. 불빛들이 달 무리진 하늘처럼 나루터 주변을 희붐하게 밝히고 있는 게 보였다. 아버지께서는 노손을 잡은 손을 재빠르게 움직이려고 애쓰는 모양이었으나 몸이 마음대로 따라주지 않은 것 같았다.

"그래, 이제 뭘 해볼 생각이냐?"

하고 아버지께서 노손을 잡아 쥔 손을 한번 풀어 피곤을 털어 내 듯이 팔목을 흔들었다. 강바람이 휘익 지나가자, 강물이 한번 출렁하며 태식이 앉아있는 앞쪽으로 굵은 물방울이 튀어 올랐다. 태식은 손등에 차가운 물의 기운을 느끼면서 마땅한 대답을 찾아

내지 못하고 있었다.

"글쎄요, 차차 생각해 보기로 하죠."

태식은 자신이 할 수 있는 일이 당장 쉬이 나타나 주지 않을 거라고 생각하면서 시선을 멀리 박았다. 나루터 쪽에서 불빛 하나가 출렁거리며 강으로 잠입해들고 있었다. 노인의 나룻배가 분명했다. 강 건너 산마을 사람들을 태우고 강을 건너려는 거였다. 하루에 꼭 한 차례씩 저녁 느지막한 시간에 강 건너 산마을 사람들을 위해 나룻배를 띄우는 것이다.

"오냐, 좋을 대로 해라. 애비 생각에는 네가 나룻배를 맡아 줬으면 싶다만, 이제 이 애비도 표 나게 힘이 부치는구나."

아버지께서는 태식이 나룻배를 맡아 주기를 은근히 바라고 계시는 모양이었다. 명순이와 산다는 이강수라는 사내가 아버지께서도 썩 탐탁치는 않은 눈치였다. 비록 명순이와 사는 사람이라고는 하지만, 뜨내기로 나타난 사람한테 나룻배를 물리기란 쉽지가 않을 것이었다.

"차츰 그렇게 되겠죠."

태식은 아버지의 뜻을 따르겠다는 식으로 말했다. 그는 당장 나룻배를 부리지 못하겠지만, 자기도 아버지로부터 하나하나 익힌다면 장차 나룻배를 부릴 수가 있을 것이라는 생각이 들었다. 그도 마땅한 일이 나지 않으면 나루터에서 무슨 일거리를 찾아보리라고 다짐을 했던 터수였다.

"고맙다, 태식아."

아버지께서 가슴 깊은 소리로 말씀 하셨다. 나룻배 부리는 일을 장차 누구에게 물려줄까 나름으로 심려를 쓰셨던 모양이었

다. 태식은 아버지의 말씀이 전에 없이 따스하다고 느꼈다. Y읍
에 닿자마자, 아버지의 불호령이 먼저 염려되지 않았던가. 태식
은 이제부터라도 손수 나룻배를 부리면서 아버지 곁을 떠나지 않
으리라고 마음을 다잡았다.

아버지께서는 다시금 힘이 솟아나는지 노를 재빠르게 움직였
다. 나룻배가 지나간 그 자리에 흰 강물의 포말이 올라왔다가 자취
를 감추고는 하였다. 노의 노젓이 허공을 그리지도 않았다. 나룻배
는 나루터를 향해 앞으로 앞으로 나아가면서 찌그럭 짜부럭 하는
율동적인 소리만 만들어 내고 있었다. 이제 나루터가 바로 앞에 보
였다. 나루터 주변의 술집들은 불빛들이 많이 꺼져 있었다.

"명순이는 봤냐?"

하고 배가 나루에 닿자 물었다. 아버지께서는 명순에 관한 말
을 아주 조심스럽게 꺼냈다. 태식은 되도록 아버지께는 명순에
관해 한마디도 묻지 않으리라 마음을 다지고 있었는데, 아버지께
서 먼저 물어 오셨다.

"예, 아버지. 얘기 들었어요."

"으음, 이 애비가 죄가 많아 그런다."

아버지께서는 명순에 관해 더 이상 말하고 싶지 않은 모양이
었다. 태식도 아버지의 심중을 읽고 아무 말도 묻지 않았다. 아
버지께서는 명순이가 저리 된 게 모두 당신 탓이라고만 생각하신
모양이었다.

나룻배를 쇠말뚝에 비끄러맸다. 강물이 출렁거려 나룻배가 자
꾸만 흔들렸다. 강바람이 저쪽에서 불어와서 느끼한 물 냄새를
떠안기고 휘휘 달아났다. 불 켜진 술집들에서 노랫소리가 들려왔

다. 사내들의 거친 목소리를 쫓아 아낙의 가냘픈 목소리도 들려
오고 있었다.

"한잔 할 거냐?"

아버지께서 나룻배를 묶어 움직이지 않게 잡도리를 하고나서
태식에게 물었다. 태식은 문득 자신의 나이를 의식했다. 그가 벌
써 아버지와 같이 술잔을 기울일 나이가 되어버린 것인가. 그가
이날까지 이룩한 것은 무엇인가. 서울의 패배자가 되었을 뿐이
다. 태식은 이때껏 자신의 나이를 의식하지 못하고 살아온 나날
이었다.

"제가 사겠습니다, 아버지."

"예끼, 그래 술은 마실 줄이나 아냐?"

아버지께서는 태식을 아직도 그전같이 생각하고 있는 모양이
었다. 태식은 대학에 다니면서도 술은커녕 담배도 피우지 않았기
때문이었다. 아버지께서는 지금 그때를 생각하고 계신가 보았다.
스무 살이 넘어도 술, 담배를 하지 않은 걸 보고서 몹시 대견해
하셨던 기억이 있었다.

"나이가 서른입니다, 아버지."

"허, 벌써 그리 되었냐?"

아버지께서도 태식의 나이를 꼽지 않고 살아오신 게 분명했
다. 서른의 나이가 사내의 나이로써 결코 적은 나이는 아니었다.
그러나 아버지께서는 크게 괘념치 않고 소탈하게 한번 놀라는 눈
치만 보여주었다. 아버지께서는 태식에 관한한 언제나 지난날만
생각하고 계실지도 몰랐다. 그때는 태식에게도 원대한 꿈과 희망
이 있었기 때문이다. 그것은 곧 아버지의 꿈과 희망이기도 했다.

아버지의 소탈한 놀람에 태식은 한번 빙긋 웃었지만, 자신의 처지가 수치스러워 문득 얼굴이 붉어 올랐다.

치숙이 어머니가 하시는 술집은 불이 꺼져 있었다. 노인의 나룻배로 강 건너 산마을로 들어가야 하기 때문에 다른 데보다 일찍 장사를 마치기 때문이었다. 치숙이네 술집을 지나 뒤편으로 갔다. 낮에 노인과 들렀던 바로 그 술집이었다. 아버지께서는 치숙이네 술집을 지나면서 공연히 헛기침을 뱉었다. 태식이도 이상한 마음의 감회가 올라 비감스럽다는 생각이 들었다.

탁주를 시켜 마셨다. 아버지와 난생 처음 함께 술잔을 나누는 자리였다. 아버지께서는 검게 그을린 얼굴을 연신 쓸어내리면서 술잔을 켰다. 태식이는 아버지가 술잔을 비워 내시는걸 보고 조심스럽게 술잔을 잡았다. 아버지께서 태식의 마음을 넌지시 읽어 보시고 희미한 웃음을 흘렸다. 그도 아버지를 보고 열없이 웃었다.

"저것들도 죄를 받는 것이다."

하고 아버지께서 불쑥 이상한 말을 흘렸다. 태식은 처음엔 그게 무슨 말인가 했지만, 바로 치숙이네를 두고 하시는 말씀이었다.

"치숙이 팔자가 드센 거다. 소문 듣자하니 치숙이 남편도 돈만 날리고 빈털이가 됐다드라. 남 못살 일 시킨 집구석은 언젠가 망쪼가 드는 법이다. 진숙인가 하는 가시나도 싹수가 글렀이야. 술판으로 돌아다닌 것이라 그러는 중 모르겠다만, 번번이 술을 퍼마시고 난동을 부린다. 한번은 손님 하나를 꽤갖고 돈을 울궈 먹었단다. 허, 얼굴은 고운 것이 어떻게 성깔이 빠신지 몰라. 지 애빌 닮아 그런 게여. 오래된 얘기다만, 지애비도 한번 술 퍼마시고 나룻배를 엉망으로 까부셔 놨다. 자, 한잔 받아라."

아버지께서는 이내 속을 털어 놓았다. 치숙이네 한테 맺힌 게 분명했다. 태식의 일이 모두 치숙이 때문에 일어난 거라고 믿고 계시기 때문이었다. 태식은 치숙의 남편, 그러니까 오 세호 녀석이 아버지의 사업을 망해 먹어버린 사실을 아버지의 말씀으로 미뤄 알 수가 있었다. 태식은 아직도 세호 녀석을 하나의 인간으로 취급하지 않고 있었다. 그런데 이상한 것은 사람의 마음이었다. 원망과 증오로 가득 찼던 치숙에 대한 그의 마음이 문득 그녀에 대한 연민으로 돌아섰다. 그는 아직도 치숙을 머릿속에서 지워버리지 못하고 있는가 보았다. 그도 자신의 마음을 종잡을 수가 없는 거였다. 나루터의 모든 것들이 자꾸만 치숙과의 지난 추억들을 불러일으키고 있는 것도 사실이었다. 태식은 약해지는 자신의 마음을 추스르듯 머리를 한번 흔들면서 술잔을 받아 들었다.

"쭉 켜라."

"예, 아버지"

하고 태식은 천천히 잔을 입술에 갖다 댔다. 아버지께서는 태식이 술을 마시는 모습을 쓸쓸히 바라다보고 있었다. 태식은 아버지 앞에서 술잔을 켜기가 다소 부담스러워 몸을 약간 외로 틀면서 잔을 켰는데, 아버지께서는 자꾸만 고개를 주억거리고 있는 게 보였다.

"허, 좋다. 태식이 네가 애비 앞에서 술을 켜는 모습을 보니 이제 숨통이 다 트인다."

아버지께서 말씀 하셨다. 태식이 아버지의 잔에 술을 가득 쳐 드렸다. 아버지께서는 새삼 술이 오르는지 얼굴이 벌겋게 달아올랐다. 태식도 몇 잔을 켜자, 몸에 술기운이 퍼졌다. 아버지께서는 손으로 무릎장단을 잡고서 가락으로 한번 한풀이를 하셨다. 태식은 아버지의 가락을 다시 들으니 새삼 감회가 올랐다. 그도 어쭙잖게 손가락으로 장단을 잡았다. 아버지께서 가락을 멎고 말씀하셨다.

"명순이 그것도 고생이다만, 네 에미 못할 짓이다. 옥 같은 자식 건너 방에 가둬두고 이게 무슨 팔짜라냐."

아버지께서는 이제 술잔도 물리치고 담배를 피워 물면서 한숨 섞인 말씀을 흘리고 계셨다. 명순을 방에 가두지 않으면 안 되었다는 것이다. 집을 나가 들어오지 않아 찾아 나서기를 여러 차례 했다는 거다. 요즘 같은 세상에 멀쩡한 사람도 거들떠보지 않은 판국인데, 실성한 사람을 어느 누가 거들겠냐는 것이다. 집을 나가 한 달도 못돼 굶어 죽기가 십상이라고 했다. 억장이 수 천 번을 무너져도 방에 가둬 두는 게 백번 낫다고 했다. 어머니께서 끼니를 챙겨 자물쇠를 열고 방으로 넣어주면 명순이는 짐승처럼 받아먹기도 하고, 그대로 굶기도 한다고 했다. 한 번은 어머니께서 방문을 막 여는데, 밖으로 뛰어나와 난리가 났다고 했다. 힘이 어디서 솟아나는지 집안 살림을 실컷 박살을 내놓고 어머니마저 떠밀어 버린 바람에 팔까지 접질러버렸다는 것이었다. 부엌으로 가서 칼을 치켜들고 집밖으로 뛰어나와 길 가던 사람들한테 그 칼을 번뜩 번뜩 휘둘러서 상처를 입히기도 했다고 했다. 이강수라는 사람이 죽을 힘 다해 명순이 한테 접근해서 겨우 붙들었다고 했다.

"명순이가 어째서 그리 되었는 중 아냐?"

아버지께서 가슴이 타드는 소리로 소리를 지르듯이 물었다.

저쪽에서 술을 마시고 있던 손님들이 이쪽으로 시선을 한번 주었다. 술집 주인 여자도 긴장하면서 이쪽으로 걸어왔다.

"명순이 아버지, 오늘은 제발 진정 하시요."

하고 술집 아낙이 아버지를 보고 간곡한 당부 말을 흘렸다. 아버지께서 번번이 술을 드시고 화풀이를 하셨던가 보았다. 태식이 술집 여자에게 염려하지 마라는 눈짓을 주자, 아낙이 앞치마를 툴툴 털면서 저쪽으로 가버리고 있었다.

"들어서 알고 있습니다, 아버지."

태식은 아버지의 흥분된 기운을 가라앉히기 위해 되도록 낮은 소리로 말했다. 아버지께서는 명순의 애기를 꺼내면서 자신도 모르게 피가 끓어오르는 모양이었다. 술집 아낙의 그까짓 광어눈에 밀려 말로써 풀고자 하는 한을 예서 멎을 수 없다는 태도였다. 아버지께서는 태식이 명순에 관한 내력을 들어서 알고 있다고 하자, 자초지종을 들먹거리지 아니하고 곧장 가슴에 묻은 한을 들춰내고 있었다.

"공장장을 잡아야 쓴다. 그놈이 우리 명순이를 그 지경으로 만들었으니께야. 어흠, 명순이년도 그렇지. 에미 애비 말을 말같이 들었으면 이런 일이 있었을라고, 어흠."

아버지께서는 명순이가 공장장 하고 살림을 내겠다고 하자, 하늘이 두 쪽 나도 안 된다고 말리셨다고 했다. 공장장의 나이가 우선 명순이 하고 십년이 넘게 차이가 지고, 그건 문제 삼지 않는다고 해도 사람이 대체 믿기는 구석이 없다는 것이다. 술을 퍼마시면 말술이요, 말술이 들어가면 손발이 올라온다는 것이었다. 살림을 내어 살면서 퍽퍽 얻어맞고 집으로 내달려온 적도 한 두

번이 아니었다고 했다. 어머니까지 합세를 하여 공장장하고 살림을 내서는 절대적으로 안 된다고 당부를 주었지만, 그게 다 자기 팔자를 만들려고 그랬던 것인지 몰래 살림을 덜컥 차려 버렸다는 것이었다. 이왕지사 일은 그렇게 되었으니, 살림을 내서 사는 뒤로는 살림집도 가서 이것저것 요령지게 살림도 거들어 주고 했다고 했다.

"공장장 놈 고향으로 어디로 숱하게 찾아 다녔다. 하지만 어쩔 것이냐. 그놈 부모를 만나 봤다만, 부모가 무슨 죄가 있겠냐. 그놈 부친 만나서 술만 퍼마시고 왔니라. 애비는 믿는다. 이때껏 하늘을 이고 살면서 믿는 게 있다면 말이다, 남 못살게 하고 도망친 것들은 평생 도망질이나 하고 살 팔자드니라. 그놈도 지 놈이 하늘밑에 사는 한은 그 팔자 못 면할 것이다, 어흠."

아버지께서는 다시금 목이 타오르는지 밀어 두었던 술잔을 살며시 끌어 당겼다. 태식이 아버지의 말씀을 한 말 한 말 훈시를 듣듯 새겨들으면서 재빨리 아버지의 잔에 술을 부어드렸다.

"어흠, 좋다. 태식이 네가 이렇게 애비한테 돌아와 줘서 술맛도 좋다."

"쭉 드세요, 아버지. 오늘은 제가 아버지를 집에까지 업어다 드릴게요. 마음 놓고 드세요."

"어흠, 좋다. 오늘은 어디 우리 태식이 등에나 한번 업혀보자, 어흠."

아버지께서는 태식의 말을 듣고 한결 마음이 든든해지는 모양이었다. 거푸 잔을 비워내고 있었다. 그러나 태식은 아버지께서 이렇게 술을 드시는 게 싫지를 않았다. 그간, 얼마나 많은 나날

을 마음을 졸이면서 술을 드셨을까. 아버지를 쳐다보고 있자니 문득 서러움이 일었다.

술집에서 나와 강둑을 거닐었다. 아버지께서 몸을 비트작거리면서 자꾸만 강둑에 올라 보자고 말씀을 하시는 것이었다. 태식은 아버지를 등에 업고 강둑을 거슬러 올랐다. 강바람이 볼을 스치고 지나갔다. 술을 마신 뒤끝이라서 강바람이 불숯고 가자 감미로운 느낌이 들었다. 태식은 아버지가 의외로 가볍다는 생각을 했다. 태식이는 아버지를 닮아 키가 컸다. 키로 말하면 아버지도 태식이와 거의 맞먹었지만, 아버지께서 서러울 정도로 몸이 가벼운 거였다. 태식은 문득 세월의 무상함을 느꼈다. 세월은 참으로 잔인하다고 생각했다. 사람들은 이 세월의 잔인함을 알고 있을까. 모든 것은 세월 앞에서 끝내 속절없이 패배하고 마는 것이라고 그는 생각하고 있었다.

"괜찮냐?"

하고 아버지께서 물었다. 당신이 무겁지 않느냐는 물음일 것이다.

"끄떡없어요, 아버지. 몸이 많이 야위셨어요."

태식이 말하면서 쓸쓸히 웃었다. 아버지의 메마른 몸이 공연히 사람을 쓸쓸하게 만드는 모양이었다. 오늘 밤새도록 아버지를 업고 이 강둑을 걸어도 싫증나지 않을 터였다. 아버지를 업고 사심 없이 강둑을 걸어 보는 이 밤, 강 건너의 불빛들은 속절없게도 희미하게 보였다. 그는 아마도 영원히 이 밤을 잊을 수가 없을 것 같았다. 그는 문득 저 강 건너에 치숙이 그전처럼 살고 있다면 얼마나 좋은 밤이 될까, 하고 되먹지 못해 낭만 같은 생각을 해보았다.

"이젠 죽을 때도 되었지."

아버지께서 욕심 없는 말씀을 흘렸다. 당신은 생명을 구차하게 구걸하지 않는다는 투로 말씀하셨다. 지금 당장 죽는다고 하여도 억울하지 않다는 뜻이 내포되어 있는 말씀이었다. 태식은 아버지의 말씀에 아무런 응대를 하지 못했다. 그가 무슨 말을 꺼냈다가 공연히 아버지의 심사를 아프게 할까 두려운 것이었다. 태식은 아버지의 체온을 느끼면서 묵묵히 강둑을 거슬러 올랐다. 아버지께서도 더 이상 무슨 말을 꺼내놓지 않고 잠자코 헛 목만 잡고 있었다. 태식이 방향을 바꿔 이제 강바람을 등지고 걸어 내려오기 시작했다. 그는 문득 아버지로부터 술 냄새가 풍겨오는 것을 느꼈다. 강둑을 거슬러 오를 때에는 바람이 앞에서 술 냄새를 뒤쪽으로 날려 보냈던 탓에 느끼지 못한 모양이었다. 태식은 아버지로부터 풍겨오는 이 술 냄새도 여느 때 없이 정겨웠다. 그는 이 냄새를 오래오래 기억에 새겨 두자고 마음을 다져 보았다. 나루터와 맞닿은 강둑에 이르렀을 때 아버지께서 말씀하셨다.

"요즘 사내들이란 아직도 알 수가 없어. 자기네들 욕심만 챙기고 나면 그깟 여자야 어찌되든 상관치 않거든. 소문 들으니까, 사내한테 몸 바치고 돈까지 떼인 여자가 한 둘이 아니라더라."

아버지께서는 아직도 명순의 일로 한이 맺히는지 사내들을 싸잡아 힐난하고 있었다. 태식이도 아버지의 말씀을 공감하고 있었다. 오 세호 녀석도 일종의 그런 경우였다. 지금 치숙이 어떻게 살고 있는 줄은 모르지만, 녀석의 성적 욕심을 챙기기 위해 치숙을 무자비하게 짓밟았지 않는가. 만약 그 때 그런 일이 없었다면

태식은 보란 듯이 행정관이 되어 Y 읍의 유지가 되었을지도 모르는 일이었다. 사람들의 도에 어긋난 욕심이 얼마나 엄청난 결과를 초래 하는가, 태식은 문득 사내들 쪽으로 울분이 끓어올랐다. 공장장 녀석도 철저하게 명순을 희롱한 셈이었다. 명순에 대한 사랑은 애당초 없었을 것이다. 명순이를 하나의 성적 노리개로 가지고 놀다가 싫증이 날 때 쯤 해서 버린 게 틀림없을 터이었다. 그것은 철저하게 하나의 여성을 성적으로 폭행했다고 보아도 마땅할 것이었다. 태식의 생각은 그랬다. 사람의 문제, 특히 남자와 여자의 문제는 성과 연관된 부분에 있어서 고결한 존엄성을 가져야 한다고 생각했다. 서로의 의사에 조금치라도 반하는 성적 행위는 일종의 강제적 성격을 띠고 있는 거나 같다는 생각이었다. 그것은 엄격한 의미에서 성폭행의 한 범주로 간주할 수가 있을 거였다. 폭행의 피해자는 비단 여자뿐만이 아니라고 생각했다. 그도 세호 녀석이 범한 성폭행의 직접적인 피해자라고 볼 수 있는 것이었다. 성적 폭행은 이렇듯 한 사람, 한 가족, 한 사회를 수렁의 늪으로 빠지게 하는 것처럼 파급적인 결과를 불러일으키고 마는 거라고 생각했다.

태식은 아버지의 말씀에 자꾸만 오 세호 녀석이 떠올랐다. 녀석의 사업이 망하게 된 것이 모두 그 죄 값을 치르는 것이라고 자위를 해보았다. 아버지로부터 그 사실을 알게 되었을 때 태식은 실상 고소한 느낌이 들었다.

"핏덩이 안 딸린 게 천만 다행이었지. 명순이년도 맹탕은 아니었더라. 깐엔 낌새를 챘으니까 아이를 안 가졌던 게여. 어흠, 만약사 핏덩일 빼났으면 어쩔 뻔 했냐. 명순이년은 미쳤다고 쳐보

자. 그 핏덩일 누가 맡아 키우며, 어흠, 설사 네 에미가 핏덩일 키운다고 허자. 그 아이 보면 원수 같은 지 애비 잘난 공장장이 눈앞에 어룽거릴 텐데, 아암, 안 되는 일이었지, 천부당 만부당 헌 일이 것지야. 핏덩이 안 딸린 거는 하늘이 도우신거여."

아버지께서는 명순에 관해 거듭 들먹거리면서 오직 명순이가 아이를 갖지 않았던 사실을 가지고 위로를 삼고 있었다. 사람은 그러는가 보았다. 궁지에 몰리면 아주 사사로운 걸 가지고 위안 을 삼으려는 본능이 있는 모양이었다. 그것은 어쩌면 인간만이 갖는 삶에 있어서의 끈적끈적한 지혜인 줄도 몰랐다. 명순이가 미쳐 저리된 마당에 명순이가 아이를 갖지 않았던 사실을 가지고 저리 위안을 하시는 아버지를 봐도 그건 짐작이 갔다. 태식은 아 버지의 말씀을 잠자코 듣기만 하고서 아무런 응대를 하지 않았 다. 아버지께서도 굳이 태식의 응대를 들으려고 말씀하신 것은 아니었을 것이다.

"이제, 들어가시죠."

"오냐, 그러자."

태식이 어머니가 걱정되어 아버지께 말했다. 아버지께서는 태 식의 등에서 내려서면서 한결 가라앉은 기분으로 그러자면서 담 배 하나를 피워 물고 계셨다. 태식이 얼른 불을 붙여 드렸다. 강 바람이 강둑을 타고 세게 몰아쳐 왔다.

강둑을 내려왔다. 태식은 아버지의 손을 꼭 잡고 걸었다. 바람 이 불어갈 때마다 사그락 사그락 낙엽이 날리는 소리가 들려왔 다. 태식은 아버지께서 자꾸만 자신의 잡아 쥔 손에 힘을 주시고 있음을 느낄 수가 있었다. 대문을 열고 쪽 마당으로 들어섰다.

어머니께서 인기척이 나자 방문을 열쳤고, 아버지께서는 헛기침을 하여 인기척을 내고 계셨다. 명순의 방은 불이 꺼져 있었으나, 안에서는 괴로운 듯한 신음 소리가 들려 나왔다.

"명순아, 애비 왔니라."

하고 아버지께서 혼자 소리로 말씀하셨다. 이미 아버지의 몸에 익은 하나의 습성이었다. 어머니께서 쪽마루에 서서 명순의 방을 쳐다보면서 "무슨 바람이 이리 몰려 온다요." 하고 염려 섞인 말을 흘렸다. 바람의 기운이 아까보다 한층 거세져 있었다. 아버지께서 명순의 방 쪽으로 딱한 시선을 주시다가 어흠, 하고 열없이 헛목을 가다듬으면서 방으로 들어갔다.

"어여 들어가 자거라, 태식아."

어머니가 명순의 방에서 시선을 거두면서 말했다.

"예, 어머니. 어머니도 들어가세요."

"에미 걱정은 마라."

어머니께서는 연방 한숨을 잡으면서 명순의 방 쪽에 시선을 박고 있었다. 태식은 노곤한 몸을 이끌고 방으로 들어왔다. 아버지께서는 벌써 쓰러져 잠이 들어버린 모양이었다. 태식은 아버지 옆에 나란히 누웠다. 피로가 한꺼번에 몰려왔다. 태식은 거세된 바람소리와 명순이가 씨근거리는 소리를 들으면서 차츰 몽롱한 잠의 세계로 빨려들고 있었다.

태식은 하루가 다르게 Y읍 생활에 적응해 나갔다. 그는 나루터에서 일하기로 마음을 다잡았다. 나루터 사람들도 태식을 특별히 생각해 주었다. 태식이 이곳 Y 고등학교를 수석으로 졸업했으며 K대학의 행정학과 재학 중에 비운의 사건으로 그만 뜻을 펴지 못하게 되었다는 사실도 이곳 나루터에서 차츰 퍼져 나갔다.

태식은 착실히 아버지와 노인으로부터 노 젓는 법을 익혀 나갔다. 나룻배를 부리는데 필요한 기술, 이를테면 나룻배를 제작하는 제작기술과 수리방법 등의 전반적인 사항들 까지도 빠짐없이 전수 받았다. 그러면서 태식은 새로운 나룻배도 구상해 보고는 하였다. 아무리 문명이 발달하더라도 나룻배는 결코 사라지지 않는다는 확신이 그에게는 있었다. 사람들이 우리의 과거문화를 완전히 청산한다면 나룻배가 사라질지는 몰라도 과거문화를 절대로 잊지는 못하기 때문이었다. 나루터는 그에게 새로운 힘과

용기를 불어 넣어 주었다. 아버지께서, 아니 아버지 윗대에도 나룻배 하나 부리면서 살아온 이력의 가문이었다. 태식은 나룻배 하나면 자신이 부여받은 삶을 충분히 살아낼 수 있을 거라는 자부심도 생겼다.

태식은 이제 나루터에서 손님을 받았다. 나룻배를 타려는 손님들이 심심찮게 나루터에 찾아오기 때문이었다. 사람들은 나룻배를 타면서 지난 선조들의 자취를 더듬어 보거나 하면서 피로도 풀고 자연도 즐기고 새로운 삶을 설계하고는 하였다. 태식은 손님을 나룻배에 태우고 강에 나가면 은근히 기분이 좋았다. 뱃삯을 받기 때문이 아니었다. 노를 저으면서 조상들의 삶을 음미해 보는 일이 즐겁기 때문이었다. 그러면서 그는 가끔씩 나루터에 얽힌 치숙과의 지난 추억을 더듬어 보고는 하였다. 해질녘이면 공연히 마음이 들썩거려 혼자서 배를 몰고 강의 상류로 거슬러 오르기도 하였다. 강의 상류로 거슬러 오르면서 내내 치숙을 생각해보고는 했던 것이다. 치숙을 언젠가 한번은 꼭 자신의 나룻배에 태워 강의 상류로 거슬러 오르리라는 상상을 해보기도 하였다.

태식은 아버지를 이어받아 나룻배를 부렸으나 아버지처럼 강건너 산마을 사람들을 태워 나르지는 않았다. 치숙이네와 맞닥뜨리기가 싫기 때문이었다. 아버지께서는 사공에 대한 어떤 신념이 있어서인지는 몰라도 치숙이네 술집에 발을 끊어 놓고도 치숙이네 식구를 강 건너 산마을로 태워 나르는 일은 결코 마다하지 않았다. 그러나 태식은 자신이 서지 않은 것이었다. 자신의 패배한 모습을 치숙이네 식구한테 보여주기 싫었기 때문이었다. 그래서 강 건너 사람들을 태워 나르는 일은 노인이 모두 도맡아서 하고 있었다. 태식은 노인이 군말 없이 그렇게 해주시는 게 더 없이 고마울 따름이었다.

　이강수라는 사내는 태식이 이곳 Y읍에 온 지 얼마 되지 않아 이곳을 떠나버렸다. 아니, 떠난 게 아니라 경찰에 붙들려갔다. 태식은 처음부터 이강수라는 사내를 달갑지 않게 보았었다. 그 자가 장차 나루터에서 무슨 예기치 않은 일을 저지르게 될 것 같은 예감이 들었기 때문이었다. 그런데 태식의 그런 예감이 사실로 다가온 것이었다. 더욱이 놀랄 일은 치숙의 동생 진숙이와 관계된 사건이었다. 이강수라는 사내는 이곳 나루터에서 태식이 아버지를 거들면서 은근히 진숙이를 넘보고 있었던 모양이었다. 사내는 아침저녁으로 산마을 사람들을 나룻배로 태워 나르고는 했는데, 사건이 일어난 날은 공교롭게도 진숙이 혼자서 나룻배를 타고 강을 건너게 되었다. 어둑한 기운이 강의 수면으로 짙게 내려앉아 이미 시야는 아득하게 멀어 있었다. 그런데 강을 거의 다 건너와서 이강수라는 사내가 갑자기 나룻배의 뱃머리를 강의 상류 쪽으로 틀어 버렸다. 진숙은 뱃길을 익히 알고 있는 처지라 의아스레 여겨 물었다.

　"아저씨, 왜 이러세요?"

　"야, 조용히 하고 있어."

　사내가 빽 소리를 질렀다. 진숙은 이제야 사내의 속뜻을 알아차렸다. 그러나 어떻게 위기를 모면할 수 있는 방법이 없었다. 진숙이 아무리 남자 비슷한 체격을 하고 있어도 이강수라는 강파른 사내를 물리치기란 불가능한 일이었다. 사내는 강의 상류로

한참을 거슬러 오르더니 노를 멈췄다. 산마을의 불빛들은 에돌아 나가던 산에 가려 보이지 않고, 나루터의 불빛들만 찌뿌듯한 달무리처럼 아득하게 보이고 있었다. 진숙은 사내가 지금 요구하고 있는 게 무엇이라는 걸 뻔히 알고 있었지만, 위기를 모면할 수 있는 뾰족한 방법도 없었다. 사람이 성실하다고 나루터 사람들이 들먹거리고는 하던 이 씨가 이렇게 흉포한 사람일 줄은 몰랐다. 그러나 진숙은 한 가닥 희망을 가져 보았다. 하늘이 무너져도 솟아날 구멍은 있다고 하지 않았는가. 사내가 덮쳐오면 같이 잡고 한판 붙어 버려야겠다고 마음을 다잡고 있었다.

"넌 나를 언제나 얕잡아 봤지?"

하고 사내가 되다만 말을 뱉었다. 진숙은 솔직히 사내를 무시한 게 사실이었다. 떠돌이로 들어와 나룻배의 노나 저으면서 은근히 자신을 넘보는 사내가 같잖았다. 더욱이 미친 명순이 하고 사는 주제가 아닌가 말이다. 진숙은 사내가 자신을 음미하듯 쳐다볼 때마다 그가 듣도록 콧방귀를 날려 버리고는 하였다. 내놓을 거라고는 일전 반 푼도 없는 작자가 자신을 넘본다는 사실이 그녀의 자존심을 바닥으로 떨어지게 했기 때문이었다. 진숙은 사내의 말에 부인할 명분이 서지 않았다. 진숙은 어둠속에서 황당한 표정으로 사내를 노려보았다.

"오늘 그 대가를 치러주겠다. 여기서 허튼 수작 했다간 너 죽고 나 죽는 거야. 나 같은 놈은 죽음 같은 거 두렵지 않아. 어차피 한세상 살아봤자, 밑바닥 인생이니까."

이 강수란 사내는 노를 나룻배에서 분리해서 노손을 바짝 치켜들었다. 진숙이가 순순히 응하지 않으면 그걸로 위협을 하려는 때문이었다.

"자, 이제 준비가 되었겠지?"

그가 진숙이 쪽으로 바짝 접근해 왔다. 진숙은 순간 치숙 언니를 떠올렸다. 성폭행을 했던 남자와 고의로 결혼을 해서 철저하게 대가를 치르게 하고 있는 치숙 언니를 떠올린 거였다. 치숙은 입버릇처럼 진숙에게 말하고는 했다. 자신은 오 세호라는 사람이 좋아서 결혼을 한 게 아니라, 죄 값을 되갚음 해주려고 결혼을 했다고 했다.

"옷을 하나씩 벗어라."

그가 숨을 몰아쉬면서 다그쳐 왔다. 진숙은 비록 자신이 술집을 떠돌면서 많은 사내들을 상대하고는 하였지만, 이런 되먹지 못한 작자 앞에서 옷을 벗어야 한다는 것이 스스로 수치스러울 뿐이었다. 진숙은 한번 버텨 보았다.

"안돼요."

"죽고 싶다?"

진숙이 순순히 응하지 않자, 이 강수가 재차 뻑 소리를 질렀다. 그는 더욱 바짝 접근하여 엄포를 놓았다.

"다섯을 셀 테니까, 그때까지 동작을 취해라. 이번에도 거절하면 당장 강물에 처넣을 거다."

그는 천천히 수를 헤아렸다. 진숙은 갈 때까지 한번 가보자는 심사로 버텨 보았다.

"…… 넷, 다섯."

그가 다섯을 셀 때 까지도 진숙이 동작을 취하지 않자, 욕설과 함께 그는 노를 한번 진숙을 향해 내려쳤다. 진숙은 버럭 고함을

질렀다. 노의 널찍한 노젓 부분이 자신의 어깨에 꽂혔기 때문이
었다.

"헛, 소리쳐 봤자야. 강 새들도 다 돌아들 갔어. 벗어!"

이 강수가 노손을 나룻배의 한 끝에 걸쳐놓고 진숙의 옷자락
을 잡았다. 진숙은 순간 덜컥 겁이 났다. 어머니, 아버지, 치숙
언니가 떠올랐다. 진숙은 사내와 한 번 붙어 버릴까, 생각해 보
았으나 자신이 서지 않았다. 여기서 죽는다는 것은 너무 무모한
죽음이었다. 이 강수란 사내는 이제 숨을 거칠게 쉬면서 자신의
몸을 더듬거리고 있었다. 진숙은 정신을 바짝 차렸다. 사내는 진
숙이 절대 반항하지 못할 거라고 단정해 버린 모양이었다. 스스
럼없이 진숙의 몸을 더듬어 나갔다. 진숙은 한 치도 반항하지 못
했다. 언젠가 치숙 언니를 비웃었던 일이 그런 와중에도 문득 스
쳐 올랐다. 그때 그랬었다. 치숙 언니가 자신을 지킬 의사만 있
었다면 충분히 지켜냈을 거라고 말한 기억이 있었다. 진숙은 절
대 치숙 언니같이 약한 여자는 되지 않겠다고 말했었다. 여자가
짓밟힐 위기의 상황이 닥치면 죽었으면 죽었지 무너지지 않을 거
라고 치숙 언니 앞에서 비절대면서 입다짐을 했었던 기억이 떠올
랐다. 그러나 지금 진숙은 너무도 연약한 여자일 뿐이었다. 차라
리 강물로 뛰어들어 버리면 죽음을 택함으로써 자신을 지켜낼 수
가 있을까, 진숙은 그런 생각도 해보았으나 불현듯 죽음을 생각
하니 아득하기만 했다.

사내는 진숙의 옷을 한 꺼풀씩 벗겨냈다. 강바람이 차갑게 살
갗을 물어뜯고 지나갔다. 사내가 벗겨진 진숙의 몸을 샅샅이 훑
고 나서 이제 더 이상 참지 못하겠다는 듯이 노골적으로 동작을

취해왔다. 진숙은 나룻배의 거친 뱃머리에 머리를 젖히고 사내
가 시키는 대로 잠자코 있었다. 사내의 그것이 아래쪽에 느껴왔
다. 바람이 불어와 강물이 출렁거렸다. 강 새들이 저쪽으로 후룩
후룩 울면서 날아가고 있었다. 출렁거리는 강의 수면으로부터 느
끼한 물 냄새가 올라왔다. 진숙은 자신이 이렇게 허물어지고 마
는가 생각하면서 눈을 감았다.   사내가 힘껏 그쪽으로 밀착해
들어왔다. 진숙은 혀를 물었다. 까만 하늘의 별들이 일제히 쏟아
져 내리는 허망한 기분이었다. 그런데 바로 그 순간이었다. 진숙
이 자신도 모르게 일을 저질러 버린 거였다. 진숙은 이런 흉물스
런 사내한테 자신을 짓밟히고 평생을 사느니 보다 차라리 죽음
을 택하는 게 낫겠다는 생각이 불쑥 스쳤다. 진숙은 사내의 가슴
을 힘껏 떼쳐냈다. 나룻배가 출렁 하면서 사내가 옆으로 굴러 떨
어졌다. 아래쪽에 빠져 있어서인지 힘을 쓰지 못하고 강물로 첨
벙 빠져 버렸다. 그러나 사내는 나룻배의 한쪽을 힘껏 거머잡은
거였다. 나룻배가 기우뚱 했다. 배의 안으로 물이 찰랑 넘쳐 들
어왔다. 사내는 나룻배의 한쪽을 거머잡고 배 안으로 올라오려고
기를 썼다. 진숙은 사내가 올라오려고 할 때마다 힘껏 떼쳐냈다.

"너 함께 죽고 싶어? 맘만 먹으면 식은 죽 먹기야. 나룻배를
확 엎어 버린다!"

이 강수란 사내가 엄포를 놓으면서 정말 나룻배를 기우뚱하게
젖뜨리고 있었다. 여기서 배가 엎어지면 이제 죽음뿐이다. 사내
는 연하여 배를 한쪽으로 기울였다가 아슬아슬한 고비에 이르면
다시 늦춰주고 있었다. 진숙은 갑자기 울음을 터뜨리고 말았다.
사내가 겨우 나룻배 위로 올라왔다. 그러나 사내는 부풀은 성욕

을 버리지 않았다. 다시금 진숙을 더듬거리는 것이었다. 진숙은 끝내 무너지고 말았다. 까만 하늘의 별들이 우루루 떨어져 내렸다. 사내는 볼 일을 마친 뒤, 착실히 진숙을 강 건너 산마을의 배 닿는 곳까지 태워다 주었다.

"다시는 나를 얕잡아 보지 마! 그래봤자, 너는 이놈한테 깔렸으니까. 오늘 일은 가슴에 묻어둬. 소문 나봐야 너만 손해야. 이놈은 여길 뜨면 되니까."

사내는 나루터를 향해 힘껏 노를 저어 나가고 있었다.

진숙은 다음날 분에 못 이겨 경찰에 신고했다. 사내는 낌새를 차리고 나루터를 빠져나갈 궁리를 하고 있다가 경찰 한 명과 의경 두 명에 의해 붙들리고 말았다. 경찰의 조사 결과 사내는 강간, 폭력 등의 혐의로 수배되어 있는 김 강철이라는 사람이었다. 사내는 이강수라는 신분증을 가지고 다니면서 자신을 철저히 숨기면서 다른 사람 행세를 하고 다녔던 것이다. 이 강수라는 사람이 진숙일 성폭행하여 붙잡혀 갔으나 이곳 나루터 사람들은 오히려 진숙을 헐뜯었다. 진숙이가 이 씨한테 빈틈을 보였으니까 넘보지 않았겠느냐는 말들이었다. 그러나 태식은 첫밤에 보고 사내의 흉중을 꿰뚫었던 것이다.

이 강수라는 사내가 나루터에서 사라지면서 태식은 자신이 혼자서 나룻배를 부려야 했다. 아버지께서는 이제 완전히 나룻배에서 손을 떼려는 눈치였다. 그것은 어쩌면 태식에 대한 배려였는지도 몰랐다. 나룻배 하나에 둘이 매달려 있으면 태식으로서도 마음 부담이 될 것이 뻔했다. 태식은 나룻배를 부리면서 치숙이

네와는 마주치지 않으려고 애썼다. 나룻배를 비끄러매고 술을 한 잔 하면서도 치숙이네를 피해서 뒤쪽으로 가곤 했다. 그러나 같은 나루터에서 일을 하면서 결코 치숙이네와 마주치지 않을 수가 없었다. 어쩌면 치숙이네 쪽에서 먼저 태식을 보고자 하였는지도 몰랐다. 하루는 진숙이 태식의 나룻배로 찾아왔다. 나룻배를 한번 타고 싶다는 것이었다. 태식은 사람들 눈도 있고 해서 극구 거절 하였으나, 진숙은 막무가내였다. 하는 수 없이 진숙을 나룻배에 태우고 노를 저어 나갔다. 진숙은 이 강수라는 사내의 일로 힘이 한풀 죽어있는 것 같았다. 진숙은 강의 상류로 노를 저어라고 요구했다. 태식은 이왕지사 이렇게 한 배에 탄 이상 거절하지 않았다. 강을 거슬러 상류로 한참 노를 저어 올랐을 때 진숙이가 놀라운 말을 들려주었다. 치숙 언니가 이쪽 Y 읍으로 전근을 오게 되었다는 것이다. 태식은 전혀 예상치 못했던 일이라서 깜짝 놀라지 않을 수 없었다. 진숙은 치숙 언니가 아직도 태식을 잊지 못하고 있다고 말했다. 그리고 남편, 오 세호라는 사람과는 이혼을 했다는 말도 들려주었다.

　태식은 자신이 마치 꿈을 꾸고 있다는 생각이 들었다. 진숙을 태우고 나루터로 노를 저어 내려왔다. 나루터로 돌아오면서 진숙이 물었다. 치숙 언니가 자신을 성폭행한 오 세호라는 사람과 무엇 때문에 결혼을 했는지 알고 있느냐는 물음이었다. 그러나 태식은 아무런 대답도 들려주지 못했다. 치숙의 행동이 오직 당돌했던 기억밖에 없었던 것이다. 치숙의 행동이 자기에게 가져다준 것은 오직 배신과 분노였을 뿐이었다. 그리고 그것은 자신을 가혹한 패배자로 내몰지 않았던가. 태식이 아무런 대답을 해주지 않자, 진숙이 말했다. 치숙 언니는 앙갚음을 해주기 위해 고의로 억지의 결혼을 하였다고 했다. 태식은 짤막한 한숨을 뿌리면서 혀를 물었다. 노 젓는 것을 멎고 하늘을 올려다보았다. 하늘 높이 강 새들이 날고 있는 게 보였다. 진숙이도 하늘을 쳐다보고 있었다. 태식은 담배 하나를 피워 물면서 천천히 나루터를 향해 노를 젓기 시작했다.

"나는 알아요, 오빠 아직 언니를 사랑하고 있다는 것을……"

진숙은 마지막으로 말을 남기면서 나룻배에서 내렸다. 태식은 멀건 눈으로 하늘만 올려다보고 있었다. 태식은 진숙으로부터 그런 말을 전해 듣고 까닭모를 힘이 솟았다. 그는 정말 자신이 아득한 꿈을 꾸고 있다는 생각이 들었다. 그러나 결코 꿈은 아니었던 것이다. 치숙이가 정말 이곳 Y읍으로 전근을 왔기 때문이었다.

그녀가 전근을 온 바로 전날, 태식은 강에서 울었다. 어머니도 울고, 아버지도 울고, 나루터 사람들도 울었다. 명순의 혼을 강물에 띄웠기 때문이었다. 명순이가 집을 뛰쳐나가 거리를 쏘대다가 사고로 죽었기 때문이었다. 가슴이 무너져 내렸다. 불쌍한 명순이! 꽃도 한번 제대로 피우지 못하고 재가 되어 떠나간 명순이, 그날따라 강물이 성난 파도처럼 들썽거렸다. 강물은 출렁출렁 울음을 울고 강 새들도 날아와 후룩후룩 서글피 울었다. 치숙은 바로 그 다음날, 이곳으로 내려왔다.

나룻배를 단단히 비끄러매놓고 강둑만 무심히 걷고 있을 때였다. 진숙이가 태식을 불렀다. 치숙 언니가 방금 전 내려왔다는 것이었다. 강을 건너 산마을로 돌아가야 한다고 했다. 이날따라 노인도 나루터에 나오지 않았다. 명순의 죽음으로 노인도 적잖이 가슴이 아픈 모양이었다. 태식은 자신이 나룻배를 부리는 어쭙잖은 사공이 되어 치숙을 손님으로 받아야 한다는 사실 앞에서 놀라지 않을 수 없었다. 그러나 그는 망설이지 않았다. 치숙의 모든 사실을 알고 있기 때문이었다. 그도 얼마나 사실은 치숙을 그리워하였는지 몰랐다.

치숙은 태식이가 앞에 나타나자 고개를 쳐들지 못했다. 태식은 묵묵히 나룻배에 올랐다. 그는 먼저 담배부터 하나 피워 물었다. 담배가 없으면 너무도 열없는 분위기가 될 성 싶었다. 얼핏 치숙을 한 번 흘겨보았다. 치숙은 그전의 그 빼어난 아름다움은 찾아볼 수가 없었다. 어딘지 힘없고 지쳐 보인 모습이었다. 태식은 비감스런 기분을 애써 담배로 눅이면서 천천히 강 건너 산마을을 향해 노를 저어 나갔다.

진숙이는 부러 나룻배에 오르지 않은 모양이었다. 치숙은 태식이를 등지고 다소곳이 앉아 있었다. 강은 명순의 유해를 뿌린 어제와는 대조적으로 평온했다. 바람도 이날은 잠을 자고 있었다. 강 새들만 꾸역꾸역 나룻배를 쫓아왔다. 태식은 불현듯 명순이가 이 강에서 평온히 잠을 자고 있는가 보다고 생각했다. 밤잠도 한번 편하게 자보지 못한 명순이가 아닌가. 태식은 강물을 무심히 들여다보면서 강 건너 마을을 향해 묵묵히 노를 저어 나갔다. 치숙이도 잠자코 침묵만 지키고 있었다. 나룻배가 강의 중간을 지나고 있을 때, 치숙이가 불쑥 입을 열었다. 그녀는 지쳐 보이는 모습과는 달리 지난 감정을 그대로 갖고 있는 목소리로 말투까지 그전과 다름이 없었다.

"태식 씨, 강의 상류로 가줘."

그러나 태식은 산마을 쪽으로 묵묵히 노를 저어 나갔다. 순간, 치숙이 노손을 쥔 태식의 손을 힘껏 잡아 쥐었다. 태식은 오랜만에 느끼는 치숙의 손에서 문득 따스한 기운을 느끼기 시작했다."

"어서, 배를 돌려."

치숙은 태식이 배를 상류로 돌리지 않으면 당장 강으로 뛰어들 것처럼 흥분하고 있었다. 태식은 하는 수 없이 강의 상류로 노를 저어가기 시작했다. 강의 상류로 한참을 거슬러 오르고 나서야 태식이 입을 열었다. 그는 힘없이 돌아온 치숙에게서 또 다른 하나의 패배자를 보는 기분이었다.

"왜 이리로 내려 온 거야?"

"여기서 안주하고 싶었어."

치숙이 울먹거리는 소리로 말했다. 강 새들이 한길 높이에서 계속 나룻배를 쫓아오고 있는 게 보였다. 바람은 자는데 강물이 출렁거렸다. 강물이 출렁거릴 때마다 햇발이 반사되어 눈이 부셨다.

"여기서 안주를 한다 말이야! 이런데서 왜?"

"그건 나도 모르겠어."

치숙이 울먹거리는 소리지만 또박또박 말했다. 치숙은 이렇게 태식과 함께 있는 게 너무 감회가 깊은 모양이었다. 태식은 치숙의 손을 한번 꼭 붙잡아 주고 싶었지만, 자존심이 허락지 않았다. 태식은 더 이상 말을 하고 싶은 기분이 아니었다. 그는 자신이 자꾸만 마음이 약해지는 느낌이 들었다. 치숙이 한참 잠자코 있다가 말했다. 강 새들이 나룻배 쪽에서 저쪽으로 멀어져 가고 있는 게 보였다.

"그 사람하고 결혼한 거 이해 해줘. 나는 그 사람한테 당하고 태식을 대할 용기가 서지 않았어."

"나를 이렇게 패배자로 만들어 놓고 이해를 하란 말이냐?"

"원수를 갚고 싶었어. 죽음도 생각해 봤지만, 복수를 하지 않고서는 결코 죽고 싶은 기분마저 아니었으니까."

"그래서 얻은 게 뭐야, 나는 이렇게 폐인이 되어 돌아왔다. 내가 지닌 꿈들을 깨끗이 포기하고 이렇게 돌아와서 사공이 되었다. 봐라, 이게 사공이 아니고 뭐냐!"

태식은 있는 힘을 다해서 상류로 상류로 노를 저어 나갔다. 그는 자신이 패배자가 되어 내려와 완전한 사공이 되고 말았다는 사실을 보여주기라도 하듯이 힘껏 노를 저어 나갔다.

"그만해, 태식 씨."

치숙은 태식이가 기를 쓰고 노를 저어 나가자, 자꾸만 안쓰러운 표정을 지으면서 말리고 있었다. 그러나 태식은 더욱 있는 힘을 뽑아내어 노를 저어 나가는 것이었다.

"그만해, 내가 이렇게 용서를 빌께."

치숙이 가슴이 타드는 소리로 울음을 섞어 말했다. 태식은 한참을 정신없이 노를 젓다가 제풀에 지쳐 자리에서 쓰러졌다. 그의 온몸이 땀으로 젖어 있었다. 배는 멋은 채로 물의 출렁거림을 따라 가볍게 흔들거리고 있었다. 치숙은 가방에서 손수건을 꺼내 태식의 이마에 송알송알 맺힌 물땀을 닦아 주고 있었다. 태식은 쓰러져 누운 채로 하늘을 올려다보았다. 해가 눈이 부셨다. 강 새들이 어디선가 다시 이쪽으로 날아와 후룩후룩 울음을 뿌렸다. 태식은 치숙의 손을 힘껏 잡아 쥐었다.

"태식 씨를 잊어본 적이 없었어. 그 사람이 무너지는 것을 보고 태식 씨한테 돌아가는 꿈을 꿨어. 자 봐, 여기 이렇게 태식 씨 곁에 와 있잖아!"

치숙은 울음을 터뜨리고 말았다. 강 새들이 더욱 요란하게 울음을 뿌리는데 태식은 몸을 일으켜 세워 치숙의 얼굴을 섬세히 들여다보았다. 지친 그녀의 얼굴에는 옛날의 모습이 그대로 남아 있었다. 그녀는 정말 옛날 모습 그대로 여기 돌아온 것인가?

"나는 결코 순결을 누구한테도 빼앗기지 않았어. 나는 여태껏 태식 씨를 위해 내 고결한 순결을 지켜왔어. 순결은 결코 육체가 말해주는 게 아냐. 그때 나는 불가항력이었다는 걸 믿어줘."

태식은 흐느끼면서 말하고 있는 치숙이가 순간 지난날처럼 아름답게만 보였다. 태식을 향한 그녀의 마음이 지난날에 비해 하나도 변하지를 않았다. 태식은 치숙의 말이 결코 변명이 아니라는 사실을 알았다. 태식은 아직도 그녀에 대한 자신의 감정이 변하지 않았다고 생각했다. 그는 언제나 그녀가 자신에게 돌아오는 꿈을 꾸고 있었기 때문이었다. 태식은 문득 지난 감정이 되살아났다. 그래 치숙을 힘껏 그러안았다. 치숙의 열기가 가슴에 느껴오기 시작했다. 치숙은 이러는 태식을 결코 뿌리치지 않았다.

"태식 씨! 나는 언제부턴가 지금 이 순간을 기다려 왔어. 이제 기회가 온 거야. 태식 씨를 위해 내가 스스로 마음속에 지켜온 고결한 내 순결을 여기서 바치겠어. 용서해줘. 비록 육체적 순결은 망가졌지만, 내가 지금껏 태식 씨를 위해 곱게 다듬어온 순결이야. 나는 이제 태식 씨에게 내 모든 것을 바치기로 했어!"

치숙은 태식이 보는 앞에서 옷을 벗기 시작했다. 그녀는 방금 내뱉었던 말의 진실을 여기서 당장 증명해 보이려는 태도였다. 치숙이 옷을 하나씩 벗어 나룻배의 뒤쪽에 가지런히 얹었다. 태식은 순간 가슴이 뜨겁게 타올랐다. 치숙의 젖무덤이 나룻배가 출렁거리는 것처럼 한번 출렁거렸다. 치숙은 이제 태식을 등지고 있었다. 옷을 벗는 치숙의 허릿매가 여전히 고와 보였다. 치숙은 그대로 태식을 등지고 서서 알몸이 되어 나갔다. 햇발이 하얀 치숙의 살결을 타고 흘러 내렸다. 강 새들이 나룻배의 한길 높이에서 자꾸만 치숙을 향해 울고 있었다. 멀리 나루터가 까무룩 했다. 태식은 치숙의 알몸을 보자, 아찔한 현기증이 느껴지기 시작했다. 뜨거운 기운에 가슴이 타들었기 때문이었다. 강의 수면으로부터 눅눅한 물내가 올라왔다. 그러나 태식은 그 물 내음을 맡지 못했다. 치숙의 알몸의 향기가 그를 아찔하게 취하게 해버린 때문이었다. 그는 잠시 망설이지 않을 수가 없었다. 여기서 다음 행동을 어떻게 해야 할지 해답이 떠오르지 않기 때문이었다. 치숙이 태식을 향해 진지한 표정으로 돌아섰다. 아, 이 일을 어찌할 것이냐. 태식은 다시금 현기증이 일어나기 시작했다. 그는 자신도 모르게 힘줄이 튀어나오도록 노손을 잡아 쥐었다.

"치숙아, 이러지 마!"

태식이 숨을 몰아쉬면서 말했다. 치숙은 알몸인 채로 태식에게 기우뚱 기우뚱 걸어오고 있었다. 태식은 흐트러진 마음을 황급히 추스르면서 노를 힘껏 저어 나가기 시작했다. 치숙의 뜨거운 손결이 어깨에 닿고 있음을 느끼기 시작했다. 뜨거운 느낌의 정도가 깊어질수록 태식은 있는 힘껏 강의 상류로 노를 저어 나가고 있었다. 치숙의 손결이 그의 가슴속에 파고들기 시작하면서

태식은 마치 두물머리*를 향해 질주하는 사공처럼 긴장하며 힘
껏 힘껏 노손을 젓기 시작했다.

|2002|

성자유감 聖子遺憾

"화대는 염려 말아요. 나는 영출 씨한테 절대 상품이 되지 않겠다고 했잖아요? 영출 씨한테는
한 여자가 되고 싶어요."
그렇게 말한 성자의 얼굴이 전에 없이 잠깐 붉어졌다. 영출 씨도 이번에는 성자의 말뜻을 알아
들은 모양이었다. 멀건이 하늘을 한번 올려다보고 나서 성자를 향해 말했다.
"이놈도 이제 혼자 사는 게 지겹소. 과부라도 하나 만나 살림이나 벌렸으면 싶어요. 젠장, 요즘
여자들은 주책없이 눈들만 높아놔서 우리 같은 것들은 평생 내 여자 한번 못 품어 보게
생겼다니까요." _ 본문중에서

남보 신현호, 춤[舞] (100호, 162×130)

1

　성자(聖子)는 오늘 새벽 제법 끗발을 올렸다. 손님을 두 사람이나 낚은 데다 팁도 받았다. 새벽 네 시에 집을 나서면서도 성자는 오늘 그런 끗발이 서리라고는 예상치 못했다. 이런 날은 온종일 끗발이 오를 것이라고 생각하면서 성자는 전봇대에 비스듬히 등을 기대고 서서 돈을 헤아려 보았다. 여인숙 방값을 제하고 오 만원이었다. 성자는 만족한 얼굴로 하얀 이를 드러내놓고 웃었다. 새벽에 오 만원의 수입을 잡은 것이다. 오 만원이 성자의 주제에는 넘치는 돈이었다.

　성자는 핸드백 속에 돈을 구겨 넣고 시장 주변을 한번 훑어보았다. 지방에서 과일을 싣고 올라와 도매상인들과 차떼기로 흥정을 벌였던 장사꾼들도 이제 어디론지 가고 보이지 않았다. 크고 육중해 보이는 트럭들이 시장 공터의 군데군데에 암울하게 웅크리고 있는 것으로 봐서 아마 차떼기 장사꾼들은 근처 식당으로 몰려들 갔을 것이다. 성자는 끗발이 붙자, 기분이 아주 괜찮아져서 해장국이나 한 그릇 사들까, 생각했으나 섣불리 식당으로 얼굴을 들이밀 자신이 서지 않았다. 시장 근처의 식당에서 요기를 하고 있는 사람들 중 성자를 거쳐 간 사람도 있을게 분명하기 때문이었다.

성자는 여느 날과 같이 버스를 타고 집으로 돌아왔다. 시장에서 집까지는 두 정거장 밖에 되지 않았다. 손님을 낚지 못한 날은 차비를 아끼려고 찻길을 거슬러 올랐지만, 한 손님이라도 낚은 날은 꼭 버스를 탔다. 손님을 낚은 날 걸음을 많이 걸으면 허리가 끊어질듯이 통증이 왔다. 성자는 집으로 돌아와 지친 몸을 그대로 방바닥에 부렸다. 나른한 졸음이 몰려왔다. 성자는 천천히 잠의 늪 속으로 빨려들었다.

성자는 매일 새벽 네 시에 경동시장에 나간다. 시장에서 사내들을 낚아 매춘을 하는 것이다. 장사꾼들과 대개 상관을 하지만, 낮에는 시장을 어슬렁거리는 사람들도 심심찮게 낚을 수가 있었다. 아내와 일찍 사별한 초로의 노인들도 은근히 경동시장을 찾아들고는 하였다.

"얼마요?"

"석장."

성자는 사내의 표정을 첫밧에 읽었다. 한 번 생각이 있어 시장을 어슬렁거리는 사람이라고 생각 할 때는 은근히 뒤쪽 으슥한 골목으로 끌어 들였다. 사내들은 여자와 한번 간절히 붙고 싶어도 사람들의 눈 때문에 섣불리 내색을 하지 않은 것이다. 으슥한 골목에 오면 사내가 먼저 해웃값을 물어오는 거였다. 화대가 너무 비싸다고 투덜거리면 적당히 깎아 주기도 하였는데, 대개 노인들에 한해서였다. 노인들 중에는 힘도 제대로 쓰지 못하는데, 턱없이 몸값이 비싸다고 투덜거리는 이도 있었던 것이다.

해웃값으로 받은 삼 만원 가운데서 절반은 방값이었다. 성자는 손님을 낚으면 시장 뒤쪽의 한 골목 모퉁이에 있는 화성 여인숙으로 데리고 갔다. 성자는 화성 여인숙하고 거래를 하고 있었다. 손님으로부터 받은 화대 삼 만원 중 절반을 떼어주면 화성 여인숙 측에서는 받은 방값으로 둥기들을 사서 매춘여성들의 뒷배를 봐줬다. 화성 여인숙과 거래를 하고 있는 매춘녀들은 다섯이었다. 그러니까 둥기들은 성자를 비롯한 나머지 네 명의 매춘녀들 한테 기생을 하고 있는 거나 다름없었다. 이곳에서 매춘을 하는 여자들 중에는 둥기 씨를 아예 기둥서방으로 삼아놓은 이도 있었다. 둥기는 원래 기둥서방이라는 의미의 은어적 표현이었다.

성자는 낮때가 되어 잠에서 깨어났다. 점심을 건성 때우고 집을 나섰다. 경동시장으로 향했다. 일 년을 넘게 반복한 이와 같은 일이 이제는 지겹기도 하지만, 하루하루 살아가기 위해서는 도리가 없었다.

성자는 작년 여름부터 이곳에서 매춘을 시작했다. 의정부 생활을 청산하고 청량리 뒤쪽으로 사글세를 얻어왔다. 의정부 D블럭 사창가에서 나이가 서른을 넘자 돈을 벌기는커녕 빚만 늘었다. 포주 여편네는 빚은 생각 말고 밥술이나 하나 덜자고 입버릇처럼 혀를 놀렸다. 뚜쟁이로 나앉을 판에 그쪽을 청산하고 독단적으로 매춘을 시작했다. 성자는 이곳 경동시장에는 이처럼 사적으로 매춘을 하는 여자들이 많다는 사실을 들어 알고 있었다. 이

쪽이라면 자신이 섰다. 사람은 우선 살고 봐야 한다. 성자는 모질게 마음을 다졌다. 성자에게 있어 매춘은 결코 수치가 아니었다. 하루하루 살아내기 위한 발버둥일 뿐이었다. 삶이란 이처럼 한사람을 극단적으로 몰아갈 수도 있는 것인가.

　날씨가 팔팔 끓었다. 남부의 어느 도시에서는 사십 도를 오르락내리락 한다는 보도도 있었다. 예년의 이맘때와는 비교가 되지 않을 정도로 팔팔 끓는 날씨가 요즘 계속되고 있다는 것이다. 성자는 버스에서 내려 시장 통으로 들어섰다. 날씨가 아무리 푹푹 쪄도 사람들은 하는 일을 게을리 하지 않았다. 도로가의 노점상들을 봐도 그건 알 수가 있었다. 노점상들은 햇볕을 차단하는 비닐하나 치지 않고서 연방 소리들을 외치고 있었다.
　성자는 시장 어구에서 언제나 쭈그리고 앉아 잡스런 곡물들을 팔고 있는 노파한테 눈인사를 하면서 안으로 들어섰다. 노파는 성자가 여기 경동시장을 무대로 매춘을 한다는 사실을 알고 있었다. 다른 노점상들도 성자가 매춘을 한다는 사실을 알고 있지만, 그들은 언제나 눈을 곱잖게 하고서 비아냥거리는 쪽이었다.
　"젊은 여자가 할 짓이 없지."
　그러나 성자는 신경 쓰지 않았다. 살기 위해서 매춘을 하는 것이니, 결코 부끄러워해서는 안 된다고 자위를 해보기도 했다. 성자는 나름대로 할 말이 없는 게 아니었다. 당신들도 팔팔 끓는 노상에서 이리저리 쫓겨들 가면서 난전을 벌이고 있잖느냐는 반문이 일었다. 사람은 닥쳐보지 않고서는 절대 앞 장담을 할 수가 없는 노릇이었다.

성자는 핸드백에서 손수건을 꺼내 이마에 가랑가랑한 물 땀을 닦아 내고서 주위를 살폈다. 시장의 안쪽 깊숙이 옥진이가 얼쩡거리고 있는 게 보였다. 옥진은 큰 키를 연방 펴늘이면서 어슬렁거리는 사내들에게 자꾸만 시선을 보내고 있었다. 옥진은 키가 헌칠하게 컸고, 몸매도 보아줄 만은 했다. 입성도 괜찮고 얼굴도 반반한 축이었다. 그러나 옥진은 말을 제대로 하지 못하는 반벙어리였다. 사내들이 옥진의 미모에 확 끌려 따라 갔다가도 그만 반벙어린 줄을 알아차리고 기겁을 하고 빠져 나오고는 하였다. 어떤 사내들은 반반한 옥진이가 말을 제대로 못하는 사실을 오히려 애석하게 여겨 단골을 트고 노골적으로 다니는 경우도 있었지만, 그건 백에 하나 꼴이었다. 옥진인 나이가 스물여섯 살인데 매춘을 해서, 대학에 다니는 남동생 뒷바라지를 하고 있는 거였다. 옥진이가 사내들에게 눈을 흘기고 있었지만, 이제 사정을 아는 사내들은 옥진을 쳐다보지도 않았다. 옥진과 눈을 맞춰 으슥한 골목으로 따라 들어간 사람들은 이곳에 처음 왔다가 은근히 미모에 빨려 들었던 남자거나, 아니면 옥진이가 가여워서 부러 한번 놀아주는 사내들이었다.

성자는 옥진이가 말만 제대로 하는 여자라면 모르긴 해도 손님들을 완전히 옥진에게 뺏겨 버릴 것이라고 생각하면서 시장의 안쪽을 향해 걸어갔다. 성자는 아담한 체격에 몸매도 보기 좋게 균형을 가지고 있었다. 성자는 자신의 얼굴에 만족을 하지는 못하고 있었는데, 그전에 화장술을 익혀서 조금 신경만 쓰면 얼굴도 보아줄 만은 하게 꾸며낼 수가 있었다. 경동시장 사람들도 술좌석 같은 데서 성자가 제일 값이 나간다고 뭇입들을 나부대고는 하였다.

　성자는 시장의 안쪽으로 들어가면서 영출 씨한테 슬쩍 한번 시선을 던졌다. 그러나 영출과 시선이 마주치지는 않았다. 영출은 손님들을 끌려고 입술이 닳도록 설레방을 치고 있었다. 그는 시장 안에서 구두를 팔고 수선하는 사람이었다. 백화점의 구두와 똑같은 제품의 구두를 특수 제작한 리어카에 가득 쌓아놓고 아주 헐값으로 팔았다. 값이 워낙에 눅자, 사람들이 끊임없이 몰려들었다. 영출은 올해 서른여덟 살로 아직 결혼을 하지 못했다. 사람은 착해 보이는데, 키가 작고 볼품이 없는 게 흠이었다. 돈은 제법 만지는가 보았다. 하루 일과가 끝나고 파장을 하면 영출은 언제나 뽐내는 태도로 손에 가득 돈을 쥐고서 헤아려 나가고는 하였다. 성자는 영출 씨가 은근히 자신에게 마음을 두고 있다는 사실을 알았다. 성자도 영출 씨가 보기보다 건실하고 진국이어서 인물 따지지 않고 한번 받아들일까, 생각하고 있는 중이었다. 더욱이 성자는 자신이 매춘녀란 사실을 결코 잊지 않았다. 성자는 언제든지 자신을 진심으로 사랑해 주는 남자가 나타나기만 하면 미련 없이 그 남자를 따라 나서기로 마음을 다지고 있었다. 세상에서 가장 힘들고 외로운 것은 혼자라는 사실이었다. 성자는 영출 씨가 적극적으로 자기한테 접근해 오기를 은근히 기다리고 있는 거였다.

　성자는 영출 씨가 땀을 흘리며 손님들에게 소리를 지르는 것을 슬쩍 한번 일별하고서 곧장 안쪽으로 들어왔다. 옥진이가 성자를 보고 한번 눈웃음을 쳤다. 성자도 옥진을 향해 살며시 웃어주었다. 형순이는 어디로 갔는지 보이지 않았고, 나이가 많은 구

로동 여자와 수원 여자는 안쪽 간이 빵집에서 토스트를 사먹고
있었다.

성자는 낚을 사내들이 있는지 주의 깊게 살피면서 옥진이 곁
으로 갔다. 날씨가 팔팔 끓고 있어서 옥진이도 비지땀을 흘리고
있었다. 리어카 장사가 세워 놓은 파라솔 밑으로 들어가 더위를
식혀보고 있는 모양이었지만, 덥기는 어디나 마찬가지였다. 옥진
은 비지땀을 흘리면서도 연방 사내들에게 눈짓을 하고 있었다.

"낚았어, 오늘?"

하고 성자가 물었다. 옥진은 요즘 많이 낚아봐야 이틀에 한명
정도였다. 해웃돈을 조금 내려서 손님을 받아 보라고 말해 보기
도 하였지만, 옥진은 곧 죽어도 삼 만원을 고집하는 거였다. 성
자가 묻자, 손가락으로 원을 그려 보이면서 멀쩡게 웃었다. 옥진
은 되도록 말하는 것을 삼가고 몸동작으로 의사를 교환한다. 사
내들이 주변에 있는 경우는 입도 뻥긋 하지 않았다. 손님을 하나
라도 더 낚기 위해서는 절대 자신의 약점을 드러내지 않는다는
각오가 서있는 모양이었다.

"오늘도 공쳤군."

성자가 혼잣말처럼 이죽거리자, 옥진이 힘없이 웃었다. 옥진
이 웃으면서 성자를 향해 턱 끝을 치켜들었다. 그쪽은 몇 명 낚
았느냐는 물음이었다. 성자는 손가락 두 개를 펴보였다. 옥진이
가 눈을 크게 뜨면서 끝내준다는 손짓을 했다. 성자가 생각해도
새벽에 두 손님을 낚은 것은 기적 같은 일이었다. 번번이 공을
치기 십상이었다. 어쩌다 손님을 하나라도 낚은 날은 제법 운이
좋은 셈이었다. 뻔히 공칠 줄은 알면서도 새벽시장을 나가지 않

으면 마음이 불안했다. 성자는 자신이 비록 매춘을 하지만, 하는 동안은 최선을 다하겠다는 각오로 일하고 있는 거였다.

"형순이 봤어?"

성자가 옥진에게 묻자, 옥진이 고개를 저었다. 형순이가 며칠째 얼굴을 보이지 않은 것이다. 형순은 남편과 오래전에 갈라섰는데, 나이가 서른셋이었다. 성자와는 나이도 같고, 살아가는 처지도 엇비슷했다. 성자는 그래서 형순이를 끔찍이 생각해 주었다. 성자는 형순을 생각하면 가슴이 아팠다. 형순은 얼굴에 손티가 있었다. 시장 사람들도 형순을 일컬을 때는 곰보라고 불렀다. 키도 작고 못생긴데다가 얼굴까지 얽어놔서 사내들이 쉬이 접근해 오지 않았다. 형순이와 눈이 맞은 사내들은 대개 싼 맛에 한번 노는 것 같았다. 형순은 한번 노는데 이만 원이었다. 사내들 중에는 그것도 너무 비싸다고 깎자는 사람들이 있었는데, 그런 경우 형순은 만 오천 원까지 불렀다. 그렇게 해야 사내 하나 잡을 수가 있는 거였다. 형순이도 받은 화대 가운데 방 사용료로 절반을 화성 여인숙 측에 바쳤다. 형순은 죽고 싶다는 소리를 뻑하면 입가에 매달았다. 성자는 며칠째 형순의 얼굴을 보지 못하고 있었다.

성자는 구로동 여자와 수원 여자가 옥진이 쪽으로 내려오고 있는 것을 보고서 바깥쪽으로 걸어 내려왔다. 성자는 나이가 두툼한 이 두 여자들이 못마땅했다. 뻑 하면 술을 퍼마시고 신세한탄을 하는 거였다. 여자들이 오죽하면 뽁을 팔러 나왔겠냐고 지나가는 사내들을 붙들고 늘어졌다. 자기하고 한번만 놀아달라고 사정을 하는 것이다. 성자는 그게 자존심이 상했다. 사내를

낚지 못하면 그만이지, 쪽팔리게 몸을 한번 사달라고 사정을 하는 건 또 무엇인가. 성자는 사내들한테 절대 아쉬운 소리는 하지 않으리라고 스스로 다짐을 했었다. 매춘행위가 그녀에게는 정당한 상거래와 같았다. 이곳 시장 안에서는 자신이 하나의 상품이라고 생각한 거였다.

성자는 바깥으로 나오면서 영출 씨를 슬쩍 흘긋거렸다. 영출 씨는 이마에 맺힌 땀을 수건으로 연방 훔치면서 손님들을 맞고 있었다. 손님들은 더위에도 아랑곳 하지 않았다. 영출 씨의 구두 손님들은 특히 많았다. 값이 턱없이 쌌기 때문인데, 공장에서 직접 빼온다는 것이다. 하루에 십만 원 벌기는 누워서 식은 죽 먹기라고 매춘녀들 앞에서 나번득인 적도 있었다. 요즘은 장사가 찢어지게 잘돼 손이 째인다 하면서 발 빠른 종업원 까지 하나 구해볼 작정이라고 말하기도 했던 것이다.

성자는 영출 씨가 자신을 의식하지 못하자, 조금 서운한 기분이 들었으나 개의치 않고 지나쳐 버렸다. 둥기 씨가 저쪽 입구에서 어정거리고 있었던 것이다. 둥기 씨는 성자가 영출씨 한테 관심을 갖고 있다는 사실을 알고 은근히 겁을 집어 먹었다. 영출 씨와 눈이 맞기라도 해버리면 당장 자기들 입에 들어오는 돈이 쫄쩍해지기 때문이었다. 둥기 씨는 영출 씨 마저 성자한테 눈길을 주고 있다는 사실을 알고서 한번 호되게 패버릴 마음을 먹고 있는 것 같았다. 한번은 영출 씨가 영업을 끝내고 돌아가는 것을 붙들어 잡고 성자한테 일심을 품었다간 재미없을 것이라고 엄포를 놓았던 적이 있었다. 그러나 남녀 간의 일이란 그런 억압에 결코 좌우되지 않은가 보았다. 영출은 둥기 씨로부터 그런 되먹지 못한 말을 듣자, 처음엔 마음을 고쳐먹는가 싶더니 시간이 흐르자 외려 반항감이 드는지 서서히 지난 감정을 성자한테 드러내 보이는 거였다.

성자는 영출 씨가 땀을 줄줄 흘리면서 영업을 하는 모습이 너무 마음에 든다고 생각하면서 둥기 씨를 피해 시장을 거슬러 올랐다. 시장은 사람의 인파로 들끓었다. 상회가 없이 좌판을 벌여 놓은 난전 장사꾼들도 많지만, 시장을 어슬렁거리는 하릴없는 사람들도 억수로 많았다. 물건을 사려는 마음이 없는 사람들도 구경삼아 시장을 쏘질러 다니고는 하였는데, 오후 늦게 쯤이면 시장은 거의 난장판을 이루었다.

성자는 시장의 한 블럭을 거슬러 올랐다. 경동시장은 블록별로 각각 다른 종류의 물품들을 취급했다. 채소전, 과일전, 포목전, 생선전 따위를 비롯해 한약전에 이르기까지 오만가지가 없는 게 없었다. 성자는 한약상 들이 즐비하게 늘어선 시장 블록으로 들어섰다. 한약 냄새가 코끝을 자극해 왔다. 성자는 하루에 한번은 꼭 이곳 한약상 블록에 들르고는 하는데, 낚는 날 하루에 한 손님은 대개 이곳에서 낚았다. 한약상 들은 성자가 매춘을 하는 여자인줄을 모르는 경우가 많았다. 성자는 이곳에서는 자신을 노출시키지 않고 은밀히 거래를 텄다. 이곳을 들락거리는 사내들도 눈치가 기차게 빨랐다. 그들도 경동시장에 가면 매춘을 하는 여자들이 있다는 소문을 들었던지, 마주치는 순간 눈을 한번 찡긋 해주면 즉각 반응을 보여 왔다. 사내들 중 생각이 없는 사람은 곧장 고개를 외로 틀어버렸고, 구미가 당긴 사람들은 남이 눈치 채지 못하게 빠른 눈짓으로 신호를 보내오는 거였다. 성자는 그

런 사내가 나타나면 먼저 앞장을 서서 손님을 유도한다. 사람들
의 발길이 조금 한적한 곳으로 끌어 들이면 사내가 먼저 화대가
얼마냐고 물어오는 것이다. 성자는 간혹 손님이 푼돈이나 있는
사람 같아 보이면 그때그때에 따라서 임의로 화대를 올려 부르기
도 하지만, 대개는 정직하게 삼 만원을 요구한다. 딱 봐서 손님
이 삼 만원도 부담을 느끼는 눈치면 한번 냉정하게 돌아서 버린
다. 그때, 사내가 따라 오면 사내는 백발백중 한번 간절한 생각
이 있는 것이다. 만약 사내가 더 이상 따라 오지 않는 눈치면, 그
때는 성자 쪽에서 다시 한 번 화대를 조정한다. 성자는 이만 오
천 원까지 내려서 받는 경우도 있는 거였다. 그럴 경우 화성 여
인숙 방값은 그대로 변함이 없고 성자 자신에게만 오천 원의 손
해가 미치는 것이다. 성자는 손님과 몸값을 가지고 흥정을 할
때, 간혹 비감스러운 기분에 잠겨들기도 했었다.

성자는 코끝을 자극하는 한약 냄새가 이제 진저리가 난다고
생각하면서 힐끗힐끗 사내들을 살펴보았다. 그러면서도 성자는
결코 긴장을 풀지 않았다. 요즘 경찰들이 시장의 뒷골목에서 공
공연히 이루어지는 매춘행위를 집중적으로 단속을 하고 있기 때
문이었다. 경찰들은 오전에는 한차례 건성으로 시장 안을 순찰하
지만, 오후가 되어 사람들이 북적거리기 시작하면 여럿씩 뭉쳐
다니면서 집중적으로 단속을 하는 거였다. 그러나 눈치 하면 매
춘녀 들이었다. 경찰들이 벌써 어디에 떴다는 정보만 입수하면
귀신같이 몸을 숨겼다. 성자는 시장 뒤쪽에 있는 지하 이발소를
피신처로 삼고 있었다. 이발소 주인이 사람이 좋아서 성자가 헐
레벌떡 이발소로 뛰어들면 딱한 얼굴로 따뜻이 맞아 주고는 하는

것이다. 경찰들은 시장 어구의 길목에 잠입해 있다가 매춘녀 들이 나오기만을 기다리고는 하였다. 그러나 매춘녀 들은 감쪽같이 놈들의 눈을 속이고 시장을 빠져 나가는 것이었다. 요즘에 경찰들은 매춘녀 들을 잡아들이기 위해 혈안이 되어 있는 모양이었다.

성자는 오늘 새벽에 올린 끗발이 다시 한 번 오늘이 가기 전에 올라 줬으면 하고 바라면서 사람들 틈을 비집고 나갔다. 앞으로 두 손님만 더 받는다면 올 들어 기록을 세우게 되는 거였다. 그러나 한 손님은 염려하지 않아도 되었다. 이미 저녁 늦게 약속이 되어 있기 때문이었다. 한섭이라는 청년과 약속이 되어 있는 거였다. 한섭은 올해 군에서 제대를 해서 나온 사회 초년병이었다. 중장비 기술 학원비를 마련하기 위해 청과상회에서 종업원으로 일하고 있다는 것이다. 청년은 은근히 성자가 마음에 들었던 모

양이었다. 상회 사람들이 절대 눈치 채지 못하게 한번 품고 싶다는 얘기였다. 성자가 아무리 매춘을 하는 여자이지만, 가까이서 자꾸 보게 되니 자기도 모르게 마음이 끌리더라는 것이다. 성자는 한섭이라는 청년한테 멋지게 서비스를 해주리라고 마음을 먹고 있었다.

성자는 한약상 블록을 어느 정도 돌았으나 한명의 사내도 낚지 못했다. 그러나 실망하지 않았다. 하루 일당은 일찌감치 건져 올렸기 때문이다. 성자는 청과상회 한섭이와의 저녁 약속을 생각하면서 청과물 블록을 향해 경쾌하게 걸음을 내딛기 시작했다. 그런데 정말 성자는 오늘 끗발이 서는 날인가 보았다. 성자가 막 한약상 블록을 빠져 나오는데, 누군가 나지막한 소리로 뒤쪽에서 불러 세웠다.

"잠깐 봅시다."

성자는 귀를 한번 의심하면서 재게 뒤를 돌아다보았다. 뒤를 돌아본 순간 이번에는 눈을 의심했다. 키 작은 남자가 등 뒤에 엉거주춤 서 있었다. 남자는 삼십대 초반쯤으로 보였는데, 외팔이였다. 긴팔 소매의 옷을 입고 있었다. 성한 팔은 소매를 위까지 완전히 걷어 올렸는데, 나머지 팔은 보이지 않았다. 팔이 뻗어 있어야 할 곳에 끝을 꽈서 묶은 긴팔 소매만 공허하게 덜렁거리고 있는 게 보였다. 성자는 남자의 모습에 순간 당황하여 아무 대꾸도 하지 못하고 잠자코 사내를 바라다만 보았다. 사람들이 무리지어 흘러가면서 자꾸만 성자와 외팔이 사내를 흘긋거리고 있었다.

"나하고 한번만 놀아 주겠소?"

사내가 바짝 가까이 다가와서 목소리를 땅바닥까지 낮추면서 애걸조로 물어왔다. 사내는 옆을 스쳐가는 사람들의 눈을 퍽이 의식하고 있는 모양으로 자꾸만 행인들의 눈치를 살폈다. 사내는 만족한 얼굴로 열없이 공허한 팔소매를 찰랑 흔들어 보였다. 성자는 외팔인 줄 안다는 뜻으로 자신의 한쪽 팔을 한번 유머 있게 흔들어 주었다. 사내가 씩 웃자, 성자는 사람들이 뜨음한 곳으로 사내를 유인했다. 사내는 불편한 몸으로 성자의 뒤를 따라왔다.

"얼마요?"

하고 사내가 물었다. 사내는 덜렁거리는 팔소매를 쓸쓸히 한번 내려다보면서 물었는데, 자신이 외팔이어서 화대가 비쌀지도 모른다는 생각을 하고 있는 줄도 몰랐다. 그러나 성자는 자신이 비록 사내들을 상대로 매춘을 하지만, 비열한 행동은 하지 않으리라고 다짐을 했던 터수였다. 성성한 사람이라면 혹은 모르지만, 외팔이로 힘든 한세상을 살아가야 할 사람한테 그악스럽게 굴고 싶지 않은 거였다.

"석장."

"좋소. 딴소리 마쇼, 이따."

성자가 삼만 원을 요구하자, 사내는 좋다면서 끝판에 일어날 줄도 모르는 불미스러운 염려까지 보내온 거였다. 사내와 일을 치르고 나서 공연히 돈을 웃받으려는 여자들이 있는 것이다.

"멀찍이 따라와요."

성자는 앞장서 걸으면서 외팔이 사내한테 당부를 하듯이 말했다. 시장 사람들이 눈치 채지 못하게 사내를 유인해야 했다. 사내가 외팔이라는 사실이 자꾸만 마음에 걸리는 거였다. 성자는

매춘을 하면서 한 번도 몸이 성치 않은 사람을 낚은 적은 없었
다. 성자는 청과상회가 늘어서 있는 시장으로 들어섰다. 외팔이
가 뒤에서 느긋하게 거리를 두고 따라오고 있었다. 사내도 자신
의 처지를 알고서 적당히 거리를 두었는데, 성자가 아까 멀찍이
따라 오라고 했던 말을 결코 잊지 않고 있는 모양이었다. 성자는
자신이 외팔이를 낚은 사실을 되도록 구두장사 영출 씨나 청과상
회 한섭이가 눈치 채지 못하도록 행동에 주의를 기울였다.

성자는 영출 씨 곁을 자연스럽게 지났다. 영출 씨는 여전히 구
두를 파느라고 정신이 없었다. 오후 느지막한 시간은 손님들도
부쩍 많은 시간이었다. 한섭이가 일하고 있는 청과상회도 힐끗
한번 쳐다보았으나 한섭의 모습은 보이지 않았다. 영출 씨나 한
섭이나 성자가 외팔이를 낚은 사실을 알게 되면 매우 자존심이
상할 것이었다. 영출 씨는 은근히 성자를 넘보고 있었고, 한섭이
는 오늘 저녁 느지막이 성자의 몸을 사기로 약속이 되어 있는 거
였다. 성자가 아무리 값이 나가고 개중 반반한 축이라 하여도 외
팔이가 품은 사실을 알면 어떤 사내라도 기분 좋을 리는 없을 터
이었다.

성자는 한사코 자기가 외팔이를 낚아 가지고 시장을 거슬러
오르는 모습을 아는 사람들한테 보이지 않으려고 애썼다. 외팔이
사내는 누가 눈치 채지 못할 정도의 거리를 두면서 사람들 사이
를 느긋하게 헤쳐 나오고 있었다. 외팔이 치고는 제법 날쌘 동작
이었는데, 성자가 보기에는 그게 여유 있는 걸음걸이로 밖에 여
겨지지 않았다.

화성 여인숙으로 굽어드는 시장의 한 모서리에서 옥진이가 성

자를 보고 싱긋 웃었다. 옥진이는 여적 한명도 낚지 못한 모양이었다. 오늘처럼 날씨가 푹푹 찌는 날은 다른 때보다 사내들 낚기가 어려울 수밖에 없었다. 성자는 잠깐 걸음을 멈췄다. 외팔이도 조금 거리를 두고 멈춰 서서 성자의 눈치를 살피고 있었다. 성자는 손수건으로 이마에 얼룩진 끈적한 땀을 닦아 내면서 외팔이한테 따라 오라는 손짓을 보냈다. 그리고 화성 여인숙을 향해 천천히 걸어갔다.

"성자 오늘 끗발 서네!"

하고 화성 여인숙 주인 여자가 선풍기 바람을 치마 속으로 마구 집어넣으면서 이죽거렸다. 주인 여자도 팔팔 끓어오르는 더위 때문에 고생깨나 하고 있는 모양이었다. 성자는 주인 여자의 말에 한번 웃어주는 것으로 답례를 보내고 여인숙 밖에서 열없이 뭉기적거리고 있는 외팔이 사내를 향해 안으로 들어오라는 신호를 보냈다. 외팔이가 달아난 팔의 긴소매를 덜렁거리면서 안으로 들어섰다. 사내는 자꾸만 주인 여자와 시선을 마주치지 않으려고 애썼다. 달아난 팔을 지나치게 의식하고 있는 느낌이었다. 주인 여자는 외팔이를 보자, 조금 황당한 표정을 지어 보였다. 성자는 자기가 전용으로 쓰는 끝 방으로 들어갔다. 외팔이가 땀을 흘리며 성자의 전용 방으로 따라 들어왔다.

"벗고 기다리세요."

말해놓고, 성자는 물이나 한번 끼얹으려고 밖으로 나왔다. 화성 여인숙은 욕실이나 화장실이 방하고 딸려 있지 않고, 객실 끝에 욕실을 겸한 화장실이 하나 달랑 있는 것이다. 그래서 손님이 꽉 들어찬 경우에는 말할 수 없이 불편을 겪어야 했다. 성자가 나오자, 주인 여자가 사내를 한번 이죽거리는 말을 흘렸다.

"외팔이 주제에 오입질 생각이 간절한 모양이네."

주인 여자는 성자가 외팔이를 낚아 데리고 들어온 사실에 대해서 매우 불만이 섞여 있는 눈치였다. 주인 된 입장으로서 좋을 리는 없을 것이다. 하룻밤 묵으러 그런 손님이 여인숙에 찾아들면 방이 다 나갔다고 공갈을 치기도 하는 거였다. 성자는 주인 여자가 이죽이자, 그냥 모른척하고 있어라 손짓을 보냈다. 그러나 주인 여자는 오늘따라 피새가 심했다.

"성자 너 좀 이리 와봐라."

주인 여자가 좀 되먹은 사람처럼 꼬장꼬장하게 나왔다. 보나마나 화대를 가지고 꼬투리를 잡을게 분명한 것이다. 성자가 손님한테 팁을 받은 기미가 보이면 은근히 팁을 분배하자고 졸랐다. 화대 삼만 원 중 겨우 절반 떼어 받아가지고는 둥기 씨 하나도 사지 못한다는 거였다. 화성 여인숙은 두 명의 둥기 씨를 거느리고 있었다. 손님들과 매춘녀 사이에 티격태격 말썽이 높으면 그들이 와서 쇠주먹을 앞세워 손님들을 주눅부터 들게 해버린다. 여인숙 측으로나 매춘녀 측으로나 필요한 존재들이었다.

"얼마에 낚았냐?"

주인 여자가 여전히 더워 미쳐 버리겠다는 듯이 선풍기 바람을 치마 속으로 마구 집어넣으면서 물었다. 성자는 외팔이가 듣지 않도록 소리를 낮추면서 말했다.

"삼만 원 불렀어요."

"그럴 줄 알았다. 외팔이를 끌고 오면서 그래 고작 삼만 원 불렀냐? 물어봐라. 다른 데서는 저런 외팔이는 아예 들오지도 못하게 문전에서 내쫓아 버린다. 오만 원은 받아내라. 만 오천 원에 저런 사람한테 방 못 내준다. 못 낸다고 하면 밀어 내버려라. 저런 손님 한번 치르면 얼마나 사람이 구숭숭 하게 되는 줄이나 아냐?"

주인 여자는 사내가 들을 수 있도록 부러 소리를 높였다. 한 치의 양보도 할 성싶지가 않았다. 성자는 외팔이가 행여 들을까, 노심초사하는 마음으로 자꾸만 주인 여자에게 소리를 낮추라는 시늉을 했다. 그러나 주인 여자는 무엇이 못마땅했는지 물러서지 않으려는 눈치였다.

"정 못 받아내면 성자 네가 손해를 봐야지. 너도 생각해 봐라. 외팔이 하나 때문에 우리 여인숙 이미지 망친다. 외팔이가 들락거린다는 소문, 안날 거 같냐? 그러니까 감안해서 화대를 올려 받아야 한다 이 말이다 내말은."

주인 여자의 말에 성자는 단호히 맞섰다. 사람이 외팔이면 어떻고, 곰보, 째보면 어떻고, 눈 뜬 단달 봉사면 어떠한가. 성자는 엄연히 하나의 상품이었다.

상품은 어떤 사람이든지 같은 값만 치른다면 살 수가 있는 것이다. 외팔이도 그 점에 있어서는 다른 사내들과 동등한 권리가 있었다. 성자는 이런 차원에서 외팔이한테 바가지를 둘러씌울 생각은 전혀 없는 거였다. 매춘을 해도 비열한 매춘은 하지 않으리라 다짐했지 않은가.

"안돼요, 아주머니."

성자가 자르듯이 말했다. 순간, 주인 여자의 표정이 일그러졌다. 시장 바닥에서 매춘이나 하는 주제에 반항을 한다고 생각했

던 모양이다.

"그럼, 이 년도 어림없다. 방 못 내줘야."

주인 여자는 은근히 행세를 하려고 들었다. 여인숙에 눌러 박혀 방이나 내주고 하는 주제가 이럴 때 놓치면 뽈 없는 위세라도 부릴 기회가 쉬이 오지 않을 것이었다. 오십 줄에 들앉은 여자가 객기를 부린다고 성자는 생각했다. 돈이 탐 나 슬쩍슬쩍 손님한테 몸을 대준 여자가 날이 더우니까 한번 미치는가 보다고 생각한 것이다. 성자는 이제 더위 따위도 잊어버리고 고리눈을 하고서 한번 주인 여자를 쳐다보았다.

그런데 그때 안에서 외팔이가 화가 단단히 오른 얼굴을 하고서 투덜거리면서 나오는 거였다. 외팔이 사내는 이미 주인 여자가 지껄인 말들을 모두 들어버린 게 분명했다.

"좆같은 년아, 팔 병신은 사람이 아니냐. 가시나가 좋다는데, 네까짓 주인 년이 무슨 간섭 질이냐!"

외팔이가 복도를 걸어 나오면서 벽에 걸린 벽거울을 손으로 한번 후려쳐버렸다. 거울이 와장창 깨졌다. 성자는 재게 외팔이한테 가서 한 번만 참아달라고 애걸했다. 소란이 나면 둥기들이 재깍 달려 들어오게 되어 있었다. 둥기들이 달려오면 사내는 반죽음을 면치 못할 거였다. 성자로서도 말썽을 일으켜서 난처한 입장이 되어 버리고 말 것이었다.

"오냐, 외팔이 네놈 오늘 한번 붙어 보자. 그러잖아도 날씨가 더워 근질근질하던 참이었는데, 너 잘 만났다."

주인 여자는 외팔이 입에서 욕이 튀어나오면서 거울까지 박살을 내버리자 분이 넘쳐 죽기로 달려들었다. 외팔이의 멱살을 단

숨에 잡아 버렸다. 그러나 외팔이도 만만치 않았다. 아까와는 딴
판이었다. 외팔이의 행투가 여간이 아닌 것이다.

"이 년이 어디서 함부로 멱살을 잡어. 팔 없는 것도 억울한데,
네까짓 년한테 수모를 당해. 팔 병신은 내 돈 갖고 오입질도 한
번 못하냐?"

외팔이가 뜀베질을 하듯 머리로 주인 여자의 가슴을 받아 버
렸다. 주인 여자가 쿵 나가떨어졌다. 성자는 사태가 의외로 크게
번진다는 생각을 하면서 외팔이를 진정시켰다. 누군가 여인숙 밖
으로 뛰어 나가는 게 보였고, 주인 여자는 비틀거리며 일어섰다.
외팔이가 일어서는 주인 여자의 허벅지를 이번에는 발로 한번 찍
어 버렸다. 주인 여자가 비명 같은 괴성을 지르며 그대로 고꾸라
졌다. 외팔이는 팔을 덜렁거리면서 벌써 대문을 빠져나가고 있었
다. 성자는 부르르 한번 몸을 떨었다. 주인 여자가 가까스로 힘
을 모아 몸을 일으켜 세우고 있었다. 성자가 바짝 긴장된 얼굴을
하고서 주인 여자를 부축했다. 여자는 겨우 일어서더니 다시 푸
욱 고꾸라졌다. 그때, 둥기 하나가 황급히 들어섰다.

"이 새끼, 어딨어?"

하면서 둥기가 외팔이를 찾았다. 둥기는 주인 여자가 고꾸라
져 있는 것을 목격하고 분이 일시에 치오른 모양이었다. 여인숙
에서 일어나는 모든 사건은 일체 둥기 손에서 커버해야 하는 거
였다.

"나갔어요."

성자가 잔뜩 긴장하면서 말했다. 둥기의 화살이 결국 자신에
게 떨어질게 뻔한 사실이었다.

"성자 네년은 밸도 없냐?" 외팔이를 다 낡게……… 소문 나봐라, 우리 화성 여인숙 체면이 뭐가 되겠냐?"

예상대로 둥기가 화살을 성자한테 날렸다. 성자는 둥기의 성깔이 고약스럽다는 것을 앎으로 가슴이 쿵쿵거렸으나, 할 말은 하고 살아야 하는 게 사람의 도리였다. 매춘을 하는 여자라고 할 말까지 못하고 살아서는 안 되는 것이다. 성자는 당해봤자 죽기밖에 더하겠냐는 배포로 둥기 말을 되받았다.

"외팔이는 뭐 무슨 죄졌나요? 돈을 버는데 찬밥 더운밥 가리게 됐어요, 지금?"

"으메나, 이 년이 죽기로 작정을 했네요."

둥기가 성자의 뺨을 한번 올려 쳐버렸다. 성자는 머리가 피잉 돌았다. 매춘을 하는 것도 서러운데, 저런 볼짱 다 본 둥기놈 한테 얻어터진다고 생각하니 분이 올랐다.

"죽여라, 새끼야, 죽여라, 새끼야."

성자는 죽여라, 죽여라, 하고 막무가내로 달려들었다. 둥기가 사람 환장하겠다는 표정을 잡으면서 성자를 한번 걷어찼다. 성자가 바닥으로 나가떨어졌다. 그때, 아까 외팔이가 난동을 부린다는 것을 둥기놈 한테 알리러 갔던 나이 먹은 조바가 밖에서 들어오면서 성자가 나자빠지는 것을 보고 기겁을 하며 성자를 일으켜 세웠다. 주인 여자도 늘쩡거리며 자신의 구겨진 몸을 일으켜 세우고 있었다.

"죽여라, 새끼야. 죽여라, 새끼야. 뻑 하면 공짜 오입질이나 하는 주제에 어디서 힘자랑을 하고 지랄이야. 너 새끼, 옥진이도 숱하게 잡아 먹었드라. 외팔이만도 못한 새끼야, 너는."

성자는 끝내 울음을 터뜨리고 말았다. 감싸고돌아야 할 둥기놈 들이 외려 사람을 못살게 굴었다. 공짜 오입질을 밥 먹듯이 하려 들고, 어떨 때는 처억하니 여자들 앞으로 외상을 달아 두기도 하였던 것이다. 둥기놈 들이야말로 매춘녀 들의 등을 쳐서 간을 빼먹는 존재들이었다. 손님들과 매춘녀들 사이에 실랑이가 붙어 한번 주먹흥정을 하면 댓가로 돈을 뜯어먹기도 하는 벌레와 같았다. 둥기는 성자와 입씨름을 해봐야 남자 체면만 무너진다고 생각했는지 뒷걸음질 쳐 나가버렸다. 주인 여자도 멋쩍어하면서 내실로 들어가 버리고 있었다.

"괜찮냐?"

나이 먹은 조바가 염려스런 표정으로 물었다. 이곳 화성 여인숙에서 잔심부름도 하고 청소도 하면서 더러 기회가 닿으면 밤손님을 잡아 매춘을 하기도 하는 여자였다. 성자는 그래도 자신을 염려해주는 조바 여자가 고맙다고 생각하면서 입가로 희미한 웃음을 흘려주었다.

"오늘은 일찍 들어가 쉬어라, 성자야."

"아, 아니에요. 견딜만해요. 에이, 재수 없어. 마수걸이를 잘해 끗발이 좀 서나 했더니 이게 뭐람."

성자는 이까짓 일로 한풀 꺾어 들지는 않을 셈이었다. 이쪽 세계는 죽기 아니면 살기로 덤벼들어야 한다고 생각했다. 사내를 낚아 매춘을 하는 일이 어디 고 풀리듯 순탄하게 풀리는 것인가. 성자는 욱신거리는 얼굴을 손으로 어루만지면서 다리에 힘을 모았다.

"아줌마, 핸드백 좀 내오시오."

성자는 내실에 놔둔 핸드백을 조바 여자한테 부탁했다. 여자가 곧장 핸드백을 내왔다.

"낚으러 갈려고?"

"나가봐야죠."

성자는 조바 여자에게 고맙다는 표시를 하고서 화성 여인숙을 빠져나왔다. 조바 여자는 애설픈 표정으로 멀어져 가는 성자의 뒷모습을 오래오래 바라다보고 있었다. 성자는 스스로를 비웃었다. 매춘이나 하는 년이 끗발은 무슨 끗발이냐고 자조를 해보는 거였다. 그러나 사람이 물러서는 안 된다. 세상은 원래 쉬운 게 아니다. 성자는 혀를 물었다.

외팔이 사내가 불쌍하다는 생각이 문득 들었다. 내 돈을 가지고도 마음 놓고 오입질을 못하는 외팔이가 한없이 가엾게만 느껴지는 거였다. 성자는 언제고 외팔이를 한번 만나면 다른 데서라도 공짜로 한번 몸을 맡기고 싶은 마음이었다. 가슴 깊숙이 갈증이 왔다. 목이 타오르는 그런 갈증만은 아니었다. 문득 누군가가 그리워지는 거였다. 누가 이 목마름을 적셔줄 것인가. 성자는 사람들 틈을 헤치면서 걸어 나갔다.

성자는 영출 씨가 신발을 팔기 위해 떠들어대는 소리를 듣고 한참 거기 서있었다. 영출씨도 이번에는 성자와 눈길이 마주쳤다. 영출 씨는 땀에 젖은 수건으로 이마를 한번 쓰윽 훔쳐내면서 성자를 보고 웃었다. 성자도 하얀 이를 드러 내놓고 웃었다. 영출 씨가 비록 볼품은 없지만, 자신을 위해 환하게 웃어주는 마음이 더할 수 없이 고마울 따름이었다. 성자는 문득 오늘 영출 씨를 한번 만나고 싶다는 생각이 들었다. 성자는 영출 씨에게로 바짝 다가갔다. 영출 씨가 신발을 손님한테 골라 주면서 연방 기분 좋은 웃음을 웃고 있었다.

"많이 팔았어요?"

성자가 물었다. 영출 씨는 손님을 거들면서 대답 대신 앞에 두른 전대를 한번 으스대듯 들춰 보였다. 전대가 제법 두둑했다. 성자는 영출 씨를 대견스레 쳐다보았다. 그의 얼굴이 땀으로 얼룩져 있었다. 그는 수건으로 자꾸만 얼굴을 훔쳐냈지만, 수건이 땀에 질펀히 젖어 있어서 말짱 헛일이었다. 외려 땀 물이 눈 속으로 들어가 따가운 모양으로 눈을 연방 씀벅거리고 있었다. 성자는 핸드백 속에 넣어 가지고 다니는 여분의 손수건 중 하나를 꺼내 영출 씨에게 내밀었다. 그러자 그가 예상치 못한 일이라는 듯 입을 헤벌리면서 엉거주춤 손수건을 받아 들었다. 손님 하나가 씨익 웃었으나, 성자는 개의치 않았다. 성자는 손수건으로 그에게 관심을 보인 것이다. 그도 장사꾼으로 굴러서 눈치 하나는 기차게 빠른가 보았다. 무슨 말인가 하려고 하는 것 같았으나, 손님이 있어 말은 하지 못하고 눈만 한번 찡긋거렸다. 성자는 영출 씨가 까닭 없이 자신에게 어떤 힘을 불어넣어주고 있다는 사실을 깨달았다. 성자는 영출 씨가 어떤 사람인 줄은 자세히 알지는 못하고 있었으나, 별을 하나 달고 나왔다는 말을 시장 사람들을 통해 들었던 적이 있었다. 그러나 별을 달고 달지 않고는 성자에게 중요치 않았다. 성자는 영출 씨의 현재가 마음에 들었다. 그는 새 삶을 살기로 단단히 작정을 하고 나선 사람 같았던 것이다. 성자는 그가 적극적으로 접근해 오기를 속으로 바라면서 그가 벌여놓은 노전을 빠져 나왔다.

　성자는 시장을 한 바퀴 돌 작정이었다. 옥진이나 형순이는 시장을 이곳저곳 훑고 다니는 것보다 한군데 진을 치고 있다가 손님을 낚는 게 효과적인 방법이라고 했다. 한번 붙고 싶다는 생각이 있는 사내는 찾아들게 마련이라는 것이다. 그러나 성자의 생각은 달랐다. 세월 좋게 익은 감이 떨어지기만을 기다릴 수는 없었다. 사내들의 상품이 된 이상 상품이 필요한 사내들을 직접 찾아 나서야 한다는 게 성자의 생각이었다. 요즘은 옥진이나 다른 여자들도 성자의 방법을 쓰고 있는 것 같지만, 그것도 상품 나름이었다. 나이 든 구로동 여자는 한약상 골목에서 사내를 낚다가 미친년이라고 투박을 맞기도 했고, 형순이는 곰보딱지나 없애고 손님을 낚든지 해라는 모욕적인 언동을 받기도 했다. 형순이는 사실 그날 이후, 영 모습을 보이지 않고 있었다. 형순이는 나름으로 자신의 얼굴에 대해서 고민을 해왔던 게 사실이다. 성자에게 한 번은 어떻게 수술이라도 할 수가 있었으면 좋겠다고 속맘을 털어놓은 적도 있었다. 그러나 그게 그리 쉬운 일은 아닐 터이었다. 어디 흉터 자국을 지우는 문제라면 혹은 모를 일이다.

　성자는 다시 한약상 블록을 훑어볼 작정이었다. 아까 만났던 외팔이 사내를 만나게 될지도 모른다는 생각이 문득 스쳤다. 성자는 외팔이가 의외로 동작이 날쌔다고 생각했다. 화성 여인숙 주인 여자를 뭉개버리고 둥기놈 들의 눈을 피해 잽싸게 빠져나간 사실을 봐도 쉽게 짐작할 수가 있었다. 외팔이가 만약 여인숙을 빠져나가다가 놈들에게 붙잡히기라도 했다면 아마 지금쯤 시장이 한바탕 소란스러웠을 것이었다. 둥기놈 들과 맞붙은 손님들은 대개 죽사발이 되어 시장에서 쫓겨 가고는 했다.

한약상 블록은 사람들이 아까보다 쭐쩍해져 있었지만, 여전히 붐비기는 마찬가지였다. 해가 성큼 기울었는데도, 여기저기 기웃거리고 다니는 사람들이 많았다. 어떤 아주머니들은 사지도 않으면서 이것저것 값을 물어 보고는 하였는데, 그러나 상인들은 친절하게 대답해 주었다. 성자는 그런 아주머니들이 제일 밥맛이었다. 영출 씨의 손님들 중에도 꼭 아주머니들이 문제였다. 사지도 않을 사람들이 신발을 이것저것 되작이다가 그만 사르르 뒤꽁무니를 빼고 가버렸다. 언젠가 한 번은 아주머니 하나가 영출 씨가 똥오줌을 가리지 못하게 바쁠 때, 몰래 구두 한 켤레를 봉창질해 가다가 잡혔던 경우도 있었다. 성자의 손님들 중에도 꼭 별 볼 일 없는 것들이 물건 취급을 하며 입고생만 시키고 갔다.

"얼마 받소?"

"석장."

성자가 정중히 해웃돈을 일러주면 그 작자는 콧방귀를 뀌어주고 달아나 버리는 것이다. 그러나 성자는 그들을 절대 원망하지 않았다. 그냥 막연하게 밥맛이라고만 생각한 거였다.

성자는 한약상 블록을 꼼꼼히 한번 돌았으나 손님은 낚지 못했다. 외팔이도 보이지 않았다. 한약상 블록을 빠져나올 때는 이미 저녁 어스름이었다. 찻길 건너로 불빛들이 많이 올라 있었다. 사람들이 버스를 타려고 정류장으로 떼지어 몰려들고 있는 게 보였다. 성자는 오늘 저녁 느지막이 만나기로 했던 청과상회 한섭이를 떠올리면서 청과시장 블록으로 들어섰다. 영출 씨는 이제 거의 장사를 마무리하고 있는 것 같았다. 영출 씨가 청과시장 입구 공터에 벌여놓은 노전 앞에는 이제 따악 한 명의 젊은 남자

손님 밖에 보이지 않고 있었다. 청과시장도 거의 막장이었다. 상회 앞에 줄달아 앉아 있었던 과일 노전들도 전대를 끌러 돈을 셈하고들 있었다.

성자는 영출 씨의 노전 앞에서 멈춰 서서 시장의 안쪽을 바라다보았다. 옥진이만 남아있고, 다른 여자들은 보이지 않았다. 옥진이는 그래도 한 손님이라도 더 낚으려고 애를 쓰는 애였다. 대학에 다니는 남동생의 학비를 모으려고 기를 쓰는 거였다. 동생은 아직 옥진이가 어디서 무엇을 하여 돈을 벌어 오는지 알지 못하고 있다는 것이다. 옥진이는 문득문득 학생 차림의 남자들을 마주치면 몸을 떨며 파르르 놀라고는 했었다.

성자는 영출 씨가 마지막 손님을 보내는 것을 보고서 그에게로 가까이 다가갔다. 영출 씨는 성자가 가까이에 온 것도 모르고 전대를 꺼내 돈을 셈하기에 정신이 없었다. 성자는 자신이 마치 영출 씨를 짝사랑하는 사춘기 소녀 같다고 생각했다. 영출 씨가 땀을 그렁그렁 매달고 하나하나 구겨진 돈을 헤아리는 것을 보자, 이상한 감정이 들었던 것이다. 성자는 정말이지 몸을 팔기 위해 사내를 낚는 일을 청산하고 싶었다. 영출 씨 같은 사내라도 하나 만나서 보란 듯이 살림을 내고 싶은 거였다. 성자는 영출 씨가 생활력도 강하고, 보기보다 인정도 있는 사람이라고 생각했다. 돈벌이도 썩 괜찮은 모양이었다. 성자는 그가 문득 커 보였다. 그가 성자에게는 당당한 하나의 거인처럼 보이는 것이었다. 영출 씨가 셈을 마치고서 혼잣말을 흘렸다.

"얼래, 오늘도 손을 탔네요."

"차이가 지나보죠?"

성자가 불쑥 끼어들었다. 영출 씨는 그적에서야 성자가 앞에 있다는 것을 알아차렸다. 그가 셈이 맞지 않은지 고개를 갸웃하면서 반색을 하며 물었다.

"성자 씨, 많이 낚았소?"

"뻔 하죠, 뭐. 또 손 탔어요?"

"젠장, 사람을 하나 쓰던지 해야겠소."

영출 씨는 혼자서 여럿을 상대하기가 어려운 모양이었다. 물건이 손을 타는 일이 번번이 일어났다. 바쁜 날은 꼭 구두가 한 켤레 정도 차이가 났다. 그건 보나 마나 누군가 봉창질을 해간 때문일 것이다. 시장 주변에는 남의 지갑을 노리는 쓰리꾼 들도 많다는 소문이었다. 쓰리꾼 들은 시장이 붐비는 시간을 이용해 귀신같이 손을 재빠르게 놀려 슬쩍해버린다는 것이다. 뒷골목에서는 그들을 일컬어 빵사이꾼이라 불렀고, 손발이 어찌나 빠른지 경찰들도 제대로 손을 쓰지 못하는 실정이었다.

그러나 영출 씨는 오늘도 흡족한 모습이었다. 한번 셈한 돈을 자랑스레 다시금 헤아려 나갔다. 그로서도 성자의 관심을 끄는 방법이 그것 밖에 없다는 사실을 알고 있는 모양이었다. 성자는 영출 씨의 마음을 재게 읽고서 부러 셈하는 모습을 찬찬히 들여다보고 있었다.

"제법 벌었군."

영출 씨가 셈을 마치고 나서 돈을 한번 손바닥에 찰찰 쳤다. 성자는 그런 모습을 여러 번 보았는데, 오늘은 정말 상당히 벌린 모양이었다. 끓어오르는 더위에도 불구하고 손님들이 꽤나 붐비었던 것이다.

"헤프게 쓰면 안 돼요, 영출 씨."

성자가 자상한 목소리로 당부를 하듯 말하자, 영출 씨는 한결 기분이 나아지는가 보았다.

"이놈 걱정해준 여자는 서울 바닥에 성자 씨밖에 없소. 성자씨도 헛돈 쓰지 말아요. 어디 돈 벌기가 쉬운가요."

영출 씨가 땀에 번들거리는 얼굴로 웃음을 띠면서 말했다. 성자는 그런 영출 씨가 의젓하다고 생각하며 한번 환하게 웃어 주었다. 어느덧 시장통에는 어둠이 짙게 내려앉아 있었다. 찻길 건너편은 불빛들이 휘황했으나, 시장 쪽은 대개 장사를 끝마친 상황이어서 몇 군데만 전구 불이 눈을 뜨고 있었다. 날씨가 찜통이어서 장사를 끝낸 사람들도 어디론지 발 빠르게 사라져 가버리고 없었다. 옥진이도 이제 보이지 않았다. 손님을 낚아 들어갔는지도 모르지만, 그럴 가능성은 희박했다. 옥진이는 늦은 시간까지 손님을 낚지는 않았는데, 남동생 때문에 일찍 귀가를 서두르는 모양이었다.

"성자 씨, 한번 놀아줄까?"

성자가 한섭이와의 약속을 떠올리면서 막 안쪽으로 걸음을 옮기려고 하는데, 영출 씨가 인심을 쓰기라도 하듯이 제의해 왔다. 영출 씨는 오늘 자신이 은근히 돈을 많이 벌었다는 티를 내고 있었다. 그러나 성자는 단호히 고개를 저어 버렸다.

"싫어요."

"팁도 좀 줄게."

영출 씨는 성자의 자르듯한 거절에 적이 실망을 하면서 팁을 운운하고 나섰다. 영출 씨가 성자에게 이런 제의를 해오기는 처음이었다. 그는 좀체 매춘녀를 사려고 들지 않았다. 화대가 얼마냐고 옥진이 한테 한번 물었던 적은 있었는데, 비싸다고 생각하는 모양이었다.

"싫어요."

성자는 결곡한 마음으로 거절했다. 영출 씨에게 만큼 자신이 상품이 되고 싶지는 않았다. 그가 아무리 팁까지 듬뿍 얹어 준다고 하여도 어림없었다. 성자는 자신이 영출 씨의 아내가 될 줄도 모르는 일이라고 생각하고 있었던 것이다. 그러나 영출 씨는 성자의 깊은 속을 한 치도 알아차리지 못하고 있는가 보았다. 그의 제의를 단호히 거절한 성자의 행동에 매우 야속한 표정만 드러내고 있었다.

"젠장, 성자 씨 내 맘 몰라주네."

영출 씨가 노전을 벌이기 위해 특수 제작한 리어카를 고무 밧줄로 감싸면서 말했다. 그는 리어카를 시장의 안쪽에 놔두고 출퇴근을 하는데, 다른 리어카상들도 그랬다. 그들은 시장 감시자들에게 수고비 조로 한 달에 얼마간 주었는데, 감시자들은 이런 노점상들로부터 받은 돈만 해도 꽤나 되었다. 밤새 물건이 축나면 물론 감시자들에게 책임을 물어야 했다.

"미안해요, 영출 씨."

"성자 씨 생각고 그러는 거요."

"옥진이나 한번 사 주세요."

"옥진인 싫어. 이리 보여도 아무하고나 오입질 하지 않아."

영출 씨 표정이 시큰둥해졌다. 그러나 성자는 결코 영출 씨에게는 상품이 되어 몸을 팔 수는 없었다. 성자는 영출 씨의 시큰

둥한 태도가 우스워서 한번 씩 웃음을 쳐주었다. 그의 이런 제의가 처음이어서 우습기도 했다. 그는 정말 생각이 간절한 모양이었다.

"그럼, 다음에 한번 사줘요."

성자는 그렇게 말은 했지만, 마음에 없는 말이었다. 그는 일단 안심시키려고 그렇게 말을 한 거였다.

"젠장, 사내란 품고 싶을 때가 있는 거요. 시간도 늦었는데, 술 한 잔 마시고 한번 품으면 좀 좋을까. 팁도 두둑이 준다니까 그러네."

"미안해요. 나도 영출 씨한테 상품이 되는 건 싫어요. 그냥 공짜로 한번 줬으면 줬지."

성자가 의미가 담긴 말을 흘렸지만, 영출 씨는 성자의 속 깊은 뜻을 읽지 못하고 있는 것 같았다. 그는 오직 성자 앞에서 자신의 체면을 세우는 데만 열중하고 있었는데, 열패감을 갖고 오랜 세월 살아온 느낌이 들었다.

"나도 공짜 오입 같은 건 안 해. 내가 뭐 거렁뱅인가. 나도 네 꼬타이 메고 다닌 사람 못잖게 팁도 줄 수가 있다고. 이놈도 따지고 보면 사내 기질이 넘치는 놈야."

영출 씨는 성자가 자신을 은근히 무시하고 있다고 여기는 모양이었다. 성자의 등 뒤에다 대고 야속한 말을 뿌리고 있었다. 성자는 생각이 단순한 영출 씨가 불현듯 가엾다는 생각이 들었으나 한번 엷은 웃음을 지어주면서 시장의 안쪽으로 걸음을 옮겨놓고 있었다.

성자는 시장의 뒤편 어둑한 골목의 한곳에서 한섭을 기다리고 있었다. 한섭과 약속한 시간이 얼추 다가오고 있는 것이다. 성자는 한섭을 여인숙 골목보다 좀 더 후미진 어느 한 골목에서 만나기로 했는데, 한섭은 아직 모습을 보이지 않고 있었다. 한섭은 성자에게 자신과 만나기로 한 사실을 아무한테도 말하지 말라고 버릇처럼 당부를 했다. 시장사람들이 이 사실을 알면 입장이 난처할 뿐만이 아니라, 낯부끄러워 얼굴도 제대로 쳐들고 다니지 못할 것이기 때문이었다. 성자로서도 당당할 리는 없었다. 성자는 되도록 고정적으로 자리를 잡고 상행위를 하는 장사들은 피하는 편이었다. 지방에서 물건을 가득 싣고 올라와 차떼기로 매매를 하는 중간상들이 가장 부담이 없이 좋았다. 그러나 오랫동안 매춘을 하다가 보니, 그 중간상들도 결국 새 손님이 아니라 단골손님이 되어 어디서 마주치면 부담이 되고 말았다. 손님 중에 제일은 뭐니 뭐니 해도 뜨내기손님 들이었다. 그들은 외려 괴롭히지도 않고 그냥 한번 훌쩍 놀고 가버리기 때문에 좋았는데, 단골들은 꼭 특별한 대접을 받으려 들었다. 이를테면 기차게 서비스를 받으려고 덤벼드는 것이었다. 어떤 이들은 비디오테이프를 그대로 흉내 내려 드는 경우도 있었다. 성자는 매춘을 하면서 그게 가장 역겹다고 생각했다. 옥진이도 그런 하소연을 늘어놓고는 했었다.

한섭이가 나타났다. 그는 약속시각 보다 삼십 분이나 늦었다. 그런데 한섭은 의외로 화가 치오른 모양이었다. 성자는 예상치 못한 일이라서 당황할 수밖에 없었는데, 소문이 기차게 빠르다는 사실을 새삼 깨달았던 것이다.

"외팔일 낚았다면서요?"

하고 한섭이 화를 돋우며 물었다. 그는 성자가 외팔이를 낚았다는 사실이 몹시 수치스럽고 자존심 상하는 모양이었다. 그것 때문에 화가 올라 있었던가 보았다. 성자는 뜻밖의 물음에 뭐라 대답을 얼른 주지 못하고 멀뚱히 바라보고만 서 있었다. 그런 그녀의 태도는 또한 여지없이 한섭의 물음을 긍정하는 것이 되고 말았다.

"더러워서 참, 성자 누나 깐깐하다고 소문나서 한번 품고 싶었던 거야. 그런데 깐깐한 여자가 외팔이를 다 낚아요? 그래도 나는 설마 했어요. 구로동 아줌마가 일부러 찍는 소리를 하는 줄로 알았지."

한섭은 성자가 외팔이를 낚았다는 소문을 구로동 여자한테 들은 모양이었다. 구로동 여자는 은근히 시기가 많고 질투가 많았는데, 매춘녀들 사이에 일어났던 일들을 알고 지내는 부근 시장 사람들에게 퍼뜨리기를 좋아했다. 그래서 성자는 그 여자가 있는데서는 말 하나 행동 하나에도 신경을 썼다. 한섭은 외팔이를 낚았다는 사실에 실망이 가득해 보였으나, 성자는 굳이 변명하려 들지 않았다. 한섭이 한테 몸을 팔지 않으면 그만이라고 생각했다. 나이도 새파란 것 앞에서 비굴한 모습을 보이지 않으리라 다짐을 하고 있었다.

"한섭이가 무슨 상관이야. 외팔이가 뭐가 어때서 그래? 내가 내 몸을 파는데 무슨 간섭질 이야. 품기 싫으면 관둬, 내가 언제 한번 사달라고 구걸한 적 있어?"

성자는 홱 등을 돌리고 돌아섰다. 한섭이 성자의 퉁방수에 어이가 없다는 표정으로 허탈하게 한번 웃었다. 그러나 성자는 더 이상 대구를 하지 않고 천천히 어둔 골목을 빠져나왔다.

한섭이는 뒤에서 바짝 따라오다가 성자가 시큰둥 해버리자, 멋쩍은 나머지 그가 일하는 청과상회로 돌아가 버리고 있었다. 성자는 오늘 외팔이를 만난 게 재수 옴 붙었다는 생각을 하면서 시장을 걸어 내려왔다. 그러나 외팔이를 원망하지는 않고 있었다. 영출 씨는 이미 어디론가 가버리고 보이지 않았다. 성자는 이제 집으로 돌아가리라고 마음을 먹고 있었다. 그런데 성자는 시장 입구에서 둥기 씨를 만났다. 둥기 씨는 저녁 시간이면 또 건너편 술집에서 뒷배를 봐주고 있는데, 오늘은 때맞춰 성자를 기다린 모양이었다. 성자는 불쑥 튀어나온 둥기 씨를 보고 깜북 놀랐다. 나이가 마흔이 넘었지만, 체격이 당당한 둥기였다. 결혼도 하지 못하고 어영부영 살고 있는 사람이었다. 청량리 쪽에서는 힘깨나 쓰는 것 같았는데, 뻑 하면 성자를 불러 공짜 오입을 하고는 했다.

"오늘 망치한테 맞았냐?"

둥기가 의외로 사람 좋은 소리로 물었다. 망치는 낮참에 성자를 때린 둥기의 별칭이었는데, 지금 성자 앞에 서 있는 둥기는 빠루였다. 시장 사람들도 그들의 이름은 모르고 별칭만 알고 있었다. 청량리 일대에서는 망치와 빠루가 주름을 잡는다는 얘기였다. 그러나 망치는 빠루 앞에서는 쪽도 쓰지 못했다. 빠루 밑으로 대여섯의 둥기들이 청량리 오 팔팔 일대를 관할하고 있다는 것이다. 성자는 망치한테도 숱하게 몸을 대줬다. 망치는 번번이 빠루 형님한테 알리면 개박살이 나고 마니까 절대 입조심 하여야 한다고 당부하고는 했었다. 성자가 마음에 들어 미치겠다는 것이

다. 성자는 망치와 빠루 모두한테 몸을 맡기고 나서 어떤 모욕감이 들고는 했다. 망치와 빠루가 서로 형님, 동생 하는 사이였기 때문이다. 그것은 일종의 치욕과도 같은 것이었다.

"조금 맞았어요."

"어디 다친 덴 없냐?"

빠루가 풍기는 인상과는 어울리잖게 소상히 물었다. 그는 이마 위에 두 줄의 칼자국이 있어 처음 보면 섬뜩한 인상을 풍기고 있었다. 그리고 가슴 위쪽으로는 용의 머리 문신이 박혀 있었다. 감방에서 일곱 바퀴를 돌았다는 것인데, 용의 문신은 바로 감방에서 새겼다는 거였다. 매춘녀들 일로 실랑이가 벌어지거나 하면 어디 박혀 있다가 귀신들 같이 나타나고는 했다. 상대는 빠루의 외관만 보고도 지레 겁을 집어먹었다. 청량리 일대를 순찰하는 경찰들도 빠루를 알아보았다. 경찰들도 그를 함부로 다루지 못했다. 그가 거느린 부하들은 물을 것도 없이 악바리들에다가 감방에서 한 바퀴 이상 돌고 온 사람들이었다. 그들을 섣불리 건들어 놓으면 언제든지 해코지를 당할 수가 있기 때문에 경찰들도 함부로 다루지 못하는 것이다.

빠루가 어디 다친 데는 없냐고 묻자, 성자는 대답 대신 고개를 흔들었다. 그러나 망치한테 얻어맞은 데가 아직도 욱신욱신 아팠다. 이것도 살이의 한 단면이려니 생각하고 애써 참고 있는 것이다. 성자는 자신에게 신경을 써주는 빠루가 문득 고맙다는 생각을 했다. 사실 빠루는 둥기의 우두머리라서 그런지는 몰라도 매춘녀들을 괴롭히지는 않았다. 아랫놈들이 뻑하면 치기도 하고 하면서 매춘녀들을 괴롭혔다. 빠루는 성자의 몸만 요구했다. 그는 절대 성자를 돈 주고 사는 일이 없었다. 성자는 그게 공짜 오입질이라고 생각했다. 그러나 빠루는 성자와 오입을 할 때 성자를 결코 매춘녀라고 생각지 않은 모양이었다. 언젠가 한번은 공연히 성자 네가 좋다고 너스레를 놓기도 했었다. 매춘녀라고 생각지 않기 때문에 화대를 지급하지 않은지도 몰랐다.

"망치 자식, 손 한번 봐줘야 할 모양이군."

빠루가 담배를 하나 피워 물면서 혼잣말 비스름하게 말했다. 그의 말이 결코 헛말은 아닐 성싶었다. 결곡한 의도가 배어 있는 말이었다. 성자는 자신 때문에 공연히 쌈질이 일어날까 두려웠다.

"그러지 마세요. 내가 잘못 했어요. 외팔이를 낚아 들어갔거든요."

"얘기 들었다. 다음부터 성자 너도 사람을 봐서 낚아라. 네가 외팔이한테 몸을 맡기면 내 체면이 뭐가 되겠냐. 외팔이 뒷구멍을 쑤셔란 말이냐."

"죄송해요, 둥기 씨."

성자가 머리를 숙여 용서를 빌었다. 그러나 성자는 지금 자신이 무엇 때문에 이렇게 머리를 조아려야 하는지 뚜렷이 알지 못했다. 외팔이를 낚은 게 대체 무슨 잘못이 있다는 것인가. 사내들은 이상한 것을 가지고 자존심들을 내세우고는 하는 것 같았다. 성자는 외려 정당히 해웃값을 지급하고 팁까지 덤으로 얹혀 주겠다는 외팔이가 둥기놈들 보다는 백배 천배 낫다고 생각하고 있었다.

"알았으면 됐어. 근데, 지금 들어가는 길이냐?"

빠루가 물었다. 한섭이가 시장 안에서 빠져나오다가 이쪽을

보고 걸음을 우뚝 멈추는 게 보였다. 시장 안은 이제 불빛이 한 둘 남아 있고, 빈 공간은 괴괴한 어둠으로 넘실거렸다.

"예, 가봐야죠."

"술 한 잔 할래?"

성자는 고개를 저었다. 더위를 머리에 이고 손님을 낚은 탓인지 피로가 몰려왔다. 한섭이가 눈총을 한번 주면서 가 쪽으로 황급히 지나갔다. 빠루가 아니었으면 성자에게 접근해 왔을 것이다. 시장 사람들도 빠루 따위의 둥기들은 가능한 멀리 하려고 하는 눈치들이었다. 그들과 가까이해서 좋을 일이 전혀 없기 때문이었다.

"그래, 들어가 쉬어라. 그리고 내일 시간 한번 내자."

"알았어요. 갈게요."

"조심해 들어가라."

빠루는 오늘 성자를 한번 품고 싶은 생각이 간절한 모양이었으나 성자가 힘이 없어 보였는지 염려 섞인 말까지 덧붙였다. 그러면서도 빠루는 내일 시간을 미리 약속받아 두었다. 물을 것도 없이 공짜로 오입질을 하려는 거였다. 성자는 그게 자존심도 상하고 하였으나, 이 바닥에서 살아가기 위해서는 어쩔 수가 없었다. 당연히 거쳐야 하는 하나의 절차라고 속 편하게 여겨 버리고 있는 중이었다. 문제는 둥기놈들이 뻑하면 한번 달라고 치근대는 것이다. 녀석들은 매춘녀들 중에서도 거의 성자만 가지고 놀려고 들었다. 자기네들끼리는 각자 자기 혼자만 품었다고 여길는지는 몰라도 벌써 성자를 거쳐 간 둥기놈들이 여럿이었다. 성자는 그게 제일 수치스러웠다. 특히 빠루 볼 낯이 서지 않은 거였다. 성자는 이게 모두 자기 탓이라고 생각했다. 그들이 성자만을 가지고 놀려고 드는 것은 성자의 인물이 개중 반반한 축이었기 때문이다.

성자는 빠루에게 고개를 숙여 가벼운 인사를 남기고서 차도를 건너왔다. 빠루가 연신 맵시 좋은 성자의 뒤태를 쳐다보고 있는 게 보였다. 성자는 걸을까 하다가 자꾸만 둥기 한테 차인 데가 욱신거려와 버스를 타기로 마음먹었다. 성자는 문득 집으로 돌아가는 것이 두렵고 무섭다는 생각이 들었다. 성자는 반길 사람이 아무도 없기 때문이다. 임시로 얻은 백에 십 만 원 짜리 사글세방, 짐승들이 우글거리며 살고나 있을법한 천정 내려앉은 골방, 오늘도 그 방은 아무도 없을 것이다. 눅눅한 한낮의 더위만 작은 방의 공간에 남아 늘쩡늘쩡 떠다니고 있을 터이었다. 그러나 성자는 그곳을 기피할 수가 없었다. 그래도 손님을 낚다가 피로가 몰리면 쉴 곳은 그 방뿐이었다. 더위가 늘쩡거리고 각다귀 패가 피를 빼먹어도 그곳밖에 머무를 곳이 없었다.

성자는 또다시 내일을 위해 지친 육신을 버스에 싣고 있었다. 성자는 자신이 버스에 오르는 그 순간까지도 그녀가 하나의 인간이 아닌 일개의 상품으로 여겨지는 거였다. 성자는 누군가에게 하나의 인간으로 안주하고 싶다는 생각이 불쑥 일었다.

3

　새벽 네 시에 집을 나섰다. 오늘도 잘하면 어제처럼 새벽 손님을 낚을 수 있을는지도 모른다는 생각으로 성자는 가슴이 뛰었다. 안개가 자욱이 끼어 있었다. 오늘도 어제 못잖게 더위가 기승을 부릴 모양이었다. 어제는 서울의 기온이 삼십육도 오 분까지 올라갔다는 보도가 있었다. 성자는 이제 더위가 한풀 꺾이면 손님도 제법 낚을 수가 있을 것이라는 희망을 가져 보기도 하였다. 푹푹 찌는 더위에는 사내들도 좀체 여자를 품을 생각이 동하지 않는가 보았다. 성자는 그래도 견딜 만은 했지만, 옥진이를 비롯한 다른 매춘녀들은 이틀에 한 번은 공을 치는 일이 많았다. 경동시장 건너편의 화려한 텍사스 골목, 속칭 오팔팔 골목도 사정은 마찬가지라고 했다. 오 팔팔 가시나들은 그전과는 달라서 인물도 미스코리아 뺨치게 좋은데도 그곳을 찾는 사내들의 발걸음이 뜨악하다는 것이다. 둥기 씨들은 자기네들끼리 심심파적으로 손님의 불황에 대하여 언급하면서 원인을 팔팔 끓는 불볕더위 때문이라고 결론을 지었다. 성자의 생각도 마찬가지였다. 성자가 요즘 악착같이 새벽 손님을 노리는 것은 바로 그런 이유 때문이기도 했다. 새벽에는 그럭저럭 날씨가 견딜 만은 해서 사내들도 땀으로 곤욕을 치르지 않고도 매춘녀들을 한번 품을 수가 있을 것이었다. 성자는 이런 사실을 일찍 터득했지만, 무엇보다도 자신의 거처가 시장에서 얼마 떨어지지 않은 곳에 있다는 장점도 있었다.

성자는 청과시장 블록으로 들어섰다. 한번 심호흡을 하고서 당당히 시장 구석구석을 살펴 나갔다. 지방에서 트럭에 과일을 가득 싣고 온 사내들이 열심히 흥정을 하고 있는 게 보였다. 성자는 이제 상인과 중개상 간에 한차례 흥정이 끝나면 분명히 자신을 찾는 사내가 있을 것이라는 희망찬 생각을 가슴에 품고서 얼굴에 직업적인 웃음기를 달고서 그들 쪽으로 바짝 접근해 나갔다. 사내들에게 오늘 매춘녀가 나왔다는 사실을 먼저 인식을 시켜야 하는 것이다. 어떤 손님들은 지난번 새벽에 한번 품고 싶어서 애타게 기다렸는데, 나오지 않고 말더라는 여담을 하기도 했었다. 성자는 그들 곁으로 바짝 가서 한번 상품을 선보였다. 그들이 싣고 온 과일을 상회 사람들한테 선보이는 것과 같은 이치였다. 상품을 일단 봐야 사든지 말든지 하는 거였다. 성자는 매춘을 하는 것도 그와 같은 원리라고 생각했다. 그녀는 항상 자신을 하나의 상품으로만 생각하고 상인들이 상행위를 하는 원리를 바로 매춘 행위에 적용시켜 보고는 하였던 것이다. 성자가 그들 곁에 바짝 접근을 하자, 사내들의 눈이 일시에 그녀에게 모아

졌다. 성자는 이제 상품을 제대로 선보였다고 생각하면서 천천
히 히프를 실죽대면서 으슥한 골목의 한 귀퉁이에 서있었다. 이
제 생각이 있는 사내들은 이쪽으로 올게 분명한 것이다. 한 손님
만 낚으면 새벽 장사치고는 괜찮은 것이다. 그런데 어제는 두 사
람의 사내를 낚았으니, 끗발이 섰다고 보아도 무방할 것이었다.

성자는 먼동이 터오는 하늘을 망연히 올려다보면서 제발 오늘
도 어제처럼 사내가 낚여 주기를 바라고 있었다. 얼마쯤 지나자,
흥정들이 끝이 난 모양이었다. 사람들이 우왕좌왕하면서 분주히
움직거리고 있는 게 보였다. 성자는 그쪽으로 시선을 주었다. 문
득 자신의 꼴이 가엾다는 생각이 들었으나, 세월 좋게 그런 생각
이나 하고 있을 때가 아닌 것이다. 성자는 자꾸만 골목의 가 쪽
으로 나와 슬쩍슬쩍 자신의 모습을 저쪽 사내들이 볼 수 있도록
내보이고는 하였다.

그런데 바로 그쯤이었다. 문득 어떤 헐렁한 사내 하나가 저쪽
에서 그림자를 뒤세우고 이쪽으로 걸어오고 있는 것이다. 성자는
자신도 모르게 사내가 걸어오는 쪽으로 시선을 주었다. 그리고
성자는 입을 벌렸다. 뜻밖의 사내가 터벅터벅 걸어오고 있었는
데, 가만히 들여다보니 팔이 하나 없는 것이다. 성자는 순간 외
팔이, 하고 짤막한 소리를 입에 담았다. 외팔이가 자신 앞에 나
타나리라고는 상상도 하지 못 했던 일이다. 성자는 벌린 입을 다
물지 못하고 벙벙하게 서있었다. 외팔이는 나름으로는 사뭇 날랜
동작으로 성자 쪽으로 걸어와서는 히부죽이 웃었다.

"놀랐소?"

하고 외팔이 사내가 물었다. 외팔이는 어제와 같은 차림을 하

고 있었는데, 한쪽 손에 하얀 실장갑을 끼고 있는 게 달랐다. 그
는 성한 나머지 한쪽 팔을 매우 아끼는 모양이었다. 성자는 불현
듯 외팔이의 생계가 이 성한 한쪽 팔에 매달려 있겠다는 생각을
하고 있었는데, 지금 순간에 무엇 때문에 그런 생각이 떠올랐는
지는 자신도 몰랐다.

"웬일이세요?"

성자가 뜻밖이라는 듯이 의아한 눈초리로 물었다. 외팔이가
덜렁거리는 팔소매를 한쪽 손으로 어루만지면서 말했다. 그는 어
디서 겨우 쪽잠을 자고 나왔는지 얼굴이 푸석푸석했다.

"어제는 미안했소."

"그쪽 아무 잘못 없어요."

성자는 외팔이가 의외로 신사적으로 나오는 것을 보고 한결
마음을 놓았다. 행패라도 부리려 들면 소문도 소문이지만, 둥기
들 한테 호되게 당하게 될 것이기 때문이었다. 외팔이로서도 그
가 이곳 청량리 바닥을 떠도는 한 재미가 좋지는 않을 것이었다.
둥기패들 한테 한번 걸렸다 하면 피죽이 되도록 얻어맞고 마는
거였다. 그러나 둥기놈들도 체면들이 있어서 그러는지 몰라도 주
먹을 아무 데나 함부로 놀리지는 않았다. 상대가 너무 형편없이
초라할 때는 아예 간섭을 하지 않고, 말로써 한번 훈계를 놓을
뿐이었다.

"이거 받으쇼."

외팔이가 실장갑을 낀 손을 성자 앞에 불쑥 내밀었다. 성자는
문득 아연 놀라고 말았다. 외팔이의 손에는 만 원권 지폐가 여러
장 들려져 있었던 것이다. 성자는 외팔이를 처음 알아보았을 때

처럼 입이 벌어졌다. 대저 무엇 때문에 이런 돈을 성자한테 내어
미는지 까닭 모를 일이었다. 성자는 선뜻 손을 내밀어 돈을 받아
들지 않았다. 돈을 받아야 할 이유가 아무리 생각해도 없는 터이
었다. 그리고 불현듯 한 가닥 조바심이 일었다. 외팔이와 이런
새벽에 후미진 뒷골목에서 이런 일이 있었다는 짬수를 둥기들이
눈치 채는 날에는 무슨 가벌이 행해질런지 모를 일이었다. 성자
는 고개를 저어 버렸다.

"어제치 화대요."

외팔이가 여전히 실장갑을 낀 손을 성자 앞에서 거두지 않으
면서 말했다. 성자는 외팔이의 당돌한 말에 고개를 쳐들었다. 여
인숙까지 들어갔다가 한번 품어보지도 못하고 오히려 수모만 당
하고 나온 사람이 화대라니 도무지 외팔이의 태도가 동이 닿지를
않은 거였다.

"화대라뇨? 놀지도 못했잖아요?"

성자가 의아한 표정으로 말끝을 치켜세우면서 물었다. 그러나
외팔이는 전혀 이상하게 생각할 필요가 없다는 듯이 말을 하고
있었다.

"아니요. 아가씰 품은 거나 마찬가지요. 아가씨는 마음속으로
나를 허락했으니까요. 나 때문에 둥기 한테 맞았다는 것도 알고
있소, 자, 받아요."

성자는 외팔이가 생각보다 심지가 깊은 사람이라고 생각했다.
그런데 더욱 모를 일은 화성 여인숙에서 내빼듯 달아난 사람이
어떻게 자신이 둥기 한테 맞았다는 사실을 알고 있는가 하는 것
이었다. 성자는 불현듯 외팔이가 신비한 사람처럼 보이는 것이었

다. 자세히 살펴보니, 의외로 다부진 구석이 있는 것도 같았다. 키는 작지만, 눈빛이 예리했다. 사람을 정확히 읽을 수 있는 그런 눈빛 같았다. 달아난 팔만 제자리로 돌아와 준다면 전체적으로 날쌘 체형으로 보일게 분명한 사람이었다. 성자가 외팔이가 내민 돈을 받지 않고 뜸을 들이고 있자, 그가 성자의 핸드백을 열고 그 속에다가 돈을 찔러 박아 주었다. 성자는 핸드백을 어깨에 걸치고 있었던 것이다. 그런데 더욱 놀랄 일은 외팔이의 동작이었다. 만 원권 지폐를 쥐고도 핸드백을 여는 외팔이의 동작이 번개처럼 날쌨다. 성자가 거절할 틈도 주지 않고 핸드백을 열고 돈을 찔러 넣어버린 것이었다. 성자는 마치 자신이 꿈을 꾸고 있는 것 같았다. 그러나 결코 꿈은 아니었다. 경동시장 청과물전 뒷골목, 거기도 안개가 내려앉아 있고 저쪽 청과상회로부터는 잡다한 소리들이 풀썩거리고 있는 새벽 다섯 시의 생생한 현실이었다. 성자는 외팔이가 이상하게 자신에게는 커 보이는 느낌이었다. 구두를 파는 영출 씨 보다 더욱 그 느낌이 강했다. 그것은 외팔이가 팔이 하나 없는 때문인지도 몰랐다. 어제 외팔이를 보았을 때의 느낌과 지금 그를 다시 보는 느낌이 이렇게 다를 줄은 미처 성자는 몰랐다. 아니, 외팔이가 앞에 다시 나타나 주리라고는 생각지도 못한 일이었다.

"아가씨는 천사요. 아가씨는 나를 허락한 최초의 매춘녀가 되었소. 나는 사실 매춘녀들을 여럿 품어봤소. 그러나 모두가 처음엔 나를 완강히 거절했던 것이오. 그래서 나는 많은 돈으로 여자들을 사지 않으면 안 되었소. 나는 아가씨가 정말 마음에 들었소. 아가씨가 성자 씨라는 것도 다 알고 있소. 그리고 이쪽 청량리 둥기들도 다 알고 있소. 망치, 빠루, 어제 아가씨를 팼던 놈은 망치가 분명합니다. 나는 가만히 앉아서도 이쪽 바닥에서 일어나는 일은 훤히 꿰뚫고 있습니다. 아가씨는 정말 나에겐 천사요."

외팔이의 말에 성자는 어리둥절했다. 그가 자신의 이름은 물론, 둥기들 까지도 정확히 알고 있는 때문이었다. 망치가 자신을 팼다는 사실도 귀신처럼 알고 있었다. 성자는 자신이 정말 꿈을 꾸고 있다는 생각이 들었다. 성자는 외팔이를 망연히 한번 올려다보았다. 외팔이가 어줍잖게 웃음을 흘렸다. 성자는 자신도 모르게 외팔이가 하나의 든든한 빽이 되어버린 것 같아 같이 따라서 웃어 주었다.

"이제 자주 보게 될 거요. 이놈도 이제 청량리 바닥에다 터를 잡은 셈이니까. 아가씨 하고 자주 놀아주겠소. 나를 받아만 준다면 말이오."

외팔이가 의젓한 태도로 말했으나 성자는 선뜻 무슨 말을 해주지 못 했다. 외팔이를 낚은 사실을 알면 둥기들이 결코 가만두지는 않을 것이기 때문이었다. 그러나 성자의 마음 같아서는 외팔이를 거절해야 할 하등의 이유가 없었다. 외팔이가 성자의 마음을 읽었는지 안심을 시키듯 말하는 것이었다.

"걱정할 필요 없소. 둥기들도 이제 나에게 함부로 덤비지 못할 거요. 어차피 우리한테 손을 벌려야 먹고살게 되어 있으니까. 아가씨도 차차 알게 되겠지만, 나라는 놈도 그렇게 형편없는 놈은 아니오. 이제 보면 알게 될 것이오. 아가씨는 정말 천사요."

외팔이는 알 수 없는 말만을 흘려 놓고서 천천히 걸음을 옮기고 있었다. 성자는 자신도 모르게 외팔이를 따라 내려갔다. 외팔이가 도대체 어떤 사람인지 알 수 없는 호기심이 일었다. 말 하는 걸로 봐서 좋은 일을 하고 있다는 느낌은 들지 않았으나, 외팔이의 만만한 태도는 자신에 펄펄 넘쳐 있는 것 같았다.

성자는 시장 사람들을 전혀 의식하지 않고 외팔이를 바짝 따랐다. 외팔이가 모르긴 하여도 보통 인물은 아녀 보였다. 성자는 외팔이 곁에 바짝 붙어서 걸었다. 외팔이는 한번 성자를 흘긋 했을 뿐 묵묵히 시장을 걸어 내려갔다. 날은 뻔히 밝아 있었다. 멀리로 차들이 달리는 소리가 요란하게 들려왔다. 시장 입구에서 외팔이가 잠깐 걸음을 멈춰 섰다. 성자는 대체 외팔이가 무슨 일을 하는 사람인지 궁금해 미칠 지경이었다. 그러나 외팔이의 태도가 사뭇 아까와는 다르게 과묵해서 스스로 물어볼 용기가 서지 않았다. 외팔이가 과묵한 표정을 순간 눅이면서 물었는데, 정말 그는 사람의 마음을 귀신같이 읽은 사람이었다. 외팔이는 성자가 지금 그에게 궁금해 하고 있다는 것을 이미 간파하고 있다는 듯이 물어오는 것이었다.

"내가 누군지 궁금하오?"

성자는 외팔이의 물음에 대답을 하지 않고 빤히 쳐다보기만 하고 있었다. 그러자 그가 당돌한 말을 불쑥 꺼내는 것이다. 성자는 다시 한 번 놀라지 않을 수가 없었다. 벙어리 귀신 읍할 노릇이었다.

"아가씨, 핸드백 한번 열어 보시오."

성자는 아무런 생각도 없이 외팔이가 하라는 대로 자신의 핸드백을 열어 보았다. 그리고 성자는 다시 입을 벌리고 말았다. 귀신이 서넛 자기 옆에 붙어 다니는 형국이었다. 외팔이가 집어

넣어줬던 만 원권 지폐는 물론 여벌로 가지고 다니는 자신의 돈 삼만 원에다가 손수건까지가 모조리 달아나 버린 것이다. 성자는 불현듯 가슴이 덜컥 내려앉았다. 외팔이는 성자가 우두망찰 놀라는 모습을 보고 재미가 있다는 듯이 너털 한번 웃음을 흘리고서 말했다.

"놀랄 것 없소. 모두 나한테 와 있으니까."

말하고서 외팔이가 손을 내밀었다. 그의 손에는 지폐와 손수건까지 들려져 있었다. 성자는 그적에서야 외팔이가 무엇을 하는 사람인 줄을 알고 그를 이윽히 쳐다보면서 선웃음을 쳤다. 외팔이도 자신만만한 웃음을 지어 보이고 있었다. 성자는 다시 그것들을 받아서 핸드백 속에 집어넣었다. 외팔이는 소매치기, 이름하여 빵사이꾼이었던 것이다.

"이따가 봐요."

외팔이는 어제와는 사뭇 다른 걸음으로 빠르게 차도를 가로질러 가고 있었다. 성자는 차도를 건너는 외팔이를 멍하니 쳐다보았다. 외팔이는 건너편 건물들 사이로 멀어져 가고 있었다. 성자는 재빨리 핸드백을 열쳐 보았다. 외팔이가 주고 간 만 원 권 지폐를 헤아리기 시작했다. 열장, 십만 원이었다. 성자는 공연히 가슴이 부풀어 올랐다. 오늘도 어떻든 끗발이 서는 날이라고 생각했다.

성자는 횡단보도를 건너서 버스를 탔다. 가슴이 벌렁거렸다. 오늘 새벽은 더 이상 사내를 낚고 싶은 생각이 달아났다. 우선 마음부터 좀 진정해야 할 것만 같았다. 그러나 한편으로는 불안한 마음도 물리칠 수는 없었다. 외팔이와 둥기들 사이에 어떤 불길한 조짐이 일어날 것 같은 생각이 드는 거였다. 성자는 버스에서 내려 가파른 길을 걸어 오르면서 내내 외팔이의 생각에서 벗어나지 못하고 있었다.

　오늘도 날씨가 팔팔 끓었다. 성자는 낮참이 조금 지나 시장에 나왔다. 시장은 여전히 사람들로 붐볐다. 영출 씨도 어제처럼 구슬땀을 흘리면서 신발을 팔고 있고, 옥진이도 변함없이 언제나처럼 자기의 길목에서 손님을 낚고 있었다. 구로동 여자나 수원 여자도 나란히 다붙어서 사내들의 눈치를 살피고 있는 게 보였다. 다른 데의 여인숙과 거래를 트고 있는 매춘녀들도 이따금씩 보였으나, 형순의 모습은 오늘도 보이지를 않았다. 성자는 자신이 평소에 형순이 전화번호라도 알아두지 못한 게 후회가 되었다. 이곳에서 매춘을 하는 여자들은 서로 신분을 노출시키지 않으려는 경향이 많았다. 전화번호를 어지간해서는 남에게 가르쳐주지 않았다. 이름은 백퍼센트 제 이름을 쓰지 않았다. 성자도 실은 가명이었다. 그래 봤자 뭐, 고아원에서 붙여준 이름이지만, 자신을 기억하는 친구들이 있을지도 모르는 일이기 때문에 김 성자라는 가명을 쓴 것이다. 성자가 고아원에서 최초로 부여받은 이름은 남 덕순이었다. 의정부 사창가에 처음 발을 들여 놓았을 때에 김 성자로 이름을 바꿨다. 덕순이라는 이름이 이런 계통에서는 어딘지 모르게 촌스러워 보이는 거였다. 남 덕순에서 김 성자로 이름이 바뀌자, 그때는 사람까지 영 달라 보이는 것 같았다. 의정부 사창 언니들이 이름을 바꾸고 나니까, 그적에서야 촌티 태를 벗었다고 말하면서 한번 까르르 웃었던 기억이 아직도 성자에게는

남아 있었다. 그러나 성자는 아직 한 번도 자신의 본명을 잊어본 적이 없었다. 고아원에서 지어준 이름이지만, 전혀 맹탕으로 지어준 이름은 아니라는 것이다. 어떤 젊은 남자가 핏덩이를 고아원에 맡겨 오면서 꼭 이름을 남 덕순으로 불러 달라고 애걸을 하였다는 것이다. 고아원 사람들은 대개 아이가 일단 이곳에 들어오면 이름부터 갈아 버리는 것인데, 그 청년의 부탁이 어찌나 간곡했던지 이름을 갈아버릴 수가 없었다는 거였다. 성자는 그래서 절대 남 덕순이라는 자신의 이름을 잊어본 적이 없었다. 그렇다고 남 덕순이라는 이름을 가지고 부모를 찾고 싶지는 않았다. 그녀는 자신의 의지와는 무관하게 고아가 되었고, 이름도 그들이 붙여준 이름이어서 불쑥불쑥 역겨움이 나고는 했다. 성자는 자신의 의지와는 무관하게 운명 지어진 자신의 삶을 지워 버리려고 무진 애를 썼다. 그녀는 자신의 삶 중에서 성자라는 이름, 그러니까 자신의 의지로 생성된 이름을 쓰고서 부터의 삶만을 기억하고 싶었다. 이름도 자신이 지었고, 그때부터는 삶도 자신이 선택한 것이었다. 성자라는 이름을 쓰면서부터 자신에게 덮씌워진 온갖 수난은 그래서 결코 원망하거나 후회를 하지 않았다. 그게 가장 신간이 편했다. 자신의 운명에 대해서 자꾸만 다른 사람의 탓으로 돌리는 일만큼 사람을 비참하게 하는 경우는 없는 것 같았던 것이다. 성자는 열다섯에 고아원을 뛰쳐나와 남의 밑에서 하루하루 밥을 빌어먹으면서 그것을 뼈저리게 느꼈었다. 버스 차장질에 담 높은 집 가정부에 미싱틀 찌그럭거리는 공순이에 곪은 인내가 박힌 다방 여급 노릇을 하면서 자신을 이렇게 세상에 내동댕이쳐버린 어른들이 숱하게 원망스러웠던 것이다. 그러나 의정부의 사창으로 가면서 성자는 다시 태어난 것이다. 그때는 자신의 의지로 다시금 태어난 것이다. 성자라는 이름을 자신한테 부여하고 나니까 그때서야 자신이 하나의 당당한 인간으로 생각되는 거였다. 성자는 그때부터는 결코 누구도 원망하지 않았다. 성자라는 이름을 갖고서 부터는 자신에게 일어나는 모든 운명적인 일들은 자신으로부터 비롯된 것이라고 여기면서 살아온 나날이었던 것이다.

성자는 시장의 안쪽으로 들어가면서 둥기들이 근처에 있는지 한번 쭈욱 살펴보았으나 아직 둥기들의 모습은 보이지 않았다. 둥기들은 밤에도 청량리 일대에서 나름대로 해야 할 일들을 하기 때문에 늦게 나오는 경우가 허다했다. 성자는 심호흡을 하여 마음을 한번 가라앉혔다. 불안한 마음이 가시지 않고 있었다. 성자는 지금도 외팔이의 생각에서 벗어나지 못하고 있었다. 그러면서도 성자는 사내들을 유심히 살폈다. 한 사람이라도 손님을 낚아야만 하기 때문이었다. 성자는 청과상 블록을 한번 훑었다. 오늘도 어제 못잖게 날씨가 푹 푹 쪘다. 성자는 청과상 블록을 훑으면서 한섭이를 한번 찾아보았다. 한섭이가 땀을 흘리면서 소매상들에게 과일을 팔고 있는 게 보였다. 성자는 부러 한섭에게로 바짝 다가갔다. 그러나 한섭이는 한번 흘긋거렸을 뿐, 아는 척도 하지 않았다. 그도 성자와 가까운 티를 냈다가는 자존심이 상할 것이기 때문이었다. 성자는 이제 솔직히 한섭이 따위는 우스웠다. 나이도 새파랗게 어린 것이 괜한 간섭질을 하는 게 꼴같잖다고 생각했다. 성자는 곧 죽더라도 그런 따위들한테는 몸을 한번 사달라는 눈치를 결코 하지 않았다. 앞으로도 쭉 그럴 생각이

었다. 그쪽에서 한번 품고 싶다면 어차피 상품이니까 거절은 할 수 없을 거라고 생각했다. 그래서 어제도 한섭이가 한번 사겠다고 하였을 때, 흔쾌히 만나자는 약속을 한 것이었다.

성자는 첫밭에 봐서 덩치가 좋은 한 패거리의 청년들이 찻길 건너서 위쪽으로 걸어 오르는 것을 보면서 청과상 블록을 빠져나와 한약상 블록으로 걸어 올라갔다. 한약상이 처음 시작되는 지점의 공터에 약장수 패거리들이 사람들을 잔뜩 모아놓고 묘기도 부리면서 약을 팔고 있었는데, 머리를 삭발한 사내가 승복을 입고 나와서 스님 행세를 하고 있었다. 승복만 입었지 인상을 봐도 결코 스님 같아 보이지는 않아 성자는 눈살을 찌푸리고 말았다. 구경을 하고 있던 어느 노인도 야, 이눔에 땡초야, 하고 혼잣소리를 하면서 한약상 블록의 안쪽으로 가버리고 있었다. 봉고차에 무슨 호국 무술 어쩌고 하는 휘장을 둘렀는데, 염병할 요즘이 어느 땐데 반공, 방첩이라는 해묵은 표어까지 내걸고 있어서 박정권의 유신 시대를 생각나게 했다. 장사를 하는 상술도 고단수였다. 언죽 좋은 말들이 어느 정도 사실인지는 몰라도 작은 상자 두통이면 당뇨가 싹둑 달아나고, 간의 기능이 백퍼센트 회복된다는 거였다. 처음엔 한 상자에 만 원씩을 받고 팔더니, 조금 있자니까 느닷없이 만원에 두통씩으로 올려 버렸다. 그러자 여기저기서 이게 웬 떡이냐고 돈들을 꺼내어 약을 샀다. 앞 번에 만원에 한 상자를 샀던 몇몇 사람들은 이내 툴툴대는 눈치였지만, 그쪽 측은 한사코 이게 망가진 폐품이라면서 둘러대는 것이다. 참으로 교묘한 장사였다. 청량리 일대뿐만 아니라 다른 여러 지역에서도 선량한 시민들의 마음을 교묘히 움직여 가지고 물건들을 사도록 만들었다. 이른바 혹세무민이었다. 이러한 죄업을 씻기라도 하려는 듯이 약장수판 머리 위로 목어를 두드리는 노스님의 독경 소리가 적막하게 떨어져 내리고 있었다.

성자는 돈들을 꺼내어 약을 사는 사람들이 불현듯 불쌍하다는 생각이 들었으나 그것보다 승복을 입고 주둥이로 방자하게 음담 패설까지 나불대면서 한 푼이라도 벌려고 사지 구공을 총동원하여 기를 쓰고 있는 스님이라는 사내가 역겨울 지경이었다. 성자는 언젠가 한번 바로 이곳에다 벌인 약장수 패들한테 허리 아픈 데 즉효라는 요통 약을 일만 원에 샀다가 말짱 도루묵이어서 수채통에 쑤셔 박아버린 적이 있었다. 성자는 그래서 속으로 아까 노인의 말을 흉내 내서 야, 이눔에 땡초야, 하고 쏘아 주고는 한약상 블록 안쪽으로 사내를 낚으러 들어갔다.

성자는 그곳 한약상 블록에서 운 좋게 한 명의 중년 사내를 낚았다. 팁은 받지 못했지만, 처음 개시를 하는 거여서 썩 기분이 좋았다. 이상한 것은 화성 여인숙 주인 여자의 태도였다. 태도가 엊그제와는 완전 딴판이었다. 어제 외팔이 일로 오히려 가시눈을 해야 옳았다. 그러나 사람이 애살스러운 나불이 없이 반죽이 좋은 거였다. 성자는 살다가 참 별일도 다 보겠다는 생각이 들기까지 했다. 여인숙 주인 여자가 어제는 미안했다고 사과를 하지 않나, 오늘은 방값으로 만 원만을 받겠다고 선심을 써주지 않나, 옥진이년 허구한 날 공을 치는 걸 보니 마음이 아프다는 말까지 덧붙인 것이다.

성자는 옥진이가 오늘도 공을 치고 있는 것을 보고 위로나 해줄까 마음을 먹고 옥진이 있는 쪽으로 갔다. 옥진이가 녹두 빛

손수건으로 바람을 만들어 내면서 더위를 쫓고 있는 게 보였다. 구로동 여자, 수원 여자의 모습은 보이지 않고 있었다. 옥진이가 성자를 보고 활짝 웃자, 성자도 함께 웃어 주었다.

"오늘도 공 때렸구나?"

하고 성자가 말하자, 옥진이는 웃기만 했다. 그러나 자세히 보면 옥진의 얼굴에 근심이 가득 들어차 있는 것을 알 수가 있었다. 성자는 문득 사내를 하나 낚아다가 대주고 싶은 마음이 들었으나, 자신도 힘든 판국에 쉽지가 않을 것이었다. 그리고 설령 대준다 하여도 사내들이 덜떨어진 반벙어리를 끝까지 사줄는지도 모를 일이다.

"점심이나 때웠냐?"

성자가 묻자, 옥진이 고개를 저었다. 옥진은 아침 일찍이 나와서 손님을 낚는다. 오전에 손님을 하나 낚을 때는 근처 식당에서 간단히 점심을 해결하지만, 그러지 못할 때는 그냥 건너뛰어 버린다. 요즘은 공 때리는 날이 부지기수가 되고 말았다. 그래도 그전에 비해 한숨 되돌릴 수가 있는 것은 얼마 전 까지만도 물어 넣어야 했던 공치는 날의 범칙금이 없어졌다는 사실 때문이다. 화성 여인숙 주인 여자뿐만이 아니라 매춘녀들과 거래를 트고 있는 여인숙 주인들은 일체 단결하여 공치는 여자들한테는 범칙금을 부과하기로 의견을 모은 것이었다. 그러나 막상 공치는 여자들이 많아 원성이 높자, 그만 달포 전에 흐지부지 끝나 버리고 말은 거였다. 옥진이나 구로동, 수원 여자들이 비록 공을 치는 날이 될는지 모른다고 생각 하면서도 꾸역꾸역 빠지지 않고 사내를 낚으러 나오는 것도 다 범칙금 제도가 무마 돼버린 때문인 것이다.

"한번 돌아다녀 봐. 거기서만 족치고 있지 말고. 한동안 돌아다니면서 잘 낚았잖아, 너?"

성자가 답답하다는 태도로 충고를 하듯이 말했다. 옥진이나 수원, 구로동 여자들은 성자 수법, 그러니까 돌아다니면서 직접 살 사람을 낚는 방법을 따라 썼다. 수원, 구로동 여자는 간간이 지금도 그런 방법을 쓰는 것 같은데, 옥진이는 얼마 전에 갑자기 그런 방법을 쓰지 않고 그전처럼 길목에 앉아 족치면서 낚는 구식 방법을 썼다.

"시, 시, 싫어……"

옥진이 무슨 말인가 하려다가 말문이 잘 터지지 않는 모양이었다. 성자는 가슴이 아프다. 옥진이가 말만 제대로 뽑아내 준다면 인물도 반반한 축이니까, 자신보다 많은 사내를 낚을 것이라는 생각을 해보면서 성자는 쓰게 한번 웃었다. 사내들은 참 이상한 존재 같다. 여자가 허물이 하나라도 있으면 아예 관심조차 기울이지 않아 버린다. 어차피 오입질을 하는 사람들이 다리가 없으면 어떤가, 팔뚝이 없으면 어떤가. 그들이 정말 여자의 모든 것을 음미하면서 시름을 달래고 싶다면 저쪽 길 건너 한 블럭 내려가서 오팔팔 텍사스 여자들을 사서 품어야 할 것이다. 하긴 하루 밤에 품는데, 상당한 액수를 해웃값으로 내야 한다고 하니까, 좀처럼 엄두를 낼 수가 없을 터이다. 그런데 고작 이삼만 원 찔러 박아 주면서 온갖 시름을 경동시장 매춘녀들로부터 말끔히 씻어 보려고 하는 사내들은 욕심이 지나쳐서 성자는 싫었다.

"돈 버는데 싫고 좋고가 어딨어?"

"시, 시, 싫어……"

사람들이 손가락질을 하며 놀린다는 거였다. 반벙어리가 되어 갖고 국으로 한군데 진 치고나 앉아 있을 것이지 궁상맞게 시장을 휘젓고 다닐 판이냐고 여기저기서 핀잔을 주었다는 것이다. 옥진이는 사람들의 그런 행동들이 싫은 거였다. 옥진이라고 자존심이 없는 아이는 아닌 것이다. 오히려 자기 어디가 한군데라도 약점이 있는 사람들이 자존심은 지나치게 강했다. 매춘녀들 중에도 평소에는 손님들한테 굽실굽실하는 여자들이 어떨 때는 기를 쓰고 자존심을 내세워 그만 낚은 손님마저 허탕을 쳐버린 경우가 종종 있었다.

"그래, 이 짓도 못할 일이다. ……손님을 좀 낚아야 할 텐데, 기다려 봐라. 내가 한번 사내를 낚아 붙여줄게."

성자는 안쪽에서 걸어 내려왔다. 옥진이에게 말은 그렇게 했지만, 위로의 말로 지껄인 것이다. 성자 스스로도 손님을 낚을 자신이 없었다. 다행히 끗발이 오르면 이나 모를까. 그러나 어제, 오늘 사이에 제법 끗발이 오른 셈이니, 혹은 모를 일이다. 외팔이를 만나 뜻하지 않은 거금 십만 원이 들어온 것도 돈을 모착하는 것과 결부해 볼 때 결국 끗발이 오르는 거나 같다고 볼 수도 있을 터이었다.

성자는 청과상 블록을 한번 훑었다. 시장 입구에서 잠시 숨을 가다듬고 있었다. 성자는 숨을 내쉬면서 영출 씨를 바라다보았다. 영출 씨는 어제와 마찬가지로 바삐 손발을 놀려 장사에 여념이 없었다. 손님들로 빙 둘러싸여 오히려 영출 씨의 모습조차 보이지 않을 지경이었다. 성자는 한참을 그쪽으로 시선을 주고 있었다. 영출 씨를 생각하자, 이제 보란 듯이 한번 가정을 이루고 싶다는 생각이 불쑥 일었다. 성자의 이 같은 생각은 비단 오늘뿐만이 아니었다. 영출 씨의 노전을 스칠 때마다 그런 생각이 드는 거였다. 사람이 보기는 그래도 성실하고 맺고 끊는 데가 있는 것 같았다. 별을 하나 달고 나온 사람이 비뚤어지지 않고 끈적한 땀으로 목욕을 하면서도 악착같이 노전을 빼먹지 않고 펼치고 있었는걸 봐도 그건 쉬이 짐작이 갔다. 둥기들 한테야 비교가 되지 않았다. 둥기들은 허구한 날 가치 반 푼도 없는 잡말이나 씨부렁 뱉아내고 공연히 거들먹거리기 좋아하고 남한테 빈대나 붙어 먹고사는 좀벌레 같은 존재들이 아닌가. 영출 씨는 거기에 비하면 미욱한 데는 있고, 생긴 모양새가 아직 태를 벗지 않은 느낌이 있어서 뿐이지, 살펴보면 하루하루 살아 보려고 하루 열 번도 더 버둥을 치는 사람이었다. 성자가 가만 보니까, 빠루도 은근히 자기하고 살림을 내고 싶은 눈치지만 어림없었다. 성자는 어쩔 수 없이 빠루 한테 한 번씩 몸을 허락하고는 하지만 그건 살기 위한 수단이었다. 성자는 오직 살림을 낸다면 영출 씨라고 생각을 굳히고 있었다. 그런 생각이 하루 이틀 사이에 자리를 잡은 것은 아니었다. 일 년 남짓 그를 지켜본 바였고, 서서히 그쪽으로 마음이 기울어지는 자신을 느끼고 있는 중이었다.

그러나 성자는 그런 생각이나 하고 있을 한가한 처지가 아니었다. 사내 하나라도 더 낚아서 한 푼이라도 악착같이 돈을 모아야 하는 것이었다. 성자는 차도를 건너 노천의 즐비한 생선시장으로 들어갈 생각이었다. 그쪽도 심심찮게 사내들이 드나들었는데, 노천의 즐비한 어물전 가녘으로 도깨비 집 같은 술집들이 즐

비하게 들어차 있어서 사내들이 제법 들끓는다는 사실을 성자는 알고 있었다. 사내들이란 술이 오르면 한번 여자를 품고 싶은 생각이 간절한 모양이었다.

그런데 성자가 막 차도를 건너려고 서 있는데, 청과시장 입구에서 한숨이 꺼져들 듯한 사내의 소리가 들려왔다. 숫제 머리를 쥐어짜면서 흐느끼는 듯한 소리였다. 성자는 재게 그쪽으로 고개를 돌렸다. 차도를 건너려고 신호가 떨어지기를 기다리고 있던 행인들도 모두 그쪽으로 시선을 주고 있었다. 성자는 깜짝 놀랐다. 흐느끼는 듯한 소리를 지른 사내는 바로 다름 아닌 영출 씨였다. 사람들이 영출 씨 쪽으로 몰려들었다. 성자는 재게 그쪽으로 뛰어 갔다. 날씨가 팔팔 끓었다. 사람들은 모두 땀을 주렁주렁 이마에 매달고 있었는데, 성자도 자꾸만 관자놀이를 타고 구슬땀이 흘러 내렸다.

"내 돈, 내 돈, 내 돈……"

영출 씨는 반은 넋이 나간 사람처럼 그런 소리만을 입가에 매달고 있었다. 장사한 돈을 모두 쓰리 당해버린 것이었다. 영출 씨는 머리를 쥐어짜면서 땅바닥에 벌렁 앉아 버리고 있었다. 사람들이 땀을 뻘뻘 흘리면서도 안쓰러운 표정들을 감추지 못하고 있는 게 보였다.

성자는 순간 머리를 스치고 가는 게 있었다. 외팔이, 문득 외팔이가 떠올랐다. 외팔이 짓이 틀림없을 것만 같았다. 오늘 새벽에 자신의 핸드백을 감쪽같이 털어버린 것을 보면 성자의 추측은 허무맹랑한 게 아니라 거의 완전히 맞아 떨어질 것이다. 성자는 손님을 낚을 생각은 어느 결에 달아나 버렸다. 오직 외팔이를 찾아 나서야겠다는 생각뿐이었다. 외팔이의 짓이 분명하다고 결론을 내리자, 불현듯 힘이 되살아났다. 외팔이 같으면 이제 자신이 섰다. 외팔이가 설마 자신의 부탁을 거절할 것 같지는 않아 보였던 것이다.

성자는 영출 씨를 향해 너무 걱정하지 말라는 말만을 남겨 놓고서 외팔이를 찾아 나섰다. 그러나 영출 씨는 성자의 위로하는 말이 귀에 들어올 리가 없었다. 여전히 땅바닥에 퍼더버리고 앉아 장사할 엄두를 내지 못하고 있었다. 영출 씨에게는 단돈 한 푼도 소중한 거였다. 삼십 도를 웃도는 찌는 더위에 어떻게 한 입 한 입 모아왔던 돈인가. 그것은 영출 씨의 꿈이었고, 희망이었고, 앞에 전개될 소박한 하나의 삶, 그 자체였던 것이다.

성자는 시장의 구석구석을 쓸었다. 청과상 블록은 물론이고, 어물전 블록, 포목전 블록, 한약상 블록, 꽃상가, 심지어 길 건너 건물들 곳곳과 오 팔팔 텍사스 골목들까지 훑어버린 것이다. 그러나 외팔이의 모습은 보이지 않았다. 텍사스 골목 입구에서 둥기 빠루 씨가 성자를 보고서 웬일이냐, 하고 물어 왔지만, 성자는 한번 구경을 하여 보는 것이라고 얼버무리고 말았다. 망치나 빠루 씨는 오 팔팔 일대에서도 둥기 노릇을 하면서 수입을 잡았다. 빠루 밑에는 다른 둥기들이 여럿 속해 있었는데, 망치나 빠루 씨가 화성 여인숙의 뒷배를 봐주면서 생기는 돈은 푼돈밖에 되지 않았다. 그러나 둥기들은 어떻든 매춘녀들 따위한테 기생하고 있는 거나 마찬가지였다. 하지만 밤업소를 끼고 스케일이 큰 사내들만의 또 다른 세계가 있는 줄도 모를 일이었다. 그들은 언제나 한군데 머무르지 않을 정도로 분주히 움직거리고 있는 것이니까.

　성자는 텍사스 골목들을 빠져나왔다. 외팔이는 보이지 않았다. 망치를 비롯한 눈에 익은 둥기들만 이따금씩 눈에 띄었다. 빠루는 성자한테 어제 새겨둔 그대로 지금 시간을 한번 내자고 하였으나, 성자가 지금은 조금 곤란하고 더위가 좀 더 눅어 들어가면 생각해 보겠다고 하니까, 알았다고 말했다. 빠루가 성자를 대하는 태도도 엊그제와는 조금 달랐다. 성자는 믿어지지가 않았는데, 다른 때 같으면 성자가 조금이라도 그의 말에 순종치 않으면 곧장 둥기의 얼굴상이 오므라들었던 것이다. 그러나 지금 둥기 씨는 성자의 안이한 태도에도 결코 화를 내는 기색이 없었다. 성자는 이 같은 분위기의 변화가 혹시 외팔이 때문에 일어나고 있는 것인지나 아닌가, 하고 생각해 보았다. 자꾸만 그쪽으로 심증이 굳혀진 것이다.

　저녁나절이었다. 성자는 청과상 블록의 중간 께에서 찐빵을 냉수를 곁들여서 먹고 있었다. 두 개를 집어먹자 허기가 조금 달아나는 것 같았다. 속이 허출한 때는 값싸고 든든한 찐빵이 최고였다. 일금 천 원으로 찐빵 몇 개를 집어먹을 수가 있었는데, 성자는 아직도 어렸을 적에 간직했던 찐빵 맛을 잊지 못했다. 옥진이도 성자가 사준 찐빵을 두 개 받아먹고 마지막으로 사내를 낚는데, 정신이 없었다. 옥진이도 한 곳에 진을 치고 있으니까, 도저히 안 되겠다 싶었는지, 저녁 무렵이 되자, 서서히 자리를 옮겨 가며 사내를 낚고 있었다. 성자는 옥진이가 찐빵을 먹고 물을 한 컵 들이켜고 아래쪽으로 사내를 낚으러 내려가는 것을 보고서야 마음이 놓여 시장의 중간 께를 어슬렁거리고 있었다. 그러나

성자는 사내를 낚겠다는 생각보다 외팔이를 얼른 만나봐야 한다
는 생각이 앞섰다. 영출 씨는 그래도 마음을 가다듬고 다시 구두
를 팔고 있는 게 보였다.

사내 하나가 성자를 보고 군침이 도는 모양이었다. 말없이 성
자 곁으로 와서 가만히 화대를 물어왔다. 성자는 손가락을 세 개
펴서 지나는 사람들이 듣지 못하도록 손동작으로 대답을 주었다.
사내는 손가락 두 개를 펴 보이면서 되겠느냐는 눈짓을 보냈다.
이만 원만 받으면 안 되겠느냐는 뜻이었다. 그러나 성자는 고개
를 흔들어 버렸다. 요즘같이 소금 절이는 날씨에 해웃돈으로 이
만 원 받아 가지고는 몸만 축나고 말았다. 젠장, 흘린 땀으로 소
금을 만들어 시장에 내다 팔아도 이만 원의 이문은 나올 거라고
성자는 혼자서 생각을 하고 있었다. 사내는 정말 성자를 목젖이
떨어지도록 품고 싶은 모양이었다. 사내는 손가락 다섯 개를 펴
는 거였다. 그럼, 오천 원을 더 얹어주겠다는 말이었다. 성자는
그적에서야 한번 해볼까, 생각을 굴렸다. 그런데 그때, 성자는
기겁을 하고 달아나지 않으면 안 되었다.

"뛰어라."

하는 짤막한 소리가 고막을 울렸던 것이다. 성자는 이런 일을
한두 번 겪는 것은 아니었지만, 언제나 그 순간만큼은 혼비백산하
고 말았다. 둥기 씨가 어느 결에 이쪽 블록으로 와서 짜부(경찰)
들이 매춘 단속을 나온 것을 알아차리고서 주변의 매춘녀들이 듣
도록 소리를 쳤는데, 성자는 걸음아 나 살려라 이발소로 뛰어 들
어가 몸을 숨겼다. 뛰어라는 둥기들의 소리가 떨어지기가 무섭게
매춘녀들은 나름으로 봐둔 곳으로 벼락같이 도망을 쳤다. 여자들

이 그때만은 어찌나 동작들이 빠른지 짜부들은 줄창 허탕만 치고 돌아갔다. 성자는 면도사 아가씨가 이제 나가도 괜찮다는 귀띔을 해주자, 이발소에서 나와 시장판에 모습을 드러냈다. 그런데 분위기가 어째 예전 같지 않고 썰렁했다. 옥진의 모습도 보이지 않고, 구로동, 수원여자의 모습도 보이지 않았다. 다른 여인숙과 거래를 트고 있는 몇몇 매춘녀들만이 여기저기서 꾸역꾸역 걸어 나오고 있었다. 성자는 불현듯 불길한 생각이 불쑥 들었다. 옥진이가 붙잡혀 갔을지도 모른다는 암울한 생각이 풀썩 일었던 것이다. 아니나 다를까, 시장 사람 하나가 성자에게 말했다.

"옥진이가 잡혀 갔소."

성자는 실상 예상을 하기도 했지만, 막상 그런 소리를 듣고 보니 이상하게 섧은 감정이 가슴께로 치받쳐 올랐다. 옥진이를 생각하니 가슴이 미어졌지만, 성자는 끝내 자기 설움에 눈물을 쏟고 말았다. 이곳 시장 바닥에서 매춘을 하면서는 열 번 울 것 한 번도 울지 않으리라고 다짐을 했었지만, 성자는 요즘 걸핏하면 자기 설움에 북받쳐 눈물을 흘리고는 하였다. 옥진은 말도 제대로 하지 못한 것이 다시는 시장에 나와서 사내를 낚아 몸을 팔지 않겠다고 하면서 혀 꾸부러지는 소리를 흘렸다는 것이다. 그러나 짜부들은 옥진이의 혀 꾸부러지는 애걸에도 눈썹 하나 까딱하지 않고 죄수처럼 끌고 갔다는 거였다.

"사는 게 뭔가, 사는 게 뭐여."

과일 노점상 아주머니 하나가 혼자 소리로 시름에 겨운 소리를 뱉어냈다. 성자는 힘없이 시장을 걸어 나왔다. 영출 씨도 손님을 마지막으로 보내고 허탈하게 의자에 앉아 있었다. 성자가

그에게로 다가가자, 영출 씨가 그래도 웃음을 보내면서 말하는
것이다.

"허망한 하루여, 오늘이."

"기운 내세요. 얼마나 당했어요?"

성자가 위로를 주면서 물었다. 그녀는 외팔이를 떠올리고 있
었다. 외팔이만 만나면 돈의 행방을 추적할 수가 있으리라는 생
각이 들었던 것이다.

"사흘장사 망쳤어요. 나한텐 목숨보다 소중한 돈이었는데……"

영출 씨가 말하면서 상의 왼쪽 깊지 않은 주머니에서 담배를
하나 꺼내 피워 물었다. 담배를 피워 물고 있는 그의 모습이 전
에 없이 허탈해 보였다. 성자는 일단 외팔이를 떠올리면서 위로
의 말만을 해줄 수밖에 없었다.

"좌절하지 마세요. 이보다 더한 사람들도 많아요. 이것도 경험
이라고 여겨야죠 뭐."

"고맙소, 성자 씨, 그래도 성자 씨 밖에 없네요. 그런 말 해주
는 사람."

"그러니까 좌절하지 마세요. 우리 같은 사람들 우리가 알아주
지 않으면 누가 알아주나요!"

"하기는 그러오. 아, 씨팔, 오늘 끗발 한번 서나 했는데…… 끗
발 서면 기분 좋게 성자 씨 한번 살 수도 있었을 거요. 오늘 정말
생각이 간절했는데 말이요."

영출이 열없이 말하면서 담배 연기를 허공에 쏘아 올리고 있
었다. 그는 성자를 품고 싶은 생각이 간절한 모양이었다. 이제는
사흘 장사 밑천을 털려 버려서 있는 힘까지 달아나 버린 허탈한

표정이었다. 삶의 고뇌를 마지막으로 여자의 몸속에 쏟아부어놓고 맥없이 탈탈거리며 굴러 떨어지는 것처럼 속절없는 허무, 바로 그 형용이었다. 노전에 펼쳐놓고 하루 장사를 했던 노점상들이 뭉턱 뭉턱 짐들을 꾸리는 게 보였다. 벌써 어둠이 저쪽 차도 건너 빌딩 너머까지 몰려와 있었다. 차를 기다리는 사람들도 정류장 쪽에 보이고 있었는데, 영출 씨는 짐을 꾸릴 생각을 하고 있지 않았다. 그것은 상처가 너무 컸던 때문이었다.

"한번 놀아줄까요, 오늘?"

성자가 소리를 낮춰 영출 씨에게 말했다. 영출 씨가 성자의 말에 씩 웃었는데, 어딘지 모르게 기운 없어 보이는 웃음이었다. 해웃돈이 몹시 부담이 되는 모양이었다. 성자는 그런 영출 씨의 마음을 얼른 읽었다.

"화대는 염려 말아요. 나는 영출 씨한테 절대 상품이 되지 않겠다고 했잖아요? 영출 씨한테는 한 여자가 되고 싶어요."

그렇게 말한 성자의 얼굴이 전에 없이 잠깐 붉어졌다. 영출 씨도 이번에는 성자의 말뜻을 알아들은 모양이었다. 멀건이 하늘을 한번 올려다보고 나서 성자를 향해 말했다. 그의 말로 미루어 봐서 성자의 말뜻을 알아들었음에 분명했다.

"이놈도 이제 혼자 사는 게 지겹소. 과부라도 하나 만나 살림이나 벌렸으면 싶어요. 젠장, 요즘 여자들은 주책없이 눈들만 높아봐서 우리 같은 것들은 평생 내 여자 한번 못 품어 보게 생겼다니까요."

영출은 말하고 쓴웃음을 지으면서 하늘을 올려다보았는데, 하늘에는 붉은 노을이 멀찍이 비껴가고 있어서 공연히 서러운 느낌이 들었다. 차도 너머로 불빛들이 많이 올라 있었고, 노점상들도 하나둘씩 짐을 꾸려서 꾸린 짐들을 시장의 한쪽에 보관해 두고서 시장을 빠져 나가는 게 보였다. 시장 사람들은 성자가 영출 씨와 함께 무어라고 말들을 하는 모습을 연방 쳐다들 보면서 나가고 있었는데, 성자는 그런 눈총들에 이제 결코 구애받지 않았다.

"나도 혼자라는 게 너무 무서워요. 어쩔 때는 칵 기둥서방이라도 하나 잡아 버릴까 싶다니까요. 하지만, 그래 봤자죠. 언젠가는 말짱 똑같게 되니까요. 이 년도 여잔가 봐요. 주제에 홀아비라도 하나 만나 집에 들앉고 싶다니까요."

성자는 정말 이제 사내를 하나 만나 살림을 내고 싶었다. 여자의 나이 서른셋, 사내를 만나 열 번은 가정을 내도 냈어야 할 나이다. 그러나 매춘이나 하는 주제에 그게 될 성싶기나 하는가. 성자는 자신이 너무 지나친 꿈을 꾸고 있는지도 모른다고 생각했다.

영출 씨는 성자의 하소연 비스름한 말을 듣고 씩 웃었다. 시장 위쪽으로 뻥하게 열린 하늘에 비껴가는 노을이 사라지고서 어둑어둑 어둠이 내려앉기 시작했다. 차도 건너 쪽에는 불빛들이 불바다 같이 올라 있었고, 청과상 블록은 어두컴컴했다. 사람들이 시장을 빠져 나가는 게 보였다.

"씨발, 나도 살림을 하기로 나서면 어떤 년 못잖아. 어떤 자식들은 나하고 오입이나 하는 주제에 은근히 사람을 얕잡아 본다니까요. 뭐, 김치나 담글 줄 아느냔 거죠. 아, 기가 막혀서…… 여자가 김치 하나 못 담그면 어디다 쓰게요. 김치가 다 뭐야. 갈비 떡찜에 족편, 깨국탕 까지 만들 줄 아는데, 이 년이 매춘을 한다고 사람까지 우습게 보이나 봐."

성자는 자신을 무시하는 사내들을 생각하자 울화가 치밀어 자신도 모르게 말투가 거칠어졌다. 사실, 성자는 요리를 잘하는 편은 아니었다. 고아원에서는 물론 거기를 나와서도 줄곧 남이 해준 음식만 먹고 생활한 때문이었다. 그렇다고 김치를 못 담글 정도로 형편없는 여자는 아니었다. 나박김치에 오이소박이김치도 담글 줄은 알았다. 성자는 스스로도 자신이 같은 연치의 다른 여자들에 비해서 여러 가지로 뒤떨어진다고 생각하고 있었지만, 영출 씨 앞에서는 결코 그런 내면을 드러내 보이고 싶지는 않았던 것이다.

"성자 씬 손끝이 여물어서 살림 하난 끝내줄 거예요."

하고 영출 씨가 벌쭉한 웃음을 흘리면서 말하자, 성자는 기분이 한결 나아진 표정으로 밝게 웃었다. 그들은 순간 나이를 찾아볼 수 없을 정도로 천진스런 모습이었다.

영출 씨가 짐을 뭉턱 뭉턱 쌌다. 성자는 잔일을 도와주었다. 성자는 자신이 마침 영출 씨의 여자가 되어 버린 느낌이었다. 영출씨도 짐을 꾸리다가는 자꾸만 성자를 쳐다보면서 만족한 듯이 웃었다. 성자는 오늘 영출 씨한테 자신을 맡겨볼 생각이었다. 영출 씨도 따지고 보면 불쌍한 사람 같았다. 나이 서른 중반이 훌쩍 넘은 사람이 혼자서 아글타글 살아가는 걸 보면 자신도 모르게 가슴이 미어지면서 불쌍한 생각이 들었다. 성자는 내일은 꼭 외팔이를 만나 영출 씨가 소매치기 당한 돈의 행방을 알아볼 셈이었다.

영출 씨는 짐 싼 리어카를 끌고 시장의 뒤쪽으로 갔다. 보관을 하려는 거였다. 성자는 입구에서 영출 씨를 기다렸다. 그런데 그때였다. 둥기 빠루 씨가 차도를 건너 성자한테 다가왔다. 성자는 빠루가 공짜 오입을 하려고 한다는 사실을 알고서 한숨을 흘렸다.

"성자야, 잠깐 보자."

빠루가 말했다. 그에게서 술 냄새가 훅 날아왔다. 빠루는 성자를 이끌고 차도를 건넜다. 성자는 차도를 건너면서 자꾸만 시장 쪽을 바라다보았다. 영출 씨가 걸어 나오는 게 보였다. 영출 씨는 성자가 빠루하고 같이 가는 것을 보고 아연 놀라고 있었다. 성자는 오늘 영출 씨한테 자신을 맡길 셈이었는데, 빠루 때문에 다 틀렸다고 생각했다. 성자는 둥기들의 요구에 절대 거절할 수가 없는 실정이었다. 빠루의 요구는 더욱 말할 필요도 없었다. 성자는 빠루를 따라 불빛들 속으로 걸어 들어가면서도 연방 영출 씨를 살펴보았다. 영출 씨는 한참 뒤따라오는가 싶더니, 결국 따라오는 것을 단념해 버리고 있었다. 둥기들과 다시 맞닥뜨린 게 겁나는 모양이었다. 언젠가 성자를 가까이 하지 말라고 놈들이 엄포를 놓은 적도 있는 것이다. 그러나 실상 가까이하는 쪽은 그보다도 성자 쪽이었다.

빠루는 성자의 예상대로 공짜 오입질을 했다. 성자는 둥기들한테 몸을 공짜로 대줄 때가 가장 가슴 아프고 서글펐다. 매춘녀들 한테 구걸이나 하는 주제들이 공짜 오입질은 또 대개 하려고 들었다. 듣기로 빠루 씨도 다른 여인숙과 거래를 트고 있는 나이 든 매춘녀의 기둥서방이라고 했다. 빠루는 은근히 성자한테 달라붙어 기둥서방이 되려고 했으나 공짜로 몸은 줄망정 그것은 가당찮은 짓이었다. 돈을 벌자고 매춘을 하는 판국에 기둥서방을 삼아 놓으면 밑도 돈도 모조리 거덜이 날 것이었다. 기둥서방을 삼

고서 매춘을 하는 여자들은 결국 깡통만 찰 수밖에 없는 노릇이었다. 놈들이 철저하게 송충이처럼 갉아먹어 버리는 것이었다.

"성자 너, 구두팔이 새끼 조심해라."

빠루가 침대에 발가벗은 모습으로 드러누운 채 주의를 주듯 말했다. 성자는 속으로 콧방귀를 뀌어 버렸다. 조심할 사람들은 바로 네놈들이다. 성자는 다른 날보다 허탈한 심정으로 속옷을 챙겨 입으면서 대꾸하지 않았다.

"별 달고 나온 것들은 언제고 사고를 치게 마련이어야. 나도 한때는 별의 별짓 다했다, 살아 보려고. 하지만 그게 쉽지 않더라. 구두팔이 그 새끼도 오래 못 갈 것이다. 몸 망가뜨리면서 모아둔 돈 뜯기지 말고 조심해라. 이건 성자 너 생각고 말해 주는 거다."

빠루는 성자가 옷을 하나씩 걸쳐 입는 것을 이제 침대에 누워 지켜 보면서 넌지시 눈물 나도록 생각하는 말을 뱉었는데, 성자는 그게 오히려 애살스러운 나머지 역겹기까지 하였다.

"고마워요, 생각해줘서."

성자는 마음에 없는 말을 입에 담았다. 그래도 그들의 비위를 정도껏 맞춰줘야 탈 없이 매춘을 할 수가 있는 때문이었다. 성자가 말하자, 빠루가 윗몸을 일으키면서 피우던 담배를 재떨이에 비벼 끄고 있었다. 성자는 먼저 문을 열고 나왔다. 성자가 빠루와 들어온 곳은 장급 모텔인데, 둥기들은 객실도 공짜로 쓰고 있는 것 같았다. 그들은 각자 은밀하게 이용할 수 있는 숙박소를 하나씩 마련해 놓고 있었다. 성자는 모텔에서 나와 차도를 건너 청과상 블록으로 들어섰다. 시간이 꽤 흘렀지만, 영출 씨가 근처 어느 술집에 있을지도 모르기 때문이었다. 성자는 술집들의 열린 문을 통해 내부를 살피고 다녔다. 아는 사내들이 있을 줄도 모른 다고 생각했으나, 이제 그런 것은 문제 삼지 않았다. 청과상 블 록에 걸쳐있는 아기자기한 술집들을 빠짐없이 훑어보았으나 영 출 씨의 모습은 보이지 않았다. 성자는 다시 차도를 건넜다. 불 빛들 속을 살피고 다녔다. 눈에 익은 둥기들의 모습이 여기저기 눈에 띄었다. 성자는 영출 씨를 생각하면서 외팔이를 한번 찾아 보는 중이었다. 그러나 외팔이는 보이지 않았다. 성자는 그래도 희망을 버리지 않았다. 영출 씨가 쓰리당한 돈을 외팔이만 만나 면 꼭 찾을 수가 있을 것 같은 마음이 들었던 것이다. 성자는 다 시 차도로 걸어 나왔다. 경찰들이 이따금씩 눈에 띄었다. 저들이 옥진이를 잡아 갔다고 생각하니, 불현듯 목이 메었다. 옥진이는 지금 어떻게 되었을까. 성자는 둥기들이 야속했다. 옥진이가 끌 려갔어도 무사태평이었다. 화성 여인숙 주인 여자도 야속하기는 마찬가지라고 생각했다. 옥진이가 끌려갔다는 소식을 아마 들어 도 열 번은 더 들었을 것이지만, 시장 바닥에 얼굴 한번 내밀지 않은 것이다.

불쌍한 옥진이, 말도 제대로 하지 못한 것이 경찰서에 끌려갔 으니 또 무슨 수모를 당할까. 성자는 허리가 무너져 내리는 통증 을 느끼면서 버스에 올랐다. 사내 하나를 낚아 몸을 내맡길 때마 다 뼈가 으스러지는 고통을 느끼기도 하지만, 빠루 놈 한테 몸을 앗기는 날이면 통증이 배는 심했다. 빠루는 자신의 성기를 최고 로 치는 놈인가 보았다. 그놈의 그것은 여느 다른 사내들 하고는 다른 것 같았다. 그놈이 한번 밀착해 들면 몸이 찢어질 듯 통증

이 왔다. 그건 비단 빠루 뿐만이 아니라, 다른 둥기놈들도 같지만, 특히 빠루는 그의 성기에다가 자신의 꿈과 이상을 모조리 담아놓은 것 같았다. 오직 그의 꿈은 그것으로부터 비롯되고 그의 이상도 오직 그것의 변화에 따라 변한다고 생각하는 모양이었다. 빠루는 그것만 잔뜩 부풀려 놓았다. 성자는 허리가 끊어지는 통증을 느끼면서 버스에서 내려 경사진 골목길을 천천히 거슬러 올랐다. 내일은 아무래도 하루 쉬어야 할 것 같았다.

4

성자는 하루를 꼬박 쉬었다. 오늘도 하루 늘어지게 쉬고 싶지만, 그럴 여유가 없었다. 더욱이 몸이란 게 이상하다. 하던 일을 중단하고 집에 들앉아 쉬니 피로가 풀리기는커녕 고무줄 늘어지듯 몸이 쭉 늘어지는 것이다. 성자는 낮밥을 물에 말아 훌훌 집어넣고서 시장에 나왔다. 성자는 사내를 낚을 생각보다 우선 옥진이가 궁금했다. 그런데 성자는 문득 놀라지 않을 수가 없었다.

영출 씨가 보이지 않았기 때문이다. 아예 좌판을 펴놓지 않은 것 같았다. 성자는 불안한 예감을 느끼면서 시장 안쪽으로 걸어 들어왔다. 옥진이의 모습도 보이지 않았다. 구로동 여자가 저쪽에서 성자 쪽으로 걸어오면서 소리 낮춰 말했는데, 성자는 자신의 최후의 꿈이 와르르 무너져 내리는 소리를 들은 것 같았다.

"어젯밤에 영출 씨가 경찰서에 붙들려 갔대 글쎄. 둥기를 칼로 찔러 버렸다는 거야. 사람이 살려고 기를 쓰고 일하더니, 정말 안됐다니까."

성자는 호흡을 멈추고 한동안 멍하니 입만 벌리고 있었다. 영출 씨가 어젯밤에 술을 마시고 빠루를 찔러 버렸다는 것이다. 빠루는 급히 병원으로 옮겨져서 지금 중태라는 거였다. 칼이 너무 깊숙이 박혀서 살기는 어려울 것 같다는 말이었다.

빠루는 칼 맞을 짓을 했다는 것이다. 어제 낮참이 훌쩍 지나서 시장 안이 조금 소란스러웠다고 한다. 둥기들이 서너 명 시장 입구에 얼쭝거리고 있을 때, 외팔이가 한 패거리의 사람들을 데리고 나타난 것이다. 외팔이 패들에는 첫눈에 사람을 제압할 정도의 체격이 당당한 청년들도 있고, 날쌔게 생긴 여자들도 있었다. 외팔이가 그들을 휘어잡고 있었다는 것이다. 그런데 외팔이가 영출 씨한테 가서 정중히 인사를 하면서 사과를 하더라는 거였다.

"형씨, 죄송합니다. 우리 애들이 실수를 저지른 불찰 내가 대신 용서를 빌겠습니다."

외팔이가 영출 씨에게 봉투를 내밀었다. 그것은 바로 전날 소매치기 당한 영출 씨의 돈이었다. 영출 씨는 천지가 느닷없이 개벽하는 것처럼 깜북 놀라면서 외팔이에게 허리가 부러지도록 감

사를 표했다. 시장 사람들이 이상한 구경거리라도 난 것처럼 이쪽으로 몰려들었다. 외팔이 패거리들이 그만큼 범상치는 않게 보인 것이다. 둥기 씨들도 외팔이 패들한테 한풀 꺾인 표정으로 멀찍이서 광경을 바라다보고 있을 뿐이었다. 나중에 듣게 된 얘기지만, 외팔이 패들은 빵사이꾼이 다섯 명, 빵사이꾼의 뒷배를 봐 주는 건달들이 다섯 명이었다. 서울 바닥에 흩어져 있는 사람들을 합하면 각각 기백 명은 된다는 것이다. 외팔이가 개중 가장 파워가 세다는 것이다. 외팔이는 의리가 강하고, 깡다구가 세기로 바닥에서는 이름이 나 있다는 것이다. 그는 빵사이꾼들 중에서도 가장 기술이 뛰어났고, 하루에 마음만 먹으면 기백만 원도 슬쩍 건져 올릴 수가 있었다. 그래서 외팔이 주변에는 항상 따르는 부하들이 많았는데, 건달들도 그 앞에서는 옴쭉 달싹 하지 못했다. 외팔이가 스톱 했다 하면 돈줄이 막혀 버리기 때문이었다. 그런데 외팔이는 빵사이를 하면서도 나름의 신념을 갖고 있다는 것이다. 아무 돈이나 닥치는 대로 슬쩍 하지는 않았다. 봐서 돈깨나 있게 생긴 사람들을 노린다는 거였다. 뱃살에 기름깨나 앉아 있고, 남의 돈을 거저 긁어 들이고, 돈 자랑이나 하며 거만한 사람들이 직접적인 대상이라는 것이다.

외팔이의 부하들 중에서 이런 원칙을 어긴 사람들은 개박살이 나고 경우에 따라서는 집단에서 축출해 버린다는 거였다. 그날도 한약상 블록의 공터에서 승복을 입고 혹세무민하여 약장사를 하고 있는 작자들이 긁어모은 수입을 부하 하나가 자신의 왼손도 알아차리지 못하게 슬쩍 하고 나서 함께 모여 영출 씨한테 올라왔던 것이다. 외팔이는 패거리가 한데 뭉쳐 다니면 지극히 위험

한 줄을 알면서도 부러 부랴사랴 모두 집합시켰던 것이다.

"날치 하나, 앞으로 나와."

"예, 형님."

외팔이가 자신의 부하들 가운데 하나를 앞으로 나오라고 했는데, 영출 씨의 좌판 앞으로 나오라는 얘기였다. 그러자 날치 하나라는 날째게 생겨먹은 청년이 바짝 긴장하면서 앞으로 나왔다. 외팔이 일행들은 날치기를 줄여 날치라고 썼는데, 각자 하나, 둘, 셋 등의 숫자로 구분이 지어졌다. 그리고 뒷배를 봐주는 건달들은 주먹 하나, 주먹 둘, 주먹 셋 등으로 이름이 붙여졌다. 외팔이는 거의 항상 하얀 장갑을 착용하고 다녔는데, 흰 장갑하면 뒷바닥에서 주먹깨나 쓰고 노는 놈들은 익히 알고들 있었다. 청량리 일대의 둥기놈들도 흰 장갑하면 모를 리가 없었다. 외팔이가 화성 여인숙에서 행패를 부렸다는 사실을 알고 달려간 둥기놈도 외팔이는 수없이 많으므로 평범한 외팔인 줄로 알았는데, 나중에서야 그자가 흰 장갑 외팔이라는 사실을 알고서 당황했었다. 외팔이는 자신의 신분을 좀체 노출하지 않은 사람이었다.

"무릎을 꿇어라."

날치 하나에게 영출 씨 앞에서 무릎을 꿇어라는 얘기였다. 날치 하나가 엄숙한 자세로 무릎을 꿇었다. 사람들이 구경꾼처럼 모여들었다. 둥기들도 인상을 찌푸리면서 광경을 주시하고 있었다.

"형씨가 이놈의 뺨을 한 대 치시오."

외팔이가 영출 씨한테 날치 하나의 뺨을 한 대 올려치라는 것이다. 그러나 영출 씨는 섣불리 날치 하나의 뺨을 올려치지 못했다. 그러자 외팔이가 조금 소리를 높였다.

"돈을 다시 압수하겠소, 그럼. 내가 다섯을 셀 때까지 이놈의 뺨을 올려치시오."

외팔이는 자르듯이 말을 하고서 또박또박 숫자를 헤아려 나갔다. 영출 씨는 외팔이가 무엇 때문에 자기 부하의 뺨을 치라고 하는지 영문을 알 수가 없었으나 당장 시키는 대로 하지 않으면 되돌려준 돈을 즉각 채가 버릴 것만 같았다. 영출은 죽기 아니면 살기라고 생각을 하면서 있는 힘껏 날치 하나의 뺨을 올려 쳐버렸다. 사람들이 놀라 짤막하게 소리들을 질렀으나, 날치 하나는 눈썹 하나 까딱하지 않고 있었다.

"좋소, 날치 하나, 반성했겠지?"

외팔이가 물었다. 아주 근엄한 표정이었다. 그에게는 순간 피눈물에 얽매이지 않은 어떤 확고함이 서려 보였다.

"예, 형님. 주의하겠습니다."

날치 하나가 머리를 조아렸고, 다른 외팔이 패들이 침통한 얼굴들로 날치 하나와 외팔이의 얼굴을 번갈아 쳐다보고 있었다.

"좋아, 이제 각자 위치로 간다. 짜부들 조심하도록."

"예, 형님."

외팔이 패들이 일사분란하게 돌아갔다. 외팔이는 이제 주먹 두 명만 데리고 영출 씨의 좌판 앞에 남아 있었다. 영출 씨는 쓰리당한 돈이 제 발로 굴러 들어와 날아갈 것만 같았다. 그는 대저 이게 무슨 영문인 줄을 몰랐다. 둥기놈들이 아니꼬운 눈들을 하고서 영출 씨 쪽을 쳐다보고 있는 게 보였다. 외팔이가 부하들을 이쪽으로 집합시켰던 것은 날치 하나가 영출 씨의 돈을 슬쩍한 때문이었는데, 외팔이는 노상에서 좌판을 벌여놓고 땀을 펑펑 흘리면서 뭣 빠지게 번 돈을 쓰리 했다고 벌칙을 가하면서 부하들 앞에서 본때를 보이며 규율을 바로잡은 것이었다.

"형씨, 누가 괴롭히는 놈 있으면 말하시오. 우리가 뒷배를 봐줄 테니까."

외팔이가 말했다. 영출 씨는 순간 둥기놈들이 떠올랐다. 둥기놈들이 이쪽을 고리눈을 하고서 노려보고 있는 것도 마음에 거슬렸다. 세력을 보아하니 외팔 씨 쪽이 월등한 모양이었고, 둥기놈들은 쪽도 쓰지 못하고 구석으로 밀려난 것을 알 수 있었다. 영출 씨는 빽 하면 못살게 윽박지르는 둥기놈들이 찢어 죽이도록 미웠다. 그도 새사람이 되려고 이를 물고 살아가는 중이라서 한번 휘둘러 버리고 싶어도 국으로 참기만 했었던 것이다.

"저기 저 사람들이 문제요."

영출 씨가 둥기놈들을 가리키면서 말했다. 성자를 가까이하는 것도 마음 놓고 할 수가 없이 구속을 받은 터이었다. 영출 씨가 말하자, 외팔이가 둥기들에게 손짓을 해서 이쪽으로 오라고 했다. 둥기들이 밍그적거리며 느릿느릿 걸어왔다.

"당신들이 시장 사람들을 업신여기는 것 같은데, 빠루 씨 자제하시오. 우리가 보살펴 줘야 할 사람들이 오히려 이곳 시장 사람들이오. 어차피 우리하고 손을 잡았으니까, 눈살 찌푸리는 일은 서로 삼갑시다. 방금 봤을 거요. 우리 날치 하나가 이 형씨 돈을 빵사이 해 와서 내가 지금 혼줄을 내준 거요. 살려고 맨몸으로 나와서 이렇게 고생하는 사람들을 우리가 괴롭히면 쓰겠소, 안 그래요?"

외팔이가 제법 의리가 넘치는 말을 내뱉자, 둥기들은 자존심

상하지만, 고개를 주억거리고 있었다. 외팔이 패거리들이 이쪽으로 들어오면서 그들은 서로 협상을 한 모양인데, 보아하니 실권은 돈줄을 쥐고 있는 외팔이 패들한테 있는 것 같았다. 외팔이는 주먹 둘을 데리고 황급히 이곳을 떠나 버렸다. 그런데 저녁쯤 하여 빠루가 어디서 술을 한잔하고 와서 영출 씨를 패버린 것이다. 영출 씨 때문에 수모를 당했다는 까닭이었다. 그의 좌판도 물론 박살을 내버리고 말았던 것이다. 영출 씨는 분에 못 이겨 죽기로 각오를 하고 널부러진 좌판을 수습할 생각도 버리고 빠루를 찾아 나선 것이었다. 결국 밤늦게 빠루를 찾아서 일을 저지르고 말은 거였다. 빠루는 근처 성모병원으로 긴급 입원했고, 영출 씨는 출동한 경찰들에게 붙잡혀 간 것이다.

　성자는 텅 빈 영출 씨의 좌판 자리를 쓸쓸히 바라다보면서 눈물을 글썽거렸다. 영출 씨와 잘하면 살림을 낼 수 있을 거라고 생각했었는데, 그만 그런 소박한 꿈도 깨어지고 말았다. 성자는 매춘녀 주제에 살림은 무슨 살림이냐고 자조하면서 다시금 마음을 가다듬고 사내를 낚기 위해 한약상 블록으로 올라갔다. 그러나 이상하게도 마음이 서글펐다. 자꾸만 영출 씨가 눈앞에 아롱거렸다. 이제 다시는 그를 만날 수가 없을 것 같았다. 성자는 일이 이렇게 될 줄 알았다면 차라리 며칠 전에 그가 자신을 한번 사주마고 했을 때, 자존심 팽개치고 한번 놀아줄 것을 하고 이제서 후회해 보는 것이었다. 그러나 지나간 것은 이미 다시 돌아오지 않는 법이 아닌가. 성자는 공연히 매춘녀 주제에 영출 씨한테만은 여자가 되고 싶다고 순정을 내세운 일이 더없이 가슴을 공허하게 하고 있음을 알았다. 주제에 고상한 척만 하지 않았어도 영출 씨의 가슴에 맺힌 한의 얼룩들을 조금이라도 지워낼 수가 있지 않았을까. 아, 성자는 이상하게 누군가를 품고 싶다는 생각이 망령처럼 떠올랐다. 지금은 영출 씨가 아니라도 좋을 성싶었다. 성자는 비로소 사내들이 여자를 간절히 한번 품고 싶을 때가 있다고 지껄인 말들을 이해할 수 있을 것 같았다.

사람은 쓸쓸하고 서글플 때는 정말 누군가를 한번 품고 싶은 것인가. 성자는 한약상 블록을 아무런 생각 없이 건성건성 훑고 다녔다. 그런데 사람의 일이란 참으로 한 치 앞을 내다볼 수가 없는 것인가. 성자가 허탈한 심정으로 한약상 블록을 막 빠져나오고 있을 때, 누군가 뒤에서 나지막이 부르는 소리가 들렸다. 성자는 본능적으로 소리가 나는 쪽으로 고개를 돌렸다. 성자는 다시 한 번 아연 놀라고 말았다. 외팔이었다. 성자는 그를 보고 자신도 모르게 하얗게 웃어주었다. 외팔이도 팔을 덜렁거리면서 말없이 웃었다. 성자는 외팔이가 생각보다 듬직해 보였다. 사내다운 나불이 있는 것 같았다. 그는 비록 외팔이기는 하지만, 수하에 썩 괜찮은 여럿의 똘마니들을 거느리고 있지 않은가. 그리고 비록 빵사이꾼이기는 해도 빵사이 하는 그 방법도 어느 정도는 이해할 수가 있을 것 같았다. 무엇보다 의리가 있는 사내라는 게 마음에 들었다.

"한번 놀아줄까요?"

하고 이번에는 성자 쪽에서 먼저 따리를 붙였다.

"좋소, 갑시다. 아가씬 천사요."

성자는 외팔이를 따라 모텔로 들어갔다. 외팔이는 연방 성자를 보고 만족해하면서도 자신의 덜렁거리는 팔을 매우 의식하고

있는 것 같았다. 성자는 서슴없이 외팔이의 옷을 벗겨 내렸다. 외팔이의 달아난 팔의 팔뚝이 덜렁 모습을 드러냈다. 그러나 성자는 아무렇지가 않았다. 덜렁거리는 팔뚝이 오히려 성자 자신에게는 잘 어울린다고 생각했다. 성자는 자신의 옷을 벗지도 않은 채로 외팔이의 팔뚝을 어루만지기 시작했다. 끈적한 땀내가 코끝을 자극했으나 성자는 그게 향기로운 냄새로 느껴졌다. 성자는 외팔이의 품이 아늑하다고 생각했다. 외팔이가 성자의 옷을 벗겨 나갔다. 그들은 알몸인 채로 하나가 되었다. 외팔이는 빠루 처럼 당당하게 성자를 점령하고 내려왔다. 성자는 자꾸만 외팔이의 덜렁거리는 팔뚝이 자신에게는 잘 어울린다고 생각했다. 무엇 때문에 그런 생각을 했는지 몰랐다.

"당신은 천사요. 이 외팔이를 사내로 받아준 여자는 당신뿐이었소. 당신은 정말 천사요."

외팔이는 달아난 팔뚝 때문에 사내로서의 대접조차 제대로 받지 못한 모양으로 당신은 천사요, 하는 감탄의 말을 아끼지 않고 있었다. 외팔이가 성자에게 만 원 권 지폐를 두둑이 내밀었으나, 성자는 이번에야말로 자존심을 내세워도 된다고 생각했다. 단호히 거절해 버린 것이다.

"싫어요. 매춘을 한 게 아네요."

성자가 말하자, 눈치가 빠른 외팔이가 씩 말뜻을 알아들었다. 외팔이가 만족한 소리로 말하는 것이다.

"아가씨, 제법인데?"

성자는 문득 얼굴이 붉어지는 것을 느끼면서 하나씩 하나씩 옷을 찾아 꿰입었다. 외팔이는 성자가 옷을 찾아 꿰입는 모습을 지켜보면서 연신 의미 있는 웃음을 웃고 있었다.

"씨팔, 나도 살림이나 내봐?"

외팔이의 말에 성자가 묘하게 일그러지는 웃음을 웃었다. 그녀로서도 웃음의 성질을 알 수가 없을 것 같았다. 외팔이의 말에 긍정을 하는 웃음인지, 부정을 하는 웃음인지 대저 알 수가 없다는 것이다. 성자는 다만 자신도 모르게 외팔이의 달아난 팔뚝이 자신에게는 더없이 어울린다고 생각할 뿐이었다. 성자가 먼저 모텔을 빠져나왔는데, 외팔이는 발가벗은 몸으로 이제 당당히 달아난 팔뚝을 성자가 보거나 말거나 드러내 보이면서 말하는 거였다.

"당신은 천사요."

성자는 외팔이를 향해 마지막으로 의미 있는 웃음을 한번 만들어 주면서 거리로 나왔다. 성자는 오늘은 더 이상 사내를 낚고 싶은 생각이 없었다. 이제 자꾸만 외팔이가 눈앞에 어룽거리는 것이었다. 성자는 해가 아직도 많이 남아 있었으나 집으로 돌아오고 말았다.

다음날 새벽 성자는 공을 쳤다. 낮참에 다시 나왔으나 여전히 공을 쳤다. 오후 늦게는 작열하는 태양의 열기 아래 끝내 빠루가 죽고 말았다는 소문이 나돌아 성자의 가슴만 바싹바싹 타들었다.

옥진이는 잡혀간 그 날로 훈방을 먹고 풀려났으나 며칠째 소식이 없어 동생을 비롯한 이웃들이 경찰에 가출신고를 냈다는 소문이 노을이 서편 하늘 가녘으로 비껴가는 해질녘에 나돌았고, 곰보 형순에 관해서는 끝내 아무 말도 전해지지 않았다. 그날 이후, 시장에는 성자의 모습도 보이지를 않았다. 둥기 패들이나 외

팔이 패들이나 여인숙 패들이나 성자의 모습이 보이지 않는 것은
유감이었다. 성자 역시 그해 여름이 유감이었을 것이다. 성자유
감(聖子遺憾), 성자(聖子) 어디로 갔을까?

|2005|

작가일기 1993

"나는 시가 현실에 좀 더 강력히 대처해야 한다는 생각이오. 일찍이 다산 선생께서도 말씀하
셨소. 임금을 사랑하지 않고 나라를 걱정하지 않는 것은 시가 아니며, 시대를 근심하지 않고
풍속을 분개하지 않는 것은 시가 아니며, 장점을 찬미하고 결점을 풍자하며 선을 권장하고
악을 징계하는 뜻이 없는 것은 시가 아니다 했소." _ 본문중에서

남보 신현호, 이중섭과 황소 (10호, 53×45)

소설가 방 두태 씨의 하루는 양철 대문의 편지함 꽂이에 이마를 맞대고 비스듬히 꽂혀 있는 세 종류의 조간신문으로부터 시작된다. 한때 사상적으로 불온하고, 충동적인 작품 성향을 지녔다 하여 얼마간 옥문(獄門) 사이로 구메밥을 먹기도 했던 그는, 어용신문이라는 꼬리표를 작가들 사이에 달고 다니는 ㅈ일보를 제외하고, 경제신문 하나와 ㅎ일보 그리고 스포츠 연예 신문을 구독하고 있었다. 동료작가 모(某)씨는 염증 나는 스포츠 연예신문 대신 오히려 어용신문인 ㅈ일보를 구독하면서 행과 행 사이에 발견되는 어떤 방법적이고 구조적인 모순과 은폐, 엄폐의 상징적 내용물들을 탐색해 내면서 소설적 거리를 모색한다는 것인데, 어쩐지 방 두태 씨는 그 어용신문을 본다는 것이 섬뜩하게만 느껴졌다. 그는 차라리 공직자윤리법의 실효를 위한 법적 제도적 장치 마련이라는 어느 이론에 밝은 전문가의 주장론 보다는 인기 여배우의 사소한 스캔들이나 프로 야구의 감독들이 남은 시즌의 경기에서 어떠어떠한 작전을 펼칠 것인가에 대한 야구 해설자의 단평 한 마디에 더 흥미를 느끼고 있었다.

이따금씩, 야당의 한 의원 비서관으로 있는 고교 동창생의 전화질에 은근히 부아가 나면서, 지난날의 그 불온적 사상이나 민중적 충동의 혈기로 새삼 들끓어 오르기도 하지만, 변기에 질펀히 앉아 담배를 꼬나물고 그 상큼한 옹달샘만을 가린 핫팬츠 차림의 여배우 사진을 음미하듯 들여다보는 일은 그 무엇보다도 흥미로운 일이었다.

그러나 방 두태 씨는 그러한 일상들이 결코 만족스러운 것은 아니었다. 그가 그 따위 저속한 나체의 여배우들이나 흘깃거리면 흘깃거릴수록 그는 어떤 헤어날 수 없는 늪의 수렁으로 빠져든다는 사실이었다. 그의 그러한 나날은 그가 과연 지식인으로서 작가의 반열에 들 수 있는가에 대한 물음이었다. 그는 문득 문득 어떤 어둠이 생각의 시계(視界)를 내리 덮어버리는 듯한 환상에 빠져 들기도 했다.

그가 언젠가부터 읽기를 회피해 왔던 사회면이나 경제, 정치면은 요즘 들어 부쩍 방 두태 씨의 호기심을 끌고 있었다. 그도 그럴 것이 한 야당 의원의 비서관인 고교 동창생 녀석이 마치 정신적 조락의 방 두태 씨를 질타하듯, 꼭 변기에 앉아 여배우의 젖가슴을 훔치면서 차츰 원초적 본능에의 무아경 속으로 몰입해 들려는 순간에 전화질을 해대는 때문이었다.

"두태, 날세."

"오늘은 또 무슨 내용인가? 나 볼일도 덜 봤네."

방 두태 씨는 귀찮다는 말투로 처음 얼마간 뜨악했다가 빠르게 입을 놀렸다.

"이보게 친구, 난 자네가 이 시점에서 그렇게 비굴한 모습을

보여서는 안 된다고 생각하네."

"허어 또 시덥잖은 소리, 나는 김 형(金兄)이 생각하고 있는 그런 사람이 아니네, 자넨 이 방 두태가 칩거만 한다고 생각하나?"

"친구, 솔직해지게. 자네가 내심으론 어떤 정신적 여명을 이룩하고 있는 줄은 모르겠네만, 난 아직도 눈에 드러나지 않는 것보다는 눈에 드러나는 것에 익숙해져 있네."

"그래 어쩌란 말인가 친구?"

방 두태 씨가 말을 꼬아 올려 세웠다.

"의원회관으로 나오게, 만나서 얘기하세. ㅈ일보에 제 칠 세대 문학선언을 했다는 기사를 보았네."

비서관인 친구가 마지막까지 기다렸다가 가까스로 용건의 핵심을 말했다.

"칠 세대 문학선언?"

방 두태 씨가 놀란 듯 물었다.

"그렇다니까 글쎄, 거기 5공 당시 부패관료들을 모리배로 몰아 세웠던 박 모(朴某) 시인도 끼어 있네."

한때 시인 지망생이기도 했던 비서관 친구가 다소 흥분을 가누지 못하면서 말했다. 그는 시인과 정치인의 갈림길에서 결국 정치인의 길을 선택했으나 언어의 힘이 그 어떤 소리의 힘보다 강하다는 사실만큼은 결코 잊지 않았다. 그는 언젠가 술좌석에서 글을 다루는 사람들이야말로 민족정기의 원천이요 국민의 의식을 이끌 수 있는 길잡이가 되어야 한다면서 술청을 손바닥으로 내리친 적도 있었다. 그는 이러한 지식인들이 암울한 정치적 사회적 상황 아래서 그들의 몫을 다해야 한다고 주장하기도 했었다.

"알겠네, 친구. 의원회관으로 나감세."

방 두태 씨는 칠 세대 문학선언이라는 친구의 말을 듣자, 지난 날의 그 뜨거운 피가 다시금 들솟아 오르는 희열을 느낄 수 있었 다. 더욱이 박 모 시인이라면 어느 기간 동안 같은 방에서 수인 번호를 달고 함께 구매밥을 먹은 감방 동기가 아니었던가. 방 두 태 씨는 새삼 박 모 시인의 그 열정적인 열변이 떠올랐다.

―방 선생, 나는 시가 현실에 좀 더 강력히 대처해야 한다는 생각이오. 일찍이 다산 선생께서도 말씀하셨소. 임금을 사랑하 지 않고 나라를 걱정하지 않는 것은 시가 아니며, 시대를 근심하 지 않고 풍속을 분개하지 않는 것은 시가 아니며, 장점을 찬미하 고 결점을 풍자하며 선을 권장하고 악을 징계하는 뜻이 없는 것 은 시가 아니다 했소. 방 선생! 내가 장차 펴나가고자 하는 운동 은 바로 이런 것이오. 이런 이론에 입각하여 구체적인 실체를 형 성하려면 바로 제 칠 세대 문학 선언을 해야 하는 것이오!

방 두태 씨는 그때 박 모 시인과 여러 가지 문학의 효용성에 대해서 이야기했던 기억이 또렷이 되살아나고 있었다. 그는 문득 자신이 요즘 지나치게 사회 상황에 무관심했다는 자괴감으로 얼 굴을 붉혔다. 그러나 완전히 등을 돌려버린 상태도 아니었다. 그 는 다만 자신의 감정을 이렇다 하게 노출시키는 것이 아니라, 오 히려 내부 깊숙이 정제하면서 하나의 절제된 함성을 축적해 온 것이다.

의원회관 ○○○의원 사무실에서 고교 동창생인 비서관으로부 터 방 두태 씨가 맨 먼저 들은 것은 공직자들의 재산공개에 따른

정치적 부패상이었다. 그는 박 모 시인이 제 칠 세대 문학선언을
할 수 밖에 없었던 상황을 이해할 수 있을 것 같았다. 더욱이 느
닷없는 금융실명제의 실시로 온갖 잡동사니 관료층들의 그 어리
벙벙한 모양새는 박 모 시인으로 하여금 결점을 풍자하라는 다산
선생의 가르침을 주저 없이 실행해 옮기도록 하기에 충분했다.

　방 두태 씨는 먼저 친구인 비서관이 제시한 이백구십 구 의원
의 시시비비(是是非非)에 관한 책자를 살폈다. 거기서 그는 형편
없이 무너져 내리는 지난날의 한 영웅을 보았다. 요즈음 죄송스
럽게도 '정치도둑놈'이라는 꼬리표까지 붙어버린 김 모(金某) 의
원이었다. 그는 이미 재산공개 파문 이후 구속되어 버렸지만 마
치 한 마리의 탈을 쓴 이리처럼 능청스럽게 웃음을 흘리면서 갈
피 속에다 구역질나는 말 부스러기를 매달아 놓고 있었다.

　─정치가 과거청산에 매달려 있는 동안 경제는 6.7%라는 최저
성장률 그리고 81년 이래 최고의 물가상승을 기록했고, 사회는
광란적인 부동산 투기, 과소비, 향락 풍조가 만연하고 있습니다.
극심한 노사 갈등이 일고, 강도, 마약, 성폭행, 인신매매, 조직폭
력 등 민생사범도 해가 갈수록 급증했습니다. 국무총리는 총체적
위기의 원인과 실체를 어떻게 보고 있으며 또 해결책은 무엇이라
고 생각하는지 소상히 밝히라……

　김 모 씨는 보아하니 자신에게 침을 퉤퉤 뱉고 있으면서도 그
숙련된 철면피로 눈살하나 찌푸리지 않고 말 부스러기를 갈피 속
에 흘려놓고 있었다.

　─……농어민, 도시 영세민, 근로자 등 소외계층의 목소리를
과감히 수용하고 불로소득을 뿌리 뽑으며 지역 간 균형발전, 지

역 안배의 인사정책을 실현해야만 오늘날의 갈등을 씻고 안정을 이룩할 수 있습니다.

김 모 씨는 줄곧 양심상으로는 자신에게 욕설을 퍼부으면서도 그러는 자기가 정치적으로 과연 맞아 떨어지는 인물이라고 되지 못한 생각까지 하는 해프닝을 벌이고 있었다. 이렇듯 자격미달의 위인을 그 숭고한 국회로 보낸 국민들도 문제가 없는 바는 아니지만, 이런 졸속의 인물에게 갖가지 훈장과 상(賞)을 내린 사람들은 또 얼마나 위대한 사람들인가. 방 두태 씨는 다산 선생의 가르침을 되새기면서 한 마디 풍자를 흘렸다.

의관나리 가시는 곳
저승야차 들끈다네!

그는 최근 빗발치는 국민의 성토로 굳게 잠긴 김 모 의원의 문 앞에 한참이나 서서 시시비비 책자의 위장의 구절들을 주워 삼키고 있었다. 그리고 한참 뒤 소설가로서 이런 사회적 모순에 도전할 수 있는 어떤 작품 하나를 구상하면서 의원회관을 빠져나왔다.

"두태 자네가 이 시점에서 해야 할 일이 무엇인지 알겠는가?"

비서관 친구 녀석이 방 두태 씨의 등에다 대고 충고하듯 말했다. 방 두태 씨는 뒤를 돌아보지 않고 걸으면서 고개를 한 번 의미 있게 주억거려 주었다. 그는 집에 돌아오자마자 쉴 틈도 없이 원고를 써내려가기 시작했다.

그 옛날, 삼신할머니의 저주를 받고 태어났다는 L씨는 곱사등

이였다. 그는 나이 서른 넘어 늦장가를 들었는데, 난쟁이 여자를
아내로 맞이한 것이었다. 그들에게도 나름의 사랑은 깊어 밤새껏
그 흔감스러운 마음으로 사랑의 밀어를 속삭였다. 그러한 사랑의
결실로 아이를 셋 낳았는데, 하늘의 축복이 임하였음인지 아직까
지는 모두가 정상아였다. 처음 얼마간 아이들이 배웠던 것은 아
버지 곱사등이와 어머니 난쟁이의 행동을 흉내 내는 것이었다.
이거 큰일 났구나 싶은 어머니와 아버지는 녀석들을 매우 꾸짖었
으나 녀석들은 아랑곳 않고 흉내만을 내는 것이었다. 알 수 없는
일이었다. 어머니와 아버지는 자신들의 생김새를 저주하면서도
더 이상 어쩔 도리가 없었다.

곱사등이 L씨와 그의 아내 난쟁이는 거리의 소리꾼이었다. 생
긴 모양새에 비해 탁월한 목청을 부여받아 소리를 하면 제법 많
은 사람들이 에워싸면서 찡경찡경 동전 푼닙들을 던져 주고는 했
다. 곱사등이 L씨는 역 광장 앞에서, 난쟁이 아내는 공원의 한
가녘에서 사람들의 심금을 울리는 소리를 뽑아냈다.

…… ……

어화 세상 사람들아
부부간 화목하고 형제간 우애하라
이렇구야 사람이지 저마다 사람이냐
공림〔空林〕저문 날에 말 못 하는
까마귀도 반포지성을 하는구나!

…… ……

곱사등이 L씨는 지난날 그가 곡마단의 한 단원으로 일하면서
남도의 어느 오 일 장터거리에서 떠돌이 소리꾼한테 주워들은 것

이었고, 아내는 L씨를 만나 몇 대목 새긴 것이었다. 그들은 그리 절절히 소리를 해대면서 겨우 끼니 걱정은 없이 지내온 나날이었다. 그런데 아이들이 차츰 성장하여 실기가 들어가면서는 그 짓도 맘 놓고 할 수 있는 게 아니었다. 그럴 것이 저번 날 곱사등이 흉내를 내고 난쟁이 흉내까지 냈던 아이 녀석들은 이제 어머니 아버지를 원망하며 제발 자식들의 체면을 보아 소리로써 구걸하는 일을 그만두라는 때문이었다. 곱사등이 L씨는 그간 이렇다하게 모아둔 돈도 없고 하여 별다른 직업을 가질 수도 없는 노릇이었다. 어찌됐든 무엇을 할 요량이면 무엇보다 손에 쥔 돈이 있어야 하기 때문이었다. 곱사등이 L씨는 착잡한 심정으로 늦도록 소리만 뽑아내고 있었다.

    …… ……

어화 세상 사람들아
부부간 화목하고 형제간 우애하라
이렇구야 사람이지 저마다 사람이냐
공림〔空林〕저문 날에 말 못 하는
까마귀도 반포지성을 허는구나!

    …… ……

곱사등이 L씨가 늦도록 소리를 뽑아내고 있을 때, 한 어두운 그림자가 L씨를 향해 거리를 좁혀들고 있었다. L씨는 문득 바짝 정신을 차리고 몸을 사렸다. 언젠가 한 번 역 광장 빵사이(소매치기) 녀석한테 그날 올린 수익금의 전부를 털린 적이 있었기 때문이었다. 그 날처럼 오가는 사람의 행렬도 쭐쩍하게 줄어들었고, 고가로의 불빛들만 빙 빙 숨 가쁘게 달려 내려오고 있었다.

누가 L씨를 죽인대도 사람들은 결코 시선 한 번 주지 않을 듯이
바삐 그리고 동떨어져 걷고 있었다. 멀리로 남행열차의 출발을
알리는 기적 소리가 울리고 있었다. 어두운 그림자가 바짝 다가
왔다. 곱사등이 L씨는 반사적으로 몸을 움츠렸다.

"누, 누시요?"

곱사등이 L씨가 불현듯 물었다.

"놀라지 마시오. 나는 도, 도둑이요."

어두운 그림자가 자르듯이 말했다. 사내의 목소리가 떨려 나
오고 있었다.

"예? 도, 도둑이라고……."

곱사등이 L씨가 말을 맺지 못하고 엄벙뗑 흘려버렸다.

"그렇소. 제발 소릴 지르지 마시오, 그리고 날 절대 쳐다보지
도 말아요!"

곱사등이 L씨는 사내의 말에 재빨리 고개를 숙여버렸다.

"잘 했소 곱사등이 양반……."

사내는 어울리지 않는 칭찬을 늘어놓으면서 말을 이어나갔다.

"…… 당신을 도우러 온 도둑이니 무서워하지 마시오, 자, 절
대 이 사실을 누구한테 알리면 안돼요. 이것 긴하게 쓰시오, 곱
사등이 양반!"

사내는 무슨 뭉치를 하나 던져주고 황급히 돌아섰다. 곱사등
이 L씨는 멀어져가는 사내를 망연히 쳐다보다가 재빨리 시선을
뭉치로 가져갔다. 돈다발이었다. L씨는 깜짝 놀랐다. 그는 손으
로 힘껏 뱃살을 쥐어 비틀어 보았다. 꿈은 아니었다.

"이것이 무슨 놈에 일이당가?"

L씨는 주저치 않고 자리를 떴다. 사람 살다 보니 별놈에 일도 다 있구나 생각하면서 집으로 돌아왔다. 그런데 이건 또 무슨 일이란 말인가. 그의 아내가 가만히 L씨를 밖으로 불러냈다.

"무슨 일인가 자네?"

하고 L씨가 의아스레 물었다.

"여보, 이, 이거 보세요."

난쟁이 아내가 품에서 무엇인가를 꺼내며 소리를 낮춰 말했다. 가만 보니 역시 돈다발이었다. L씨 역시 떨리는 손으로 품안에서 돈다발을 꺼냈다.

"에그머니, 당신도 돈 다발……"

곱사등이 L씨와 그의 아내는 순간적으로 놀라면서 동시에 검은 그림자를 떠올리고 있었다. 그들은 밤새 잠을 이뤄내지 못했다. 갑자기 지나친 돈이 들어온 탓에 둘 다 어디가 마비되어버린 느낌이었다. 그들은 밤새 생각을 모아 결론에 이르렀다. 이건 자신들의 돈도 아닌 것이니, 자신들보다 많은 돈이 소용되고, 또 훨씬 어렵사리 살아가고 있는 양로원이나 복지원 같은 데 보내기로 결정하고 날이 새기만을 기다리고 있었다.

다음날, 매스컴에서는 모 의원의 집에 도둑이 들어 대량의 현금과 수표를 훔쳐갔는데 그 도둑은 그걸 자신 혼자 사용하는 것이 아니라, 여러 가난한 자들에게 뿌리고 다닌다는 것이었다. 신문의 사회 란에 '의적' 또는 '현대판 홍길동' 또는 '되살아난 활빈당' 등의 표제가 나붙으면서 이제야말로 정의로운 사회가 형평을 이루어 나갈 것이라고들 하였다.

소설가 방 두태 씨의 소설은 그렇게 끝나고 있었다. 그가 이러한 소설의 복사본을 곳곳에 뿌리고 나서 얼마 지나지 않아 소설 아닌 실제의 유사한 사건이 일어났다. 신문은 그 사건의 머리기사를 이러한 표제로 다루고 있었다.

'김 모 의원 부도덕 폭로 겨냥 가능성'

방 두태 씨는 드디어 해냈구나 생각하면서 이제 서서히 변기에 앉아 여배우의 젖무덤을 한 번 훔쳐볼 생각으로 자리에서 일어섰다. 그때 야당의 의원 비서관 친구 녀석으로부터 전화가 걸려왔다.

"날세, 두태."

"오늘은 또 무슨 일인가?"

"흐흐, 이 말을 전해주고 싶네."

"얼른 말하게. 나 지금 볼 일 보러 가는 중이네."

"그렇군, 내 돈 가지고도 마음대로 못하는 세상이 왔다 이 말이네! 땀 흘리지 않고 손아귀에 들어온 억만금의 돈이 이제 가치 없는 세상이 되었다 이걸세."

"아, 그렇군. 그럼 끊네."

그러나 그날은 친구 녀석이 먼저 전화를 끊어 버렸다. 마치 이제 소설가 방 두태 씨의 임무에 대한 자신의 역할이 모두 끝나기라도 했다는 듯이……

|1993|

시선의 외면과 화해

주이강(문학평론가, 문학박사)

응어리는 늘 있다. 외면하고 있을 뿐이다. 나를 방관하고 상대를 응시하는 듯하지만 실제는 끊임없이 나와 타자의 상태를 조율한다. 일정한 간격을 두지도 않는다. 대상과 멀어지면 그대로 멀어진 채로 두었고 부딪히면 외면하지도 않는다. 기억 저 바닥에 도사린 응어리만 응시할 뿐이다. 「떠도는 사람들」이 그러하다.

중편 「떠도는 사람들」은 6.25전쟁의 아픈 상처를 안고 살아가는 민초들의 삶을 통해 잊혀져가는 우리 역사의 진실을 환기시킨다. 인민군들의 강간으로 불행을 숙명으로 안고 태어난 상술과 전쟁 중에 부모를 잃은 소리꾼의 이야기가 독자의 시선을 사로잡는다.

〈사내는 판소리 마당 중의 한 대목을 추근추근 새겨 톺아 나가듯이 눈을 지그시 감고 아주 느리지는 않은 중몰이로 몰아나가고 있었다. 주인사내는 그 사내의 소리에 흠칫 놀랐다. 그것은 사내의 소리가 빼어났던 때문만이 아니라, 그가 반란군 시절에 은거지에서 자주 듣고는 하였던 바로 그 소리였기 때문이다. 더욱이 놀란 것은 그 반란군 시절에 한 소리꾼한테 들었던 그 소리와 지금 사내의 소리가 어딘지 모르게 빼어 박은 데가 있다는 것이었

다. 느릿하게 풀었다가 서서히 몰아들이는가 하면, 소리를 밀어
냈다가 팽팽히 당기고, 어느 순간에는 빙빙 돌리다가 느닷없이
잘라 떼는 목이 마치 소리의 곡예를 보듯 하였던 것이다.〉
−본문 〈떠도는 사람들〉 중에서 발췌

　상술은 전쟁 후 자신을 외면한 어머니의 관을 직접 짜고, 손
수 장례를 치름으로써 굴곡진 역사에서 빚어진 가해자를 포용하
려는 시선을 보인다. 떠돌이 소리꾼 사내는 우연히 자신의 부모
님을 죽인 원수를 만나지만 불행한 역사의 기억 저편에서 만나는
원수는 더 이상 없음을 인식하게 된다. 상술의 어머니 장례를 치
르기 위해 동참하는 이들은 모두 전쟁의 피해자들이지만 담담히
받아들이면서 세상을 향해 화해의 길을 모색하고 있다.

　우리의 삶은 표면으로 점철되어 있다. 표출된 모습의 연속형
이 삶이다. 문뜩 이면의 진실을 알게 되는 순간 우리는 경악을
하거나 감동을 한다. 이면의 진실은 우리를 긴장시킨다. 분명 그
곳에는 금지된 은밀함이 있다. 그것이 진실이든 거짓이든 우리는
그 실체에 집중한다. 「붉은 노을」의 주지, 명휴 스님, 공양보살
그리고 나에게도 그러한 은밀함은 있다.
　중편 「붉은 노을」은 어린 시절 어머니의 부정으로 일찍 어머니
와 이별하는 아픔을 겪는 주인공이 성장하여서도 어머니를 잊지
못하고 그리워 하다가 어느 절에 들어가 마음의 상처를 치유하는
과정이 절의 고즈넉한 분위기를 통해 잘 묘사되고 있다.

〈스님은 땡초가 분명하다. 야누스 같은 잡승나불, 이 절 저 절 걸부새이처럼 떠돌면서 해괴망측한 짓거리나 벌이고 다니는 우바새이만도 못한 화상. 이런 내 생각은 스님이 내게 흙먼지 세례를 퍼부은 사실과 오차 없이 맞아떨어지는 셈이었다. 나는 여전히 아연한 태도로 성큼성큼 걸어 나왔다. 스님에 관한 비밀을 이 가람에서 나만 혼자 알고 있다는 생각을 하니 공연히 흥미가 일었다.〉

—본문 〈붉은 노을〉 중에서 발췌

주인공은 사찰에서 공양주 보살과 명휴 스님 그리고 수련회 참가자인 여성을 만나게 되면서 인생의 의미와 삶의 의미, 만남과 이별, 용서와 화해의 가치를 터득하게 되는 과정을 그리고 있다. 어머니의 부재로 인해 나의 삶은 채워지지 않는 풀리지 않는 고통의 실타래였지만 명휴 스님과의 선문답을 통해 삶이란 무엇인가에 대해 강력한 해법을 제시하게 된다.

중편 「사공아, 노를 저어라」 역시 삶의 진정한 가치가 무엇인지를 묻고 있다. 대학생 태식은 여자 친구 치숙이 성폭행을 당하고 순결을 잃었다는 데에 통렬한 분노를 느낀다. 강압적 성폭행이었음에도 불구하고 태식은 부도덕한 윤리의 단면을 치열하게 질타하고 있으며, 치숙은 강압적으로 사내한테 유린당한 것이 결코 자신의 순결을 유린당한 것이 아님을 입증하고자 한다.

〈치숙은 태식이 보는 앞에서 옷을 벗기 시작했다. 그녀는 방금

내뱉었던 말의 진실을 여기서 당장 증명해 보이려는 태도였다. 치숙이 옷을 하나씩 벗어 나룻배의 뒤쪽에 가지런히 얹었다. 태식은 순간 가슴이 뜨겁게 타올랐다. 치숙의 젖무덤이 나룻배가 출렁거리는 것처럼 한번 출렁거렸다. 치숙은 이제 태식을 등지고 있었다. 옷을 벗는 치숙의 허릿매가 여전히 고와 보였다. 치숙은 그대로 태식을 등지고 서서 알몸이 되어 나갔다. 햇발이 하얀 치숙의 살결을 타고 흘러 내렸다. 강 새들이 나룻배의 한길 높이에서 자꾸만 치숙을 향해 울고 있었다. 멀리 나루터가 까무룩 했다.〉

-본문 〈사공아 노를 저어라〉 중에서 발췌

작가는 주인공들이 삶에 대한 가치를 어디에 둘 것인지에 대해 본격적 이야기를 시작하기 전에 주인공 누군가의 목소리를 빌어 내레이션으로 들려주고 있다.

"순결은 아름답다. 영혼의 옷을 입은 순결은 닳지 않는다. 누가 감히 순결을 무너진다고 하는가. 순결은 우리들의 가슴에 영원히 존재하는 것이다. 순결은 아무도 무너뜨리지 못한다. 그것은 오직 자신만이 무너뜨릴 수가 있는 것이다. 그리고 순결은 스스로 지키려는 자만이 곱게 다듬어 낼 수가 있을 뿐이다."

작가 천성래는 끊임없이 음지로 회귀한다. 작가는 그곳에서 원초적 삶의 본질을 찾는다. 처절한 모습의 인간군상과 조우한다. 때로는 인간의 존엄성을 파헤치기도 하고, 외면당한 삼류 감성에 흔들리기도 한다. 타자로부터 소외된 나는 주체가 될 수 없는 객체가 되어 또 다른 타자로부터 또는 사회로부터 철저히 격리된다.

중편 「성자유감」은 청량리 청과물 시장을 무대로 몸을 팔아 살아가는 중년 여성들의 삶을 통해 치열한 삶의 모습과 하층민들의 끈끈한 사랑과 우정, 배신을 다루고 있는 작품이다. 지난 7~80년대 작품의 모티브로 많이 등장했던 작부, 건달, 소매치기, 둥기 등의 삶이 투영된다. 작열하는 여름의 태양 속에서도 살아가기 위해 몸을 팔고 화대를 받는 성자는 사회에서 분리되고 도태된 처절함이다.

〈성자는 영출 씨를 향해 너무 걱정하지 말라는 말만을 남겨 놓고서 외팔이를 찾아 나섰다. 그러나 영출 씨는 성자의 위로하는 말이 귀에 들어올 리가 없었다. 여전히 땅바닥에 퍼더버리고 앉아 장사할 엄두를 내지 못하고 있었다. 영출 씨에게는 단돈 한 푼도 소중한 거였다. 삼십 도를 웃도는 찌는 더위에 어떻게 한 입 한 입 모아왔던 돈인가. 그것은 영출 씨의 꿈이었고, 희망이었고, 앞에 전개될 소박한 하나의 삶, 그 자체였던 것이다.〉

–본문 〈성자유감〉 중에서 발췌

질척하고 팍팍한 시장바닥에서의 하층민 삶을 삼류 감성으로 그려줌으로써 인간의 원초적 감성을 추락한 바닥에서 끌어올리려 애쓰고 있다. 아이러니한 것은 지난 70년대의 질척했던 삶이 오늘도 여전히 바로 그곳, 청량리 청과물 시장에서 그대로 재현되어 격리된다는 점이다. 이는 음지로 회귀하려는 작가의 치열한 정신이며 사회의 음지를 외면한 채 잠들고 싶어 하는 독자에게 가하는 혹독한 경계이다.

단편「작가일기 1993」은 작가 자신의 존재의미를 환기하고자
하는 작가의 실험작이다. 80년대 '제7세대문학선언'을 통해서 작
가가 사회에서 어떤 역할을 할 것인가, 작가의 존재가치는 무엇인
가에 대한 물음에 대답한 작품이다. 권력과 재물을 추구하는 정치
인과 부(富)의 재분배를 통해 더불어 잘 살아갈 수 있는 세계를 만
들고자 하는 작품속의 주인공은 곧 작가 자신이기도 하다.

〈곱사등이 L씨가 늦도록 소리를 뽑아내고 있을 때, 한 어두운
그림자가 L씨를 향해 거리를 좁혀들고 있었다. L씨는 문득 바짝
정신을 차리고 몸을 사렸다. 언젠가 한 번 역 광장 빵사이(소매
치기) 녀석한테 그날 올린 수익금의 전부를 털린 적이 있었기 때
문이었다. 그 날처럼 오가는 사람의 행렬도 쭐쩍하게 줄어들었
고, 고가로의 불빛들만 빙 빙 숨 가쁘게 달려 내려오고 있었다.
누가 L씨를 죽인대도 사람들은 결코 시선 한 번 주지 않을 듯이
바삐 그리고 동떨어져 걷고 있었다. 멀리로 남행열차의 출발을
알리는 기적 소리가 울리고 있었다. 어두운 그림자가 바짝 다가
왔다. 곱사등이 L씨는 반사적으로 몸을 움츠렸다.〉
-본문 〈작가일기 1993〉 중에서 발췌

작품 속에서 부자의 돈을 훔쳐 어려운 이웃, 소외된 이들에게
나눠주는 다소 고답적인 설정이 있지만 작가는 이렇게라도 하여
우리 사회가 더불어 잘 살 수 있기를 소박하게 바라고 있다. 작
가가 가장 원초적인 자신의 의식을 직접 작품 속에 투영하기는
쉽지 않다. 그럼에도 불구하고 작가의 이런 시도는 차기작에 대

한 기대와 호기심을 갖게 하는 자극이 된다. 따라서 작가가 오랜 세월 공을 들여 집필하고 있는 대하역사 소설 〈한계령〉(전10권)은 작가로서의 사명이며 동시대를 살아온 한 지성인으로서의 의무이며, 작가의 살아갈 이유일 것이다.

천성래 창작소설집

붉은 노을

인쇄 / 2015. 06. 01
발행 / 2015. 06. 10
지은이_ 천성래
발행인_ 김용성
발행처_ 지우출판
출판등록_2003년 8월 19일
서울시 동대문구 휘경동 187-20 오스카빌딩 4층
TEL:02-962-9154 / FAX:02-962-9156
ISBN 978-89-91622-46-3   03810
www.LnBpress.com